El oscuro Capitán Blackdawn

El oscuro
Capitàn Blackdawn

IVANA VON RETTEG

B

El papel utilizado para la impresión de este libro ha sido fabricado a partir de madera procedente de bosques y plantaciones gestionadas con los más altos estándares ambientales, garantizando una explotación de los recursos sostenible con el medio ambiente y beneficiosa para las personas.

Penguin Random House Grupo Editorial

El oscuro capitán Blackdawn

Primera edición: julio, 2024

penguinlibros.com

ISBN: 978-607-384-702-5

Impreso en México – *Printed in Mexico*

Para Mane,
mi mejor amiga
y compañera de mis aventuras

1

La nieve caía sobre el cementerio en un atardecer tan gris que parecía de noche, como si toda la luz hubiera desaparecido del mundo, o por lo menos de Londres. Era el invierno más frío en muchos años; con más muertos en las calles por hambre e hipotermia que regalos de navidad junto a las chimeneas. Los copos caían suavemente sobre una lápida grabada con el nombre de *Wallace Winchester*. El cadáver bajo la lápida estaría revolcándose en el octavo aniversario de su muerte, un cadáver que todavía no era vengado por meras circunstancias, una tras otra: el casamiento de Jeremy Winchester con lady Catherine Stewart y el nacimiento de su pequeña hija Rose. También, el ambicioso joven recibió un nuevo título nobiliario junto con varias tierras como premio de consolación por parte del rey Jorge, que pretendía a su vez compensar la cantidad de audiencias que no había podido atender; la guerra contra España era prioridad estos últimos años.

Jeremy exhaló vapor blanco, miraba la tumba de su padre. Habitaba en sus ojos color ámbar una mirada oscura, llena de rabia y una sed de venganza superior. Sabía que era tiempo de irse, el frío comenzaba a calar hasta los huesos a pesar de su carísimo abrigo de piel y pronto caería la noche. Una figura surgió de la blanca penumbra, llevaba una casaca roja y un sombrero de tres picos color negro, el uniforme de un *guardia real*.

—Lord Jeremy Winchester —llamó, sosteniéndose el sombrero para evitar que se lo llevase el viento.

El joven se volvió lentamente y con suma elegancia, sin necesidad alguna de responder porque su porte y sus modos eran la viva imagen de su padre, el difunto gobernador de Port Royal.

—Su majestad, el rey Jorge, lo reclama, mi lord —siguió el guardia—, debo pedirle que venga conmigo.

Lord Jeremy sonrió maliciosamente, se burlaba de los tiempos de la vida; sabía a la perfección el motivo de esta audiencia finalmente concedida, llevaba demasiado tiempo esperándola.

La Torre de Londres lucía como un imponente monumento blanco a merced de la nevada, con sus torres elevadas y galantes frente al río Támesis. El Palacio Real y Fortaleza de Su Majestad. Los enormes portones se abrieron y los guardias permitieron la entrada al carruaje negro tirado por dos grandes caballos del mismo color. Jeremy apenas descorrió un poco la cortina de la ventana del carro revelando su rostro y ningún hombre se atrevió a cuestionarle, sabían perfectamente de quién se trataba. Dos guardias más escoltaron a lord Jeremy a la sala de audiencias, un salón iluminado por candelabros amplios y ostentosos, paredes con cuadros de carácter religioso enmarcados con volantes dorados y una amplia alfombra roja cubría el piso de mármol. Ahí estaba su majestad, sentado sobre su trono, apenas sosteniendo su enorme barriga desparramada bajo los rizos de su ridícula peluca rubia, roncando. Dos miembros de la corte estaban de pie a cada lado de la silla, un par de ancianos vestidos fastuosamente que hicieron el favor de despertarle cuando las puertas se abrieron.

—Su majestad —anunció el consejero—, se encuentra ante usted lord Jeremy Winchester.

—Ah, sí... Sí... Lord Winchester —dijo el rey, como si hubiese estado perfectamente consciente en todo momento—. Lo he mandado llamar porque su correspondencia es cada vez más consternarte e insistente; los piratas esto, los piratas aquello. ¿Acaso no fui piadoso en ofrecer un perdón real a cambio de que abandonasen la piratería y continuasen como corsarios? Y ahora me he enterado de que no sólo mi perdón real ha sido tajantemente rechazado por los bribones, sino que además mis colonias del Caribe están al borde de una revolución.

—¿Al borde, majestad? —respondió Jeremy—. La revolución ya ha comenzado. Y es liderada por un pirata que, si lo desea, puede hacer su imperio añicos. Y me parece que ya se ha puesto a ello. Lo llaman "el revolucionario del Caribe", "el capitán de capitanes", "el rey de los bucaneros". Este pirata construye una barrera de rebeldes que pronto será impenetrable. Ha hundido ya incontables buques de la Marina Real británica, española y francesa. Más de los que a la naval le alcanza para construir en un lapso razonable. Asesinados cientos de oficiales navales y marineros que no hacían más que defender su patria. Posee una colección de tesoros, robos y motines que le han hecho tan rico como cualquier miembro de la realeza. Cualquiera pensaría que ha hecho uso de sus riquezas en vicios, pero me temo que no es así; se ha ocupado de levantar la isla de Tortuga transformándola en una empresa funcional que compra y vende todo tipo de bienes ilícitos y aportan a la piratería incalculables cantidades. Y cuenta ya con aliados no menos peligrosos, el capitán Ravenue Lussan, el capitán Koçyiğit Arat y la capitana María Aragón. Tienen espías por todos lados. Podría su majestad tener espías en su propia corte y no saberlo, no me sorprendería. Un pirata conocido como Pata de Palo Tanner comanda una red de espionaje *mundial*, majestad. Todo pirata y bucanero en el mundo está a su servicio y todo medio de destrucción a su entera disposición. Este capitán pirata representa una amenaza para la Corona, quizá más letal que la propia guerra contra España. Y de permitirle cumplir con su cometido, los piratas habrán vencido sobre la ley. Le ruego a su majestad me crea cuando le digo que si el capitán Johnny Blackdawn decide derrocarle… será capaz de conseguirlo.

El rey Jorge se reclinó en el respaldo del trono, entrelazando los dedos sobre la barriga y jugueteando con los pulgares nerviosamente.

—¿Y qué propone, lord Jeremy? —preguntó el rey—. La erradicación de los piratas es una tarea no menos difícil que la extinción de las cucarachas, resurgen y resurgen hasta por debajo de las piedras. *Sobreviven* y se reproducen de manera grotesca. Supongo que vendrá usted después de tanto tiempo con una sugerencia.

—Así es, su majestad. El solo intento de exterminar la piratería costaría tiempo y recursos que ya no tenemos mientras libremos una guerra contra España. Por eso he venido a sugerirle la destrucción del capitán Johnny Blackdawn. Basta con eso para derrumbar a la piratería entera, si se hace correctamente.

—¿Ejecutarle en la dársena? —sugirió un anciano de la corte.

—No —corrigió Jeremy sombríamente—. Matar a Blackdawn sólo enfurecerá a los piratas, pero someterlo los destruirá. Los bucaneros creen en Blackdawn como su propio mecías, se sienten protegidos y guiados por él. Pero si subyugamos a su amado capitán se sentirán intimidados y vencidos. Habrá que despojar a Blackdawn de todo aquello que lo engrandece, cosa por cosa. Inglaterra no es el único reino que se ha visto afectado, también España y Francia han puesto precio sobre su cabeza. Imagine, majestad, una flota de naves destinada a quemar Tortuga y Blackdawn habrá perdido sus empresas. Mientras que lord Edmund

Aldrich se dedica a buscar bucaneros en venta como la capitana Anne Bonny, que se ha probado dispuesta a cooperar contra Blackdawn y, particularmente, contra María Aragón. Mi hermano, Maxwell, ahora mismo navega hacia el Caribe; hemos localizado ya a su familia. Su majestad, yo puedo encargarme de destruir a Johnny Blackdawn, sólo necesito su apoyo, patentes y financiamiento. Le doy mi palabra, Blackdawn quedará vencido y su alteza victorioso, recordado por siempre como el rey que hundió la piratería.

Bastó el largo silencio del rey Jorge para que Jeremy se supiera triunfante. Por supuesto, no hizo mención alguna del tesoro de Cortés; eso no tenía por qué saberlo el rey, no tenía por qué saberlo nadie.

2

Los primeros rayos del sol anunciaron el alba dando inicio al canto de los pájaros. La brisa aún era fresca y el olor a mar estaba impregnado en el rocío. La luz dorada pronto se estampó contra los muros de caña de una hermosa y sofisticada casa en la playa. La puerta se abrió y Margaret Blackdawn salió a aspirar el aire de la mañana. Se recargó sobre el balcón de caña que se elevaba sobre la entrada como un porche sobre la arena y dirigió su mirada al horizonte turquesa y vacío. Era ya una bellísima mujer de veinticinco años, con el rostro bronceado por el sol y pecas por doquier, el cabello rojo largo hasta la cintura y un fondo de vestido blanco. Desde hacía mucho tiempo había dejado de esperar encontrar aquellas magníficas velas rojas porque sencillamente ya no tenía sentido. El Satán dejó de aparecer hacía tres años, mismos que la mujer llevaba sin recibir correspondencia alguna por parte de su esposo. Aun así, las cuatro antorchas en la playa se mantendrían encendidas siempre.

A esas horas, Annabelle Blackdawn, una hermosa niña de ocho años, ya descolgaba la ropa seca del tendedero a un lado de la casita. Tenía el cabello negro y ondulado hasta la cintura, los ojos grandes y color turquesa. En la parte trasera de la casa había un granero y un extenso huerto con toda clase de siembras. James Blackdawn, un niño también de ocho años, ya recogía los huevos del gallinero y echaba semillas a las gallinas. Tenía el cabello negro, un ojo color turquesa y el otro color marrón. Mary y Sophie, unas lindas gemelas pelirrojas de seis años, tiraban de las zanahorias para extraerlas de la tierra y las echaban en una canasta. Margaret terminaba de ordeñar a la vaca; se limpió el sudor de la frente y escuchó a las ovejas hambrientas dentro del corral.

—Desmond, ¿puedes echar comida a las ovejas? —llamó.

El resto de los niños miraron a su alrededor, no había señal de Desmond. No era algo poco común que el niño de siete años desapareciese a la luz del alba fallando en todas y cada una de sus labores de la casa y las clases que venían después. Margaret suspiró preocupadamente.

Lo que sucedía era que el pequeño Desmond Blackdawn llevaba ya varias semanas realizando un proyecto. Salía de casa temprano y se iba a su escondite al este de la playa, donde la orilla del mar se enmarcaba con grandes rocas y una maleza que lo dejaba oculto.

—*Yo ho, yo ho, pirata siempre ser* —cantaba el niño, mientras unía varias piezas de caña con un lazo.

Escuchó una rama romperse y se levantó con un pequeño cuchillo en mano. De los arbustos emergió un niño indígena de la misma edad, vistiendo solamente un calzoncillo de cuero con piedras coloridas, una espina roja y larga le atravesaba la nariz y su corte de pelo era redondo.

—Yaax, eres tú —suspiró Desmond, aliviado.

—¿Quién más poder ser? —rio el niño—. Nadie más saber que estamos aquí.

—No sé, puede venir un jaguar o podría venir mi madre. Y no sé cuál es peor.

—¿Madre aún no dejar verme?

—No sólo a ti —respondió Desmond—, a ninguno de ustedes. Dice que podrían matarme, que quizá sean caníbales. Se enfadaría conmigo si supiera, y un tanto peor cuando sepa que voy a irme. Pero tú vendrás conmigo, ¿verdad?

—¿A dónde? —preguntó Yaax.

—A buscar a mi padre. Sé que no se ha olvidado de mí, seguro que está en problemas con la Marina Real o algo así. Voy a ir a rescatarlo. A él y al tío George, a Bill, a Silvestre, a Ratas, a O'Connor... ya lo verás. Belle seguro que vendría conmigo, y Mary y Sophie. Pero James... No, James me acusaría con mi madre antes que acompañarme. James es un aguafiestas, no lo aguanto. ¿Sabes que quiere ser almirante cuando crezca? ¡Los almirantes persiguen piratas! Espera a que papá se entere. En cambio, yo seré capitán pirata como mi padre, mi abuelo y mi bisabuelo.

Ambos niños se dispusieron a construir el barquito con todas las piezas que podían idear a su alrededor.

Margaret sirvió el desayuno a sus hijos en un comedor al aire libre cuyo balcón recibía la brisa y el aroma de las flores que colgaban de las macetas. A menudo parvadas de canarios posaban en el barandal gritando y canturreando para que Sophie les concediera un trozo de fruta como cada mañana. Desmond apareció sosteniendo un generoso ramo de flores coloridas.

—¿Se puede saber en dónde te has metido, piratita? —preguntó Margaret cariñosamente, sirviendo su plato también.

—Fui a coger flores para ti —respondió Desmond con una sonrisa ladeada y picaresca, la misma de su padre y su abuelo.

Annabelle y las gemelas contenían las risitas, no era difícil intuir que mentía. James en cambio puso los ojos en blanco.

—Claro... —rio Margaret negando con la cabeza—, Desmond Blackdawn, si fueras tan sólo un cabello más parecido a tu padre serías su exacta réplica. Siéntate a desayunar.

James volvió a mostrar su descontento, resultaba muy fácil para Desmond doblegar a cualquiera con su carisma, pero lo cierto es que su ayuda era necesaria en el granero y el trabajo se hacía más pesado sin él. Margaret jamás contó a Annabelle o a James que eran hijos de otro hombre llamado Benjamin Stain; carecía de sentido hacerlo y solamente iba a confundirlos. Pero al menos James resentía a menudo lo mucho que se le comparaba con su madre y lo poco que se parecía a su padre, a diferencia de Desmond que en verdad era su réplica.

—En serio, Des, ¿a dónde vas en las mañanas? —preguntó James.

—Qué —respondió Desmond.

—Que a don...

—... te importa.

Las gemelas se rieron.

—Desmond —reclamó Margaret.

—¡Es que tiene que cuestionarme todo lo que hago! —refunfuñó Desmond—, es apenas un año mayor que yo, no es mi padre.

—No soy tu padre, pero soy el hombre de la casa —dijo James.

—La casa ya tiene un hombre y es papá —señaló Desmond—. ¡No sé por qué todos actúan como si no fuera a volver jamás!

—¡Porque no ha vuelto en tres años, tonto! —gritó James.

—¡Basta ya! —exclamó Margaret—. Su padre volverá. Podría volver en cualquier momento. Y aunque no sé cuándo pueda suceder, sé por seguro que no le gustará encontrar a sus hijos peleando. Así que... hoy no tendremos lecciones ni clases. Saldrán a la selva a jugar juntos como los hermanos que son, ¿fui clara?

Sí, madre.

Acabado el desayuno y cada vaso de leche, los niños llevaron sus platos a la cocina para lavarlos como era la costumbre. Cualquier otro día se habrían duchado ellos también para sentarse con su madre en la misma terraza a tomar clases; aprendían a leer, a escribir, de historia, matemáticas y cada lección de conocimientos que Margaret podía ofrecer junto con los libros profesionales que Johnny había enviado durante años con aquel propósito; que sus hijos estuviesen educados e informados. Habría sido el deseo de Margaret enviar a sus hijas a un buen internado en París como había sido su caso, pero bien sabía que abandonar la isla sin el visto bueno de Johnny podría significar un gran peligro para su familia. Si cualquier conocido del capitán Blackdawn era ya perseguido y castigado, cualquier familiar tendría un peor destino. Estaban atrapados en un paraíso, pero atrapados al fin.

Los niños se internaron en esa frondosa jungla de maravillas que conocían tan bien y adoraban tanto. Las posibilidades de juegos eran infinitas; escalar árboles, echar clavados desde las cascadas hasta el manantial, dejarse llevar por la corriente del cristalino río y recorrer la isla entera, chocar espadas de madera y jugar a los piratas, disparar resorteras, perseguir animales. Las únicas reglas implantadas eran la de no acercarse a la aldea de los indígenas y volver antes del anochecer.

Esa tarde, como sucedía a menudo, James y Desmond se vieron involucrados en una competencia; quién podía escalar el árbol más alto y llegar más arriba. Era un frondoso árbol que bien podría ser el más alto de la selva.

—Nadie trepará el árbol —dijo Annabelle—, es demasiado alto y podrían caer.

Desafiando a su hermana, Desmond comenzó a trepar el árbol como un mono; era bastante hábil y tenía más práctica que James.

—¡James tiene miedo! —se burló Desmond desde arriba.

James resopló de mala gana y comenzó a trepar.

—No tienes que probar nada, vámonos —insistió Annabelle—. Las gemelas tienen hambre.

Ambos niños ya iban trepando por las gruesas ramas. Desmond fue tomando la delantera. Iban ya por la mitad del tronco, con los ojos puestos en la cima y calculando sobre qué ramas habrían de apoyarse, una tras otra. Los gritos de Annabelle iban quedando atrás y de pronto a James se le ocurrió mirar hacia abajo, la sensación de vértigo fue tal que hubo de detenerse inmediatamente y aferrarse al tronco con los ojos apretados. La altura era demasiada.

—¡Des! —llamó James—, ¡no subas más, tú ganas!

Pero Desmond estaba tan acostumbrado a mirar hacia arriba y no hacia abajo, mirar hacia lo que quería y no hacia las consecuencias.

—¡Desmond, voy a bajar ya! —siguió James—, ¡no sigas subiendo, ganaste!

James hizo el primer intento de bajar, pero la sensación hacía que cualquier movimiento pareciera imposible. Se fue apoyando tembloroso sobre las ramas una por una, era algo que debía de hacerse con muchísimo cuidado, mismo que bien sabía Desmond no era capaz de tener.

—¡Belle, ve por mamá! —llamó James—, *¡corre!*

Annabelle miró a las gemelas, que no estaban menos asustadas que ella; también sabía que ni en un millón de años lograría Desmond bajar de ahí solo.

—Iré por mamá —dijo Annabelle a las gemelas—, pero no pueden moverse de aquí, ¿prometido?

Las pequeñas asintieron al unísono y Annabelle echó a correr de vuelta a casa. Desmond casi alcanzó la cima cuando se vio elevado por sobre toda la isla. El niño sonrió maravillado, en verdad se sentía en la cima del mundo, y, por supuesto, por encima de su hermano mayor. Dirigió sus ojos al mar, cuya marea parecía estática bajo el brillante sol. Una grandiosa nave fondeaba el lado sur de la playa con sus grandes velas blancas.

—¡Un barco! —gritó Desmond emocionado—, ¡viene un barco!

Desmond miró hacia abajo esperando ver a sus hermanos igualmente emocionados, pero lo único que vio fue la tremenda altura a la que se encontraba y, aferrado del tronco, se quedó quieto y aterrorizado. James logró bajar después de varios minutos, sin mucha gracia y con un buen sentón. Mary y Sophie le ayudaron a levantarse, oían a Desmond gritar, pero no entendían lo que decía. El sonido de un extraño siseo interrumpió los gritos del niño, una enorme serpiente se movía hacia él desde la rama vecina. Asustado, Desmond cayó algunos metros entre las ramas, pero logró sostenerse de una con ambas manos, sin saber por cuánto más tiempo lo soportaría, pues la rama comenzaba a romperse.

Margaret se encontraba tomando el té en una silla mecedora en el porche de la casa, leía un libro cuyas páginas seleccionaba cuidadosamente porque serían las próximas lecciones que impartiría a sus hijos. Levantó la mirada al horizonte como solía hacerlo por costumbre y vio el imponente buque que iba directo a la isla. Se levantó de la silla y dejó caer el libro de sus manos, reconoció la bandera británica ondeando en lo alto del mástil conforme se acercaba; su respiración se aceleró a medida que se preparaba para lo peor.

—¡Mamá, mamá! —llamaba Annabelle, que venía corriendo hacia ella despavorida—. ¡Desmond se ha subido a un árbol y no puede bajar, es muy alto!

El corazón de Margaret se aceleró en su pecho con un golpeteo que hacía mucho no sentía. Johnny siempre le advirtió lo que podría suceder si una nave de la Marina Real descubría a la familia. Significaba peligro, el peor de los peligros, y Margaret se preparó para afrontarlo como si estuviese ante su peor enemigo en una repentina batalla.

—Annabelle —llamó Margaret en voz alta—, tus hermanos hace mucho que navegan al lado de tu abuela y tus hermanas estudian en un internado en París.

—Pero... —se confundió la niña.

—Aquella nave está a punto de anclar, vendrán a buscarnos y entrarán a casa. Tú no dirás una palabra y te mantendrás detrás de mí en todo momento, ¿me has oído?

—¡Pero mis hermanos!

Los botes de remos llegaron a la orilla y Margaret recibió a los visitantes erguida, tomada de la mano de su hija. Los hombres que desembarcaron vestían trajes de marineros, todos con aspecto serio y pulcro, serviciales casi con aires de esclavitud ante el hombre que desembarcaba el primer bote: Maxwell Winchester. A simple vista parecía un príncipe de ojos grises y mirada fría, su pelo de un rubio tan cenizo que parecía opaco. Se fijó en Margaret y le sonrió con dulzura.

—Margaret Blackdawn —dijo acercándose a ella—, es en verdad un honor conocer a la esposa de tan célebre pirata. Mi nombre es Maxwell Winchester.

Dichas estas palabras, Margaret acomodó a su hija detrás de sí y tomó una postura rígida a medida que Maxwell le tomaba la mano y la besaba suavemente con una caballerosa reverencia.

—¿Qué desea? —preguntó ella, seria.

—He venido en representación del Tribunal de Justicia de Port Royal. Tal resulta que el capitán Blackdawn ha sido arrestado hace un tiempo con cargos que, obviamente, ameritan la horca y…

—Por favor —interrumpió Margaret—, no frente a mi hija.

—Tenía entendido que usted era madre de cinco criaturas y no menos, ¿estoy en un error?

—Mis hermanos navegan con mi abuela desde hace mucho y las gemelas estudian en un internado en París —dijo Annabelle—, yo me he quedado a ayudar a mi madre en casa.

—Mi hija ha dicho la verdad —corroboró Margaret, luchando por que la voz no le temblase.

La mujer no tuvo elección más que invitar a su casa a Maxwell Winchester, que estaba resuelto a tratar un tema delicadísimo. Se sentaron en aquella mesa en la terraza donde cantaban los canarios, pero ahora permanecían ocultos y en silencio como si supiesen quién era la inesperada visita. Annabelle subió a su habitación a petición de Margaret mientras que ella, con las manos temblorosas, le servía el té a Maxwell.

—Como he dicho ya —comenzó él, luego de dar el primer sorbo—, su marido se encuentra bajo custodia en la prisión de El Fuerte. Y aunque sus crímenes sin duda ameritan la muerte, el juez ha decidido otorgarle un perdón si hay testigos a su favor. La realidad es que las autoridades, particularmente el gobernador Victor Cromwell, no desean darle muerte. No como un acto benévolo, sino por pura estrategia política. De ejecutar a Blackdawn, la piratería entera enfurecería en todo el mundo y la Corona puede verse afectada junto con sus intereses en las colonias caribeñas. No es algo que le convenga a nadie, principalmente a mi hermano y a mí. Como sabrá, Wallace Winchester era mi padre y nos ha dejado un puesto privilegiado que deseamos mantener a toda costa. Aun si eso significa perdonarle la vida a su asesino. *Pero* el pueblo quiere ver a Blackdawn colgando de la horca, y no perdonarán su indulto sin un juicio que parezca justificarlo. Es por eso por lo que me veo obligado a aliarme con usted, su esposa, porque no puedo imaginar mejor testigo en la corte durante el juicio.

—¿Espera usted que yo crea que ha venido hasta aquí para ayudar a mi esposo, su más letal enemigo? —cuestionó Margaret.

—No le presto ningún servicio a Blackdawn consiguiendo su indulto, se lo aseguro. Le perdonarán la vida, sí, pero quedará preso por el resto de sus días. Mismos días en que los piratas pasarán ideando cómo liberarlo y se olvidarán de seguir retando la paciencia del rey Jorge. Además, sabemos del extenso mercado que el capitán Blackdawn ha construido en Tortuga y naturalmente ha llamado la atención de las autoridades, de los bancos, de los inversionistas. Es la única alternativa que tenemos de volver a tomar el control del Caribe. Y como recompensa por su ayuda, puedo garantizarle que será traída de vuelta a casa si lo desea, y no será molestada jamás. El destino de Blackdawn es lamentable, es verdad, pero muchos años tras las rejas resultan mejor que estar suspendido un solo segundo de una cuerda alrededor del cuello, ¿no le parece? Salva usted la vida de su marido al precio de proteger mi economía. Es un trato justo.

A pesar del planteamiento pacífico de Maxwell, a Margaret no le pareció que estaba en posición de negarse, y cuanto más lo pensaba menos quería hacerlo. Accedió. El horror de partir junto con Annabelle y dejar al resto de sus hijos atrás la atormentaba a cada paso que dio hacia la embarcación, pero se esmeró en convencerse de que los protegía de cierta forma.

El pequeño Desmond colgaba de la rama y sus dedos se iban desprendiendo uno por uno, lloraba mientras James y las gemelas le suplicaban a gritos que resistiera un poco más. No fue posible, las manos del niño soltaron la rama y Desmond cayó golpeándose el cuerpo de rama en rama hasta finalmente caer bocarriba sobre la tierra. James corrió hacia él, zarandeándolo para comprobar que estuviese vivo.

—¡Desmond, Desmond, di algo! —gritaba James.

Desmond respiraba con los ojos bien abiertos como si el dolor en su cuerpo fuese tal que se quedara en *shock*. Respiraba con dificultad a medida que resbalaban lágrimas de sus ojos. Mary y Sophie lloraban abrazadas, lo daban por muerto. Entonces comenzó el llanto de Desmond también, alaridos de dolor que hicieron temblar de miedo a sus hermanos. James intentó enderezarlo, pero el aullido que dio Desmond hizo que lo soltase inmediatamente.

—¡¿Qué hago?! —lloraba James angustiado.

El llanto de Desmond fue desencadenándose, un llanto de profundo dolor ante el que James se sentía derrotado e impotente. Miró a su alrededor con la mente revuelta y la respiración acelerada por los sollozos; fue hacia un árbol viejo y tiró de la corteza ya desprendida, hiriéndose los dedos hasta arrancar un gran trozo de metro y medio de largo. Colocó la corteza a un lado de Desmond verticalmente y empujó a su hermano a pesar de los gritos, de modo que éste rodó y terminó encima de la corteza como una camilla. A Desmond le punzaba hasta el alma el solo inhalar aire, sentía la columna vertebral hecha añicos y se desmoronaba a cada instante que movía un solo dedo.

Cuando llegaron a casa, James hizo el último esfuerzo por subir los escalones de caña de la entrada con la corteza donde yacía el herido, y como la casa estaba elevada sobre la arena era estrictamente necesario alzar a Desmond para poder entrar. Mary tiraba de la parte de arriba, Sophie empujaba por detrás y James maniobraba el cuerpo sobre el fino tronco. Resultó imposible, la corteza se desmoronó junto con sus esperanzas y Desmond quedó tendido sobre la arena tibia.

Los hermanos gritaban por su madre, pero se encontraron con una casa vacía. No había señales de Margaret ni Annabelle, ni en los huertos ni en los alrededores. Era como si hubiesen desaparecido por arte de magia. Los pensamientos en la mente de James eran demasiados y también los temores. Terminó por llevarse las manos a la cabeza y quebrar en llanto.

¡Mamá! ¡Belle! ¡Mamá!

3

El Espectro era un ángel guardián de negras alas que cuidaba de la piratería navegando entre continentes; su blanco preferido siempre las naves de la Compañía de las Indias. El cargamento de oro era usurpado y repartido entre los bucaneros, la batalla era dirigida por el capitán Arat, al tiempo que la atención de la capitana Aragón estaba puesta en las cartas de navegación y patentes de corso; noticias de política, información intercambiada entre colonias y corsarios, estrategias de guerra. La nave negra fungía como una especie de noticiero difundiendo información entre los suyos, nada nunca los tomaría por sorpresa.

Un buque de la Compañía de las Indias tuvo el infortunio de toparse con El Espectro cerca de la costa de Cuba y había quedado destrozado, la quilla despedazada y el castillo de popa hundido en el agua a la mitad. La cubierta estaba inclinada, pero suficientemente firme para que los oficiales quedasen hincados en una hilera, cada uno custodiado por un bucanero que les tenía el filo de espada, cuchillo o sable contra la garganta. Los rehenes vieron abordar la maltrecha embarcación a aquella que llamaban "la capitana española" o "la reina madre", la capitana María Aragón. Su cabello era de un dorado oscuro casi cobrizo, largo y ondulado bajo un elegante sombrero negro con una pluma del mismo color; vestía botas de cuero por encima de los muslos, una camisa blanca de encaje rizado y un saco color negro con diseños en dorado, bajo cuyas mangas asomaba el encaje de la blusa. Los finos dedos de la mujer, decorados con un anillo de rubíes chasquearon y Stanley le entregó una bella pistola cargada. La capitana alzó el rostro perfectamente bronceado y con algún lunar; los ojos delineados de negro, las orejas decoradas con arracadas y algunos aretes más pequeños en las demás perforaciones. Lucía inconcebiblemente hermosa. El capitán

Arat la esperaba en el puente de mando y le tendió la mano para ayudarla a subir.

—La nave quedó registrada —dijo Turco a María—, no hay mucho más que órdenes de ruta y algo de oro, demasiado a la vista.

—¿Les crees? —preguntó ella.

—No.

La capitana entonces se acercó a uno de los oficiales hincados, que a juzgar por su uniforme y reluciente charretera era el de mayor rango. Le acarició la mejilla al tiempo que se inclinaba en cuclillas para mirarle el rostro sometido.

—¿En dónde están las cartas? —preguntó ella con dulzura.

—Que Dios se apiade de su alma, capitana endemoniada —respondió el oficial con la voz temblándole—, o ha de ir al infierno por todos sus pecados. Roba, asesina, deja viudas y huérfanos.

—Y tú has de ir al cielo sin pecado alguno —dijo María, acariciándole el rostro y contorneando las facciones con sus dedos—. Los piratas que asesinas también son maridos y son padres. Y tus amos se bañan en el oro que me acusas de robar mientras *mis* viudas y huérfanos mueren de hambre. Dame las cartas.

El oficial no se movió, se quedó quieto con el filo que Raj oprimía contra su garganta y mantuvo los ojos firmes en los de la mujer sin cohibirse.

—¿No? —insistió María—, qué pena...

La capitana hizo una seña a Raj y éste le rebanó el cuello al oficial de un solo corte; cayó muerto con los ojos bien abiertos. Turco miró hacia otro lado, no le gustaba cuando María era demasiado impulsiva, pero había aprendido que toda conversación al respecto servía de muy poco.

—Me da la impresión, caballeros —siguió María—, que alguien aquí sabe dónde están esas cartas. Y les doy mi palabra de que aquel que me entregue los documentos de una vez podrá ir a casa en paz y sin daño alguno. Por otro lado, si cuento hasta tres y nadie abre la boca... tendré que llevarlos al mismo destino que su compañero, un corte lento en el cuello y una muerte sin mayor honor. Uno... dos... tre...

—Las tengo yo —confesó un uniformado—. Se me asignó la tarea de llevar la correspondencia y debía yo entregar mi vida antes que este sobre. Puedo dárselo, si se marchan ahora mismo y perdonan mi vida y la de mis hombres.

La capitana extendió su mano ante el hombre, quien alcanzó el interior de su casaca y entregó a manos de la pirata un sobre grueso con el sello de la Corona.

—¿Perdonará nuestras vidas, capitana? —insistió el oficial.

—¿Perdonaremos sus vidas, capitán Arat? —preguntó María, volviéndose a Turco.

—Les diste tu palabra —respondió él—, pero ¿pueden ellos dar su palabra de que no han de revelar quién se quedó con la carta?

—Sí, capitán —respondió el hombre agitadamente—, *capitanes*, les doy mi palabra de cristiano, lo juro por Dios.

Los capitanes intercambiaron miradas, acordando perdonarle la vida con aquella mueca tan específica como tantas otras que ya fungían como un lenguaje entre los dos. María se inclinó y entregó al rehén un rubí del tamaño de una uva.

—Para que a tu familia no le falte nada —dijo ella—, ¡y para que los demás aprendan que si cooperan con la piratería serán recompensados con riqueza y protección! Tanto como si cooperan con el rey se les castigará con la muerte. Vayan a casa y piensen bien, señores. Podrían estar desperdiciando su valor en el bando equivocado.

La tripulación de El Espectro volvió a la nave negra, izaron velas y se marcharon con tranquilidad. Los hombres celebraron un nuevo botín que por más pequeño seguía siendo un botín; a veces la información confidencial se probaba más valiosa que una tonelada de monedas.

La capitana Aragón y el capitán Arat se reunieron en el ahora conocido como "camarote de los capitanes". Lo que alguna vez fue el camarote de Desmond Black fue completamente remodelado y acondicionado como un camarote con comedor, sala pequeña y escritorio con dos sillas como área común, y al fondo se dividía en dos cabinas del todo independientes para dormir.

Turco se sirvió un vaso de agua y estaba por darle un trago cuando María lo tomó.

—Nunca había visto a un oficial proteger correspondencia así —dijo ella y dio un trago—, el oro sí, siempre. Pero ¿una carta?

Turco se sirvió un segundo vaso de agua y acompañó a María en el comedor. Las puertas del camarote se abrieron y entraron Sam y Stanley con la cena; dos charolas de mariscos frescos, la fabulosa pesca del día cocinada deliciosamente gracias a Joe. Detrás de ellos venía Barry con una botella de vino blanco y dos relucientes copas de cristal. Los capitanes se sentaron a cenar. Antes se colocaban uno a cada extremo de la mesa, pero conforme las conversaciones fueron haciéndose más amenas y sus rostros demasiado familiares, terminaron por sentarse como si se tratase de un matrimonio; Turco a la cabecera y María a su lado. Cenaban, disfrutando del manjar de ostiones y camarones.

—¿Has hablado con Sam sobre la pintura? —preguntó María.

—Sí, va a comprarla en Tortuga —respondió Turco—, pero el barniz sellador que tú quieres es bajo pedido.

—El desgaste que te enseñé en la amurada es el que me preocupa, ¿o crees que resista más tiempo?

—No es tan profundo como parece, el roble es muy grueso.

María estiró el brazo para tomar la botella de vino, Turco la cogió antes y le sirvió. Los dos se fijaron en la etiqueta y se le quedaron viendo un momento. Este vino acababa de ser robado del buque hacía unas horas, pero no era la primera vez que miraban esa misma etiqueta. Ambos pensaron lo mismo, recordaron "la noche del vino blanco". Hacía de eso ya un par de años; asaltaron una fragata que transportaba plata y perlas, y, al igual que en esta ocasión, parte del botín consistió en saquear el buen licor. Esa noche brindaron con aquel vino blanco y una pasta con mariscos, y de postre frutos rojos bien aderezados. La conversación era amena y persistía aquel particular ánimo luego de un *buen* saqueo. Los cuerpos fueron desinhibiéndose; ambos reían de las primeras veces que rieron juntos. Tales eran sus carcajadas que se escuchaban hasta el piso de coyes, donde los muchachos ya se hacían toda clase de suposiciones, como si no existieran apuestas desde hacía mucho sobre el porvenir de la relación de sus capitanes.

—¡No juzgo! —reía María—. Sé que a Stanley le gustan los hombres y también a Melville, pero ¿que se hayan peleado por Poe alguna vez? Hay tantos más apuestos entre ustedes... Espinoza, Silvestre...

—A Poe le gustan las mujeres y los hombres, no era un amor imposible —dijo Turco—, Espinoza y Silvestre nunca han estado con un hombre, hasta donde yo sé. Tengo mis dudas acerca de Espinoza. Como sea, es mucho tiempo en altamar, por eso cuando tocamos puerto es bueno quedar lo más... *satisfecho* posible. En Tortuga las chicas nos conocen de toda la vida, saben lo que nos gusta. Pero cuando tocamos algún puerto nuevo o que no frecuentamos mucho, algunos hombres buscan mujeres antes que provisiones. Te sorprendería cómo el cuerpo llega a pedir sexo antes que comida y agua algunas veces.

—Pues vaya lío —suspiró María—, llevamos en el mar cuatro meses, ¿debo preocuparme por mí?

—Nunca. Los muchachos saben cómo son las cosas. No te miran como una mujer, te miran como un capitán. Y cuando te ven... ven también a Desmond. Nadie faltaría al respeto a su memoria de esa manera.

La sonrisa se borró del rostro de María, sintió apenas un pellizco en el pecho y no entendió por qué. Hasta Turco notó el repentino cambio y supuso que debía ser por haber mencionado a Desmond. La mujer meneó su copa suavemente y se fijó en Turco, que leía la etiqueta del vino; le gustaba mirarlo cuando leía, se veía muy apuesto frunciendo el ceño con sus cejas negras. Las cejas de Turco siempre le habían gustado y también sus ojos color avellana y casi amarillos a la luz del sol, con tantísimas pestañas negras y gruesas que parecía llevaba delineado. Su ondulado pelo era tan negro que a veces se miraba azul; ella sentía un cosquilleo extraño cada vez que Arat pasaba sus dedos por ese grueso cabello y lo peinaba hacia atrás.

—¿Estás bien? —le preguntó Turco, sacándola de su trance violentamente.

—A veces temo perderme de mucho por el respeto que puedan tenerme —dijo María sin pensar, simplemente respondió.

Arat se tensó, su cuerpo se endureció de pronto y se le secó la boca. Pensó que quizá el vino le hacía una mala jugada, no se sentía él mismo en cuestión de poquísimos segundos. Se fijó en María, ella tomaba una fresa y la mordió suavemente, tan lento que Turco pudo mirar sus carnosos labios tocar la fruta delicadamente como si la besase.

—No es secreto que eres hermosa —dijo sin pensar, simplemente habló—, muchos hombres te desean, habrá alguno que se atreva.

—¿Tú me deseas? —preguntó María.

A pesar del vino corriéndole en la sangre, María sabía que esto era demasiado y la repentina taquicardia se lo avisó terminadas las palabras. Se arrepintió inmediatamente, pero era tarde, Turco la había escuchado con la misma atención de siempre. Se forzó a sostenerle la mirada al capitán, cuyos ojos quedaron perplejos un instante antes de desviarse hacia la alfombra en la que ahora estaban sentados, demasiado cerca el uno del otro. Podían sentirse.

—Es tarde —dijo él—, deberíamos dormir.

Turco se levantó sin decir más, llevándose la botella y las copas vacías. María se quedó quieta, se sintió patética, quizá hasta enojada. Se levantó también y se fue a su pequeña habitación, la única guarida que tenía; una pequeña cama de blancas sábanas, una mesita con un balde de agua fresca, un cepillo, espejo, flores ya secas, una toalla, cajones con sus joyas y un armario con un par de atuendos. María se quitó la ropa, de pronto sentía demasiado calor. En ese entonces los cuartos de los capitanes estaban divididos por una especie de biombo blanco. Turco ya estaba sentado en su cama, sin camisa y listo para acostarse. Los movimientos de María contra la luz de las velas lo llamaron a mirar hacia el biombo, donde vio perfectamente la sombra de la mujer desvistiéndose; su figura delineada como una obra de arte, la cintura pequeña y las caderas de espectacular curvatura, los pechos levantados y redondos. La mujer iba deshaciéndose la trenza y a la sombra se le unió el poético caer de su largo cabello. Arat quedó perplejo ante el espectáculo, pero se obligó a sí mismo a recostarse y mirar hacia otro sitio, aunque para ese momento su cuerpo había delatado la inevitable excitación que ya asomaba incluso debajo de las sábanas. María entró de repente y sin anunciarse, ya vestida con camisón de dormir. Turco se enderezó inmediatamente y disimuló lo mejor que pudo. Pero María lo vio, observó todo y se olvidó completamente de lo que iba a decir.

—¿Pasa algo? —preguntó Turco, disimulando que en realidad estaba avergonzado.

—No quise que se malinterpretaran mis palaras —dijo ella—. Sabes de sobra que el licor adormece el juicio y las intenciones pueden confundirse.

—No, no... yo... —balbuceaba Turco—, somos capitanes de este barco, ocupémonos de ser sólo eso.

—Buenas noches, Arat.

—Buenas noches, María.

Ambos capitanes se esmeraron por olvidar lo sucedido esa noche, y el hecho de que ambos hicieron, en la confidencia de sus sábanas, exactamente lo mismo.

Ahora el capitán Arat veía la etiqueta del mismo vino y también María.

—Abramos la carta —dijo María de pronto y en voz alta.

Turco puso la botella de vino sobre la mesa y se olvidó del asunto, se *forzó* a olvidarlo. Salieron a cubierta para leer la carta en voz alta como era la costumbre cada vez que se trataba de correspondencia importante. Rompieron el lacre que sellaba el pergamino y desplegaron el papel para leer a los hombres.

La orden de búsqueda y captura para el Capitán Johnny Blackdawn se expande de Gran Bretaña a España y Francia. Los tres monarcas ofrecen recompensa por revelar su paradero y desean sea entregado con vida para ser sometido a tortura y finalmente a juicio, donde será ejecutado como enemigo de la Corona con cargos de robo, asesinato, extorción y alta traición a Su Majestad el Rey Jorge. Al respetable gobernador de Port Royal, Victor Cromwell, se le requiere disponga de cuantas naves considere necesarias para llevar a cabo el ataque de flota al puerto pirata de Tortuga, siendo precisa la destrucción de sus bienes ilícitos.

Hubo un silencio que pareció eterno. El papel temblaba en las manos de María y las miradas de los bucaneros se fijaron en ella con ansiedad, a medida que Turco le retiraba el papel con suavidad. Los empapó una lluvia de incertidumbre, cuyas gotas escurrían de miedo sobre sus pieles. La capitana Aragón, que en ese momento no pensaba como capitana sino como madre, imaginó la sola imagen de su hijo siendo torturado y tembló.

—*Jamás* —dijo el capitán Arat en voz alta antes de que María pudiese decir cualquier cosa. Los piratas lo miraron. María lo miró también, con los ojos temblándole en las órbitas y conteniendo lágrimas.

—¡Jamás, he dicho! —rugió Arat nuevamente—. Tendrán que matar a cada pirata en el mundo antes de acercarse al capitán Blackdawn, ¡al capitán de capitanes! ¡Jamás!

—¡Jamás! —le siguió Melville.

—¡Jamás! —dijo Barry.

—¡Jamás! —rugió Joe con rabia, que, al igual que los veteranos de la tripulación, había visto al *rey de los bucaneros* desde que era un simple rehén de Port Royal, un *perro de puerto*, un cadete llamado *Ojitos*; desde que se llamaba John Dawner hasta que se convirtió en Johnny Blackdawn. *¡JAMÁS!*, gritaron todos. Sam, Chang, Dash, Culebra, Stanley, Yutsuko y cada pirata a bordo de El Espectro vociferaron la misma palabra con todas las fuerzas de sus pulmones. Uno por uno, como un canto de guerra, se incendiaba con el fuego de la inminente batalla.

—¡Fijen rumbo a Tortuga! —rugió la capitana Aragón—, ¡defenderemos nuestra casa!

¡Sí, capitana!

¡Larga vida al capitán Blackdawn!

4

Tortuga se había transformado radicalmente en los últimos años. El capitán Johnny Blackdawn la alzó del fétido lodo en el que se encontraba y en ella invirtió con devoción una enorme porción de su fortuna, aquella cuantiosa tajada que se llevó del tesoro de Cortés. Inversión, inversión, inversión, era lo único que había tenido en mente. Quería generar más flujo constante, mucho más; no para él, sino para su gente. La isla pirata era ahora una industria exclusiva de piratas para piratas. Industria textil porque Blackdawn compró maquinaria y la instaló en una casona, y aquellas mujeres que no deseaban participar en la prostitución se dedicaban ahora a hacer banderas para barcos piratas, reparar velas y prendas. Industria pesquera porque Blackdawn adquirió tres barcos pesqueros, y aquellos viejos que dormían en las calles, sin sentido de existencia, ahora eran pescadores que surtían mariscos a la Taberna del Capitán Morgan. El burdel lo remodeló completamente, transformándolo en una casa lujosa y con comodidades, y en el piso de arriba instaló un hogar completo para las mujeres que ahí desearan quedarse. Construyó también la Casona, una casa de enormes dimensiones con todas las amenidades, para todos aquellos que no tuviesen techo, especialmente para niños desamparados. Allí mismo contrató a hombres y mujeres que supieran leer y escribir para enseñar a quienes estuviesen dispuestos a aprender. Industria ganadera porque Blackdawn compró un ganado de vacas, cabras y ovejas y acondicionó parte de la isla para vender tanto a los animales como sus lácteos y la manufactura de pieles. Industria licorera porque adquirió dos naves destinadas para traficar los mejores licores de todo el mundo y venderlos en la taberna. Remodeló una vieja armería y contrató a aquellos hombres con conocimiento de armas y su manufactura. En un área de la playa construyó un amplio mercado de intercambio de bienes:

metales, azúcar, animales, especias, tabaco, minerales, hierbas medicinales, hierbas de cocina, hierbas de té, hierbas y hongos alucinógenos, prendas, tinta y mucho más. El oro ganado de estos negocios era de bucaneros para bucaneros, para que en el reino pirata jamás faltase nada. Eran financieramente independientes de la Corona y ahora podían darse el lujo de efectuar sus crímenes más por diversión que por la creciente necesidad. Lo que el capitán Johnny Blackdawn había ofrecido a la piratería era que jamás tendría que mendigarle una sola moneda al rey, nunca más.

Era una noche alegre en la Taberna del Capitán Morgan sin motivo alguno; quizá porque había pasado navidad y venía un nuevo año, quizá porque era de noche y no de día, quizá porque estaban vivos y no muertos, por lo que fuera. La humedad de la brisa salina cobijaba la celebración, inundada por el aroma del lechón ahumado, de la cebada y el ron. Los piratas eran ricos y libres, quedaba chocar los tarros, bailar y reír.

La capitana Anne Bonny estaba sentada en la esquina más alejada de los músicos; con sus ojos verdes miraba a su alrededor cautelosamente y su largo cabello castaño brillaba a la luz de los candelabros. A su lado se sentaban dos piratas más, Duma y Benjamin Stain. Entró por la puerta de la taberna un hombre encapuchado con una capa de terciopelo verde esmeralda, se acercó a ellos de manera misteriosa.

—Se te ve la mierda aristócrata a leguas —le dijo Duma burlándose.

Lord Edmund Aldrich se quitó la capucha. Era un hombre de la tercera edad, de pelo rojizo, piel blanquísima, rasgos desagradables y ojos verdes rodeados de arrugas.

—No te olvides, pirata —le respondió Aldrich—, me perteneces ahora.

—Perra suerte la tuya —intervino Bonny—, puede que tengas ante tus ojos a los únicos tres piratas que no le pertenecen al maldito de Blackdawn.

Benjamin sonrió, revelando su dentadura que alguna vez estuvo incompleta, pero ahora los cuatro dientes que le faltaban eran de plata. Siempre que se miraba en un reflejo recordaba cuando el capitán Desmond Black le tumbó los dientes de un puñetazo y lo echó de la tripulación por haber golpeado a la muñeca de cabello rojo, arrebatándole la oportunidad de tocar el maravilloso tesoro.

—Puede que no necesite a nadie más —dijo Aldrich, poniendo sobre la mesa dos grandes bolsos de cuero cuyo contenido resplandecía en la superficie, rellenos de tantas monedas de oro que no podían cerrarse completamente. Los tres bucaneros se inclinaron hacia delante y les brillaron los ojos.

—Acostúmbrense al dinero —siguió Aldrich—, cuando los Winchester hayan dado con el tesoro de Cortés ustedes recibirán el resto del pago prometido como fue acordado. Siempre y cuando cumplan con lo que se les ha ordenado y lo hagan en tiempo y forma. Algo que no me parece que vaya a resultar difícil para ninguno de ustedes, a cada uno le sobran motivos para destruir a Blackdawn.

—Me importa un bledo entregarte a Blackdawn sin un rasguño —dijo Duma—, siempre que me dejen arrancarle las tripas al puto de Arat personalmente.

—Igual —suspiró Bonny—, no toco al santo mesías siempre que me dejen arrancarle las greñas a la perra de Aragón.

—¿Y tú a quién quieres, niño? —preguntó Aldrich a Benjamin, desconcertándolo.

El pirata se tomó un momento para pensarlo.

—Dicen que Blackdawn está criando a mis hijos como si fueran suyos —dijo Ben—; son cuates, un niño y una niña. Los quiero ver.

—¿Para? —se extrañó Bonny—. ¿Serás su papito lindo?

Duma y Bonny se burlaron de él.

—Tendrán sus premios —aseguró Aldrich—, pero han de ponerse en marcha esta misma noche.

Las rivalidades siempre habían existido y se mantenían latentes a lo largo de los años; así como el capitán Desmond Black tenía por rival a Edward Teach, Barbanegra, Duma —que era la mano derecha de Barbanegra— tenía por rival inmediato al capitán Koçyiğit Arat, la mano derecha de Black. Tanto como la capitana Anne Bonny no iba a perdonar nunca que Desmond Black la exiliase de la flota destinada a encontrar el tesoro, todo por elegir a María Aragón por encima de ella. Para Ben era más sencillo, para él era el dinero, siempre el dinero. Y quizá molestar a "Mags" y *sus* hijos por un rato.

Las instrucciones de los piratas eran sencillas; ir desmoronando a Johnny Blackdawn sin tocarlo. Habían de buscar más bucaneros en venta para acrecentar sus tripulaciones, aunque ciertamente la lealtad a Blackdawn parecía inquebrantable aun con las exageradas sumas de dinero ofrecidas por el aristócrata inglés. Lord Aldrich era de los pocos a quienes los Winchester habían confiado la existencia del gran tesoro de Cortés; y es que su cantidad era tan vasta que no era difícil prometer porciones ni a aliados ni a piratas. El tesoro resultó ser motivación suficiente para que el gobernador de Port Royal, Victor Cromwell, asistiese a los hermanos también. Ningún pirata se animó con la posibilidad de recibir un puñado del tesoro porque en cierta forma ya les pertenecía. Para la capitana Bonny de El Rackham y el capitán Duma de El Fénix sólo quedaba esperar en Tortuga, aguardar a esos enemigos que, más temprano que tarde, anclarían en la isla como hacían tan seguido. Bonny ya tenía pensada otra posible astilla que clavar en Blackdawn, pues luego de un buen rato en Tortuga terminó por enterarse de que el célebre capitán tenía una pequeña hija de ocho años llamada Zuri, que significaba *bella* en swahili, la lengua natal de su madre, Tirzah. Zuri era una pequeña mulata de rizos castaños a quien su padre adoraba profundamente, Bonny no necesitaba más.

5

Meses antes, en Francia, llegó a Brest, puerto de Bretaña, el esperado carro que transportaba al más vil pirata europeo, el *capitaine* Ravenue Lussan. Fue recibido como una especie de bestia; su carruaje pasó por en medio de una formación de pueblerinos que gritaban insultos y escupían al bandido francés, lanzando jitomates podridos y clamando justicia, que así llamaban a su morbo por el espectáculo de la ejecución de un criminal en la horca. Frente a la iglesia se alzó la tarima rodeada por cientos de personas. Hombres, mujeres y niños por igual, perros callejeros olfateando botas y zapatillas. Los gritos, las risas, los ladridos, los masticares, la lluvia y los charcos de lodo, todo aquello era como una apasionada orquesta de suciedad esperando recibir al pirata de Bretaña. Treinta guardias armados rodearon la tarima en formación mientras otros dos sostenían al capitán Lussan de cada brazo, llevando al obeso bandido hasta la horca mientras él maldecía a gritos. Un sacerdote se acercó también, sin genuinas intenciones de absolver los pecados del condenado. Un oficial de justicia posó en la escalinata junto a una asta en la que ondeaba inquieta la bandera de la Corona francesa, sostenía un pergamino que desenrolló delicadamente.

—*Capitaine Ravenue Lussan* —comenzó—, *condamné á la pendaison pour avoir été accusé de...*

Llevado por el trágico ritmo de la voz acusatoria, subió a la tarima el verdadero justiciero, el verdugo. Su sola presencia era la muerte; enmascarado de negro hasta los hombros, el asesino anónimo posó junto al pirata francés. El oficial terminó de dictar la sentencia de muerte. Lussan se preparó para partir, alejó su mirada del pueblo despiadado y la puso sobre unas palomas blancas que volaban a lo lejos, ajenas al concepto del inicio y del final. Quiso pensar que moría con dignidad y en el nombre de la piratería, aunque su adorada Reine de Mort hubiese perecido ante los galeones que lo emboscaron hacía pocas semanas. Debió haberse hundido con su nave, era lo que quería, pero fue tomado prisionero y sometido. El verdugo ató la cuerda en su cuello, pero no la ajustó ni siquiera un poco. El pueblo gritaba. Los tambores sonaron. El capitán Lussan cerró los ojos.

—Va a necesitar esos ojos abiertos, *capitaine* —dijo una voz familiar.

Lussan abrió los ojos de golpe y dirigió su mirada hacia arriba, hacia el verdugo, conocía esa voz. Se escuchó un sonoro y simpático chiflido que quebrantó el silencio. Un instante después surgieron dos explosiones alrededor, provocando que cundiera el pánico entre los civiles, quienes ya corrían y gritaban despavoridos. De entre los civiles surgió un montón de hombres que antes no habían llamado la atención; Silvestre, Ratas, Poe, Bones y muchos más que abrieron fuego contra los oficiales que custodiaban la tarima. El tiroteo se desencadenó. Iba llegando el caos con la lluvia fría, el humo, los gritos.

—*Pirates!* —advirtió el oficial de justicia—, ¡abran fuego!

Más oficiales llegaban deprisa a la plaza y con los mosquetes cargados, pero al mismo tiempo más bucaneros, fuera de sus disfraces, surgían del alebrestado enjambre de personas. Se dispararon los mosquetes y las pistolas, surgían más explosiones que hacían volar los muros y las piedras, se acrecentaba el humo y pronto comenzó el choque de las espadas. Lussan gritaba de confusión e impresión. Entonces el verdugo se retiró la máscara, era el capitán Johnny Blackdawn, que le dedicó al prisionero una sonrisa ladeada y picaresca.

—¿Johnny? —susurró Lussan sin aliento—, *¿cómo?*

—¿Puedo explicarme después? —respondió el joven capitán, cortando las ataduras de Lussan con un preciso espadazo para luego entregarle la misma espada.

El capitán Lussan le sonrió a Johnny como si fuese un milagro, Johnny le guiñó su único ojo. Los dos capitanes se unieron a la batalla que persistía en la plaza entre la lluvia y el humo incrementándose, la sangre comenzaba a derramarse. Un muchacho de diecinueve años saltó del asta con una sonrisa, era O'Connor, y con orgullo vio caer la bandera francesa a medida que se desplegaba la bandera pirata del capitán Johnny Blackdawn en la punta del asta. Los piratas la miraron, era la señal de retirada y a la vez una firma. Se esparcieron por las calles como pudieron, a simple vista parecía que cada uno corría por su cuenta y a su suerte, pero se trataba de una huida hacia el puerto perfectamente coordinada. Había ya nueve carros distribuidos entre las calles que esperaban por cada uno, y tan pronto los bucaneros saltaban en su interior, se iban a todo galope para, acto seguido, detonar una explosión detrás de ellos que imposibilitaba el paso a los oficiales que ya los perseguían sobre sus caballos. Explosiones seguían detonándose por todas las calles creando derrumbes y caos entre los habitantes. Los oficiales caían de sus caballos que se asustaban con el retumbar de cada detonación, se nublaba la vista por el humo y las espesas gotas, a medida que los ciudadanos inundaban las calles huyendo.

El capitán Blackdawn tiró del grueso hombro de Lussan mientras corrían para empujarle dentro de un callejón. Había una panadería de dos pisos con el nombre Trau Mad, cuyo delicioso aroma a mantequilla dulce se despedía a través de las puertas abiertas y las ventanas llenas de luz. Entraron. Johnny cerró la puerta con un candado y respiró aliviado. Dentro de la panadería había silencio, un mundo separado del caos de fuera. El olor era riquísimo y provocó que a Lussan se le hiciese agua la boca. La luz brillante de tantísimas velas hacía parecer que se estaba a plena luz del día, la luz amarilla y anaranjada daba una acogedora sensación de hogar y calidez.

—¿George? —llamó Johnny, algo preocupado, pues no estaba allí para recibirles y atrancar la puerta como fue planeado.

—Pero qué… —iba a decir Lussan, pero Johnny le indicó silencio colocándose el índice frente a los labios. El joven capitán desenvainó su espada lentamente. Entonces escucharon gemidos, una muchacha aullaba de placer y también un hombre. Johnny puso el ojo en blanco y envainó su espada; se dirigió, seguido por Lussan, hacia la cocina. Los apasionados suspiros venían de detrás de la mesa de preparación, cubierta por una especie de mantel con masa fresca y harina.

—¿Es en serio? —llamó Johnny en voz alta.

Los gemidos cesaron de inmediato. Pata de Palo Tanner asomó por debajo del mantel, jadeando y con el rostro sucio de harina y, a su lado, apareció una bella joven igualmente complacida y sonriente.

—Amo Francia… —jadeó George.

—¿Están todos en posición? —preguntó Johnny exasperado.

—Es pronto —respondió George, incorporándose luego de haberse abotonado el pantalón debajo de la mesa—, muchos seguirán corriendo y no ha sonado la última señal, van siete.

Lussan miraba todo a su alrededor con los ojos demasiado abiertos y la respiración acelerada como si todavía no entendiera lo que sucedía; hacía un segundo estaba a un paso de la muerte, cerrando los ojos para recibirla, y ahora se encontraba dentro de una panadería a salvo y en compañía del hijo de Desmond Black. El capitán francés posó los ojos sobre el joven y lo observó en silencio un momento mientras éste ayudaba a Tanner a levantarse. Cuánto se parecía a Desmond. El joven pirata tenía ahora veintiocho años, la piel bronceada, el pelo corto y castaño, una barba castaña bien delineada, el único ojo que le quedaba almendrado y color marrón, y un parche negro sobre lo que fue el ojo izquierdo. Vestía un abrigo negro con botones dorados y las solapas alzadas, una camisa blanca con suficientes botones abiertos para delatar el tatuaje de seis estrellas en el pecho; sus seis hijos. Le colgaba del cuello una cadena con un cráneo dorado que le había obsequiado su madre hacía mucho y un delgado cuero negro con algunas piedritas; se lo había hecho su hija mayor. Botas negras de cuero. Una arracada en la oreja izquierda y algunos anillos en los dedos que iba intercambiando. Llevaba un cinturón negro con hebilla dorada del que colgaba una espada, una bellísima pistola negra con plateado y una navaja que significaba muchísimo. Lussan le sonrió con los ojos cristalinos. Johnny frunció el ceño con una sonrisa.

—¿Estás bien? —le preguntó.

—*Oui, oui* —rio el francés—. Desmond estaría orgulloso, Johnny.

Blackdawn sonrió de lado, su mirada se hizo tierna como la de un niño. Se oyó una explosión de repente.

—Ahí está la última señal —dijo George—, todos están a salvo, capitán.

—Bien. Ya sabes qué hacer.

Tanner asintió y se volvió a Céline, la bella joven cocinera; la tomó de las mejillas dramáticamente.

—Céline, mi amor… —comenzó, haciendo que Johnny pusiera el ojo en blanco, sabía exactamente lo que estaba por decirle porque así lo hacía con toda mujer con la que se acostaba, aunque pronto se olvidase de ellas—. No te olvidaré nunca, nos volveremos a ver… *adiós.*

Pata de Palo besó a la muchacha en los labios, un beso apretado y sonoro. Luego se desprendió de ella, tomó su chaqueta, se puso el sombrero de tres picos, tomó su bastón y salió de la panadería. Solamente se había enamorado de una mujer en toda su vida, cuya identidad ocultaría de Johnny para siempre. Los cientos de otras mujeres eran un simple pasatiempo que disfrutaba.

—¿Por lo menos va a escribirme? —preguntó Céline a Johnny, aún con los ojos fijos en la puerta. Había quedado encantada con el pirata rubio como quedaban tantas otras.

—No escribe ni a su hermana —le respondió el capitán.

Todavía atolondrada por los caireles rubio cenizo del pirata, Céline se dispuso a preparar algo de cenar para los dos piratas. Se le había pagado tanto dinero por darles asilo y ocultarlos, que incitaron su hospitalidad; con esa cantidad de dinero Céline bien podría poner una panadería más en un barrio más próspero. Estaba contenta. Les preparó una deliciosa *cassoulet*, una especie de sopa en cazuela con carne de res, puerco, frijol blanco y otras leguminosas con especias, acompañada de pan de ajo recién horneado y un poco de cerveza.

Johnny y Lussan se sentaron a cenar solos en la cocina; la comida los iba reviviendo y también los tragos.

—Johnny... tú no puedes andar por las calles así sin preocuparte —le dijo Lussan—, ¿acaso no sabes cuánto oro ofrecen por tu cabeza? Ya no hay lugar seguro para nosotros más que el infierno. La tierra ya no es nuestra y el mar también nos lo van a quitar.

—No mientras yo viva —aseguró Johnny—. ¿Qué es lo que sabes, Lussan?

—Lo suficiente para que me honre tu presencia, *roi de pirates.*

—No soy ningún rey. Soy sólo un pirata tratando de ayudar a los suyos.

—Dios sabe que he sido pirata desde que me parió mi madre y que seré pirata hasta que me entierre la muerte —dijo Lussan—, pero conozco una batalla perdida antes de que comience. Los Winchester, *capitaine*, son una batalla perdida.

—Eras gran amigo del capitán Desmond Black —respondió Johnny—, y no creo que hiciera amistad con cobardes. Acudiste una vez al llamado de mi padre. Ahora yo hago ese llamado, ahora yo vengo a pedir que pelees a mi lado.

—Desmond no era un hombre prudente, pero tampoco era un hombre estúpido.

—Niégame que habría elegido pelear antes que rendirse.

Lussan bebió de su tarro en silencio, se quedó callado un momento y luego miró a Johnny nuevamente.

—¿Y cuál es tu plan, *capitaine*?

—Ahora lo más importante es proteger a mi familia —dijo Johnny—. Si los Winchester ya están moviendo sus piezas no tardarán en buscar mi casa por todo el Caribe. Lo primero es ir allá y traer conmigo a Margaret y a mis cinco hijos.

—¡¿Cinco?! —se sorprendió Lussan.

—En realidad son seis. Annabelle y James, que ya los conoces. Luego está Desmond, deberías verlo, ya es un pirata hecho y derecho. Mis gemelas Mary y Sophie. Y mi Zuri es de Tirzah y vive en Tortuga con su madre. Ya tengo un plan, Lussan. Pero no pienso mover mis propias piezas hasta poner a mi familia a salvo. ¿Vienes conmigo?

—Te debo mi vida, Johnny —respondió Lussan—, será un honor que dispongas de ella.

Chocaron los tarros.

Cayó la madrugada. El capitán Blackdawn y el capitán Lussan abandonaron la panadería en medio de la noche y bajo la lluvia que no perdonaba un instante. Hacía frío y el viento soplaba inquieto. A esas horas aún patrullaban guardias en las calles que esperaban ver algo sospechoso; tenían instrucciones de estar más alerta que nunca. Los piratas evitaron las avenidas principales, alguien había corrido la voz; habían visto a un hombre de negro con un parche sobre el ojo izquierdo. Eso bastó para alarmar a las autoridades, los oficiales marchaban en las calles a paso rápido, un trote que entraba sin permiso en toda taberna y posada, preguntando a gritos por *le capitaine Blackdawn.* Pero el par de piratas logró conseguirse un pasaje hasta el muelle dentro de un carruaje maltrecho que transportaba productos. Después de todo, Johnny Blackdawn era un hombre rico que compensaba generosamente a quien lo ayudase. El anciano de la carreta había visto varios carteles en las calles con el rostro del pirata y las cantidades que se ofrecían por él como recompensa, que aumentaban a cada rato. Cuando llegaron al muelle, el viejo pensó en entregar a Blackdawn a las autoridades, ofrecían más de lo que los bucaneros habían pagado por ser transportados. Con ese dinero podría comer más de una vez al día y hasta darse el lujo de beber licor.

—¿Eres tú el *capitaine Blackdawn*? —preguntó el viejo.

Lussan se volvió a Johnny aterrado, pero el joven capitán se mantuvo firme.

—Soy él —confirmó sin miedo.

El anciano y Blackdawn se miraron a los ojos un momento.

—*Que Dieu te bénisse* —dijo el viejo casi en llanto.

Que Dios te bendiga.

Llegaron al corredor del muelle, un barco pesquero de un solo farol se mecía sobre la tormentosa marea. Pata de Palo esperaba al timón. La pequeña embarcación se zarandeó cuando el enorme cuerpo de Lussan la abordó.

—¿Cuántos faltan? —preguntó Johnny.

—Son los últimos —respondió Tanner.

—Bien. Vámonos de aquí.

Navegaron lejos del puerto entre la penumbra, perdidos en el silencio y en la espera. Lussan no pudo evitar abrir la boca, impactado, y con los ojos como platos al tiempo que se iba distinguiendo en la oscuridad aquella colosal nave roja.

—*Par le diable…*

El Satán surgió de la neblina encendido por enormes faroles que iluminaron sus velas rojas, desplegándose majestuosamente al tiempo que el bote se aproximaba a sus amuras. La popa era extraordinaria, elevada por encima del casco y el balcón con un vitral de varios metros de altura, enmarcado por gruesos volantes dorados y al interior cortinas rojas en punta como telones. Un farol gigante se columpiaba en lo más alto. Las rojas amuras con tres hileras de batería de cañones, ochenta en total y de más de treinta y dos libras, con alcance de más de doscientas yardas. Los macizos mástiles eran tan altos que parecían tocar el cielo negro con las impactantes gavias color sangre ya desplegadas, y en la punta del palo mayor ondeaba la insignia del capitán Johnny Blackdawn; una bandera negra con un sol rojo y un cráneo en su interior.

Al abordar el capitán de la nave, Poe y O'Connor lo recibieron de inmediato; O'Connor puso sobre su cabeza aquel elegante sombrero negro con una pluma roja al tiempo que Poe intercambiaba su abrigo negro por otro más pesado y con detalles en carmesí. En un instante lo vistieron como el rey de los piratas que era.

—Todo listo, capitán —dijo Espinoza acercándose; había pasado muchos años estudiando inglés como su previo capitán se lo habría sugerido tantas veces. Tenía tanto potencial y, sin embargo, al navegar en aguas británicas no podía darse a entender. Hasta ahora.

—¡Señor Lewis, aliste un camarote para mi invitado de honor! —ordenó el capitán Blackdawn—. ¡Silvestre, al timón, dos cuartas este-nordeste! ¡Poe! ¡Terminen de izar esas malditas velas de una puta vez! ¡Velocidad, señores, que quiero ver a mi mujer!

¡Sí, capitán!

6

Finalizaba el segundo día a bordo de El Canvass. Margaret miraba por el ventanal de su camarote un horizonte vacío y el color turquesa del agua. Era abrumador el silencio, ya estaba muy acostumbrada al sonido del oleaje, al viento, al canto de las aves y los gritos de los pericos y monos y a las risas o llantos de los niños. Ahora silencio total, si acaso alguna orden naval para algún marinero y la madera crujiendo. Se sentía extraña, ajena.

En el comedor de la nave se sirvió un maravilloso banquete sobre la mesa; un lechón caramelizado con una manzana en el hocico, pay de carne, codorniz con especias y buen vino tinto. Para el postre un delicioso pastel de fresas con crema dulce, té con leche y galletas. Maxwell y Margaret cenaban en silencio al igual que la noche anterior, pero en esta ocasión Annabelle no se encontraba allí porque dormía en el camarote de su madre. El joven contemplaba a Margaret serio, casi condescendiente, ante la obvia manera en la que disfrutaba la cantidad de condimentos y elevados sabores que no conseguía cocinando por su cuenta en una isla, sabores que la remontaban a su infancia cuando vivía en un mundo civilizado y elegante. Ella evitaba a toda costa cruzar miradas, ni siquiera le dirigía la palabra a menos que fuese estrictamente necesario y accedía a sus peticiones de manera forzada, como había sido el caso de cenar juntos.

—¿Cómo es que ha podido abandonarla de esa manera? —preguntó Maxwell.

El vino pasó por la garganta de Margaret como un suplicio, hizo un gesto y acomodó la copa sobre la mesa con cuidado.

—Lo juzga injustamente —respondió ella.

—Juzgo lo que miro. Una pobre mujer delgada como un hilo, comiendo con mucha hambre en un vestido gastado. Y su pequeña hija, que parecía que jamás había probado una cena decente en su vida.

Margaret se enderezó en la silla y limpió su boca con una servilleta, quiso levantarse.

—Le ruego me disculpe si me he atrevido a ofenderla —dijo Maxwell apresuradamente—, jamás he podido tolerar el maltrato a una mujer.

—¿Maltrato? —murmuró Margaret sin intención, el súbito sentimiento de que su esposo realmente la había abandonado y la idea de que no regresó jamás le revolvieron el estómago; la posibilidad de que hubiera otra mujer porque había tantas que lo deseaban con locura. Tres años de distancia, sin mirarse, sin hablarse, sin tocarse más que en sueños que terminaban por ser solitarios amaneceres.

—Margaret —llamó el joven—, ¿puedo llamarte así?

—Usted está acostumbrado a hacer lo que le plazca, ¿qué importa lo que piense yo al respecto?

—Por favor, no hables como si fuese tu enemigo, yo...

—¡Wallace Winchester asesinó a mi padre! —estalló Margaret en llanto—. ¡Le disparó en la cabeza a sangre fría! ¡Torturó a mi hermano! ¡Violó a la madre de mi esposo y asesinó a su padre con una daga como un cobarde! Y no perdió oportunidad en intentar asesinar a mi esposo también, pero falló... falló porque el capitán Johnny Blackdawn se mostró más hábil y ganó la partida. Sé perfectamente que Winchester escribió una carta para usted y para su hermano sobre el tesoro de Cortés y también sé que se despidió en la misma antes de que John le diera muerte. Usted y su hermano son los hijos de ese deplorable hombre que he aborrecido durante años. ¿Pretende, con sus lujos y buenos tratos, que yo me olvide de que esa misma sangre corre por sus venas? Es posible que este juicio a favor de John les favorezca también, pero no me crea tan estúpida como para descartar que alberga en su corazón deseos de venganza que, tarde o temprano, ha de satisfacer. Dejémonos de formalidades. Usted sabe tan bien como yo que no tenía elección al venir aquí, y que esto no es más que un secuestro realizado con muchísima delicadeza. Puedo permitir que pretenda actuar en mi conveniencia, Maxwell, pero no que me crea una idiota.

Maxwell tomó su copa de vino con la mirada en la puerta, como si quisiese comprobar que nadie escuchaba. Bebió. El trago resbaló lento a medida que alzaba los ojos hacia la mujer.

—Te equivocas, Margaret —dijo en un tono magnánimo y cálido—. Reconozco que mi padre era un monstruo y me juzgas al suponer que me le parezco. Mi hermano sí, y mucho. Hasta me atrevo a afirmar que es peor que él. Pero yo no deseaba que nada esto pasara. ¿Por qué crees que nunca quise venir al Caribe con mi padre? Elegí quedarme en Londres y estudiar leyes porque no quise y jamás he querido tener nada que ver con todo esto. Colonias, piratas, tesoros. Admito que la riqueza me atrae, y miente el hombre que no diga lo mismo. Pero no deseaba pagar un precio tan alto.

—¿No puede entonces detener a su hermano y evitar todo esto? —preguntó la mujer.

—A Jeremy no se le detiene, te apartas de su camino o te arrastra con él.

En ese momento Margaret se retiró a su camarote sin decir una palabra, no había nada que decir, no había nada que hacer. Cuando cerró la puerta de su cabina miró a su hija dormida plácidamente entre las sábanas de la cama; nunca la había visto dormir tan profundamente y no sabía si atribuirlo al cansancio o si atreverse a admitir que la pequeña estaba más cómoda sobre aquel fino colchón y almohadas emplumados que en su propio hogar. Se sentó en una silla para mirarla descansar y cuidar su sueño. Suspiró, sentía que estaba por brotar en llanto, pero se contenía. Llegaba a temblar de terror al pensar que sus otros pequeños quedaron abandonados en la jungla y a su suerte; sólo quedaba rezar en silencio, quizá sin percatarse de que ese terror iba convirtiéndose en una sigilosa rabia hacia Johnny. Era tiempo de aceptar que una bellísima casa en la playa no era suficiente ni para ella ni para sus hijos. El propio tesoro de Cortés y toda su riqueza no eran suficientes tampoco. Quería un marido y un padre para sus hijos más de lo que ansiaba ver triunfar al rey de los piratas. Recordaba cómo era vivir en Port Royal en aquella gran mansión rodeada de sirvientas y mayordomos, cualquier necesidad resuelta al alcance de una compra en el local más cercano, cualquier capricho inmediatamente concedido en lugar de esperar un barco con bienes que llegaba cada tanto. Eventos sociales en los que podía conversar con otras chicas de su edad sobre temas banales y entretenidos, entre tazas de té y finos canapés. La música, la danza. La mera compañía de una civilización moderna que no era más que un recuerdo a la merced de una jungla verde y de coloridas aves.

Maxwell Winchester había dado su palabra de que, si la mujer atestiguaba en el juicio de Johnny, no volvería a ser molestada jamás. Esto le garantizaba la posibilidad de mudarse de aquel paraíso, de regresar a Port Royal y enviar a sus hijos al colegio como tanto deseaba. James podría unirse a la Marina Real y las niñas podrían ir al mismo internado en París que enseñó a Margaret a ser una dama bien educada. En cuanto a Desmond, él tenía claro que sería pirata junto a su padre y Margaret lo sabía. De una forma u otra, la mujer decidió que estaba lista para abandonar la isla.

7

Cuando El Satán regresó a las cristalinas aguas del Caribe, navegaron hacia las costas de Sint Maarten para encontrarse con la fragata que transportaba los bienes destinados a la familia del capitán Blackdawn. Había correspondencia para Johnny, siempre la había. Emocionado por recibir cartas de su esposa, Johnny dio orden al capitán de la fragata de que este mes no habría de visitar la isla, porque lo haría él mismo en un par de días. Normalmente la fragata entregaba a Johnny no sólo las cartas de Margaret sino dibujos que todos sus hijos hacían para él, pulseras con cuentas de piedra o collares. Él hubiera querido escribir también, pero de ser detenida la fragata por la Marina Real las cartas bien podrían dar pistas sobre la locación de su familia y no era un riesgo que iba a tomar.

Esa misma noche el capitán Blackdawn se sentó frente a su ostentoso escritorio negro adornado con volantes, en aquella cómoda silla roja en la que pasaba tantas horas trazando mapas y haciendo cálculos náuticos, entre velas que chorreaban cera y una botella de ron. El sobre de Margaret fue el primero que abrió apresuradamente y con una sonrisa. Saber que estaba a tan sólo una noche de anclar en la isla y besarla lo tenía del mejor humor.

John,

No sé cuántas veces he comenzado a escribir esta carta para luego arrugar el papel y comenzarla de nuevo. No he encontrado las palabras justas y temo que si demoro en hacerlo no seré capaz de enviarla. He aprendido a no pedirte explicaciones sobre por qué no escribes de vuelta, he aprendido a no pedir explicaciones sobre tu ausencia, y tus hijos también. Sólo te ruego que si aún guardas el mínimo respeto por mí como tu esposa me eximas de esta espera eterna. Si ya no me amas, si has encontrado otra mujer o si simplemente no hay lugar para nosotros en tu vida, ten el valor de hacérmelo saber. Es lo mínimo que merezco. Y libérame, John. Libérame de esta isla en la que pasé de ser tu esposa a ser tu prisionera.

Margaret.

Johnny arrugó la carta en sus manos transformándola en una bola de papel, la estrujó con fuerza como si la odiase, como si pretendiera así asesinar las palabras escritas en su interior y borrarlas para siempre. El vacío que sintió en el pecho le arrebató el aliento por un instante, se le adormecieron los brazos y las manos. Intentaba recordar qué era lo que decía la última carta de su mujer, si había dado el mínimo indicio de su infelicidad y él lo pasó por alto. Entonces se dio cuenta de que ni siquiera recordaba cuándo había sido la última vez que recibió cartas antes de ésta, cuándo había sido la última vez que él pudo escribir de regreso; *¿cuándo había visto a Margaret por última vez?* En altamar y sobre El Satán la relatividad del tiempo se pronunciaba demasiado.

La puerta de vitrales rojos y chapa dorada se abrió, era Poe, que venía a entregar la lista de los productos faltantes que habrían de adquirir pronto.

—Ya huele a Tortuga, ¿verdad? —dijo Poe contento, pero al fijarse en la expresión de Johnny borró su sonrisa de inmediato; puso la lista sobre la mesa delicadamente y se atrevió a acercarse un poco más—. ¿Pasa algo, capi?

—Poe... ¿cuándo fue la última vez que vi a mi esposa? —preguntó Johnny, ausente.

—No tengo el calendario a la mano, pero... qué será, unos... ¿dos, tres años?

Blackdawn apretó los ojos, derrotado; bajó la cabeza y se dejó inundar por un tormento helado.

—Fuera, por favor.

—Sí, capitán.

Al cerrarse la puerta Johnny cogió la botella de ron y la descorchó con los dientes. Bebió un par de tragos e hizo una pausa; siguió bebiendo. Recordó aquel día en la Isla de Cortés cuando se sentó a conversar con Black junto al manantial sobre los planes que tenía para Margaret; el capitán Black bien le advirtió que no sería capaz de conservar un matrimonio al tiempo que mantenía una nave pirata por los siete mares, *no se puede tenerlo todo*. No pudo conciliar el sueño ni siquiera una hora, no sabía lo que le esperaría en casa.

El cielo se hizo rosado y blanco anunciando el amanecer, las estrellas iban perdiéndose a medida que surgían los gritos de las gaviotas.

¡Tierra a la vista!, cantó Ratas, desde el nido de cuervo.

Desde el balcón de la casa las gemelas fueron las primeras en avistar las velas rojas en el horizonte. Fueron a la playa, ante la entrada de la vivienda donde Desmond seguía tendido sobre la arena llorando de dolor y James a su lado cuidándolo, impotente. Sophie corrió hacia la orilla y metió los pies en el agua, brincaba de emoción y sacudía los brazos.

—¡Aquí, aquí! —llamaba la pequeña—. ¡Es papá, miren, es papá!

Al oír estas palabras, James se levantó de la arena de un salto. Por un momento llegó a creer que se trataba de un sueño, como tantas otras veces había soñado que su padre llegaba. Los alaridos de Desmond le dolían en su propio cuerpo y pronto tembló de miedo. Tantas veces había escrito su padre que James era el hombre de la casa, que debía cuidar a su madre y a sus hermanos, y ahora estaba por entregar cuentas, *malas* cuentas; su hermano herido gravemente y su madre y hermana desaparecidas.

Los botes de remos fueron llegando a la orilla. El capitán Blackdawn, apenas pisó la arena, se dejó caer de rodillas con los brazos abiertos para recibir a sus gemelas, que le saltaron encima. Las besaba en sus cabezas pelirrojas y las presionó contra su pecho.

—Cuánto han crecido —dijo con la voz quebrada—, cuánto han crecido...

Sostuvo el rostro de Sophie entre sus manos, enamorado de todas sus pequitas y sus ojos verdes; cuánto se parecían a su madre. Levantó la mirada y vio a James, que se había acercado con cierto recelo para recibirlo. Algo andaba mal y Johnny pudo verlo en el semblante de su hijo; le clavó la mirada con cierta rudeza que no era deliberada sino de preocupación.

—¿James? ¿Pasa algo? Ven aquí...

Blackdawn quiso abrazar al niño, pero éste dio un paso hacia atrás.

—Lo siento —dijo James con miedo—, fue un accidente, yo...

El ojo de Johnny se fijó en Desmond, tumbado en la arena y llorando mientras James seguía intentando explicarse.

—¡Desmond! —exclamó Johnny, haciendo a James a un lado y corriendo hacia el pequeño; cayó de rodillas junto a él y apenas intentó levantarlo dio un aullido—. Des, Des... mírame, piratita, mírame... ¡¿qué pasa?!

Escudriñaba una posible herida o un golpe que pudiera explicar semejante dolor, pero no encontraba nada.

—¡James, llama a tu madre! —gritó Johnny a su hijo—. ¡Bones! ¡Traigan a Bones ahora mismo, carajo!

—Mamá no está —dijo James con la voz temblorosa—, tampoco Belle.

—¿Cómo que no están? ¿Qué está pasando aquí, James?

—Un... un, un barco vino por ellas y, es que yo no estaba, yo... si hubiera estado, yo...

Un segundo bote de remos llegaba a la playa con Pata de Palo, que apenas desembarcó sonriente abrió los brazos también.

—¡¿Dónde están mis terribles sobrinos?! ¡Que se atreva a saltar a mis brazos el más valiente!

Mary y Sophie saltaron en los brazos de su tío, que las abrazó con fuerza y les revolvió el cabello como solía hacerlo siempre. Pero cuando Tanner alcanzó a mirar lo que sucedía, borró su sonrisa y se acercó.

—George, tráeme a Bones, rápido —ordenó Johnny.

—¿Dessy? —llamó George preocupadamente.

—¡*Ahora*, George! —rugió el capitán—. James, entra a casa con tus hermanas y empaquen lo que les haga falta, se vienen conmigo.

Con los ojos llenos de lágrimas, James se alejó de su padre, tomó a las gemelas de las manos y entraron en la casa. Johnny acariciaba la cabeza de Desmond desesperadamente, el niño sudaba y el cuerpo comenzaba a temblarle.

—Tranquilo, piratita... tranquilo —le decía—, ya estoy aquí.

Regresó Tanner junto con Bones, que se hincó para examinar al niño. El capitán Blackdawn se levantó para darle espacio, se llevó las manos a la cabeza y tiró de su pelo castaño.

—Fueron ellos —dijo Johnny a Tanner—, los hijos de puta llegaron antes que nosotros.

—Entonces no pueden estar lejos —le consoló Tanner—, ni pueden herir a Maggie ni a Belle, las necesitan con vida.

—Vivas, sí. Eso no significa que no vayan a lastimarlas si son la mitad de hijos de puta que Winchester. Te juro por el diablo que si le tocan un pelo a Margaret...

Bones se acercó al capitán con el semblante invadido de mal augurio. Johnny se volvió a él, un brazo cruzado y el otro apoyado en el codo mientras se acariciaba los labios nerviosamente, esperando el diagnóstico.

—Trae la espalda jodida —anunció Bones—. Podría quedarse sin caminar nunca más, capi.

Blackdawn no dijo nada, tragó saliva y sintió una herida abrirse en su pecho para luego volver a contenerse.

—Quiero estar equivocado, capi —siguió Bones—, ojalá lo esté.

—Dale opio, dale lo que sea para que no sienta más dolor —dijo Johnny—, y que los muchachos te ayuden a llevarlo a la nave, súbanlo a mi camarote y acuéstenlo en mi cama. Que no sufra, Bones.

—Sí, capitán.

No era la primera vez que los niños abordaban El Satán, lo habían hecho muchas veces cuando daban largos paseos que podían durar días. Esta vez, sin embargo, todos tenían la sensación de que abordaban la nave roja por tiempo indefinido. No sabían qué sucedería con su casa ni en qué estado la hallarían al volver, si es que regresaban alguna vez. El Satán puso rumbo a Tortuga, era el único sitio al que tenía sentido navegar para diseñar un plan de contraataque. Los Winchester habían movido su pieza y Johnny sabía que era su turno. El camarote del capitán Blackdawn fue acondicionado para albergar a sus hijos; era tan grande y amplio que aquello no suponía ningún problema. Al cruzar la puerta había un vestíbulo que, a la izquierda, conducía a un comedor con un gran candil; a la derecha, una sala de sillones rojos sobre alfombras persas y una gran biblioteca al fondo. Los estantes, sin muchos libros, eran tan altos que se necesitaba una escalera para llegar al más alto. Al centro de aquel salón se encontraba el imponente escritorio negro cuya madera estaba labrada con formas de cráneos en cada esquina y adoquines dorados en los bordes; diseños que resaltaban poco por la cantidad de mapas e instrumentos náuticos que había encima entre velas y tabaco. Detrás, una cómoda silla roja desde la cual el capitán Blackdawn dirigía a los piratas. Una escalera en caracol conducía al piso de arriba, donde se encontraba la amplia habitación con una cama matrimonial, todo iluminado por faroles. Daba la sensación de calor y acogimiento, sin dejar de ser el hogar de un pirata que a veces debía ser despiadado.

El capitán se encontraba recostado en su cama, mirando el cuerpo ahora tranquilo de Desmond, que dormía por el opio. Le acariciaba la cabeza, mirándolo con todo el amor que le tenía; su pequeño Des, su viva imagen que tanto le recordaba a sí mismo y al propio capitán Black. Las gemelas también dormían al lado de su padre, Johnny les sonrió conmovido; cuánto se parecían a su madre y qué difícil llegaba a ser distinguirlas, si no fuera porque Mary era apenas un poco más cachetona que Sophie. Entrada la medianoche, el capitán Blackdawn salió a cubierta a fumar su tabaco en solitud como era su costumbre. La cubierta permanecía en absoluta calma; Silvestre sostenía el timón y Jay Jeffreys, Lewis, Poe y Chuck tomaban la guardia de cofa nocturna. El silencio era más sepulcral que tranquilo, y es que una guerra estaba a punto de comenzar y cada pirata a bordo de la nave roja podía sentirlo. James se encontraba solo en el castillo de popa, mirando desde el balcón hacia el agua, a la gruesa estela que iba dejando la nave. Silvestre lo observó con cierta lástima, le hubiera gustado ofrecerle tomar el timón o por lo menos jugar a tomar el timón, pero la nube de tristeza que emanaba James era impenetrable hasta para la mejor de las intenciones. El timonel vio al capitán, que venía subiendo la escalera, e hizo una seña breve para indicarle que el niño estaba allí. El capitán se acercó a su hijo y se recargó en el barandal junto a él, ambos admirando los trazos de la espuma.

—Es precioso, ¿no? —suspiró Johnny—, el mar de noche.

El niño asintió en silencio como única respuesta. Johnny sacó entonces su pequeña pipa de madera tallada, aquella que Tirzah le había obsequiado hacía tantísimos años. Encendió el tabaco con un cerillo y fumó tranquilamente, exhalando el humo en la brisa nocturna.

—Papá, ¿puedo preguntarte una cosa? —dijo James.

—Claro, siempre.

—¿Por qué no me quieres?

Johnny se vio emboscado por esa pregunta, no la esperaba y le pareció tan sorprendente, en el peor de los sentidos, que ni siquiera supo qué responder.

—¿Por qué pensarías algo así, James? —dijo el capitán.

El niño se encogió de hombros con los ojos puestos en el mar.

—Ha sido un día difícil para todos —siguió Johnny—, con tu madre y Belle capturadas, tu hermano herido…

—Yo no quise que nada de eso pasara —interrumpió James con un nudo en la garganta—, y si hubiera podido hacer que no pasara, lo hubiera hecho. Lo hago bien, ¿sabes? Todos esos días que no estás soy yo quien cuida a mamá, a Belle, a Sophie, a Mary y, aunque me la pone difícil, a Des también. Soy yo quien da de comer a los animales y ayudo a mamá a limpiar la casa, a plantar semillas en el huerto. Belle y yo enseñamos a las gemelas muchas cosas también. Puede que Desmond sea tu favorito porque se parece a ti, pero no hace todo lo que yo hago, porque, al igual que tú, él prefiere lo divertido sobre lo importante.

Al terminar la última palabra, James se giró para irse cuando su padre lo tomó del brazo deteniéndolo.

—James, la vida es mucho más complicada de lo que crees. Ahora eres sólo un niño y no entiendes muchas cosas, pero…

—¿Sólo un niño? Si eres tú quien me ha dicho que debo ser el hombre de la casa mientras te vas. Me gustaría saber qué hacen los otros niños, pero cómo podría saberlo si nunca puedo irme de esa tonta isla.

—¿Eso quisieras, irte? —preguntó Johnny con tristeza.

—Sí —respondió James, seguro de sí—, y me iría a Port Royal, donde sé que podría convertirme en un gran oficial, en un almirante. Desmond quiere ser pirata como tú, pero yo no.

El capitán Blackdawn se quedó perplejo y su hijo se marchó sin decir más. Pensó en su padre, James Dawner, la noche que, teniendo sólo diez años y habiendo oído las historias del anciano, habló en la mesa sobre convertirse en un capitán pirata. Ahora Johnny se preguntaba si lo que había sentido su padre se parecía a lo que sentía él ahora.

8

Tortuga recibió a El Espectro con los brazos abiertos, con toda la celebración que merecía la bienvenida de *ella*; la capitana María Aragón, la pirata española, la sevillana de los mares, la reina madre. Corrió por las calles la noticia de la llegada del barco negro y la Taberna del Capitán Morgan no tardó en abrir sus puertas a la noche con la más alegre música de gaitas, acordeones, guitarras, armónicas, tambores, violines, en una sinfonía que podría haber levantado a un muerto. Los candelabros colgantes de la taberna fueron colmados con velas encendidas cuya cera goteaba sobre las mesas, se deslizaban tarros de cerveza y la primera ronda la invitó la casa.

Cuánto extrañaban los piratas a su adorada Tortuga. Ese hogar tan suyo. Era la luna alumbrando el pecado. Era el olor del lodo en las calles, el humo de la pólvora y las antorchas anaranjadas. Era las risas de los hombres que peleaban en las calles y las mujeres que bailaban sin una preocupación en la vida. Era la danza de la vida y la muerte entre disparos y brindis, era el reino de los piratas.

María iba caminando sola por la calle, se adentró en la avenida con cuidado, como había aprendido a hacerlo; respondía con una sonrisa a quien saludaba a *la mujer* del capitán Desmond Black. Llegó a la Casona en busca de su pequeña nieta para asegurarse de que estuviera con bien, pero encontró a Tirzah. La joven africana se acercó a María derramando lágrimas y la abrazó tan fuerte que la capitana se heló un instante.

—Tirzah, ¿qué pasa? —le preguntó María, temiendo lo peor.

—Es mi Zuri —lloraba Tirzah—, no está. Llevo desde ayer buscándola, yo y varios hombres hasta por debajo de las piedras… no está.

—Tranquila, cariño, tranquila. Ahora mismo dispondré un grupo de mis hombres para que vuelquen esta isla si es necesario. ¿Tienes idea de a dónde podría haber ido? ¿Algún indicio?

—No lo sé, María… no lo sé, ¡es como si se hubiera esfumado!

La mente de María comenzó a maquinar, a procesar cada pieza de información que ya llevaba reflexionando por varios días desde que leyó la carta de condena para su hijo. No tardó en suponer que esto era una guerra que ya había comenzado, pero ¿Zuri? *¿Qué ser con semejante decadencia de honor podría caer tan bajo para meterse con una pobre niña de ocho años?*

—Tirzah, escúchame con mucha atención, esto es de vital importancia —dijo María, sosteniendo a la mujer de los hombros—. Ustedes reciben a muchos hombres de todas las tripulaciones que anclan, ¿han recibido a extraños?

—No… no, extraños no —respondió Tirzah—, sólo piratas, los piratas de siempre. Ya sabes, los del Red Rogers, los muchachos de Jackson Bay, los del Rackham, los del…

—¿El Rackham? ¿El Rackham de Anne Bonny?

—Sí… pero eso no tiene nada de raro. Vienen cada tanto, se surten y se van. Acaban de venir apenas un par de días antes que ustedes, no sé si ya se habrán ido.

María suspiró con descontento, sabía que la única forma de averiguarlo sería yendo a los muelles; aunque encontrarse con la capitana Bonny le diera un pésimo sabor de boca. Ya había perdido la cuenta de las veces que El Rackham y El Espectro se toparon en altamar y Bonny les abría fuego inmediatamente, sin otro motivo alguno que su odio personal.

—¿María? —llamó Tirzah, interrumpiendo sus reflexiones—. ¿Qué va a tener Bonny en contra de mi Zuri?

—No estoy segura de nada. Por ahora reúnete en la taberna con el capitán Arat y dile de mi parte que *es tiempo*, él sabrá de qué hablas.

Tirzah asintió confundida y partió enseguida. Caminaron juntas parte del tramo hasta que Tirzah se desvió hacia la taberna y María hacia el muelle. Turco, ahora conocido en Tortuga como el capitán Arat o el capitán turco, precisamente se encontraba ante las puertas de la taberna dirigiendo una mirada azorada a su alrededor. Alcanzó a ver a María yéndose al embarcadero, pero antes de que pudiera seguirla, llegó Tirzah con el mensaje.

La capitana Aragón se internó en el muelle y caminó a lo largo del corredor, apenas alumbrado su camino por las temblorosas sombras de las antorchas. Vio varias naves ancladas y entrecerró los ojos para distinguir sus nombres en los cascos.

—¿Me estás buscando, bonita? —llamó la voz de Bonny.

María se tomó un momento para volverse, detrás de ella estaba aquella bellísima mujer de perforadores ojos verdes y gruesos labios. Dos capitanas frente a frente, dos amantes de Desmond Black.

—La niña, ¿dónde la tienes? —dijo María.

—Mírate nada más, toda una capitana —admiró Bonny con sarcasmo—. Ojalá hubieras llegado tan alto por tu propia cuenta y no por acostarte con el hombre indicado. Tuviste que haber sido una delicia en la cama para que te regalara el maldito Espectro.

—La niña, Bonny. El problema que tengas con el capitán Blackdawn es entre tú y él, no hace falta torturar a la pequeña para probar un punto.

Bonny se rio, negando con la cabeza.

—Sí, tengo a Zuri en mi barco. Pero no porque la quiera torturar, la estoy cuidando. Bueno, la está cuidando Duma, y no te puedo prometer que no se entretenga con ella. Pero es mejor eso a que la niña esté aquí cuando...

Aragón desenvainó su espada con furia y sin temblarle el pulso.

—Entrégamela —gruñó María—. Si lo que quieres es dinero, sabes que tengo y mucho.

La capitana Bonny comenzó a rodear a María a pasos lentos, acercándose cada vez más a ella.

—No te agobies —le dijo Bonny—, Desmond era hombre de palabra y me hizo llegar mi parte del tesoro como prometió. Mi maldito premio de consolación por haber ofendido a su princesa. Era impulsivo, ¿verdad? Hasta diría que salvaje. Bueno, al menos conmigo. Perdía el control, se volvía loco en mis brazos y me decía cada puta vez que nunca había tenido mejor sexo en su vida. Se volvía loco de amor.

—Tal parece que no lo suficiente. Ahora, *la niña*, Bonny.

—La niña está mejor conmigo esta noche. Y aunque no tienes una maldita razón para confiar en mí, no deja de ser cierto.

—¿De qué estás hablando? —preguntó María, sintiendo ya el aliento de Bonny en su cuello.

Bonny acomodó el cabello de María detrás de su hombro, chasqueó la lengua al tiempo que negaba con la cabeza.

—Te creía más lista, capitana —le susurró Bonny seductoramente—. A ver, piensa un poco. Te doy la oportunidad de que te des cuenta tú sola: ¿qué estoy haciendo yo aquí si mi barco no está? ¿Qué carajos tengo que ver yo con Duma, la mano derecha de Barbanegra? ¿Cómo sabía yo que tú estabas aquí? ¿De qué me sirve la hija de Johnny? Venga, bonita, piensa.

La mente de María revoloteaba en su cráneo como un ave atrapada y le daba la sensación de que un reloj de arena acababa de volcarse. Su respiración comenzó a agitarse, pensaba en su hijo y en la carta dirigida al gobernador Cromwell donde se le notificaba sobre la pronta destrucción de Tortuga. ¿Era un accidente que hubiese dado con esa carta? ¿O era una simple invitación para hacer que El Espectro navegara directo a Tortuga? ¿Con qué fin? ¿Y qué figuraba Anne Bonny en una trampa tendida por la Corona? Entonces lo entendió, entendió todo. Quiso echar a correr a la taberna para advertir a todos, pero Bonny desenvainó la espada con fuerza. Las dos capitanas se miraban, se acechaban con espada en mano.

—Bonny… *eres una pirata* —dijo María—, una capitana pirata y no menos, ¿qué haces ayudándole al rey? Más allá de las desavenencias que puedas tener conmigo, no puedes caer tan bajo por simple resentimiento. Sé que no es el dinero, es que me odias. Pero no me odies al precio de la piratería, Anne.

—Qué bonita te ves rogando —le dijo Bonny—, dale un beso a Desmond de mi parte.

Bonny lanzó el primer espadazo, las hojas chocaron con un brutal estallido de hierro y comenzó el duelo. Dos capitanas peleando a muerte en el muelle, golpeando las espadas a medida que intentaban herirse la una a la otra con el filo o enterrar la punta en el estómago. Ambas peleaban como piratas, pero también como mujeres. María podía sentir el odio de Bonny en cada feroz estocada, una tan sagaz que alcanzó a herirle un costado, una cortada profunda que le advirtió que peleaba contra una enemiga de cuidado. Entonces María tuvo que responder con la misma brutalidad, hiriendo a Bonny en el brazo. Iban enojándose más, choque tras choque. Una mujer muerta de celos contra una mujer defendiendo a su familia. María quiso sostener los brazos de Bonny por encima de su cabeza para detenerla.

—¡Bonny, ya basta!

Pero Bonny respondió con una patada al estómago de María haciéndola caer hacia atrás, y fue a sentarse encima de ella, poniéndole el filo de la espada en la garganta. Se inclinó para hablarle al oído.

—Te han enseñado bien, bonita —le susurró Bonny.

María giró con fuerza, tumbando a Bonny, quedando ahora ella encima.

—Y no has visto nada —le dijo María.

La pirata irlandesa se enfurecía debajo de María, intentando volcarla con toda su fuerza; pero María se había hecho fuerte, muy fuerte.

—Dame a Zuri —jadeaba María—, *ahora.*

Bonny tiró de María para golpearla con su cabeza y se la quitó de encima de una maroma que tomó a la española por sorpresa. El duelo iba a continuar cuando se percibió un humo gris elevándose en la negrura de la noche y un olor a quemado que iba acrecentándose. Bonny miró al cielo, al fantasma gris que era el humo, y sonrió con malicia.

—El espectáculo está por comenzar —dijo—, pero nos volveremos a ver... *bonita.*

María miró hacia arriba extrañada y distinguió el humo y el olor, y cuando quiso volver a fijarse en Bonny, la capitana irlandesa ya no estaba.

En la taberna, Benjamin Stain escuchó cada una de las palabras del capitán Arat. Todos lo escucharon. La Corona había declarado la guerra al capitán Blackdawn y se unían para su búsqueda y captura nada más y nada menos que Francia y España. Tres reyes detrás de Blackdawn. Tres reyes dispuestos a pagar cantidades exorbitantes sin siquiera saber que competían con las cuantiosas riquezas de un tesoro olvidado y secreto. La indignación de los piratas fue tal, que apenas Arat pronunció la última palabra, se levantaron de sus mesas gritando y maldiciendo:

¡JAMÁS!

¡Jamás tocarán a Blackdawn!

¡Jamás pondrán pie en nuestra isla!

¡Que viva el capitán de capitanes!

El ambiente en la taberna se enardecía mientras Ben se paseaba disimuladamente entre las mesas, por los pasillos y por la escalera. Iba discretamente cerrando cada ventana con su respectivo candado, y lo hacía con esa llave que acababa de robar de la matrona, la señora Barry, apenas hacía unas horas como se le ordenó. El clamor de los hombres y la energía detonada eran tales que ni el más perspicaz se habría dado cuenta de que Ben iba, poco a poco, bloqueando todas y cada una de las posibles salidas. Finalmente llegó a la puerta, salió de la taberna y dirigió una última mirada a su interior, como si se despidiese de ese sitio que tanto adoraba. Accidentalmente cruzó la mirada con el capitán Arat, y siendo el cobarde que era se fue corriendo. Turco frunció el ceño, algo no estaba bien y podía sentirlo. Se percibía en el salino aire de Tortuga un caos inminente acercándose. El capitán Turco salió de la taberna con intenciones de seguir a Ben, pero se había esfumado en las calles como un fantasma. Dirigió su mirada hacia el muelle... *María.*

Cuando Arat llegó al muelle encontró a María intentando ponerse de pie con dificultad y presionando su costado, que sangraba. Corrió a ella.

—Bonny —jadeó María.

—Tengo que coserte —dijo Turco examinándola muy por encima.

—No hay tiempo, algo viene. Están tramando algo.

—Lo sé. Dame tu brazo, te ayudo.

Un estallido ensordecedor iluminó la noche con la más desastrosa potencia. Un cañón impactó en el portón del muelle haciéndolo añicos, volaron piedras por todos lados y uno más pulverizó los dos barquillos anclados. *¡PUM! ¡PUM! ¡PUM!* Fue lo único que se escuchó antes de que todo se destrozara en fugaces fogonazos. Arat apenas tuvo tiempo de cubrir a María con su cuerpo, poniéndose encima de ella como un escudo.

—Era una trampa —jadeó él—, nos están emboscando.

—¡El Espectro! —exclamó María.

Sin más tiempo que perder, el capitán Arat cargó a María en sus brazos. Parte del andador del muelle estaba destrozado y caminar sobre la poca madera era una hazaña de equilibrio que el fornido cuerpo de Turco no tardó en librar. Se encontró con una sorpresa ante el portón destrozado de Tortuga, lo último que cualquier pirata hubiera esperado ver en aquel sitio; dos formaciones rectangulares de dos docenas de cadetes navales con bayonetas iban marchando al interior del pueblo. Esto ya no se trataba de una rivalidad entre piratas, ni siquiera una venganza, la Marina Real de Inglaterra acababa de declarar la guerra atacando a los piratas donde más les dolía, despojándolos de lo único que tenían en el mundo.

La música de la taberna continuaba y los bucaneros y mujeres en el interior celebraban la declaración de guerra con el sonoro "JAMÁS" que seguía cantándose. Celebraban porque estaban convencidos de que era una batalla que el capitán Johnny Blackdawn ganaría indiscutiblemente y también, para los piratas, parecía un halago el ser un dolor de cabeza para tres reinos juntos. Sentían que iban conquistando el mundo. Melville, el primer oficial de El Espectro, estaba sentado en su silla ante la mesa de tragos con Magdalena sobre sus piernas; la besaba con voracidad y hasta tenía el descaro de deslizar la mano debajo de su vestido frente a todos en plena fiesta porque nadie reparaba en esas cosas, no en Tortuga.

A los alegres acordes de los músicos se agregó cual mortífera orquesta uno a uno sonidos que iban acrecentándose; ecos de cañonazos, disparos de escopetas y pistolas, gritos de hombres, mujeres y niños, una explosión, fuego. Melville fue reduciendo la pasión de sus besos y lentamente retirando la mano del vestido de Magdalena, los músicos fueron debilitando cada nota, los pasos de baile se hicieron lentos hasta detenerse y las conversaciones se interrumpieron. Por la puerta de la taberna entró un niño pequeño cubierto de sangre, llevaba una bala en el estómago y lágrimas en los ojos. Vino el silencio un instante. La matrona, la señora Barry, que se sentía madre de todos los piratas, atrapó al niño en sus brazos y lo sostuvo como si fuese su propio hijo.

—La naval… —lloró el niño, escurría sangre de su boca.

Cada hombre y mujer se levantó de su silla, dispuestos a pelear. Pero lo último que vieron fue a la capitana Anne Bonny y a Benjamin Stain cerrando las puertas de la taberna por fuera. Surgió humo de pronto, viniendo del piso de arriba que ahora estaba en llamas. La taberna fue prendiéndose más rápido de lo que los piratas y sus mujeres tomaban conciencia del horror.

—¡A las ventanas! —gritó Melville—, ¡salgan por las malditas ventanas!

Pero las ventanas habían sido previamente cerradas con candado por Ben, y ahora los hombres y mujeres las golpeaban con desesperación a medida que el fuego en el interior iba creciendo. Se amontonaban como una marabunta desesperada por sobrevivir al mortífero calor, al humo negro que los asfixiaba. La tripulación de El Espectro puso su atención en Melville, la más alta autoridad en aquel momento y con el pánico en sus cuerpos esperaron sus órdenes.

—¡Agua! —exclamó Melville—. ¡A la cocina por agua!

Dash ya rodaba un barril de licor para vaciarlo sobre las llamas cuando Stanley lo pescó de la camisa.

—¡El alcohol alimenta el fuego, animal!

—¡Melville! —llamó Tirzah al primer oficial—. Dime qué hacer, ¿cómo ayudo?

—Reza, mujer, reza —le dijo Melville—, y que el padre de tu hija nos perdone por haber permitido que esto pasara.

Desde la calle podía mirarse la Taberna del Capitán Morgan siendo devorada por el fuego. Se oían los desesperados gritos de los atrapados y las órdenes de Melville, rehusándose a darse por vencido. El fuego crecía y el denso humo negro ensombreció Tortuga. El aire se volvió anaranjado, con chispas flotantes de escombro encendidas como un centenar de mortíferas luciérnagas. Oficiales marchaban por las calles muy aprisa, cada hombre con el rostro vacío de expresión humana; una estampida de uniformes rojos y azules. Entraban explosivos por las ventanas de todo local y casa. El prostíbulo fue el primero en derrumbarse; ardían las mujeres abrasadas por el fuego y se lanzaban de los balcones. Una fracción de los cadetes marchó hasta la Casona e igualmente le prendieron fuego, cerrando toda puerta y ventana, ignorando los gritos de los que ardían vivos. La textilera se quemaba también y la armería fue derrumbada, el mercado destruido y el ganado de vacas y ovejas huía despavorido monte arriba.

Los capitanes Arat y Aragón llegaron a la taberna, golpeando las puertas y ventanas con desesperación para liberar a los suyos. Una ventana estalló, volaron los vidrios y escapó una llamarada. Turco miró a María a los ojos, nunca la había visto de esa manera. Ella asintió, sabía lo que él tenía que hacer y no se dejó mostrar miedo. El capitán Arat tomó unos cuantos pasos de vuelo, y corrió directamente hacia la ventana rota, lanzándose en su interior. Los bucaneros de El Espectro vieron a su capitán saltar a través de las llamas como una salvación.

¡Es Turco!

Entre la señora Barry y Turco apaciguaban las llamas de aquella ventana lo suficiente para que Melville pudiese ayudar a todos a salir uno por uno para ser recibidos por María al otro lado. La señora Barry se fijó en el brazo de Turco, se había quemado horriblemente y la piel estaba en carne viva. Varios hombres y mujeres yacían con quemaduras horrendas que no les permitirían ni ponerse de pie, por lo que Sam y Stanley habían de cargarlos hasta Melville mientras Chang, Dash y Barry seguían peleando contra las llamas y Yutsuko rompía más ventanas, golpeándolas incesantemente con las sillas.

Tres naves de la Marina Real de Inglaterra habían llegado al puerto de Tortuga en medio de la noche; cargadas con artillería de guerra e infantes de marina y cadetes entrenados para no cuestionar orden alguna, sino obedecerla. Esa noche la orden fue destruir Tortuga; destruir todo a su paso sin importar si era hombre, mujer o niño, barril o botella, destruirlo todo. No dejar nada vivo, no dejar nada de pie. Las órdenes del gobernador Cromwell habían sido claras, y cuando la flota inglesa vio la señal que les hacía El Rackham, se dejaron ir con toda la furia despiadada que la Corona estaba preparada para desencadenar sobre los piratas del Caribe.

9

Eran las cuatro de la madrugada cuando el efecto del opio se disipó lo suficiente para que Desmond despertara. Se encontró en el camarote de su padre a bordo de El Satán, su cuerpo calientito dentro de las cobijas. No podía moverse mucho, giró la cabeza sobre la almohada y vio a su padre dormido en medio de él y las gemelas, que también descansaban.

—¿Papá? —llamó Desmond en un murmullo.

Johnny abrió los ojos y le sonrió a su hijo, acariciándole la cabeza.

—Hola, piratita —dijo, adormilado y sin embargo con cariño puro en su voz—, ¿estás bien?

—Duele menos que antes. ¿Es cierto lo que dijo Bones? ¿No vuelvo a caminar?

El capitán Blackdawn se irguió recargado sobre su codo y miró a su hijo a los ojos.

—Claro que vas a volver a caminar. Eres muy fuerte.

—¿Cómo voy a ser un gran pirata si ni siquiera me puedo mover? —preguntó Desmond, llorando.

—Lo primero que hace un pirata en la vida, hijo —dijo Johnny con seriedad—, es decidir que no va a darse por vencido nunca. Eso me lo enseñó tu abuelo, y por eso te puse su nombre, porque veo su fuerza en ti.

Desmond sonrió orgulloso. Johnny amaba a todos sus hijos por igual, pero a nadie, para bien o para mal, le cabía la menor duda de que el pequeño Desmond Blackdawn era su más grande orgullo y su mayor tesoro.

—Papá… —llamó Mary, recostándose sobre su padre—. Quiero lechita calientita.

—Yo también quiero lechita calientita —pedía Sophie, encimándose sobre su padre también.

De un momento a otro Blackdawn iba quedando sepultado debajo de sus hijos. Sonrió con cierto dolor. Se levantaba todas las mañanas a las cinco en punto para tomar el timón y dirigir su nave y a la tripulación todas las horas del día, apenas con algún descanso; y cuando no estaba en cubierta se encontraba en su camarote, sentado frente al escritorio haciendo cálculos sobre mapas. Estaba agotado. Pero ahora, a las cuatro de la madrugada, sus pequeñas pedían leche, leche caliente. Y él, el capitán de capitanes y rey de los bucaneros, no pudo decir que no. Se levantó.

Cuando el capitán Blackdawn salió a cubierta percibió un cierto olor a quemado en la brisa. Inhaló un par de veces, mirando a su alrededor con el ceño fruncido porque temía que viniera de su propia nave, pero parecía provenir de lejos. Los muchachos que se encontraban de guardia nocturna le hicieron un saludo breve. A pasos torpes y bostezando, Johnny se dirigió a la cocina, vagamente alumbrado por las lámparas de aceite. A esas horas, Pata de Palo ya estaba allí preparando café negro, siempre lo bebía temprano para espabilar.

—Días… —saludó Johnny, adormilado.

—¿Disfrutando de la paternidad? —le dijo George, bebiendo de su taza.

—Mhm…

—Mhm, ya lo creo. ¿Café?

—Cargado —le respondió Johnny, mientras calentaba leche de cabra en la lumbre—. Aún no me lo creo cuánto han crecido, ¿viste a las gemelas?

—¿Cómo está Des? —preguntó George.

—Mal. Se le está pasando el opio, por eso se despertó.

—¿Y James?

—Dormido —respondió Johnny, su tono de voz ensombreciéndose de repente—. Está enojado conmigo. Ya sabes que nunca nos hemos entendido mucho, pero, carajo, no es motivo para que piense que no lo quiero.

Tanner rio un poco y bebió café.

—Es irónico —dijo Pata de Palo—, es como si te estuviera viendo cuando eras niño y no te gustaba la Marina Real. No te sentías identificado con James y hasta llegaste a sentir que no te quería. Ahora aquí está tu hijo, que no le gusta la piratería, no se siente identificado contigo y cuestiona si lo quieres.

—¿Y tu punto es? —se exasperó Johnny frotándose las sienes con los dedos.

—Pues… ¿no se te ha ocurrido que eres duro con James porque le tienes miedo? Miedo de que haga contigo lo mismo que tú hiciste con el almirante, abandonaste lo que no tenía sentido y fuiste en busca de lo que sí. Ahí encontraste a tu verdadero padre, a Black, y James quedó atrás. James puede hacer lo mismo encontrando sentido en la naval. Carajo, hasta podría hacerte lo mismo si encontrase a Stain. Vamos, John, que tú y yo sabemos las vueltas que da la vida.

—No creo que sea el momento de resolver lo mío con James.

—Puede que sea el único momento que vayas a tener.

El capitán Blackdawn no dijo nada. Tomó el pequeño puchero en el que calentaba la leche y estaba por verterla en dos vasos cuando Tanner le detuvo el brazo.

—Espera, espera —dijo George, tomando el puchero en sus manos—, Sophie detesta la nata, no beberá la leche si tiene tan sólo un poco.

Con una espátula de madera, Tanner retiró la fina capa de nata que se formaba en la superficie de la leche y lo hizo con gran cuidado y meticulosidad, como si se tratase de una tarea importantísima. Johnny lo miró atentamente, sonrió.

—Serías un buen padre —dijo el capitán.

—*Nah*, acepté hace mucho que el amor no está en las cartas para mí —aseguró Tanner.

—Hijos ya tienes, te lo pudo jurar. Nadie se ha revolcado con tantas mujeres en este mundo, ¿no has pensado que quizá tengas un problema?

—A mucha honra, Dawner —se defendió George—, a mucha honra.

Ambos piratas salieron a cubierta. El cielo ya había adquirido un tono púrpura y rojizo, aún alguna que otra estrella brillaba entre las nubes. Aquel olor a quemado se percibió con más fuerza, tanto que muchos de los hombres olfateaban nerviosos, en busca del origen. James ya se encontraba allí a esas horas, paseando en cubierta y admirando la majestuosidad de la nave; muchas veces se imaginó a sí mismo a bordo, sólo que no con la divertida actitud de los bucaneros que comandaba su padre, sino vistiendo un reluciente uniforme. Al verlo, Tanner tomó los vasos de leche en sus manos e hizo un gesto a Johnny para que fuese con James mientras él llevaba la leche a las gemelas.

—Hola —saludó el capitán a su hijo.

—Hola —respondió James fríamente.

Se quedaron mirando el uno al otro sin decir nada hasta que el silencio fue haciéndose incómodo. El capitán Blackdawn estaba acostumbrado a tratar con piratas, corsarios, prostitutas; no estaba acostumbrado a hablar con niños, por mucho que fueran sus propios hijos. Sabía jugar, claro, era un padre divertidísimo, pero conversar era otra historia.

—James, yo… —comenzó Johnny—, yo no quiero que… no quiero que pienses que… es decir, sé que no hemos…

¡Capitán!, llamaba Ratas desde el nido de cuervo, alarmado, al tiempo que el resto de la tripulación abandonaba sus puestos para acercarse a mirar por la borda de babor. La brisa impregnada de cenizas, el olor a quemado insoportable y terrible; a piel quemada, a cadáver, a destrucción, a muerte.

—¡Capitán! —llamó Ratas—. ¡Es Tortuga, capitán! ¡Está destruida! ¡Nos jodieron Tortuga, perros, nos la jodieron completa!

El capitán fue hacia la borda de estribor y Poe le entregó el catalejo. Miró a través de la lente y vio la isla de Tortuga completamente negra, con alguna que otra llama aún viva y una densa nube de humo elevándose por el aire entre cenizas. Alejó el artefacto de su rostro, su único ojo invadido de ira y horror. Tenía que ser una pesadilla, una imagen proveniente del rincón más oscuro de su imaginación. Esto, *esto* no podía estar ocurriendo. Sintió a James junto a él, mirando por la borda aquel cementerio flotante cuya distancia iba acortándose.

—¿Eso es Tortuga? —preguntó el niño, impactado.

—Vuelve al camarote con tus hermanas y no salgan —ordenó Blackdawn, que en un pestañear había dejado de ser padre y era nuevamente *capitán de capitanes*, *rey de bucaneros*, uno desgarrado y enfurecido.

—Pero quiero ver.

—¡*Ahora*, James!

El niño se apartó del capitán de un salto, asustado por aquel rugido que hasta ese momento desconocía. El capitán Blackdawn se volvió a sus hombres, que lo miraban igualmente desgarrados, igualmente heridos; inundándose todos de furia a medida que sus fornidos pechos subían y bajaban agitadamente, aguardando una orden, un consuelo, un grito. Esperando despertar de la pesadilla más oscura. No había orden que dar. Las velas ya estaban izadas con el rumbo fijo a Tortuga hacía tiempo, a lo mucho se cargó el sobrejuanete del palo mayor para ganar poco más de velocidad, aunque ni un solo hombre quisiera llegar a ese lugar nunca, no así. Muchos de los muchachos lloraron en disimulados sollozos y maldecían entre dientes. Ninguno habló. Salió a cubierta el capitán Lussan, que había dormido todas las horas que no pudo mientras estuvo encarcelado. Miró a su alrededor impactado, convencido al igual que todos que esto no podía ser más que un mal sueño, el peor que había tenido.

—Tanner —llamó Blackdawn—, que los artilleros vayan a los cañones, ambas baterías cargadas. No sé en dónde estén los hijos de puta, pero no pueden estar lejos. Estén atentos.

Pata de Palo asintió, hubiera querido consolar a su amigo porque sabía el agujero que esta tragedia supondría en su corazón, pero se limitó a cumplir las órdenes que recibió. Lussan solamente pudo poner una mano sobre el hombro de Johnny sin atreverse a pronunciar una palabra.

—¡O'Connor! —llamó el capitán—, ni uno de mis hijos sale de ese camarote, asoman un maldito dedo y perderás los tuyos, ¿estamos?

—¡Ni un dedo, capi!

—¡Capitán! —volvió a llamar Ratas desde el nido de cuervo, en cuya voz se percibía el horror que sentía—. ¡Bote! ¡Dos cuartas a babor, hay un bote!

El Satán se deslizó en la marea gris, se alcanzaba a mirar un pequeño bote de remos anclado en el medio de la bruma; y conforme la nave roja se acercaba, el capitán Blackdawn distinguió el cuerpo de su hija en el interior, sin señales de vida.

—Zuri... —murmuró Johnny con un nudo en la garganta—. *¡Alto!* ¡Alto, maldita sea!

Entre Chuck y Poe lograron detener el bote contra la amura usando ganchos, iban a subir a la niña lo más delicadamente posible, pero no hubo tiempo, el capitán Blackdawn saltó al interior del bote atrabancadamente y sostuvo a la pequeña mulata en sus brazos.

—Zuri, Zuri, linda, despierta —decía Johnny a punto de quebrarse en llanto—, Zu, vamos, nena... ¡Zuri!

Bones saltó al interior del bote también, y con cuidado ofreció revisar a la niña sin decir una palabra al capitán, simplemente lo miró con toda la pena que sentía por todo, por absolutamente todo. Como si se desprendiese de su propia vida, Johnny se apartó de su hija y permitió que Bones se acercase a ella y la revisara. El joven capitán apretó su ojo y los puños con rabia, le resbaló una lágrima por la mejilla.

Lussan y Tanner miraban desde la borda con suma tristeza, queriendo revertir el daño y sabiendo que era imposible.

—No quieren matar a Johnny —dijo Lussan—, quieren destruirlo.

Pata de Palo reflexionaba sin hablar; los Winchester bien podían ser hombres crueles, enfermos de ambición y venganza, pero seguían siendo caballeros, lords. Y esto, Zuri, no era obra de un hombre como Jeremy o Maxwell, quizá eran capaces de peores cosas, pero no así y no con una niña. Esto era obra de otra clase de enemigo y Tanner lo sabía.

—La niña está viva, capi —dijo Bones al fin—. Pero está muy deshidratada, hay que darle agua ya o se nos puede ir. Se ve que lleva tiempo aquí, bajo el maldito sol, sin comida ni agua. Quien haya hecho esto es un perro hijo de su madre.

El capitán miró a su hija con el ojo lleno de lágrimas y notó que llevaba un papel doblado en cuatro en un cordón a la muñeca. Lo desdobló con tanta rabia que la hoja se rasgó un poco. Leyó.

> Para Su Majestad, el rey de los bucaneros:
>
> Tortuga es sólo el comienzo. Tus enemigos están más cerca de lo que crees. Dejo aquí a tu bastarda negra como muestra de mi buena fe para negociar. Tengo información que quieres.
>
> Con amor, C. Anne Bonny.

Blackdawn apretó el papel en su puño y lo pulverizó con toda la fuerza de su rabia. Soltó tres brutales puñetazos contra la amura roja de su nave, hiriéndose los nudillos. Gritó a los cuatro vientos, un grito de semejante potencia que alcanzó a escucharse en lo que quedaba de la isla, en lo que quedaba de la piratería.

10

Tortuga yacía herida de muerte sobre la superficie del Caribe, cuyas aguas ya no eran turquesas sino grises. La isla negra cubierta de escombros y cuerpos incinerados, y aquella brisa salina no era más que el aroma de la muerte y la derrota. Cuando el capitán Blackdawn puso una bota sobre lo que era el muelle, sintió y escuchó crujir los restos destrozados bajo su suela como una daga clavándosele en el alma. Miraba a su alrededor, no reconocía nada, no había nada. Los pocos locales y edificios que aún estaban en pie quedaron ennegrecidos e incompletos. Incontables cadáveres calcinados, de irreconocibles rostros, tumbados por las calles entre polvo y ceniza. Alguno que otro animal herido corría despavorido en busca de refugio, no había. El silencio era fantasmal.

—Capitán —llamó Poe, los muchachos temían hablarle en aquel momento—. Ratas nos hace señales, El Espectro está anclado al sur del fondeadero.

—Tanner, regresa a la nave —dijo Johnny a Pata de Palo—, vayan a donde esté El Espectro. Busquen respuestas. Busca a mi madre. *Encuentra a mi madre, George.*

Tanner asintió dolorosamente, sentía impotencia como pirata al ver su isla calcinada, pero también como mejor amigo de aquel que había construido todo, y por medio de aquella isla destrozada elevado a los piratas más alto de lo que aspiraban a ser.

El capitán Blackdawn y sus hombres se dirigieron a lo que alguna vez fue la Taberna del Capitán Morgan; el edificio estaba completamente negro y con las ventanas rotas, pero se mantenía en pie. Había vivos, hombres y mujeres que entraban y salían con baldes de agua, comida y otros bienes con los que asistían a los heridos dentro y fuera. Johnny reconoció a Melville a pesar de tener el rostro negro de suciedad y ceniza.

—Johnny… ¡por el diablo, es Johnny Blackdawn! —suspiró Melville aliviado.

Aquellos que escucharon estas palabras se volvieron esperanzados, volvía aquel que tomaban por su salvador, aunque estuviese igual de derrotado, igualmente impotente.

—Nos jodieron, muchacho —siguió Melville—, nos jodieron duro.

—¿Mi madre? —preguntó Johnny—, dime que mi madre está bien.

—Claro que está bien. *Es la reina madre*.

Melville hizo una seña a Johnny para que lo siguiese.

—Ayuden en lo que puedan —ordenó Johnny a sus hombres, y siguió a Melville al interior de la taberna.

El suelo estaba cubierto por heridos que gritaban de dolor, con espantosas quemaduras, a muchos se les podían mirar los huesos. El olor era insoportable. Otros tantos tenían heridas de bala, bayoneta, espadazos; habían salido a defender su isla con lo que tuvieran en mano y como pudieran. También había mujeres, pero eran menos las heridas y más las que se disponían a ayudar bajo el mando de Magdalena, que aún seguía llorando la muerte de Lucy.

—¿Y Tirzah? —preguntó Johnny a Melville—, ¿está bien?

—*Seh*, está bien.

Melville encaminó al capitán hacia la bodega. Ahí estaba su madre, cubriéndose los pechos con los brazos mientras Arat le cosía cuidadosamente la herida de espada en el costado. Tirzah estaba a su lado, asistiendo con algodones y paños húmedos. Blackdawn se detuvo ante la imagen un momento, no se atrevía a dar un paso más por temor a romper en llanto.

—¿Johnny? —llamó Tirzah—, ¡Johnny!

La mujer se lanzó hacia el capitán y lo abrazó con fuerza. Johnny la abrazaba también, poniendo una mano contra su nuca y acercándola más a él. Puede que Tirzah no fuera su mujer, sino una prostituta que embarazó alguna vez, pero, para él, ella era su más grande amiga y la quería con todo su ser. Quizá porque tenían una hija en común, quizá porque se entendían.

—Zuri, me quitaron a Zuri… —lloraba Tirzah.

—Está conmigo, tranquila —le consolaba Johnny—, está conmigo y está a salvo.

Liberada por la noticia, Tirzah acarició la mejilla de Johnny y se hizo a un lado para permitirle al capitán acercarse a su madre. Turco cubrió a María con una manta para que no estuviese desnuda del torso, y también se hizo a un lado. Johnny lo saludó con un gesto de cabeza, como si le agradeciese el cuidado a su madre, y él devolvió el saludo.

—Mi hijo —llamó María con dulzura, extendiéndole un brazo.

—Estás herida —murmuró Johnny preocupadamente.

—Qué va, si es sólo un rasguño.

Pero Johnny, habiendo pedido permiso con la mirada, levantó la manta para revelar el costado de la mujer. Una cortada de al menos veinte centímetros recién suturada y enrojecida alrededor.

—Madre...

—Hay asuntos más importantes —le interrumpió la mujer alejándolo de su herida—. La Corona ha comprado al menos a dos piratas, Benjamin Stain y Anne Bonny. Han ayudado a la Marina Real a maniobrar el ataque anoche. Estaba todo planeado y nos estaban esperando.

—Debí haberlo sabido —refunfuñó Johnny—, maldita sea, debí haber llegado antes. Todas las vidas que se perdieron, lo perdimos todo. Black me estaría tumbando los dientes en este momento, por imbécil.

—Tu padre no podría estar más orgulloso —lo consoló María—. Sé que te mira desde donde esté y sonríe. Aun con esta guerra, aun en esta tragedia. Desmond celebraría que has causado un dolor de cabeza a tres reyes, a tres reinos. Hay que ser bastante pirata para enfurecer a la Corona de ese modo. Están desesperados y ha quedado claro. Ahora es momento del contraataque. Debes comandar el contraataque, avivar los espíritus de tu gente. No tienen fe en nada en este momento más que en ti. Debes hablarles.

—Los Winchester están en camino, y no estamos preparados para hacerles frente.

—Prepáralos. Eres su capitán.

Antes de que Johnny pudiera decir algo más, entró James acompañado de las gemelas. Fueron hacia María con alegría como siempre que la veían. María los recibió sin mostrar un solo deje de preocupación o dolor, y lo que más quería era alejar de las mentes de sus nietos aquellas horribles imágenes que los rodeaban.

Ahora el capitán Blackdawn se acercó al capitán Arat, que terminaba de limpiarse las manos de sangre con agua de una cubeta y un trapo.

—Está claro que los Winchester nos quieren aquí atrapados —comenzó Johnny—, nos reunieron aquí, *a todos.* Hay que mantener las naves en el fondeadero sur como hizo mi padre aquella vez. No me sorprendería que intenten quemarlas para acentuar nuestra calidad de prisioneros.

—Estoy de acuerdo —dijo Arat, secándose hasta el antebrazo.

—Y quiero pedirte un favor personal. Mi hijo, Desmond. Cayó de un árbol y se jodió la espalda. Bones dice que podría no volver a caminar, pero quiero tu opinión. ¿Puedes revisarlo? Y también a Zuri.

Arat asintió. La llegada del capitán Johnny Blackdawn trajo consigo una sensación de consuelo para los piratas, pues no habían sido abandonados por su rey, sino que acompañaba a todos y cada uno. Las tripulaciones de El Satán y El Espectro se reunieron y bajo las órdenes del capitán Blackdawn se encargaron de traer todos los bienes de sus naves a la taberna; agua, licor, medicinas, ropa, sábanas, paños, lo que hiciera falta. Pata de Palo se encargó de todo. Mientras tanto, el señor Lewis y Joe fueron a la maltrecha cocina de la taberna y se dispusieron a preparar comida y bebidas para todos.

El capitán Arat estaba revisando a Desmond luego de haber terminado con Zuri; el niño estaba tumbado bocabajo mientras el pirata le examinaba la espalda y las extremidades con apretones que dolían un poco, al menos los de la espalda, pues los de las piernas no podía sentirlos.

—¿Sientes eso? —preguntó Turco, haciendo una punción en la pierna derecha del niño.

—¿Es cierto que eras el mejor amigo del capitán Black? —preguntó Desmond—, ¿cómo era? Mi padre dice que fue el mejor pirata que conoció, por eso me dio su nombre. Porque yo también seré el mejor pirata del mundo. ¿Sabes que sé usar la espada? A mamá no le gusta, pero *¡ay!*

—Eso sí lo sentiste —confirmó Turco habiendo pellizcado el muslo, lo que era una magnífica señal.

—¿Entonces sí volveré a caminar? —se emocionó el niño.

—Sí. Pero tendrás que ser muy paciente, aunque si te pareces en algo a tu padre entonces la paciencia no es una virtud tuya. Por el momento lo mejor será que no te muevas.

—¡Me sería más fácil dejar de respirar!

Desmond intentó rodar sobre la mesa para bajarse él solo, cuando Turco lo detuvo.

—Te acabo de decir que no te muevas —advirtió él—. Y respondiendo a tu pregunta sobre cómo era Black, pues así, así de necio como tú... ¡que no te muevas!

—Debes escuchar a Turco, Des —dijo Johnny, que venía entrando—, es muy bueno en lo que hace.

Magdalena y Tirzah entraron también, y ayudaron a llevar al niño a un sitio más cómodo. Blackdawn y Arat quedaron a solas. Johnny lo miró, suplicándole que le dijese el diagnóstico y temiendo lo peor.

—Volverá a caminar, dale tiempo —le dijo Arat a Johnny.

—¿Y Zuri?

—La niña está bien. Comida, agua y sombra. Que le preparen una solución de agua con algo de sal, le ayudará.

—Gracias —dijo Johnny en un suspiro—, de verdad.

Se hizo de noche. Una noche sin luna y sin estrellas. El humo que se elevaba en el cielo debía ser de semejante espesor al que sumergió al pueblo de escombros en una oscuridad asfixiante, como si toda la luz hubiese desaparecido del mundo para siempre. No había esperanza, no había fuerzas; sólo humo y cenizas. Llegó el momento que todos esperaban, el capitán Johnny Blackdawn se paró sobre una mesa en el centro de la taberna destrozada, en el centro de todo como un sol brindando calor a cada planeta en su sistema solar. Los piratas lo miraron, los heridos y los pueblerinos por igual, cada mujer y cada niño. Esos piratas que lo habían visto transformarse desde que tenía diecinueve años cuando era un *perro de puerto* hasta ahora a sus veintiocho, cuando ya era un *capitán de capitanes.*

—Éste no es el fin y no todo está perdido —comenzó el capitán—, ésta es una declaración de guerra, mas no una derrota. La Corona nos acaba de anunciar el maldito miedo que nos tiene. Acaba de desnudar su desesperación prendiéndole fuego a nuestras casas, a nuestros negocios. Pero no se preocupen por nada de eso, les recuerdo que con nuestro tesoro nos alcanza para construir y reconstruir este pueblo cien veces si hiciera falta. Sanaremos. Como la peor de las heridas que hayan tenido en sus cuerpos y hayan visto cicatrizar. Somos piratas, no somos hombres o mujeres comunes. Somos más fuertes que cualquier ser que habite este mundo, y si algo hemos hecho siempre y seguiremos haciendo hasta el último de nuestros días es resistir. Es lo que hemos sido siempre, la resistencia. Esta noche lloramos a nuestros muertos y curamos nuestras heridas. Y háganlo bien. Lamenten cada pérdida y lloren lo que tengan que llorar, griten cuanto tengan que gritar. Porque mañana, piratas, contestaremos el fuego con fuego, contestaremos el hierro con hierro. Nuestros enemigos están en camino, ¿cómo van a encontramos? ¿Rendidos… o enfurecidos?

A medida que Blackdawn hablaba, aquellos que podían iban levantándose del suelo, resucitados.

—¡¿Van a mirarnos tumbados en esta taberna o van a mirarnos a todos y cada uno empuñando un arma?! —siguió Johnny—. ¡¿Nos van a ver morir o nos van a ver pelear?!

—¡Pelear! —exclamó Melville—, ¡esos malditos hijos de puta nos van a ver pelear!

¡Pelear!

¡Nos verán pelear!

¡Pelear hasta el fin!

¡Pelearemos, señores, pelearemos!

—El diablo lo sabe, Dios lo sabe —jadeaba Chuck enardecido—, no se puede acabar con un pirata... ¡jamás!

¡Jamás!

Ahora todos estaban de pie, incluso aquellos que creían no volverían a levantarse jamás; alzaban su puño en el aire y gritaban *¡jamás!* con toda la fuerza de sus pulmones y con toda la rabia en sus corazones. Los hijos del capitán Blackdawn lo miraban maravillados, su padre acababa de revivir a los muertos ante sus ojos.

—¡Tanner! —llamó Johnny.

—¡Capitán!

—Tú, la capitana Aragón y el capitán Lussan estarán a cargo de proteger las naves en el fondeadero sur. Artilleros: Bill, Murphy, Poe, Chang y Chuck vayan con ellos y preparen los barcos para hundir al diablo mismo. Silvestre, Ratas, Jeffreys, Eddie, Dash y Salim, armas, quiero todas las armas que puedan recuperar de la armería y de las naves, y las quiero todas aquí. Necesito a cada hombre y mujer en esta isla armado hasta los dientes. Joe, señor Lewis, O'Connor, ustedes se encargarán de que la comida, el agua y el ron se repartan convenientemente. Capitán Arat y Bones, curen a los heridos. Tirzah, te he enseñado a pelear para proteger a nuestra hija, ahora quiero que enseñes a pelear a cada mujer. Magdalena, ayúdame a cuidar a mis hijos. Y todos, *todos*, levántense de esas cenizas... porque nosotros somos el fuego.

Una vez más, los piratas se levantaron. En el transcurso de la noche, aquellos que estaban en capacidad de hacerlo, se dedicaron a reunir todo el hierro posible de los escombros para fundirlo. Quedaban muchos herreros dispuestos al trabajo y las fundiciones se realizaron fuera de la taberna en una especie de campamento para labrar armas y afilar las que ya tenían. El capitán Blackdawn, que se paseaba entre el humo de las fundiciones vigilando el trabajo, sabía que sus enemigos no tardarían en llegar a Tortuga; lo que no tenía claro, y le causaba una inmensa tensión, era exactamente cuántos enemigos tenía y quiénes eran. Los Winchester eran enemigos, sin duda; pero ¿en qué momento la capitana Bonny se había volteado en su contra con tanta saña? Incluso un bucanero tan obsoleto como Ben Stain; cuántos más habría dispuestos a traicionar a la piratería a cambio de dinero y un perdón real. Lo cierto es que sus enemigos tenían a Margaret y a Annabelle, y aquello hacía que ni el arma mejor labrada o más filosa significase absolutamente nada. Mientras los Winchester tuvieran a su familia, lo tenían todo.

En el fondeadero de las naves, la capitana Aragón bebía una taza de té delicadamente, recargada en el timón negro de su nave mientras observaba a sus hombres moverse en cubierta. Sabía mejor que su hijo los alcances que podrían tener los Winchester porque había vivido en carne propia varias veces lo lejos que llega la avaricia en las altas estirpes de la sociedad, posiblemente más lejos que el pirata más vil, pero con actos mucho más enmascarados e hipócritas. Meditaba intentando unir las piezas en su cabeza, pero le resultaba difícil concentrarse porque escuchaba el zafarrancho de los muchachos, que no eran discretos ni a la hora de trabajar ni a ninguna otra.

¡Chuck, hijo de mil putas, no cebes ese cañón todavía!, decía Poe.

¡Lo estoy limpiando, imbécil!, gritó Chuck.

María se rio con sinceridad y soltura, con esa misma simpleza con la que los piratas hacían todo en la vida, esa ligereza que a menudo resultaba en un caos que no era malo. Recordó al capitán Black y la sonrisa se borró de su rostro; *cuánto* lo necesitaba en aquel momento, como pirata y como mujer. De pronto apareció Pata de Palo Tanner.

—Capitana —saludó Tanner con una leve reverencia—, John me pidió que estuviera al pendiente y aquí estoy. Le preocupa que la herida...

—Me encuentro perfectamente —interrumpió María.

—Y no hay duda, capitana, de que si no fuera por ese rasguño bien podría pelear una batalla ahora mismo. Pero debo cumplir mis órdenes y asistirle si precisara algo.

—Pues si va a estar a mi lado como un fantasma, maestre Tanner, ya podrá comenzar por dejar de hablarme de usted. El mejor amigo de mi hijo puede llamarme por mi nombre.

—Claro... *María* —dijo Tanner nerviosamente—, y quizá la capitana pueda llamarme por mi nombre también.

La capitana sonrió.

—*George* —pronunció ella derritiendo al joven con su exquisito acento que, por más que hablase inglés perfectamente, no conseguía desprenderse de su origen español, ni quería. Tanner sintió una placentera sensación recorrer su cuerpo, nunca escuchó su nombre pronunciado con tanta delicia, sacudió la cabeza y tragó saliva porque se le había secado la boca.

11

A la mañana siguiente El Canvass ancló a unas millas de la maltrecha isla de Tortuga. Maxwell Winchester se encontraba en el castillo de proa mirando a través de un catalejo al tiempo que con la otra mano presionaba un pañuelo humedecido contra su nariz y boca; el olor a quemado, incluso a tal distancia, penetraba en las fosas nasales. La nave no debía moverse de su posición hasta avistar los refuerzos que esperaba, sólo quedaba aguardar en la penumbra ocasionada por el humo gris.

Margaret caminaba en círculos dentro de su cabina, iba de un lado a otro como fiera enjaulada, pellizcándose el labio inferior con los dedos. El delicado rostro de la mujer estaba ya consumido por tantas noches sin sueño en las que lloraba por sus hijos, preguntándose cómo se las arreglarían por su cuenta. Además, aunque muchas cosas no estaban claras en la ansiosa mente de la mujer, una era segura; aquella nave no se dirigía a Port Royal porque de ser así habrían llegado ya. Pensó en huir, pero *¿a dónde?* Y *¿cómo?* Robar un bote de remos y marcharse a la deriva con su hija parecía tan terrible destino como cualquier otro. Finalmente se sentó al borde de la pequeña cama y lloró. Annabelle abrazó a su madre.

—¿Extrañas a papá? —le preguntó—. No llores, mamá. Lo veremos muy pronto como dijiste.

—Temo que tu padre nunca estuvo encarcelado, Belle. Nos han engañado y quizá pretendan usarnos para hacerle daño. No podemos permitirlo.

Cuando Maxwell cerró el catalejo de golpe sintió una mirada helada a su espalda; al volverse, estaba allí Margaret con los ojos enrojecidos.

—Supongo que habría sido mucho pedir decirme la verdad desde el inicio —dijo la mujer.

—¿Habrías aceptado venir? —respondió el joven.

—¿Habría tenido alternativa?

Maxwell respiró muy hondo e hizo una señal a los marineros para que se despejaran, dejándolos solos. Sus ojos grises adquirieron una cierta mirada frágil y vulnerable que sorprendió a Margaret.

—Tortuga —confesó él—. Hemos incendiado Tortuga hasta reducirla a cenizas y acorralamos a Blackdawn y a sus piratas allí mismo. Es ahí a donde vamos y, de hecho, estamos a poquísimas millas. De ahí viene este terrible olor. Todo se quemó.

Margaret quebró en llanto. Sabía bien lo que Tortuga simbolizaba para cada pirata, en especial para el capitán Blackdawn y supo de antemano que, si volvía a verlo, lo vería destrozado.

—¿Y qué figuramos mi hija y yo en esta masacre? —preguntó ella con un nudo en la garganta.

—Lo único que buscamos con Blackdawn es negociar. Si él cede el mapa del conquistador tú y tu hija podrán marcharse en paz.

—¿Y si no? Si mi esposo decide... *no* ceder el mapa... ¿entonces qué?

—¿Es capaz de sacrificar a su familia por el tesoro de Cortés?

—John se ha visto capaz de sacrificar bastante —dijo Margaret, sombría.

—Entonces Blackdawn perderá más de un tesoro —condenó Maxwell.

La noticia de la guerra entre la Corona contra los piratas y el capitán Johnny Blackdawn alcanzó todos los rincones y el mundo estaba observando; algunos por razones tan simples como la economía, otros por la creciente esperanza de que la Corona podría caer y el rey sería destruido, que la rebelión podría devorar la injusticia y que los piratas en verdad podrían liberar el Caribe. Los oprimidos deseaban la victoria de Blackdawn con todas sus fuerzas tanto como los opresores esperaban que el rey exterminase a los bucaneros pronto y efectivamente. En Port Royal se temía un nuevo ataque pirata como aquel de hacía tantos años cuando El Espectro destrozó el puerto. La llegada de lord Jeremy Winchester con su esposa e hija era la señal a la colonia de que la batalla en verdad había comenzado.

Jeremy llevaba apenas unas pocas semanas en Port Royal; no le gustaba y no conseguía acostumbrarse al calor, a la comida tan sazonada, al aroma salino y a tantísima vegetación colorida y plagada de insectos. Extrañaba el gris de Londres, la bruma, el silencio y el frío. El gobernador Cromwell se hizo cargo de entregarle la mejor casa de todo el pueblo, una mansión amplia que alguna vez perteneció a la familia Tanner; antes de que el comodoro fuera asesinado, antes de que Elizabeth se colgara y antes de que sus hijos se hicieran a la mar. Cromwell también se aseguró de que tuviese los sirvientes y criados necesarios; estaba dispuesto a complacerlo en todo, y cómo no iba a estarlo si el acceso que el político tuviera al tesoro de Cortés dependía de una alianza favorable con los hermanos Winchester.

Una tarde de cielo azul y esponjosas nubes blancas, lord Jeremy se encontraba en el gran patio bebiendo té con su familia. La pequeña Rose perseguía una colorida mariposa y reía bajo el cuidado de dos nanas mientras Catherine gozaba fascinada por el Caribe y sus bondades. Jeremy observaba a una de las criadas que cuidaban de su hija, su nombre era Camille y ya llevaba escudriñándola un par de días porque era distinta a las demás. Camille era joven y bella, de delgada figura, coqueta sin querer y a veces vulgar; resultaba obvio que no tenía experiencia en el servicio de una casa. Era igualada y malhecha, y de alguna manera siempre se las arreglaba para estar presente cuando se trataban temas referentes a la guerra contra Blackdawn. Fuera porque servía el té, aseaba la recámara, desempolvaba libros de la biblioteca o cambiaba el vestido a Rose, Camille siempre estaba allí, y Jeremy comenzaba a sospechar que podía no ser una criada, sino una espía. Se le había advertido al lord sobre Pata de Palo Tanner y la red de espionaje internacional que comandaba para el capitán Blackdawn. Las dudas iban teniendo menos espacio. La atención de Jeremy se desvió cuando vio al mayordomo recibir la correspondencia del cartero y luego dirigirse hacia la mesa de té con el sobre en una bandeja de plata.

—Una misiva por parte de su hermano, mi lord —dijo el mayordomo, entregando el sobre sellado con cera.

—Si quiere puedo llevar la correspondencia a su despacho —ofreció Camille atrevidamente.

—Si quieres puedes callarte la boca y no hablar si no se te dirige la palabra —le respondió Jeremy; tomó la carta en sus manos e hizo un ademán displicente al mayordomo para que se retirase. Éste obedeció con una reverencia. El lord rompió el sello lacrado y desdobló la carta para leerla con una mano mientras con la otra elevaba su taza de té a la altura de su rostro y extendía el brazo, provocando que Camille le sirviese más té; un acto calculado para comprobar si la criada mostraba el mínimo interés en el texto frente a él.

> Los tenemos. Están nuestros enemigos sitiados en Tortuga y han hecho lo esperado, alistarse para nuestra llegada. Hemos de atacar pronto y proceder con la siguiente parte del plan.
>
> Te espero,
>
> Max.

De reojo Jeremy pudo ver perfectamente cómo Camille hacía un esfuerzo por leer cada palabra, tanto que derramó un poco de té sobre el brazo. Jeremy se levantó violentamente y sujetó a la mujer del cabello con fuerza.

—¡Lo sabía! —rugió zarandeándola—, ¡maldita pirata!

—¡Jeremy! —exclamó Catherine horrorizada—, ¡por Dios!

Pero Jeremy arrastró a Camille por el patio alejándola de la mesa de té y comenzó a golpearla en la cara. La pequeña Rose lloraba a alaridos y su madre corrió a cogerla.

—¡¿A quién le cuentas lo que oyes?! —la interrogaba Jeremy—, ¡¿a quién?!

—¡A nadie, yo no sé nada! —gritaba Camille.

La respuesta de la criada enfureció al lord aún más, no le gustaba que insultasen su inteligencia y continuó golpeándola y pateándola sobre el piso de mármol como si se tratase de una basura. Catherine cerró los ojos como hacía cada vez que miraba a su esposo hacer peores cosas y había de pretender que no eran reales para dormir a su lado.

—¡Mayordomo! —llamó Jeremy cuando Camille quedó inmóvil.

—Mi lord.

—Encierren a esta escoria, me ocuparé de ella más tarde. Y que las mucamas preparen mi equipaje, zarparé esta misma noche.

—¿Por qué no has pedido que alisten mi equipaje y el de tu hija? —lo cuestionó Catherine—. Si había una espía de Blackdawn bajo nuestro techo no has de dejarnos aquí solas.

—No vendrás conmigo —condenó Jeremy, limpiándose los nudillos de sangre con una servilleta—, si los piratas se resisten es posible que intercambiemos fuego y francamente no veo el motivo de arriesgar tu vida y la de Rose.

—Pero tienes El Fénix. ¿No es verdad que aquel pirata que contrataron, Duma, lo ha traído para ti desde la Cuna del Diablo? Y Max comanda El Canvass y el otro navío de la mujer pirata, El Rackham. Acaso no...

Jeremy le indicó silencio con un dedo, señalando con la cabeza el maltrecho cuerpo de Camille.

—Mi amada... —suspiró él—, ¿qué hago yo si algo te sucediera a ti o a nuestra hija? Blackdawn es un asesino, un enfermo. Si se atreviera a hacerles daño yo jamás podría perdonármelo.

—No tendrá ni la oportunidad de hacernos daño porque lo destruirás mucho antes —insistió la mujer—, ¿no es eso a lo que hemos venido?

Jeremy suspiró y acarició la suave mejilla blanca de su esposa, mirándola a los ojos, esos ojos azul oscuro que tanta paz le traían. Lord Winchester cedió. Permitió que su esposa e hija le acompañasen, y aunque sabía que era una decisión arriesgada, había permitido también que vivieran con él en el Caribe, pues aun cuando podía ser un hombre de intenciones crueles, seguía siendo un hombre y ella su mujer, a quien amaba.

12

El capitán Blackdawn fue a la bodega de la taberna y se reunió con sus hijos. Magdalena los tenía bien entretenidos, habían estado haciendo figuras con palmas y ahora dibujaban sobre papeles viejos con lápiz de carbón. Las gemelas corrieron a los brazos de su padre y él las cargó, puso un beso en cada mejilla y las devolvió al suelo. Zuri le saltó por la espalda. James, en cambio, como Johnny esperaba, se mantuvo frío y distante, en lo suyo. También Desmond, que se miraba enfadado y sin ganas de hacer ninguna manualidad.

—Piratita —llamó Johnny—, ¿qué pasa? ¿Te duele la espalda?

Desmond negó con la cabeza, permanecer quieto en una silla era antinatural para él, pero también guardar silencio. El capitán hizo una señal a Magdalena para que se llevase a los demás niños fuera y los dejaran solos. Se acercó a la silla en la que su hijo llevaba días postrado y se inclinó a su altura.

—¿Qué pasa, Des? —insistió.

—Estoy harto —respondió el niño—, harto de no moverme, harto de pedir ayuda para todo y de no poder hacer más que dibujar estos tontos dibujos. Ojalá me hubiera muerto en esa caída.

—Oye —le dijo Johnny, severo y tomándole la barbilla con brusquedad—, no vuelvas a decir eso. Se acabaría mi vida sin ti.

Los grandes ojos almendrados color café del niño se llenaron de lágrimas, las pestañas pegadas unas con otras semejando estrellas. Sollozó y bajó la mirada. Blackdawn lo abrazó con fuerza, sujetándole la cabeza contra su pecho.

—Dale tiempo, Des —decía Johnny—. Escuchaste a Turco, volverás a caminar.

—¿Cuándo? ¿Cuándo volveré a tener una oportunidad como ésta para probar que soy un pirata? Quiero enseñarles a tus hombres que puedo ser uno de ellos como hiciste tú con Black en El Espectro, ¡quiero estar en tu tripulación! Estoy en Tortuga donde siempre he querido estar, todos ayudan en algo y yo no ayudo en nada. ¿Cómo seré capitán si me recuerdan como el tonto que estuvo sentado en una silla durante la guerra?

El capitán sonrió de lado y acarició la cabeza de su hijo.

—Eres Desmond Blackdawn, nieto del capitán Desmond Black y bisnieto del mismísimo Barbanegra. Llevas más piratería en tu sangre que cualquier hombre en Tortuga y cualquier pirata mataría por tenerte en su tripulación. Yo, el primero de ellos. Volverás a caminar, ya verás. Y algún día, cuando seas un poco mayor, te llevaré en El Satán como siempre hemos dicho. Te lo prometo. Eres aún muy pequeño. Yo tenía diecinueve años cuando llegué con Black, y aun así no entendía muchas cosas. Ahora, si de verdad quieres ayudarme, tengo una tarea para ti, pero no puedes decirle a nadie. Ni siquiera a James o a tus hermanas. Ésta es la tarea más importante de todas y debe ser un secreto, ¿crees que puedas?

—Lo que sea —respondió Desmond, iluminándosele el rostro—, haría cualquier cosa por los piratas.

Entonces el capitán Blackdawn alcanzó el interior de su emblemático abrigo rojo con detalles en negro y sacó el mapa del conquistador, allí, ante los ojos de su hijo que relucían maravillados. Ninguno se percató de que James los observaba desde detrás de la puerta.

—Es… ¿es lo que creo que es? —preguntó Desmond emocionado.

—El mapa del conquistador —confirmó Johnny—. Necesito que alguien lo mantenga a salvo mientras preparo todo, no quisiera que se pierda o se ensucie. ¿Podrás cuidarlo? Ya te lo pediré en un rato que termine.

—¡Sí! —exclamó el niño—. Pero estoy desarmado, ¿cómo voy a proteger el mapa si llegara a enfrentarme?

Johnny sonrió con ternura, él sabía para sus adentros que su hijo no se enfrentaría a absolutamente nadie, pero en aquel momento era importante que Desmond sintiese que en verdad se le asignaba la mayor responsabilidad y que ésta podía llevarlo a batalla, aunque no fuera cierto. Cualquier enemigo habría de pasar por encima del cadáver de Johnny Blackdawn antes de poder llegar a alguno de sus hijos. Con la sonrisa aún dibujada, Johnny tomó de su cinturón su navaja, la navaja del capitán Black, le dio la vuelta al filo y la ofreció a su hijo.

—La navaja de Black —dijo Desmond— era lo único que tenías para pelear cuando enfrentaste a Barbanegra y se la clavaste cientos de veces.

—Te propongo algo —le dijo su padre—: cuando cumplas dieciocho años es tuya. Ya estarás navegando conmigo para ese entonces, y si haces bien las cosas, es tuya.

—Sí, capitán.

El capitán Johnny Blackdawn se paseó a la luz del alba por las fundiciones de hierro, entre el humo y el agotado aliento de cada hombre y mujer. Las armas estaban listas y afiladas. Tirzah enseñaba a las mujeres a disparar usando botellas de vidrio como blancos, como había hecho Johnny con ella. El capitán Arat, habiendo curado a quienes podía y dejado ir a quienes no, organizaba a los hombres para la batalla que, en el grisáceo aire de la mañana, todos podían olfatear. Blackdawn miró hacia el mar; El Espectro y El Satán estaban en posición, quizá demasiado cerca uno del otro, lo cual le disgustó. El plan que había elaborado estaba listo para su ejecución. A la menor señal de sus enemigos, hombres y mujeres por igual se ocultarían en los escombros con armas en manos, los piratas se dividirían en mar y tierra; los que peleaban en tierra estarían al lado de Johnny, que estaría esperando a sus adversarios en el muelle sin miedo, como la carnada más vistosa que alguna vez se ofreció a la ley. El Satán atacaría a las embarcaciones enemigas por el estribor al mando de Pata de Palo Tanner y Lussan, y El Espectro atacaría por el babor al mando de la capitana Aragón. Los capitanes Arat y Blackdawn dirigirían el contraataque en tierra; y cuando los Winchester y sus hombres se adentrasen en las calles de Tortuga en busca de Johnny, se verían emboscados por un enjambre de hombres y mujeres enfurecidos. El plan estaba en marcha y parecía lo suficientemente bien elaborado para apostar por una victoria; sin embargo, Blackdawn sabía que los Winchester tenían bajo la manga una carta poderosa: a Margaret y a Annabelle. Pero él tenía el mapa del conquistador.

—Arat —llamó Johnny, Turco iba caminando muy cerca cuando vio los navíos—. Están demasiado juntas las naves, puede joderse la maniobra, ¿te encargas?

Al capitán Arat no le encantaba recibir órdenes tan definitivas de Johnny, tan tajantes más que una sugerencia que planteara a otro capitán; llegaba a hablarle como a uno de sus tripulantes. Johnny seguía siendo un muchacho, por más que se creyera lo bastante hombre no tenía ni treinta años. Valiente, sí, formidable capitán y líder, pero a Turco le parecía que era insensato e impulsivo como su padre. Como siempre, Arat no dijo nada, porque el muchacho era igual de necio que su padre y no era momento de debatir.

La capitana Aragón desayunaba en una mesita que se disponía siempre para ella en la proa del barco. Le gustaba sentir la brisa de la mañana, beber té de tila y limpiar su mente de pensamientos para dar inicio a un nuevo día. Estaba con Tanner, que desayunaba junto a ella y le proporcionaba una compañía que para ella era cada vez más agradable. George era un joven de mundo y modales, culto, educado; y sabía hacer a un lado su desfachatez de bucanero en presencia de una dama. Las conversaciones eran amenas para ambos. Hablar con cualquier otro pirata sobre política, arte y cultura no era lo mismo.

—Gracias por acompañarme a desayunar —dijo María—, me hacía falta una plática así.

Justo en aquel instante Arat venía subiendo por la escalerilla y se detuvo un momento.

—¿No conversas mucho con Turco? —preguntó George, provocando que Arat pusiera demasiada atención—. Quiero decir: comparten una nave, una capitanía y además un camarote.

—Arat es mejor capitán que conversador —confirmó María—, no es un hombre que se dé a conocer fácilmente. Desconozco tantas cosas...

Desde la escalerilla Arat levantó las cejas impactado.

—Bueno —suspiró Tanner—, si mi capitán, tu hijo, lo sigue disponiendo así, puedes hablar conmigo cuando quieras.

La capitana sonrió y Tanner le devolvió la sonrisa, esa sonrisa de dientes blancos que llevaba a tantas mujeres a su desgracia. La mujer lo observó: cómo se le marcaban las comisuras y el brillo en sus ojos verdes; era en verdad un joven muy atractivo, pero también el mejor amigo de su hijo y no cabía pensamiento para nada más.

—Las naves están demasiado cerca —dijo Arat interrumpiendo, se acercó a la mesa—, John pide desde el muelle que se aparten... las naves.

Pata de Palo se limpió la boca con una servilleta y se levantó de la mesa.

—Es mi culpa —dijo—, decidí acompañar a la capitana a desayunar y puse las naves al pairo. Ya me ocupo. Con permiso, María.

Cuando Tanner se fue, Arat tomó su silla y se sentó frente a María sorprendiéndola, nunca la había acompañado en el desayuno. Guardaron silencio un momento. Arat se quedó viendo la taza de té de tila ya vacía.

—No me gusta el té —dijo él—, pero el café me encanta. En mi tierra se prepara sobre la arena caliente del desierto y es una delicia.

—¿Pasa algo? —preguntó María desconcertada.

—¿Tiene que pasar algo para que conversemos?

La capitana lo entendió todo, y le dedicó el indicio de una sonrisa.

—Deberías marcar una distancia con ese muchacho, con Tanner —siguió Turco.

—¿Perdona?

—Es obvio que le gustas y se contiene por respeto a John, pero un día puede no lograr contenerse y será un problema.

—Ten cuidado, Arat —interrumpió María—, estás a punto de entrometerte en mi vida personal y eso no se lo consiento a nadie.

—No es sólo tu vida —siguió Turco—, Tanner es parte de la vida de John.

—¿Te estás escuchando? Hablas como si mi intención fuera involucrarme con el mejor amigo de mi hijo que es, además, unos diez años menor que yo.

—Claro que no es tu intención. Sólo digo que se lo hagas saber.

—Si fallo como capitana —comenzó María—, porque mi estrategia de ataque fracasó o porque di una orden equivocada; si erré un tiro o blandí mal mi espada... házmelo saber inmediatamente. Pero si fallo como mujer o como madre, Arat, es asunto mío. No te vuelvas a entrometer.

Los muchachos de la tripulación, que maniobraban y alistaban la nave alrededor, se fueron acercando disimuladamente, intercambiando miradas, con toda intención de atestiguar lo que sería la primera pelea entre sus capitanes. Arat se levantó de la mesa negando con la cabeza.

—¿Te has detenido a pensar por qué no podemos conversar? —preguntó él.

—No me he detenido a espiar tus conversaciones con alguien más, eso te lo aseguro —le respondió la mujer.

—Me voy. No voy a pelearme contigo.

—Buena decisión, habrías perdido.

Los puños de Arat se cerraron con fuerza y hubo de tomar una larga inhalación para sosegarse, pero algo falló.

—Sabes, a veces te comportas como una niña mimada —dijo.

Al unísono los hombres gimieron impactados, delatando su presencia cercana ante los capitanes, que poco les importó que tuvieran a su tripulación como audiencia. La capitana se volvió muy lentamente, convencida de que había escuchado mal, pero no había sido así.

—Por fortuna mi trabajo no es agradarte —rezongó ella—. ¿Crees que es fácil estar contigo? Cualquiera de los tres mástiles sonríe más que tú, y en toda la tripulación francamente no encuentro hombre menos amigable. Sin ofender, caballeros.

Los bucaneros negaron con la cabeza.

—Ni siquiera voy a responder —dijo Arat—. No soy Desmond para que puedas pelear conmigo todo el día; no tengo el tiempo ni la energía. Ahora, por favor, llevemos la nave a...

¡PUM! Un cañonazo sacudió la nave, volaron astillas y los hombres se echaron el suelo. Arat protegió a María con su cuerpo.

—¡A sus puestos! —exclamó el capitán.

—¡Contesten el fuego! —exclamó la capitana.

Los bucaneros se dispersaron rápidamente para ocupar sus puestos.

¡Es El Rackham, nos ataca El Rackham!, avisó Raj desde el nido de cuervo.

—Esa perra —refunfuñó Melville—, ¡que avisen a Johnny!

El Rackham continuaba lanzando cañonazos a El Espectro a medida que se iba acercando como un predador cercando a su presa en una tormenta de humo y pólvora; golpeaban proyectiles en la amura de estribor y otros tantos pasaban por la cubierta desbaratando todo a su paso. El Espectro pudo contestar con su batería de artilleros apenas unos cuantos cañonazos, cuando se clavaron ganchos y arpones en la borda. Pronto los piratas de la nave enemiga comenzaron a invadir la cubierta negra, a pesar de que los muchachos disparaban con rifles desde las cofas y otros tantos ya desenvainaban sus espadas dando inicio a la batalla.

—¡Artilleros a cubierta! —rugió María, su reluciente espada ya desenvainada—, ¡repeler abordaje!

—¡Cañones de cubierta a estribor! —bramó Arat, también arrancando su cimitarra del cinturón y resuelto a luchar.

¡Sí, capitana!

¡Sí, capitán!

—¡Vamos, cabrones! —decía Melville—, ¡nos peleamos con sangre igual de sucia que la nuestra, sabemos lo que le duele a la zorra de Bonny!

Desde El Satán, Pata de Palo Tanner vio por el catalejo cómo El Espectro y El Rackham se batían y quiso navegar hacia la batalla cuando otro enjambre de cañonazos comenzó a impactar contra las amuras rojas. Estos cañonazos resultaban familiares de algún modo, y cuando Tanner se volvió, vio al buque El Fénix como quien mira un muerto alzarse de la tumba.

—¡Contesten el fuego! —rugió Tanner.

El Satán y El Fénix peleaban a muerte como El Espectro y El Rackham, todo se volvía nubes de pólvora y astillas. En cuestión de minutos la cubierta negra de El Espectro estaba infestada de piratas enemigos que peleaban contra los piratas fieles a Blackdawn. Chocaban espadas y se disparaban pistolas. Bonny vio a María entre el humo, la vio con tantas ganas de matarla que salivó como un perro rabioso y se fue hacia ella. Un cañón impactó cerca de María haciéndola caer al suelo, y no tuvo tiempo de levantarse cuando Bonny la tomó del cabello y la arrastró por la cubierta hacia el camarote. Una vez dentro, María tiró del brazo de Bonny y enredó sus piernas con las suyas para hacerla tropezar, dieron una maroma juntas y comenzaron a pelear a golpes.

—¿En el camarote, Bonny? —jadeó María—, algo de mal gusto, ¿no crees?

—¡Quiero hablar contigo! —respondió la capitana de El Rackham, pero María ya le respondía con un cabezazo que pintó sus labios de rojo. Entonces Bonny sostuvo los brazos de María por encima de su cabeza sometiéndola contra el muro.

—Bonita —jadeó Bonny—, sabe el diablo que te odio con todas mis malditas fuerzas, pero quieres escuchar lo que tengo que decirte. Los Winchester están aquí, y quieren el maldito mapa a como dé lugar. Van a ir por el tesoro y nos van a quitar todo, *todo.*

—*¿Nos?* ¡Tú has elegido estar de su lado!

—Tienes que decirme dónde tienen el mapa, me lo tienes que dar.

María se quitó a Bonny de encima con un empujón.

—Mira, Anne —dijo—, no sé si eres una pésima mentirosa y me crees idiota, o si eres tan vil que has de traicionar también a aquellos por quienes nos has abandonado primero.

—Van a arrancarle a tu adorado hijo el mapa de las malditas entrañas si es necesario —respondió Bonny—, conmigo nunca lo van a buscar, eso te lo juro. ¡Tienes que decirme dónde está!

—*¡Nunca!*

Siguieron luchando, una pelea tan violenta que aquellos piratas que habían visto a las capitanas entrar al camarote supusieron que sólo una de ellas saldría con vida.

13

El momento llegó. El capitán Blackdawn estaba de pie sobre la montaña de maderas destrozadas que alguna vez fue el muelle; miró a través de su catalejo y vio una enorme nave de blancas velas aproximándose. Tirzah se puso a su lado y le entregó el mapa del conquistador de regreso.

—Aquí está —le dijo ella—, y qué sensato de tu parte darle el mapa a un niño de siete años.

—Des puede con eso y más —respondió Johnny guardando el mapa en el bolsillo interior de su abrigo—, ¿le dejaste la navaja? Quiero que la tenga, lo hace sentir seguro.

—¿Que si le dejé el cuchillo al niño de siete años? Sí.

El inconfundible estrépito de cañonazos a la distancia rompió el silencio. No había duda, al otro lado de la isla las embarcaciones intercambiaban fuego.

—¿Están todos listos? —preguntó Johnny.

—Sí, capitán —respondió Tirzah—, menos Turco. La batalla lo pescó estando en El Espectro. Habrá que mantenerlo más cerca si salimos de ésta.

—Si salimos de ésta —suspiró Johnny cerrando el catalejo de golpe.

Botes de remos ya surgían de la nave enemiga, colmados de oficiales que iban bien armados con bayonetas, pistolas, espadas y granadas. La batalla se dirigía al muelle, nuevamente a Tortuga y a sus calles.

—Posiciones —ordenó Blackdawn.

En poco tiempo los botes de remos fueron alcanzando las orillas del desembarcadero, cada bote con una docena de hombres que pisaban tierra en una perfecta formación rectangular y marchaban al interior del pueblo aparentemente desierto y silencioso. El capitán Carrow, al frente de sus hombres uniformados, observó alrededor con una escrutadora mirada. No tenía sentido, sabían que los piratas estaban allí sitiados, todos y cada uno.

¡Ahora!, gritó una voz. Y en ese instante surgieron de los maltrechos escombros una marabunta de hombres y mujeres armados hasta los dientes.

—¡Al ataque! —ordenó Carrow a sus hombres—, ¡romper formación y disparar a voluntad!

—¡Piratas! —llamó Joe, que salía de entre los escombros con un hacha—, ¡a matar y hasta morir!

Las calles del pueblo de cenizas se inundaron de una violenta batalla entre oficiales y bucaneros. El chocar de las espadas y los disparos de las bayonetas erradicaron el silencio del mundo, a medida que el olor a pólvora se esparcía. Desde los estropeados balcones Tirzah dirigía a las mujeres que disparaban con sus rifles desde lo alto, haciendo que llovieran balas sobre los enemigos que, cegados por el humo, iban cayendo uno a uno.

En la bodega de la taberna, los pequeños escuchaban el retumbar de los cañonazos y el silbido de las balas, los choques de las armas de hierro y los resonantes gritos. Sentían miedo, todos con sus ojitos puestos en la puerta, temiendo que algún uniformado entrase a disparar. Magdalena estaba allí, con un machete firme en las manos.

—¿Vamos ganando? —preguntó Desmond.

—No lo sé, Dessy —respondió Magdalena, intentando disimular el miedo que sentía.

Las gemelas se cubrían los oídos, aterradas por las detonaciones.

—Ganaremos —aseguró Zuri—, esos perros de la naval vinieron a buscar su muerte.

—Los de la naval sólo cumplen con su deber —defendió James—, no nos harían daño a nosotros, somos niños.

Una sombra se dibujó ante la entrada de la bodega, alargándose sobre el suelo a medida que surgía la figura de Benjamin Stain. El bucanero empuñaba una pistola, con aquella sonrisa que mostraba cuatro dientes de plata. Magdalena inmediatamente se posicionó frente a los niños, protegiéndolos.

—Magdalena, bombón —saludó el pirata—, quién te viera de niñera.

—Venga, Stain —murmuró Magdalena—, son sólo niños.

—No, linda. No son sólo niños. Son *los* niños. Los niños del capitán Blackdawn y Margaret Tanner. Los niños de John y de Mags. O eso dice

Johnny, porque detrás de ti… yo veo por lo menos *uno* que es mío. Tú, pequeñín, ¿cómo te llamas y cuántos años tienes?

James tragó saliva, Ben lo miraba fijamente.

—James… —murmuró James tímidamente— ocho.

Ben soltó una carcajada que asustó a los niños.

—Ya decía yo que te parecías a mí un poco —siguió—, ¿tu mami nunca te dijo que tu verdadero padre soy yo?

—¡Ben, ya déjalos! —amenazó Magdalena.

—Hace ocho años yo me tiraba a esa maldita pelirroja día y noche, en el barco, en esta isla, en donde fuera. Pero me aburrí de ella y sus piernas blancas en un segundo. Y cuando Johnny llegó a limpiarle las lágrimas, ella ya te tenía a ti y a tu hermanita en la barriga. Y todo este tiempo te mintieron, te engañaron. Y tú les creíste.

James negó con la cabeza, completamente confundido y, a la vez, lo que escuchó no carecía de sentido. De qué otra forma habría podido explicar que su padre no lo quería a menos que no fuera realmente su progenitor. Ben Stain escudriñó a los demás niños, apuntándoles con la pistola y una siniestra sonrisa.

—Vete de aquí —le insistió Magdalena, esta vez recargando la punta del machete contra el pecho del bucanero—, la pelea está allá afuera, aquí sólo hay niños que no tienen la culpa de nada.

—Así es la vida —suspiró Ben—, uno que no tiene la culpa de nada y… paga.

Stain disparó la pistola y Magdalena cayó muerta con un agujero en la frente. Las gemelas lloraban espeluznadas, escondidas detrás de James y Zuri que habían quedado pasmados. Desmond tomó la navaja y amenazó a Ben decididamente.

—¡No te tengo miedo! —gritó el niño.

—Tú debes ser Desmond —rio Ben—, dicen que eres lo que Blackdawn quiere más en el mundo.

Desmond tragó saliva y afianzó el trinque de la navaja.

Las calles de Tortuga eran ya un campo de batalla en favor de los piratas del Caribe. Las enfurecidas almas de cada bucanero se encendieron por la ilusión de ver al capitán Blackdawn tomar las calles a su lado, alzar la espada al cielo y soltar un grito; un rugido que habría de aniquilar el miedo en los corazones de hasta el último de los hombres. Luchaban, defendían. De entre el humo surgió Pata de Palo Tanner, que portaba una sonrisa victoriosa que emocionó a Johnny.

—Se retiran —jadeaba contento—, los dos barcos nos dejaron en paz.

—Los tenemos, George —respondió Johnny igualmente contento.

Éste sería un día que la piratería recordaría por siempre, el día en que la Corona los acorraló en una Tortuga quemada y cubierta de escombros, y ellos, hombres y mujeres por igual, defendieron las cenizas de su isla con toda su rabia. Johnny sonrió, le palpitaba el corazón como un tambor y podía sentir la victoria demasiado cerca. De pronto vio a un hombre de pie por debajo del arco del muelle. Este joven lucía impecable, sin un solo grano de pólvora ni suciedad en su impoluto atuendo. El pelo negro y los ojos color ámbar, con una mirada que desbordaba una completa seguridad. Era lord Jeremy Winchester. Al cruzar miradas, Jeremy le sonrió a Blackdawn. El joven capitán frunció el ceño, desconcertado por la tranquilidad de su enemigo. Una punzada asaltó el pecho de Johnny y, entonces, vio a Benjamin Stain echando el cuerpo de Desmond ante Jeremy.

—No... —murmuró Johnny—, no, no...

El capitán Blackdawn atravesó el campo de lucha, turbado y con el estómago revuelto, la mente desbocada, imaginando lo peor. Al ver que el gran pez había mordido la carnada exitosamente, Jeremy sujetó a Desmond del pelo apuntándole con una elegante pistolilla directo a la cabeza.

—No... ¡Desmond! —fue todo lo que Johnny pudo decir, y en el calor de la pelea y el horror tropezó cayendo de rodillas ante Jeremy Winchester. Blackdawn se levantó de un salto con pistola en mano, que no tenía municiones ya, pero su mente estaba tan alborotada que ni siquiera lo consideró.

—Suéltalo —demandó Johnny—, ¡suéltalo, hijo de puta!

—Ah, ah —dijo Jeremy, chasqueando la lengua y negando con el dedo índice—, modera ese tono, pirata. Estás hablando con un lord y no me parece que sea el lugar de un simple bucanero darme órdenes a mí. Así que... *modera ese tono.*

Desmond lloraba de miedo, y su llanto aunado al cañón de la pistola rozando su cabeza hicieron que el capitán Blackdawn perdiera de súbito el control de absolutamente todo.

—Suéltalo —insistió Johnny—, por favor... suéltalo.

—Ordena a tus hombres que cesen la lucha —respondió Jeremy.

—*¡ALTO!* —rugió el capitán Blackdawn a todo pulmón—, *¡ALTO AL FUEGO!*

Uno a uno los bucaneros escucharon la estridente orden como un trueno y fueron extinguiendo sus estocadas y disparos que los oficiales tuvieron la diplomática atención de no continuar tampoco. De un momento a otro la batalla quedó pausada y surgió el silencio. Tanner fue a posicionarse junto a su capitán.

—Así nos entenderemos mejor —dijo Jeremy, sin liberar al niño.

—Déjalo ir, mis hombres están quietos —reclamó Johnny.

—Yo no he dicho quietos, he dicho que cesen la lucha. Quiero que cesen la lucha en todo sentido y aquello, supongo, no toma un simple instante. Quiero que todos tus hombres cesen la lucha contra la Corona, contra su majestad. Y contra mí, Blackdawn. Quiero que dejes de pelear contra mí y nos ahorres a todos esta guerra innecesaria.

—Papá... —lloró Desmond.

—Está bien, Desmond, tranquilo —le decía Johnny, su voz temblaba con un nudo en la garganta—, tranquilo, cierra los ojos.

—¿Qué quieres hacer? —le murmuró Tanner al oído.

Blackdawn tragó saliva, no podía pensar, no podía hacer nada.

—Jugaremos un juego tú y yo, Blackdawn —siguió Jeremy—, un juego en el que ambos saldremos ganando.

Lord Winchester tronó los dedos y Benjamin Stain hizo un silbido. En ese momento vino al muelle Maxwell, que llevaba a Margaret y a Annabelle como rehenes, custodiadas por dos guardiamarinas. El capitán Blackdawn bajó la pistola sin siquiera darse cuenta; sus labios estaban ligeramente separados y el ojo le temblaba dentro de la órbita.

—John... —lloró Margaret—, *por favor*, haz lo que pidan.

Cada bucanero y mujer de Tortuga fueron acercándose al muelle a atestiguar este momento, esperando con cierto temor que el capitán Johnny Blackdawn los pusiese por encima de todo y los defendiera a cualquier precio. Ahora la piratería entera dependía de este instante y todos lo sabían.

—Permíteme explicar el juego, capitán —comenzó Jeremy—. Yo tengo tres rehenes; a tu hijo, a tu hija y a tu esposa. Cada rehén tiene un valor, un precio. Si logras pagarlo son tuyos. Si no logras pagarlo, siguen siendo míos. Y como yo no los necesito me veré obligado a darles muerte aquí mismo, ¿entiendes lo que digo?

El capitán Blackdawn respiraba agitadamente; su pecho subía y bajaba con tal brusquedad que hasta el bucanero más alejado podía mirar su angustia. Iba sintiendo cómo la sangre se le helaba y perdía el control de su propia mente, algo que no podía permitirse, no ahora, con su familia encañonada por una pistola y los piratas contando con su respuesta. Se calmó, forzándose a respirar profundo y a recobrar la autoridad sobre sus pensamientos. Asintió.

—Bien —dijo Jeremy—, comencemos con tu hija.

El guardiamarina obligó a Annabelle a hincarse y le apuntó con el mosquete en la cabeza. Margaret lloraba, rezando en ahogados sollozos.

—Los piratas no están acostumbrados a pagar precios —señaló Jeremy—, así que éste es un día... histórico. Un día en el que al menos tú, Blackdawn, aprenderás a pagar. Y el precio por tu adorada hija es que te arrodilles ante mí.

Johnny se quedó quieto, sabía que no solamente él se arrodillaría ante el enemigo, sino toda la piratería a la que representaba como capitán de capitanes. Pero, de no hacerlo, el guardiamarina dispararía el mosquete contra la cabeza de su hija y la vería morir ante sus ojos y por elección suya. Entonces el capitán comenzó a descender lentamente hacia el suelo. Tanner intentó detenerlo, convencido de que tenía que haber otra manera que no fuese humillar a la piratería entera, pero Johnny zafó el brazo de su mano bruscamente y siguió descendiendo hasta quedar hincado ante Jeremy Winchester. Los bucaneros apretaron los ojos y bajaron la cabeza, profundamente humillados y de la peor manera.

—Muy bien, Blackdawn —dijo Jeremy—, liberen a la niña.

El guardiamarina soltó a Annabelle y la pequeña corrió a los brazos de su padre, que la abrazó con fuerza y le dio un violento beso en la cabeza. Tanner tomó a Annabelle de la mano y la colocó detrás de sí. Blackdawn iba a levantarse cuando Jeremy volvió a chasquear la lengua y negar con el índice.

—No hemos terminado, sigue tu mujer.

El guardiamarina puso a Margaret de rodillas y le apuntó con el mosquete en la cabeza.

—Ahora bien —siguió Jeremy—, el precio por tu adorada esposa es besar mis botas.

Los piratas protestaron al unísono, deshonrados y rezándole a todos los dioses que Blackdawn no cediese a ello, todo menos eso. Johnny bajó la mirada y tragó saliva. Tanner tenía la mano derecha puesta en su pistola, estaba considerando disparar a Jeremy antes de permitir lo que estaba a punto de suceder, pero arriesgaba la vida de Margaret.

—Besa mis botas, Blackdawn —insistió Jeremy.

Johnny vio a Margaret sometida en el suelo y un mosquete contra su cabello rojo. Apretó el ojo al tiempo que descendía su rostro hasta rozar su nariz contra las botas de Jeremy, y entonces las besó. Todos los piratas gritaron enfurecidos, maldiciendo. Y cuando Johnny alzó su rostro vio gotas resbalando por el cuero de las botas, sus propias lágrimas.

—Maravilloso —dijo Jeremy—, liberen a la dama.

Margaret se levantó del suelo, pero no corrió a los brazos del capitán Blackdawn, abrazó a su hermano. Todos lloraban, éste era el peor día que la piratería había visto en toda su historia, y no había un solo bucanero que desconociera lo siguiente que pediría lord Jeremy Winchester. Y si Blackdawn cedía a eso también, estarían acabados de por vida.

—Y finalmente tu hijo —siguió Jeremy—. El precio por tu hijo es... el mapa del conquistador.

¡No!

¡No, capitán!

¡No lo haga, capitán!

¡Johnny, no lo hagas!

¡Por el capitán Black no lo hagas!

El capitán Desmond Black dedicó su vida entera a hallar ese mapa y murió por conseguirlo, por arrebatárselo a Barbanegra, como había sido su sueño durante toda su vida y hasta su muerte. Johnny lo sabía perfectamente, la piratería estaría acabada si entregaba el mapa, el legado entero de su padre incinerado y olvidado para siempre. No podía entregarlo. Era el capitán de capitanes, el revolucionario del caribe, el rey de los bucaneros. Aun si le costara la vida. Pero también era esposo y padre. Hasta aquel momento se había detenido a pensar cuál era primero, cuál era antes y cuál era más.

—¡John, dáselo! —lloró Margaret—, ¡no puedo creer que siquiera lo dudes, dáselo!

—Johnny, no —dijo Poe—, por vida tuya y de tu santo padre, el capitán Black, no lo hagas.

—No tengo todo el día, Blackdawn —le apresuró Jeremy.

Fue Jeremy quien sostuvo a Desmond de los cabellos lastimándolo y le recargó el cañón de la pistola contra la mejilla, casi clavándoselo. El niño lloraba de miedo y dolor.

—Por favor —murmuró Johnny—, mi hijo está herido en la espalda, no lo lasti...

Entonces Jeremy lanzó a Desmond contra el suelo y recargó su bota sobre la espalda del niño haciéndolo gritar.

—¡Jeremy! —le reclamó Maxwell.

El capitán Blackdawn alcanzó el interior de su abrigo, con una mano temblorosa sacó el mapa... y lo entregó a Jeremy Winchester. Los piratas dejaron caer sus espadas y pistolas al suelo, ya no tenía caso. Jeremy retiró la bota del niño.

—Ahora entiendes —dijo— por qué a los hombres honestos nos da tanta rabia que los piratas tomen lo que quieren sin pagar el precio. Porque el precio implica sacrificios que tenemos que hacer, y parece de lo más injusto cuando un bribón de quinta como tú lo toma todo, *todo*, sin pagar un precio y sin el mínimo sacrificio. ¿Te imaginas qué sucedería si ahora yo me comportase como un pirata? Si jugara sucio, si te engañara. Si a pesar de que has pagado el precio te lo quitara todo. Vaya lección que sería, ¿no es verdad?

Jeremy volvió a apuntar su pequeña pistola a la cabeza del niño.

—No... por favor —suplicó Johnny—, te lo ruego, *no*.

—Por Dios, Blackdawn —rio Jeremy—, ni siquiera he tenido que ponerte un dedo encima y ya te he destruido.

—Jeremy —llamó Maxwell, reclamando la atención de todos—, tenemos el mapa, basta ya.

El joven lord se apartó del niño y se acercó al capitán Blackdawn con una desafiante lentitud que puso a todos nerviosos. Johnny iba a levantarse, pero Jeremy le sostuvo la pistola debajo de la barbilla inmovilizándolo.

—Te llaman el rey de los bucaneros —se rio Jeremy—, a ti que desafías al mismo rey de Inglaterra porque da la espalda a sus súbditos. Y tú acabas de hacer exactamente lo mismo con los tuyos.

Jeremy apartó la pistola del rostro de Johnny.

—Que sean ellos quienes te den muerte —dijo—, yo no pienso ensuciarme las manos contigo —y arremetió un golpe con el arma contra el rostro del capitán.

En ese instante, Pata de Palo desfundó su pistola y disparó al lord en el hombro al tiempo que Maxwell ordenaba la retirada a gritos. Los bucaneros, despechados por todo, intentaron privar a los oficiales de su escape reanudando la batalla, pero todo era demasiado, *era demasiado*. Los hermanos Winchester lograron escapar junto con la mayoría de sus oficiales y guardiamarinas, mientras Blackdawn, con la ceja abierta, levantaba el cuerpo de Desmond y lo abrazaba con fuerza. Margaret se fue sobre Desmond también, abrazándolo y besándolo entre lágrimas, a medida que se daba cuenta de que el niño no podía caminar.

—Tanner —llamó Johnny—, lleva a Des a la bodega y busquen a Turco inmediatamente.

Pata de Palo levantó al niño en brazos y se lo llevó. Ahora el capitán Blackdawn y su esposa se quedaron solos, con todas las miradas de los bucaneros puestos sobre ellos. Johnny abrazó a Margaret, pero ella lo empujó al instante y le dio una tremenda bofetada.

—¡Te odio! —exclamó Margaret en llanto—. Y tan pronto termine esta pesadilla... *quiero el divorcio.*

La mujer de cabello rojo se marchó, dejando al capitán Blackdawn desolado y confundido. Miró a sus piratas, pero ni uno solo le devolvió la mirada. Se sentían traicionados, ultrajados, y sin decir ni una sola palabra a su capitán se dispersaron en las maltrechas calles dejándolo totalmente solo. El capitán Blackdawn se volvió hacia la bahía y vio el sol descender sobre el horizonte, empañado por el humo. Tres naves enemigas aún se miraban marchándose a lo lejos. Se llevó ambas manos a la cabeza, iba encorvándose lenta y dolorosamente hasta quedar de rodillas sobre un charco en el muelle. Gritó. Un grito que se transformó en alarido al salir de su garganta. Lloraba, solo.

—¿Por qué carajos no me ayudas, Black? —lloraba—, ¿por qué carajos no me dices qué hacer?

Pero no había respuesta más que el silencio; la luz del atardecer se extinguía en el cielo más lúgubre que vio Tortuga alguna vez.

14

La noche fue dolorosa y larga. Hubo heridos de hierro y bala, muchos muertos. Pero ninguna herida tan profunda como aquella que llevaban los piratas en el alma. Lo perdieron todo porque su rey lo había entregado *todo*: su dignidad, su honor, su tesoro. Ya no había nada que hacer en Tortuga, ya no había nada que hacer en ningún sitio. Lo más natural habría sido marcharse de aquella isla de cenizas, volver a hacerse a la mar sin rumbo ni propósito, pero volvieron a la taberna destrozada y se reunieron en su interior buscando un refugio. Gritaban y les hervía la sangre.

—¡Es un hijo de mil putas! —rugió Joe—, ¡nos ha traicionado a todos!

—¡¿Ése es nuestro rey?! —gritó Melville—, ¡¿ése es nuestro maldito rey?!

—¡Al diablo con Blackdawn! —exclamó Chuck.

—Es que no lo puedo creer —lamentó O'Connor—, si no lo hubiera visto con mis propios ojos no se lo creería ni a mi madre.

—Créelo, niño —le dijo Poe—, Johnny Blackdawn ha traicionado a sus piratas.

—Capitán de capitanes, mis cojones —refunfuñó Murphy—. Si lo fuera, se jode a su esposa y a sus hijos. Un capitán pirata está casado con el mar y su tripulación es su maldita familia. Nadie ni nada más.

El capitán Arat observaba en silencio, la rabia de los bucaneros iba calentándose a punto de ebullición y podría incluso orillarlos a amotinarse. Arat lo sabía, pero también sabía que antes de intervenir debía dejar que los hombres descargasen su enojo a gritos y vomitaran maldiciones y juramentos; de intentar controlarlos sólo los enfurecería más. La capitana Aragón pensaba algo parecido, y aunque el sentimiento le suplicaba intervenir en nombre de su hijo y defenderlo como madre, sabía que ensuciaría su imagen aún más si los hombres la miraban protegerlo como a un niño.

—Yo siempre pensé que Johnny nos quería más que a su familia —lamentó el señor Lewis.

—Yo juraba que *nosotros* éramos su familia —agregó Stanley, aún más triste.

—Ya basta —intervino Tanner—. Sí, tal vez había otra manera, pero no nos dio tiempo de encontrarla. Nadie de ustedes habría sabido qué hacer. Hablan de sacrificar a sus esposas y a sus hijos cuando ni siquiera están casados ni son padres. No saben lo que están diciendo. Un poco de compasión.

—Lo dices porque es tu hermana y él tu amigo, Tanner —dijo Dash.

—¿No somos todos familia aquí? —siguió Tanner—. Johnny ha hecho mucho por nosotros, no seamos cabrones. Por mucho respeto que le tengan ustedes a un pirata por sacrificar todo en el nombre de los suyos, yo no respetaría a uno que sacrificara las vidas de su mujer y sus niños. Las vidas no se pueden recuperar nunca. El mapa sí y nuestra dignidad también.

Los bucaneros comenzaron a gritarse los unos a los otros hasta que la taberna se transformó en un gallinero de insultos y opiniones encontradas. En ese momento el capitán Arat se levantó, limpiándose las manos de ceniza, y todos se silenciaron.

—Están todos haciendo exactamente lo que el enemigo quiere —dijo Arat—. ¿Por qué creen que Winchester no mató a Blackdawn allí mismo teniéndolo de rodillas ante él? Porque nos habríamos enfurecido con la Corona y lo que quieren es que nos enfurezcamos con Johnny. Nos están distrayendo, manteniéndonos ocupados y ganando tiempo. Quieren que peleemos entre nosotros. Si Johnny queda solo y nosotros divididos, tendrán la seguridad de que no podremos perseguirlos para arrebatarles el mapa de nuevo. Jeremy Winchester sabía bien lo que hacía al pedirle que se arrodillara, y no era para elevar su ego, era para que todos abandonáramos a Johnny. Si estamos peleados no podemos contraatacar y lo saben. ¿Somos en verdad seres tan predecibles y simples? ¿Vamos a darles el gusto? Porque si es así, no merecíamos ese mapa en primer lugar y aún menos el tesoro. Aún menos al hijo de Desmond Black.

La capitana Aragón se levantó también, todavía adolorida al haber sido revolcada por Anne Bonny por todo el camarote, algo que la había dejado pensando. Bonny tuvo varias oportunidades de matarla y no lo hizo, sólo pedía el mapa advirtiéndole a ella exactamente lo que los

Winchester acababan de hacer, hasta que se ordenó la retirada y Anne Bonny se apartó, no sin antes decirle: "No digas que no te lo dije, bonita".

—Todavía podemos pelear, caballeros —dijo ella—, pero no podemos pelear sin el capitán Blackdawn. Y el capitán Blackdawn no puede pelear sin nosotros. Mi hijo no se ha rendido, lo sé en mi corazón. Díganme que ustedes tampoco y tendremos una oportunidad de ganar esta guerra.

—¿No se dan cuenta de que ya da lo mismo? —lamentó O'Connor—. Aunque quisiéramos ir tras esos hijos de perra, ya no tenemos el mapa. No tenemos un rumbo. No sabemos ni a dónde ir.

Todos quedaron en silencio, O'Connor tenía toda la razón; no habría rumbo sin el mapa y estaban perdidos antes de siquiera iniciar la travesía.

Lussan se había encargado de anclar El Satán en lo que quedaba del muelle y Margaret eligió refugiarse en el camarote de la nave roja junto con sus hijos. Los niños estaban dentro de la cama bien cobijados como si la brisa no fuese tibia y húmeda. Sólo faltaba Desmond, que continuaba bajo la vigilancia de Turco y moverlo sería demasiado imprudente. Al menos ahora tenía a James, Mary, Sophie y Annabelle juntos, las gemelas todavía lloraban por la horripilante imagen de Magdalena recibiendo un tiro en la cabeza. La pelirroja las arrullaba lo mejor que podía, pero lo cierto es que tenían todos los motivos para seguir llorando a pesar de los dulces cantos de su madre.

—¿Podemos hablar? —preguntó Johnny.

Margaret levantó la mirada y encontró al capitán Blackdawn en la puerta de la habitación. Apenas y lo miró a los ojos, se levantó de la cama con cuidado para no alterar a sus hijos y salió del cuarto. Johnny la siguió hasta la sala de abajo, donde la mujer se cruzó de brazos esperando a que él hablara primero, algo tan irregular que el pirata no evitó dudar si saldría de esta conversación con vida. Silencio.

—¿En verdad te he fallado tanto como para que quieras dejarme? —preguntó Johnny finalmente.

—Tres años, John —respondió Margaret con un nudo en la garganta—, *tres años* sin saber nada de ti... abandonada y completamente sola. He sabido tolerar vivir en una isla apartada de toda civilización, de una sociedad, del mundo. He parido con la sola compañía de una partera ya dos veces y he criado a mis hijos sin ayuda y, lo que es peor, sin compañía. ¿Y sabes por qué me he sometido a tales bajezas? Porque sabía que al menos, ¡como mínimo!, llegaría mi marido de vez en cuando a ser eso, *mi marido.* ¿Y qué veo? Un pirata y sólo eso, ¡un pirata que expuso a su familia al cañón de una pistola! ¡Iban a matarnos! No eres ni esposo ni padre. ¡Has sido más marido de esa zorra de Tirzah que mío! ¡Has sido más padre de esa niña negra que de tus propios hijos!

—¡No te permito que hables así de Tirzah y de mi hija! —rugió Johnny con tal fuerza que Margaret dio un paso hacia atrás, asustada y con el corazón latiéndole rápidamente. El capitán se dio cuenta de la estridencia de su grito e intentó calmarse, se pasó la mano por el rostro, suspiró profundo y recargó ambos puños en la mesa del comedor.

—Si te... *abandoné*... como tú le llamas, en una isla alejada de todo fue para protegerte —siguió él más sereno—. Sabía que mis enemigos te usarían en mi contra como acaban de hacerlo, es sólo que lo habrían hecho mucho antes y de peores formas. No te visité en tres años porque estaba siendo perseguido y de ir contigo los habría guiado hasta ti. Si te encontraron fue por el maldito ingenio de los Winchester, no por un descuido mío. Jamás me ha sido fácil vivir lejos de ti y de mis hijos. Y no pasa un puto día en el que no me cuestione si he hecho lo correcto o si me he equivocado. Ahora veo que me equivoqué, y mucho. Y lo siento, Maggie... *lo siento.* Te pediré perdón todos los días de mi vida si tengo que hacerlo, pero no quiero perderte.

Poco a poco Margaret quebró en llanto y Johnny se apresuró a envolverla con sus fuertes brazos, arrullándola y acariciándole el cabello rojo. Ella levantó la mirada, sus ojos verdes aún brillaban y tenía las pestañas empapadas; no podía evitar mirarlo, su esposo, su hombre, le parecía más atractivo a cada instante y su cuerpo iba pidiéndoselo a gritos. Blackdawn sonrió de lado terminando de derrotar a su mujer; le acarició el rostro, suave y rosado por el sol, tocándole los labios con el pulgar, con unas ganas de besarla que se hacían más urgentes que el acto de respirar. Se besaron con tanto deseo que la respiración de ambos se aceleraba entre sus narices a medida que Margaret desabotonaba la camisa de Johnny y él le alzaba el vestido y acariciaba sus piernas. De pronto el capitán levantó a su mujer en brazos y la recostó sobre la mesa casi con violencia, le alzó el vestido hasta la cintura y le arrancó la ropa interior con ansia, con urgencia, besándole el escote. Sintió las uñas de Margaret clavarse en su espalda y deslizarse, le fascinaba. Hacer el amor con Margaret Tanner era un placer al que no había conseguido hallarle competencia aun en el libertinaje de placeres que la piratería ofrecía. Maggie era canela, calor, fuego y dulzura, todo a la vez. No había pirata ni capitán que enloqueciera más en brazos de su mujer. Ya sudaba y fue atreviéndose a moverse con más rudeza. Volvió a levantar a la mujer, sosteniéndola con devoción y fuerza. Margaret gritaba entre aquellos músculos que la elevaban con absoluta facilidad, capaces de cargarla y derrumbarla a la vez. El capitán le cubrió la boca temiendo que los niños se despertarían e interrumpirían, pero él comenzaba a gritar también. La sinfonía de gemidos fue acalorándose; Johnny Blackdawn sostuvo el cabello rojo de Margaret entre sus dedos con fuerza y soltó un último suspiro fatal, derrotado. Cayeron ambos sobre el sillón y se rieron, separándose con la respiración aún acelerada y cubiertos de sudor.

—Me vuelves loco, Margaret Blackdawn —jadeó Johnny.

La pelirroja se recargó en el pecho de Johnny, enloquecida y con el eco del orgasmo aún recorriéndole el cuerpo. Sonreía, pero, a medida que las sensaciones carnales se desvanecían y volvían los pensamientos, aquella sonrisa fue borrándose sin que Johnny se diera cuenta.

—Tengo que irme —dijo él de pronto—, debo regresar a la taberna y reunirme con los muchachos, si es que no me cortan el cuello antes.

—¿Serían capaces de amotinarse?

—Nunca se sabe. Acabo de traicionarlos. Es lo que los Winchester querían, que me humillara frente a mis hombres, que me perdieran el respeto porque un maldito motín es la promesa de que no podremos ir tras ellos y recuperar el mapa. Ojalá los hombres lo vean así. No puedo perderte a ti, pero tampoco a ellos.

Margaret asintió y permitió que el capitán se marchase sin acompañarlo, no quería estar entre piratas esta noche, quería estar a solas con sus hijos.

Cuando el capitán Blackdawn entró en la taberna resurgió el silencio y las miradas de los piratas llovieron sobre él. Se irguió y los miró a todos y cada uno. Pata de Palo Tanner se levantó y se posicionó a su costado para mostrar a todos que aquel era el lado que habrían de tomar todos. Lo mismo hizo la capitana Aragón.

—Les pido perdón —comenzó Johnny—, no fui capaz de aceptar un sacrificio que quizá otro sí hubiera podido. Mi consciencia manchada con la sangre de mi esposa y mis hijos habría acabado conmigo, y sepan que haría lo mismo por cualquiera de ustedes, mis hombres, mis hermanos. No espero que puedan perdonarme ahora, pero ¿pueden al menos ayudarme a recuperar lo perdido? Ya volveré a ganarme su confianza, si me dejan. Podré pasar el resto de mis días redimiéndome ante ustedes. Como capitán puedo dar órdenes, pero no puedo ordenarles que me perdonen porque eso sólo es una elección suya, no mía.

Regresó el silencio. Los hombres se miraban entre sí y murmuraban cosas que Blackdawn no alcanzaba a escuchar.

—Capitán —llamó Melville—, ¿nos deja hablarlo entre nosotros un momentito? Sólo para ver que todas las voluntades sean las mismas.

El capitán se retiró a la bodega, donde Desmond descansaba sobre una mesa acojinada. Tomó la mano de su hijo, que al sentir a su padre abrió los ojos lentamente y sonrió. Johnny le devolvió la sonrisa, sólo un niño podía sonreír ante todo lo que sucedía, sólo un niño como Desmond.

—¿Te lastimó el hijo de puta? —preguntó Johnny.

—Soy un pirata —respondió Desmond—, estas cosas pasan.

—No, piratita. No he sabido cuidarte. No he sabido cuidar nada y ahora todo está perdido.

—No todo.

El capitán frunció el ceño, su hijo buscaba desesperadamente algo en los bolsillos de su pequeño pantalón.

—¿Recuerdas que me diste a cuidar el mapa? —siguió Desmond—, ¿y que Magdalena nos dio papel y tinta para dibujar?

El niño sacó una hoja con un dibujo que no tenía mayor sentido mientras Johnny lo desdoblaba—. Es el mapa del conquistador —dijo el niño—, lo calqué y lo copié letra por letra, por si te lo quitaban. No tenemos que perseguir a los Winchester, podemos llegar a la isla y proteger el tesoro.

El capitán Blackdawn iba sonriendo más y más a medida que comprendía que aquel dibujo era una réplica del mapa original; y aunque no sabía si Desmond había trazado hasta el último detalle, era mejor que no tener nada.

—Desmond Blackdawn, eres un genio —dijo a su hijo.

A zancadas cargadas de emoción Blackdawn regresó a la taberna y los bucaneros lo vieron entrar con tal sonrisa que creyeron finalmente se habría vuelto loco.

—Miren esto.

Les mostró el dibujo. Aquellos que habían tenido la fortuna de ver el mapa del conquistador alguna vez se levantaron del suelo de un salto, la obra del pequeño Desmond era tan precisa que acababa de devolverles la esperanza. Y los que nunca habían visto el mapa se confiaron con la efusiva reacción de los demás que iban soltando risas liberadas.

¡No me jodas, el niño es un artista!

¡O sea que... seguimos teniendo el mapa!

Un aire de euforia envolvió a los piratas, iban tomando una segunda bocanada de aire, un suspiro de esperanza.

—Esto significa una ventaja insuperable —dijo María—. Los Winchester tienen bajo su mando tres naves: El Canvass, El Rackham y El Fénix. Una batalla naval no habría sido conveniente. Pero si lográsemos llegar a la Isla de Cortés antes que ellos...

—No habría batalla naval —adivinó Johnny—, sólo una maldita emboscada en la jungla que los dejará hechos trizas.

—¡Pero ya zarparon! —lamentó O'Connor—, ¡zarparon hace horas!

—Sí, pero no con dirección a la isla —intervino Tanner—. Jeremy está herido de bala en el hombro, tienen que parar en Port Royal primero. Si nos hacemos a la mar ahora mismo es muy posible que lleguemos a la isla con suficiente anticipación. Los podemos sorprender.

—¿Y en qué momento proponen ustedes hijos de perra surtirnos de provisiones? —se quejó Joe—. La comida de las naves la trajimos toda aquí. Hace falta carne seca, pan, galletas, gallinas, dos cabras, pastas, legumbres, especias, manteca, barriles de agua, café, grog, *ron*...

—Port Royal es el puerto más cercano —dijo Melville—, pero no podemos entrar allí, nos acribillarían. Ahí sólo entran oficiales de la Marina Real o civiles distinguidos. No nosotros.

—¿No entró el capitán Desmond Black a Port Royal una noche y se llevó cuanto quiso? —les preguntó Johnny.

—Tengo una idea —dijo Tanner de pronto.

15

El gobernador Victor Cromwell recibió a los hermanos Winchester en su oficina como el embarcadero recibió a las naves heridas. Lord Jeremy se retorcía en el sillón alargado mientras un médico, luego de extraerle la bala, le suturaba la herida con mucho trabajo, pues el aristócrata enfurecido no paraba de moverse y maldecir. Cromwell estaba sentado detrás de su escritorio leyendo la correspondencia detenidamente y Maxwell bebía té al tiempo que miraba a su hermano sin empatía alguna por su dolor, quizá hasta había un poco de recelo en su mirada.

—¿Qué? —le dijo Jeremy de mala gana.

—Estabas lastimando a ese niño —reclamó Maxwell—, *a un niño*.

—¿Y?

—¿Es mucho pedir que mantengas a los pequeños fuera de tus... métodos? Te respeto como el gran estratega que eres y como mi hermano mayor, pero no quiero mirar con mis propios ojos cómo te transformas en un hombre cruel. ¿No somos mejores nosotros que esos bribones?

Al oír estas palabras Jeremy hizo al médico a un lado y su mirada se endureció, al tiempo que se levantaba del sillón, clavándole los ojos ámbar a Max con todo el filo de su pensamiento.

—En el nombre de nuestro padre y por el tesoro de Cortés haré lo que haga falta —dijo con seriedad—. Si hace falta matar a cada uno de los hijos del malnacido de Blackdawn lo haré sin pestañear y cortaré sus pequeñas cabecitas una a una como uvas de un tallo. Si hace falta violar a la zorra de su mujer y echarla a una hoguera como bruja, esperaría hasta que ardiera el último de sus cabellos rojos. Despedazaré lo que tenga que despedazar. Al precio que sea.

El propio gobernador había puesto la misiva sobre la mesa y miraba a lord Jeremy con los ojos llenos de miedo. Maxwell simplemente le retiró la mirada y continuó bebiendo su taza de té. Entró un guardia, deshaciendo la nube de tensión que acaparaba la oficina entera.

—Gobernador, señor —saludó respetuosamente—, los piratas están aquí.

Cromwell hizo un ademán con la mano indicándole que podían pasar; así aparecieron ante el umbral Duma, Bonny y Stain, que tan fuera de lugar se miraban en aquella elegante sala.

—Ah, los corsarios favoritos de Inglaterra —saludó el gobernador levantándose de su silla con tres sobres en la mano—. Aquí tienen, como fue acordado, una copia de su perdón real. Felicitaciones, están ahora al servicio de su majestad, el rey Jorge.

Ben puso los ojos en la licorera de brandy y no dudó ni un instante en aproximarse y servirse una copa, sin delicadeza ni educación. El gobernador lo miró con asco y se dirigió entonces a Bonny.

—¿Uno de ustedes deseaba hablar conmigo?

—No, contigo no —respondió Duma—, con tu amo.

Jeremy se volvió al pirata sabiendo que le hablaba precisamente a él, el amo de todos, según parecía la mayoría del tiempo.

—¿Alguno de ustedes, perros, ha visto el tesoro de Cortés con sus propios ojos? —preguntó Duma.

Hubo silencio.

—Yo sí —siguió—. Estuve allí con Teach, revolcándonos en el oro como cerdos en el lodo. Pero nunca lo vi completo, nunca lo recorrí entero. ¿Saben por qué? Pues porque el tesoro de Cortés está hecho de tantas malditas hectáreas que necesitas un puto carro para recorrerlo, es un campo de joyas que se hace más grande a cada paso que das.

—¿Y qué me quieres decir con esto, pirata? —cuestionó Jeremy.

—Que ni con El Fénix ni con el Rackham ni con tu maldito Canvass te alcanza para cargar el uno por ciento de lo que ese tesoro es. ¿O pensaban llevarse sólo un trozo como buitres royendo lo que queda de un cadáver?

—¿Cromwell? —llamó Jeremy, volviéndose al gobernador con la plena certeza de que éste ya habría pensado en el problema y lo tendría resuelto.

—Escribiré a Sint Maarten —dijo Cromwell—, sé que su majestad tiene naves disponibles allí y no creo que se negara a permitirnos utilizarlas... si hubiera una batalla naval que librar.

La capitana Bonny rio.

—El rey no tiene ni puta idea de que el tesoro existe, ¿verdad? —preguntó ella.

—¿Y nosotros somos los que jugamos sucio? —rio Ben.

A unas cuantas millas de la bahía de Port Royal una pequeña fragata inglesa tuvo el infortunio de ser la presa de dos naves piratas, El Satán y El Espectro, que la acribillaron despiadadamente antes de abordarla y someter a cada uno de los oficiales y marineros a bordo. Tanto el capitán Blackdawn como los capitanes Arat y Aragón miraban incrédulos cómo Pata de Palo Tanner dirigía su plan con tal seguridad que era difícil cuestionarlo verbalmente, sólo en pensamiento. Los oficiales quedaron hincados ante los invasores; ambos bandos igualmente confundidos con la hazaña.

—Ahora, respetables oficiales —dijo Tanner—, desvístanse.

Los oficiales se miraron entre ellos confundidos, tan confundidos como los piratas que respaldaban la petición de Tanner sin saber bien por qué. Entonces el capitán Blackdawn lo comprendió, y hasta se dio el lujo de soltar una risa ante lo ingenioso del plan. Sacó su pistola y apuntó a los uniformados con la sonrisa aún puesta.

—Desvístanse —ordenó más energéticamente que su amigo.

Los oficiales, temblorosos ante la presencia de Blackdawn, hubieron de quitarse el uniforme con poquísima agilidad y dejaron las prendas en el suelo.

—Ahora al agua —dijo Johnny, señalando con la pistola a cada uno de los desnudos que no tuvieron otra alternativa más que saltar por la borda.

—Bueno, caballeros, busquen su talla y vístanse —les indicó Tanner.

Los piratas, dudosos de vestir las ropas de sus enemigos, obedecieron con muy pocas ganas. No eran prendas que favorecieran los cuerpos fornidos de los piratas, en su mayoría sucios, con las pieles tatuadas y tostadas por el sol y los cabellos enmarañados. Aunque también habría alguno que otro bucanero delgado como el palo de una escoba o gordo con una barriga de la dimensión de un barril, como Joe. Los cuerpos de los oficiales y de los piratas parecían distintos anatómicamente, criaturas de diferente especie.

—Johnny, tú no —dijo Tanner—; con ese parche en el ojo te reconocerán en donde sea.

Blackdawn sabía que George tenía razón; sin embargo, no quería perderse caminar por aquellas calles nuevamente, bañarse de recuerdos.

La última vez que estuvo allí era tan sólo un muchacho de diecinueve años, un cadete naval fallido y expulsado de la Marina Real, huido de casa y habiendo decepcionado a aquel que creía era su único padre, el almirante James Dawner. A menudo se preguntaba cómo se vería el pueblo después de tantos años, la casa en la que creció y si el fuerte era como lo recordaba; con aquellas estrechas habitaciones de literas en donde dormía con sus compañeros cadetes, mirando el cielo estrellado por el pequeño orificio que había en una de las ventanas. *¿Seguiría ahí?*

—Vamos, George —dijo el capitán—, no seré el primer pordiosero tuerto que camine por estas calles. Dame alguna de las ropas que usamos en Bretaña.

Tanner suspiró y extendió el brazo.

—Fuera parche entonces —dijo—; ese parche es como tu firma.

Johnny se retiró el parche revelando la espantosa cicatriz que dejó la espada de Barbanegra y el escalofriante orificio donde alguna vez hubo un ojo de bondadosa mirada color café. Nadie sabía bien qué hacer las pocas veces que el capitán se retiraba el parche, miraban a otro sitio para no incomodarlo, aunque en realidad les era imposible no mirar, fuera fugazmente o de reojo. Pata de Palo también había vestido un uniforme; la última vez que había usado una casaca roja como aquella tenía veinte años y había sido nombrado capitán de corbeta de La Bolena y zarpado en persecución de los piratas, con toda la intención de vencerlos; nunca imaginó que se convertiría en uno de los mejores que había. Terminó por ponerse una bota larga en la pierna de palo disimulándola perfectamente; caminaba extraño, sí, pero no lo suficiente como para llamar la atención.

—Arat y yo nos quedaremos con las naves —dijo María.

—Chuck y Jeffreys —llamó Johnny—, ustedes se quedan también. Cuiden a mi mujer y a mis hijos, un rasguño y los haré nadar por debajo de la quilla, ¿está claro?

Sí, capitán.

Sí, capitán.

Los bucaneros vestidos de oficiales y el capitán de pordiosero navegaron lo poco que quedaba de la despedazada fragata hasta el embarcadero de Port Royal. Anclaron alejados del muelle principal y desembarcaron en el andador que lucía nuevo y moderno; quizá el pueblo sí había cambiado.

—El plan es simple —comenzó Tanner—, Ratas, Dash, Murphy, Eddie y el señor Lewis irán al mercado a comprar lo que haga falta. Aquí está el dinero y la lista que escribió Joe. O'Connor, Sam y Stanley, ustedes vayan a la carpintería, Sam tienes la lista. Bill, Silvestre y Bones, vayan a la armería y háganse de todas las armas y artillería que se les ocurra. Tenemos todo el dinero necesario y de sobra. Llévense todo lo que nos pueda servir.

Sí, Tanner.

—¿Y a mí no me delega tarea alguna, maestre Tanner? —preguntó Johnny.

—No —respondió el rubio—, sé bien por qué has venido y a dónde quieres ir. Ve. Yo me encargo de todo.

Johnny Blackdawn sonrió de lado. Todos se dispersaron, perdiéndose en la colonia británica y mezclándose con sus habitantes lo mejor que podían. Era como encajar bolas de cañón en un vitral de cristal; no pertenecían allí y habrían de hacer un esfuerzo por pasar desapercibidos aun con los uniformes.

El Espectro ancló lo suficientemente lejos de la bahía para sentirse a salvo y lo suficientemente cerca para que la capitana Aragón pudiese vigilar con el catalejo, como si pretendiera seguir cada uno de los pasos de su hijo.

—Tal vez deberíamos hablar —dijo el capitán Arat, que estaba de pie detrás de ella.

—No veo la necesidad —respondió la mujer cerrando el catalejo de golpe.

—Si la tripulación nos mira divididos, peleados o enemistados pueden surgir situaciones que estamos a tiempo de evitar.

—No te aflijas, Arat. Frente a nuestros hombres pretenderé que estoy de acuerdo con todo lo que haces y todo lo que dices. Por ellos no has de preocuparte. Pero en privado y en la confidencia de nuestro camarote, no volveré a dirigirte la palabra y espero que correspondas con el mismo favor.

La capitana se alejó de Arat con suma indiferencia y éste, impulsado por una descarga de ira impropia de su persona, se aferró de la borda con un profundo suspiro para sosegarse. Luego la siguió hasta el puente de mando.

—María, por favor —insistió Turco—, no somos unos niños. Dije algo porque estaba alterado. Fue una discusión, no una declaración de guerra.

—Una discusión que comenzó por tu falta de deseo de conversar conmigo y por tus celos a un joven diez años menor que yo —respondió María.

—¡Celos! Yo no teng…

—No tienes más necesidad de hablar conmigo, es lo que no tienes.

—Desafortunadamente sí tenemos necesidad de hablarnos. Somos capitanes de este barco y no podemos dirigirlo sin estar de acuerdo en las órdenes que damos y sin dialogar cada uno de nuestros planes. Te ofrezco una disculpa por lo que dije, no era mi lugar entrometerme. Pero no pienso hacer más. No voy a ceder más.

El capitán Arat dio media vuelta y se retiró al camarote, dejando a María desequilibrada y confundida. La mujer no pudo evitar pensar en Desmond y recordar las irracionales peleas que tenía con él, podían durar hasta días entre gritos y azotones de puertas. Arat era distinto; por más enojado que estuviera, cortaba desde la raíz cualquier posibilidad de continuar en disputa, las discusiones duraban apenas unos segundos y conseguía mantener la cabeza fría y las palabras objetivas.

Turco cerró las puertas del camarote detrás y volvió a respirar hondo. Era la primera vez que sentía haber perdido la paciencia con María, y a su parecer el motivo no podría ser más estúpido: George Tanner. Se sentía un idiota por haber percibido que existía algo entre el muchacho y la capitana; George estaba muerto de amor y eso era evidente para todos, excepto para el capitán Blackdawn y la propia María. Pero pensar que ella podría corresponderle y haberle advertido al respecto en verdad le pareció estúpido. La pregunta que se hacía, sin embargo, era ¿por qué diantres le importaba a él en lo más mínimo si Pata de Palo y María Aragón tenían un mórbido romance? Hubo de contenerse a sí mismo convenciéndose de que era únicamente por temor a que Johnny, enterándose de todo esto, perdiera la cabeza y peligrara la misión que estaban por emprender. Aunque bastaba recordar a María diciendo que "no había hombre menos amigable" y que "era mejor capitán que conversador" para que sintiera una sigilosa tristeza que le desbarataba los ánimos como si hubiese sido realmente insultado.

Las mejillas de la capitana Aragón estaban enrojecidas y su respiración acelerada, jugueteaba con el catalejo entre sus manos. Quería hacer algo, pero *qué*.

—¡Pst! —llamó Chang desde un obenque.

María miró hacia arriba cubriéndose del sol con la palma de su mano.

—Va a cambiarse los vendajes —murmuró el hombre chino—, llévele unas vendas.

Con vendajes limpios y el corazón acelerado, María entró al camarote algo insegura y hasta cohibida. Fue a encontrarse con Turco en la mesa del comedor donde el hombre efectivamente iba desprendiendo los vendajes sucios de sus fuertes brazos, revelando las espantosas quemaduras que recibió la noche del incendio en la taberna. María apartó los ojos, sintió un pellizco en el estómago al verlo así. Había mirado heridas peores durante sus años en la piratería, pero ver a Arat herido era algo distinto. Nunca lo había visto curar sus propias heridas sino atender las de los otros con todo cuidado y perseverancia.

—Déjame ayudarte —pidió María con voz dulce y casi suplicante, una voz tan bella que hizo que el capitán se volviera sin decir palabra. Con esa misma dulzura, María fue retirando los vendajes, desprendiéndolos lentamente de la carne viva; sus dedos sobre la piel eran como caricias que pretendían apaciguar el dolor. Arat cerró los ojos y se permitió suspirar. La mujer entonces se topó con una quemadura más profunda, donde la tela se había adherido a la piel, provocando que él se quejara al desprenderla.

—Lo siento, perdóname —murmuró María.

—Descuida, viviré —le dijo él.

María sonrió apenas un poco y Arat le devolvió la sonrisa con la misma discreción. Se quedó mirando a la mujer sin pestañear, quizá nunca la había tenido tan cerca; podía olerla, despedía una especie de aroma a gardenias bañadas en miel sobre madera húmeda, si es que existía tal cosa. Podía ver cada lunar en su rostro bronceado, la finura de cada facción y aquel mechón dorado cenizo que caía frente a su rostro, ondulado y brillante. Entonces Arat acomodó aquel mechón de cabello detrás de la oreja de María, ella lo volteó a ver y sus miradas se encontraron en silencio. María le acarició la mejilla con delicadeza y él cerró los ojos a medida que ponía su mano sobre la suya. Sus rostros fueron acercándose hasta rozarse sus narices, sus labios iban a tocarse, pero Turco se detuvo. Quedaron las frentes juntas, ambos cerraron los ojos.

—No puedo —susurró él—. No en su barco, no en su camarote… *no con su mujer.*

La capitana se apartó destrozada. Pero antes de que ella dijera cualquier cosa, el hombre se levantó y se marchó del camarote. Los ojos de María se llenaron de lágrimas, una herida honda se abría en su pecho, se le durmieron las manos y se le iba escapando un llanto que, pocos segundos después, logró contener con la fortaleza que le quedaba.

16

El sol brillaba sobre las calles de Port Royal. El capitán Blackdawn caminaba vestido de pordiosero, sin llamar la atención de nadie y sólo como una sombra anónima. Pareciera que el tiempo se había detenido y todo se veía exactamente igual a la última vez que estuvo allí hacía casi una década. Se quedó mirando un callejón, aquél donde estaba la herrería, y pudo percibir el fantasma del pequeño Robbie suplicándole que ganase una pelea callejera, con apuestas, para que pudiera comprarse algo de comer. Si Robbie no hubiera muerto la noche del ataque tendría ahora más o menos la edad que Johnny tenía en aquel entonces, cuando se llamaba John Dawner. Y John Dawner nunca se negó a una pelea callejera, ni siquiera la mañana de su nombramiento como cadete de la Marina Real porque ansiaba demasiado golpear y ser golpeado.

Blackdawn siguió calle arriba, por el empedrado que siempre bajaba corriendo de chiquillo, ansioso por mirar el embarcadero, de subirse a los barcos sin permiso y jugar a ser lo que era hoy mismo: un capitán pirata. Finalmente llegó, allí se encontraba aquella reja de acero negro cuyos barrotes estaban ahora abrazados por enredaderas verdes que enmarcaban la puerta y trepaban por las paredes blancas; las tejas de terracota ya rotas y las ventanas estrelladas.

El pirata se atrevió a abrir la reja detonando un rechinido, un rechinido que lo transportó al pasado de manera brutal: era el mismo que escuchaba cuando su padre llegaba a casa luego de haber estado en el fuerte y entonces era preciso hacerse el dormido, recoger la habitación o terminar alguna tarea. El rechinido que anunciaba que el profesor Collins acababa de entrar para impartir clase; el rechinido que anunciaba que George y Margaret Tanner habían ido a jugar. *Ese* rechinido. El jardín era ahora una jungla sin principio ni fin y Johnny la atravesó con trabajo hasta llegar a la puerta de la casa; una puerta que alguna vez fue azul marino con chapa dorada, y ahora apenas quedaba algo de pintura y la chapa estaba ennegrecida. No estaba seguro de atreverse a entrar. Casi pudo mirar a James cuando cruzaba aquel umbral y colgaba la espada y la pistola en el perchero y se quitaba el pesado abrigo de almirante. Cómo suspiraba siempre luego de un largo día, contento de haber llegado a casa y buscando a su hijo inmediatamente. Ahora Johnny entendía ese sentimiento, aquél de llegar a casa urgido de abrazar a un hijo, de besarlo por mucho que el pequeño se resistiera. El pecho de Johnny se estremeció y comenzó a llorar. Ahora entendía tantas cosas.

—¿Te arrepientes? —le preguntó Tanner, que estaba detrás de él, aún vestido de oficial.

—No —respondió el capitán—. Sólo... ojalá no... ojalá no le hubiera hecho tanto daño, George.

—James estaría orgulloso de ti, Dawner. Anda, apártate de esa puerta. Es mejor quedarte con recuerdos y no con escombros.

Blackdawn le sonrió a su amigo, tenía razón. A menudo recordaba su casa y lo que hacía en cada rincón; a su padre, cada objeto y cada momento. No valía la pena suplir aquello con una casa destrozada por el tiempo y hundida en el olvido. Johnny se fijó en Tanner con más detalle, le causó gracia verlo vistiendo uniforme otra vez.

—El impoluto George Tanner —le dijo.

Tanner sonrió, puso el brazo por encima de los hombros de Johnny y comenzaron a caminar calle abajo. Escucharon risas y a lo lejos vieron a los muchachos burlándose los unos de los otros de sus uniformes, siempre cuidándose de aquellos civiles que les pasaban cerca.

—Y el descarriado John Dawner —respondió George—. Nunca te he dado las gracias por haberme arrastrado a este nido de ratas. Míralos... son... *son.*

—De no haber caído en este nido de ratas ya serías almirante —dijo Johnny—, el almirante George Tanner.

—Hmmm... no suena nada mal. Pero creo que *Pata de Palo* tiene más estilo. Además, no ibas a librarte de mí tan fácil, Dawner. Si no puedo perseguirte por los mares entonces no me queda de otra más que navegar contigo, ¿cierto?

El capitán le dio una juguetona palmada en la espalda a su amigo. Pocas veces tenían la oportunidad de estar completamente solos, y era en esos momentos cuando se permitían demostrarse el infinito aprecio que se tenían; más allá de un respeto de primer oficial a capitán o siquiera una inamovible amistad, eran hermanos.

—En fin —suspiró Tanner—, voy a ver que esas sabandijas lleguen vivos al muelle y que las compras estén completas.

—Te alcanzo en un rato —se despidió el capitán.

Blackdawn se quedó mirando a su alrededor un momento más, no sabía cuándo volvería a pisar Port Royal, y si lo hacía seguramente no tendría la oportunidad de hacerlo con la suficiente calma para perderse en sus recuerdos como ahora. De pronto escuchó la voz de Jeremy e inmediatamente se ocultó detrás de una carreta, se cubrió el rostro con la capucha de pordiosero y observó con cuidado. Lord Winchester iba en compañía de su esposa e hija. Johnny vio a Jeremy hincarse ante su pequeña y acomodarle las solapas de encaje del vestido, le acarició las mejillas rosadas y besó su cabecita de rizos castaños. Al pirata le pareció extraño mirarlo así, podría jurar que él se veía exactamente igual cuando estaba frente a Annabelle, Mary o Sophie. Luego Jeremy se irguió y besó a su esposa en los labios con la misma ternura con que él podría besar a Maggie. Seguro que el lord estaba despidiéndose de su familia antes de zarpar y sería tiempo de que los piratas hicieran lo mismo. Con cuidado de no ser visto, el capitán puso rumbo de regreso al embarcadero.

—¿Tienes todo, cariño? —preguntó Jeremy a su hija.

—Sí, mamá y las mucamas han hecho mi maleta —respondió la pequeña Rose, emocionada de navegar al lado de su padre un tiempo más.

—No estoy de acuerdo en navegar con ustedes a bordo —insistió Jeremy.

—Pero eres el marido y padre más dulce y no has podido resistirte a nuestra compañía —rio Catherine, que había pasado demasiado tiempo convenciendo a Jeremy de que la dejase viajar nuevamente y él, tenso y renuente, accedió.

Los piratas regresaron a sus naves victoriosos y con una variada carga de provisiones. Era cierto que los bienes de Port Royal resultaban mucho más caros que los de Tortuga, pero la calidad de la comida y la artillería no tenía comparación. La maltrecha fragata robada brincoteó sin gracia sobre la marea cristalina hasta llegar a El Satán y El Espectro anclados, donde comenzó la descarga de bienes. La capitana Aragón, deslumbrante como siempre, recibió al capitán Blackdawn en la cubierta de El Satán, algo poco habitual porque difícilmente ella se apartaba de El Espectro como si fuese una extremidad más de su ser.

—John, ¿puedo hablarte? —llamó María, guiando a su hijo hacia el extremo desierto de la popa.

—Claro, ¿estás bien? —preguntó Johnny preocupado, pues eran muy pocas las cosas que empujaban a su madre fuera de su equilibrio y ahora lucía completamente turbada.

—Tengo la confianza para hablarte sobre asuntos que conciernen a mi vida privada, pero sólo porque, en este caso, es estrictamente necesario. Entre Arat y yo sucedió algo inesperado y no ha acabado bien, por lo que quisiera permitirnos un espacio a ambos alejándome unos días. ¿Te importaría si navego a bordo de tu nave de momento?

—¿Turco? Madre, no voy a meterme en tus… *cosas*… pero si te hizo algo debes decírmelo.

—Nada de eso —aseguró María—, Arat es un hombre decente, lo sabes. Y tampoco pienso apartarme de mi nave mucho tiempo, no soy capaz. Sólo quiero pedir tu permiso para permanecer en El Satán un par de días.

—Eres mi madre —le dijo Johnny con una sonrisa—, no necesitas mi permiso. Además, tu presencia nos honra a todos. Voy a disponer un camarote para ti. Margaret y los niños estarán felices. ¡Tanner! Escolta a la capitana, encárgate de que esté cómoda y tenga lo que necesite.

Pata de Palo obedeció con gusto.

En la cubierta de El Espectro, el capitán Arat buscaba a María por todas partes y comenzaba a desesperarse de no ver señales de ella. Lo que sucedió fue malo y sabía que la capitana lo llevaría al extremo.

—Que se va en el otro barco, capitán —anunció Melville.

—¿Cómo que se va en el otro barco? —refunfuñó Arat.

—Pues así, que se va en El Satán.

El capitán Arat resopló y se acercó a la borda con el catalejo en mano; miró a través del cristal y vio cómo Pata de Palo ofrecía un brazo a la capitana para escoltarla. Cerró el artefacto de mala gana y fue directo a la escalerilla para abordar El Satán. Una vez en la nave roja, Turco dio tres envalentonados pasos hacia donde Tanner se había llevado a María cuando el capitán Blackdawn se le interpuso con los brazos cruzados.

—¿Te puedo ayudar en algo, Turco? —le dijo. Arat suspiró, era evidente que María había contado a su hijo lo sucedido.

—Su lugar está en El Espectro —dijo Arat—. Ella es capitana. Y no puede dejar de ser capitana cada vez que se enoje conmigo.

—Mi madre quiere estar a solas, y voy a pedirte que respetes su deseo.

—Hazte a un lado, John. Esto no te concierne.

Arat intentó dar un paso que nuevamente se vio frustrado por el sólido bloqueo de Blackdawn.

—Baja de mi nave —le dijo Johnny con seriedad—, no quiero pedírtelo por las malas.

—Hay algo que todavía no entiendes —respondió Arat—, tú no eres mi capitán ni eres el capitán de María. Ocúpate de tu tripulación y mantente fuera de asuntos que no son tuyos.

—Soy capitán de capitanes, eso significa que en la jerarquía de los piratas mando por encima de todos, por encima de ti.

—Yo creí que los piratas no éramos mucho de jerarquías. O al menos Desmond opinaba que no valían mucho.

—¿Sí? —lo retó Johnny—, ¿y qué opina Desmond de lo que haces con mi madre?

Entonces Arat arremetió un revés al capitán Blackdawn que le abrió el labio y le dejó el rostro ladeado. Cada hombre en cubierta se paralizó con la boca abierta y algunos dejaron caer las cajas que sostenían, regando las provisiones.

—Opinaría que su lugar te queda enorme —concluyó Arat. Y así, el capitán Turco se marchó antes de que Blackdawn pudiera siquiera procesar lo que acababa de suceder. O'Connor se acercó a él, escoba en mano.

—Capi, si me pides que le meta a ese turco esta escoba por atrás, lo hago.

—Leven anclas —ordenó Johnny en voz baja—, vámonos de aquí.

O'Connor asintió y se alejó del capitán, gritando su orden de levar anclas a todo pulmón. Blackdawn se limpió el labio con los dedos.

17

Era una imagen enternecedora hasta para el más insensible de los piratas: el capitán Blackdawn al timón de El Satán y el pequeño Desmond sentado en una sillita a un lado para traducir los garabatos que su padre no pudiera entender sobre la copia del mapa del conquistador. No hacía mucho tiempo que Desmond había aprendido a escribir y el dibujo se le daba igual de bien que a cualquier niño de su edad. Annabelle también estaba allí, custodiando la sillita y sujetándola de los empujones cuando se tambaleaba la nave roja. Pata de Palo se puso de pie a un lado del capitán; dirigía una mirada llena de preocupación al horizonte, que se veía completamente gris, casi ennegrecido, a pesar de ser de día.

—No me gusta —dijo Tanner—, no me gusta nada.

—Estoy pensando —respondió el capitán, que ya había visto aquel monstruo de oscuras nubes crecer desmedidamente a lo largo de las horas, entre distantes centelleos que sólo confirmaban sus temores; ésta sería una tormenta despiadada, y mucho temía que pudiera transformarse en huracán. Una cosa era estar acostumbrado a librar tempestades, empaparse y rodar por cubierta; ver su nave tambalearse entre la vida y la muerte. Otra cosa era saber que esta vez su esposa e hijos estarían allí.

—Ya quiero ver a los amanerados Winchester tratar de saltar una ola —rio Tanner—. Se hundirán en la primera ráfaga.

—Tienen El Fénix, es una muy buena nave —argumentó Johnny—, y con Bonny al timón pueden librarla. He visto a El Rackham salvarse de destinos insalvables.

La tormenta distante iba creciendo frente al capitán Blackdawn a medida que seguía repitiéndose a sí mismo una y otra vez las palabras de Turco; quizá el lugar del capitán Desmond Black en verdad le quedaba enorme. Seguro que Black habría manejado la situación de otra manera y, por supuesto, sin haber sacrificado el mapa. La misión que dirigía bien podría costarles no sólo el tesoro de Cortés sino sus vidas; y muertos los piratas y perdido el tesoro, no quedaría nada en el mundo.

—Que aten la carga de cubierta y cubran la pólvora en el piso de artillería —ordenó—, taponen las escotillas de una vez. Belle, ve adentro; tú también, Des.

Blackdawn alzó a su hijo en brazos y sujetó la mano de su hija para llevarlos al interior del camarote, donde estarían resguardados del viento y la lluvia que comenzaba a caer débilmente. Tanner, que tomó el timón en ausencia de Johnny, respiró hondo con la mirada aún clavada en la tormenta. Poe fue a su lado, iba a decirle algo, pero desde allí se apreciaba el paisaje gris con toda claridad y el bucanero se sintió intimidado por aquello que prometía ser una catástrofe.

—¿Habías visto algo así? —le preguntó Tanner.

—En mi perra vida —respondió Poe con toda honestidad.

—No es época de huracanes, no puede ser un huracán.

—A saber. Pero tiene toda la maldita pinta de un huracán.

—Preparen todo como ordenó el capitán —concluyó Tanner—, pero háganlo rápido, siento que se nos acaba el tiempo.

Poe hizo una señal de obediencia y partió enseguida.

María laboraba igual de arduo que el resto de los bucaneros. A pesar de las insistencias de Johnny porque se relajara, ella no quería estar a bordo de la nave de su hijo como una invitada, sino como una tripulante; aquello le ayudaría a despejar la mente de lo sucedido con Arat. Había estado ayudando a Margaret con los niños durante la mañana y ahora se disponía, junto con algunos muchachos, a atar la carga de cubierta. Vio a Chuck y a Jeffreys cuchicheando con O'Connor y no pudo evitar escuchar disimuladamente. Sabía que cuando la tripulación cuchicheaba era tiempo de poner atención y cuando gritaba era tiempo de ignorarla.

—Es que una cosa es pelear entre capitanes —refunfuñaba O'Connor—, desenvainar espadas y gritarse alguna maldición, pero que Turco le diera una bofetada a Johnny, ¡eso es un perro insulto!

María suspiró preocupada, se preguntó cómo habrían llegado las cosas tan lejos sin que ella se percatara.

—¿Será cierto que Turco se tiró a la capitana? —pregunto Jeffreys.

—*Nah*, pero Chang me dijo que por poquito.

—Caballeros —interrumpió María, apareciendo ante ellos. Tragaron saliva y Jeffreys le dio un golpe a Chuck al tiempo que O'Connor soltaba el trapeador—. ¿Han terminado ya de atar esa carga? —preguntó

María—, ¿o es que mi vida privada resulta más urgente que alistarse para la tormenta?

No, capitana. No, señora. N... no, dijeron los piratas todos al mismo tiempo.

—Pues pónganse a ello entonces —siguió la española—, y aconsejo usen esa lengua para fines más honestos, o yo personalmente la arrancaré de sus bocas, ¿he sido clara?

Sí, capitana. Sí, señora. S... sí, al mismo tiempo. Siguieron sujetando la carga, intercambiando miradas de miedo entre ellos porque habían oído lo que pasaba cuando alguien llegaba a cruzar los límites de la capitana.

Blackdawn iba atravesando el saltillo del alcázar cuando su madre lo atrapó del brazo casi como a un niño pequeño.

—¿Qué sucedió entre tú y Arat? —lo cuestionó ella con un aire interrogativo que intimidaba. Johnny suspiró, seguro que los muchachos habían hablado de más y en voz alta.

—Nada, madre —dijo Johnny—, apenas una discusión de medio minuto.

La mujer incineró a su hijo con la mirada, sus ojos entrecerrados eran una clara señal de advertencia; si Johnny se había guardado información o si volvía a haber un incidente de esa naturaleza, ambos hombres se las verían con ella. Y vérselas con María Aragón no era algo en lo que se pudiera ganar, ni el propio capitán Desmond Black logró librar batalla contra *esa* mujer.

La creciente tormenta hacia el sur continuaba avecinándose como un destino inminente. El capitán Arat lo sabía; sujeto al timón negro ya tenía aquellos profundos ojos oscuros puestos en los relámpagos, y varias horas antes ya había alistado todo sobre cubierta y en los pisos. Tirzah y Zuri, que para evitar encuentros con Margaret viajaban en El Espectro, se acercaron a Turco con miedo.

—¿Podemos librar esa tormenta? —preguntó la mujer con su hija en brazos.

—Puede coger viento contrario y alejarse —la tranquilizó Arat—, y lo más sensato sería esperar a que lo hiciese. Si bajamos las velas y no nos acercamos tenemos una oportunidad de evitarla. El otro capitán es el que me preocupa.

—¿Johnny? ¿Por qué?

—Porque va directo hacia ella. Es imprudente e impulsivo y cree que puede sortear ese temporal.

Lussan se acercó al timón, también viajaba en El Espectro porque le recordaba al capitán Black y quería sentirse cerca de su memoria en tiempos tan inciertos.

—*Par le diable* —dijo—, Johnny sigue avanzando.

Entonces Arat se endureció.

—¡Melville, baja las velas! —ordenó. Melville frunció el ceño y dirigió una mirada temerosa hacia el mar, donde alcanzaba a mirar El Satán alejándose.

—Perderemos a El Satán de vista —se atrevió a opinar.

—Si Blackdawn tiene un gramo de prudencia bajará las velas también. Hay que retrasar nuestro encuentro con esas nubes lo más posible.

Melville cabeceó afirmativamente y fue a cumplir sus órdenes, repitiéndolas a gritos para el resto de la tripulación que ya se movilizaba sobre cubierta, todos murmurándose los unos a los otros sobre lo terrible de aquella vista.

Las velas rojas de El Satán permanecían desplegadas y peleándose con la dirección del viento, que iba cambiando de rumbo como un inusual remolino. Se sentía tensión sobre cubierta, pues la mayoría de los hombres cuestionaban la decisión de Blackdawn de seguir adelante directo a la negrura, hacia los rayos y centellas.

—En todo caso éstas son buenas noticias —dijo Chuck—. Johnny puede librar esa maldita tormenta si se le antoja. Los Winchester van a ahogarse en el primer cuarto de hora.

—Bonny y Duma van con ellos —argumentó Ratas—, esa perra y ese malnacido son buenos navegantes.

En el camarote, el capitán Blackdawn besó a Margaret en los labios. La mujer temblaba de miedo, pero se mantuvo controlada ante sus hijos, a quienes no quería mostrarles el mínimo indicio de inseguridad. Todos los pequeños estaban tomados de la mano y bajo órdenes de su padre no habrían de soltarse ni un momento.

—¿Hay que cruzar esta tormenta, John? —preguntó la mujer.

—Llegaremos a la isla antes que los Winchester —respondió él—. Tranquila, he atravesado tormentas peores con menos recursos que ahora, y los hombres responden hábilmente a mis órdenes cuando hay mal tiempo.

La puerta del camarote se abrió de golpe, era Silvestre, ya empapado por la lluvia que caía intensamente.

—Es El Espectro, capitán —anunció—, recogió velas y se queda atrás.

El semblante del capitán Blackdawn se endureció como si aquello le hubiese desatado una rabia interna. Salió del camarote a pasos agigantados y fue recibido en cubierta por una lluvia torrencial y fuertes ráfagas de aire aún tibio, como benevolencia del mar Caribe. La nave comenzaba a columpiarse apenas un poco. Eran éstos los momentos cuando Pata de Palo necesitaba su bastón, que ahora apoyaba por debajo de su brazo para no perder el balance, mientras miraba por el catalejo la distante nave negra.

—John, quizá deberíamos hacer lo mismo y amainar las gavias —sugirió Tanner.

—Sólo porque Turco haga algo no significa que sea mejor idea —respondió Blackdawn de mala gana, arrebatándole el catalejo; comprobó al instante que la nave negra iba quedándose atrás y relativamente a salvo de la tormenta—. Carajo, me está obligando a parar, sabe que si se queda atrás y sin un mapa perderá el maldito curso.

—Pues ahí lo tienes —dijo Tanner—, si no amainamos las gavias por prudencia, al menos hagámoslo por caridad.

—No. Seguimos el curso. Ya se verá *él* obligado a seguirnos o perderse.

El capitán regresó el catalejo a Tanner y éste lo tomó dudoso y sin muchas ganas de obedecer aquella última orden. Entonces Johnny se posicionó detrás del timón y respiró muy profundo, alistándose para una batalla contra el cielo y el mar. María se le acercó.

—El Espec…

—Se está quedando atrás, lo sé —interrumpió el capitán—. Más vale que Turco despliegue sus malditas velas porque no pienso parar.

—¿Es esto una cuestión de orgullo o una decisión imprudente? —le cuestionó la mujer.

—Madre, éste es mi barco. Y en mi barco mando yo.

La española se quedó callada y permitió que su hijo dirigiera el timón hacia la desgracia, sin decir más. No sabía qué le habría dicho Arat a John, pero sin duda lo había encolerizado lo suficiente para que se retasen el uno al otro ante las fauces de un ciclón.

El viento se hizo más fuerte y la lluvia fue transformando su piadosa caída en una penetrante y definitiva tormenta. El capitán Arat negaba con la cabeza desde el timón de El Espectro, impactado por Johnny en el peor de los sentidos.

—*Non*, Johnny —decía Lussan entre dientes—, no lo hagas, *garçon*.

—Lo va a hacer —respondió Arat, decepcionado.

—¡Órdenes, capitán! —gritó Chang desde el obenque del mayor.

—¡Mantener posición! —ordenó—, ¡si Blackdawn quiere hundirse lo hará solo!

—Pero la capitana, señor —opinó Melville, que se le iba el aliento.

El Satán se adentró en un mundo gris de despiadadas ráfagas, con olas monumentales azotando sus amuras. Las velas vibraban y se sacudían ante los vientos, aullaban.

—¡Cabilleros de barlovento! —ordenó Blackdawn desde el timón.

¡Sí, capitán!

¡Barlovento, cabilleros!

¡Gavias de babor a barlovento!

—¡Están todas las velas desplegadas y vamos por los quince nudos! —anunció Tanner a Johnny; se veía bastante preocupado.

—Bien, quiero más —respondió el capitán, frío como el aire.

—Vamos a toda vela. Podrían romperse.

—¡Quiero más!

Tanner echó una mirada rápida a su alrededor y se acercó al capitán, hablándole en confidencia.

—¿Qué estás intentando probar, John? —le murmuró.

—¡Espinoza, Jeffreys! —llamó el capitán—, ¡aten cabos salvavidas a todos!

La nave roja milagrosamente comenzó a sortear la tormenta, deslizándose sobre ella más que siendo arrastrada. El capitán Blackdawn se atrevió a sonreír para sí cuando sintió la quilla estabilizarse bajo sus botas y la embarcación coger velocidad; iba confiándose demasiado.

—¡Medio metro de agua en piso, capitán! —anunció Poe, devastado.

—¡O'Connor y Willie, a bombear! —ordenó el capitán.

¡A bombear!

¡O'Connor, trae la maldita bomba, hijo de mil putas!

El viento volvió a tomar fuerza, enfurecido como si se ofendiese ante la nave roja, retándolo incesantemente. Arremetió un vendaval contra las velas y un muro de cinco metros de agua salada y espuma arrasó la borda. Los hombres cayeron sobre la madera, tosían y luchaban por respirar. Las poleas chillaron y los mástiles rechinaban adoloridos.

—*¡JOHN!* —llamó María, la mujer sostenida del barandal al castillo de popa—, el mesana se romperá si esperas un poco más!

Pero el capitán se atrevió a ignorar a su propia madre, pareciera que todos estaban más que dispuestos a decirle qué hacer como si él no fuese el capitán, el *capitán de capitanes.* Negó con la cabeza, malhumorado y haciendo un esfuerzo por ignorar la creciente ira del temporal. Ya no podía, y por un momento se preguntó si era ya demasiado tarde para salir con vida.

—¡Arríen velas! —ordenó por fin, derrotado.

—¡Arriamos velas, ya! —repitió Tanner, preguntándose también si ya era demasiado tarde—, ¡jalen y amarren, jalen y amarren! ¡Rápido, maldita sea!

A pesar de los bandazos de la nave, los muchachos lograron distribuirse; algunos hacia el trinquete, hacia el mesana y hacia el mayor. Ratas y Chuck fueron a auxiliar el mesana, que era el palo que más se quejaba. Pero solamente O'Connor había ido a enfrentarse a las jarcias del bauprés, la cebadera y la sobrecebadera. Una ola embistió a la nave por el frente y dos más inundaron cada costado. Johnny hubo de abrazarse al timón como a su propia vida para no volar. De pronto el aire golpeó el mesana mayor cuando Ratas y Chuck apenas lo amarraban, el palo se quebró por la mitad y cayó vencido sobre cubierta. Chuck azotó contra el suelo, pero Ratas quedó prensado entre el mástil y la cubierta a la altura del abdomen, gritaba a alaridos. Al mismo tiempo se desprendió una polea que rebotó como una resortera precisamente donde O'Connor estaba, golpeándole la cabeza y dejándolo inconsciente. El capitán lo vio todo desde el timón y su único ojo le tembló dentro de la órbita, se rindió.

—¡Las velas quedaron aseguradas, capitán! —anunció Bones.

—¡Acabo de ver a Chuck y a Ratas romperse la cara, llévalos abajo! —ordenó Blackdawn—, ¡Billy, Poe! ¡Saquen a Ratas de ahí!

—¡Capi! —llamó Poe casi en un llanto—, ¡es O'Connor... se le miran los malditos sesos! ¡Puedo ver sus sesos, maldita sea! *¡Está muerto!*

El agua entró en el camarote del capitán estrellando algunos cristales, caía desde arriba hasta abajo como una cascada por la escalera. Margaret vomitó frente a sus hijos varias veces por el balanceo de la nave. Annabelle se sostenía del barandal de la escalera y de su mano se sostenía James, luego Desmond, Mary y Sophie. Los niños lloraban, tanto por el horror como por mirar a su madre —quien en ese momento era su única seguridad en la vida— vomitando dentro de un jarro sin poder conservar el equilibrio. La nave se zarandeó y las puertas del camarote azotaron de par en par. Annabelle perdió el equilibrio y tropezó con James. Desmond, que no podía sostenerse por sí solo, tropezó también, soltando la mano de Mary quien a su vez soltó a Sophie. Una ola entró y revolcó a Sophie, quien fue arrastrada fuera del camarote entre la espuma.

—¡Sophie! —gritó Margaret en un alarido—, ¡Sophie, *no*!

Quiso ir tras ella, pero tropezó al igual que el resto de sus hijos quienes, llenos de pánico, intentaban aferrarse de lo que les quedara cerca.

El vendaval fue atenuándose y la marea se iba apaciguando, aunque la lluvia no dejaba de caer. El Satán estaba terminando de atravesar la tormenta y al frente se miraba un cielo menos gris y una superficie marina más tranquila.

—Bajen el ancla —dijo Blackdawn por fin, sabía que la nave no podía continuar por el momento; había cosas que arreglar y hombres que curar.

Entre varios hombres lograron alzar el palo mesana para liberar a Ratas, que gritaba de dolor y sentía sus órganos aplastados. Poe abrazaba el cuerpo de O'Connor, rodeados por varios hombres que nunca habían visto un trozo de seso aun dentro del cráneo. El muchacho seguía vivo milagrosamente, pero no se movía más que con extraños espasmos.

Turco fue lo primero que acudió a la mente de Johnny; lo necesitaba y lo sabía. Sólo él podría hacer algo por sus hombres. Pero cuando fue detrás de la popa buscando la nave negra, no encontró más que cortinas de lluvia a la distancia; con lo que sí se encontró fue con las miradas de sus hombres. Lo juzgaban, lo juzgaban con suma aspereza. Iba comprendiendo todo lo que provocó su decisión de encarar la tormenta, veía hombres enojados y su nave gravemente herida del palo mesana. Su mirada se encontró con la de su madre, que no hizo más que verlo con abatimiento y quizá también con decepción. Se había equivocado, gravemente. Margaret salió del camarote, llorando con desesperación.

—John… John, por Dios… Sophie, perdí a Sophie… *¡Dios mío!*

El capitán se quedó estático, vio a sus hijos de pie ante las puertas del camarote; a James y Annabelle, a Desmond sostenido por ellos y a la pequeña Mary. No vio a Sophie. Hubo silencio.

—¡John, mi hija! —gritaba Margaret entre lágrimas—, por favor… mi bebé…

—¿Quién estaba en el nido de cuervo? —preguntó Johnny con un nudo en la garganta; contenía su llanto.

—Yo, capi —dijo Murphy, reportándose al frente de los hombres.

—¿Cayó hombre al agua? Cayó… ¿alguien?

—No, capi. La carga estaba asegurada, los muchachos con cabos y nada salió por la borda. No bajo mi vista.

—¡O'Connor se muere, carajo! —gritó Poe.

—Bones, atiéndelo —ordenó Johnny.

—Ratas ya no abre los ojos —anunció Silvestre.

—¡Sólo tengo un jodido médico a bordo! —rugió Blackdawn sorprendiendo a todos—. Bones, dile a Poe y a Silvestre cómo pueden ayudar. Los demás a buscar a mi hija, *¡ahora, carajo!*

—Quiero ayudar —sollozó Margaret—, por favor, es mi hija.

—¡No has ayudado en tu puta vida, Margaret! —rugió Johnny, hiriéndola en el corazón.

—*¡JOHN!* —le reclamó María encolerizada.

¡Ya me quiero bajar!, se escuchó la voz de una niña pequeña. Todos miraron hacia el cielo como si acabase de hablar una voz celestial y del más allá. La pequeña Sophie colgaba del obenque que iba al palo mayor, empapada e ilesa. Todos, especialmente Margaret y Johnny, suspiraron con alivio.

Se hizo de noche. Las heridas que la tormenta dejó sobre El Satán y su tripulación forzaron a la nave roja a detener el curso, precisamente lo que su capitán menos deseaba. No había alternativa ahora. Quizá lo único favorable ante la catástrofe había sido la presencia de El Espectro otra vez, que, aunque mantuviese su distancia, volvía a acompañarlos. Muy a pesar del capitán Blackdawn, Arat hubo de abordar la cubierta roja porque Bones no se daba abasto con los heridos. La abertura de cráneo de O'Connor era posiblemente lo más horripilante que habían visto en un buen rato, pero, por mera providencia, sanaría. Johnny y Turco no se miraron a los ojos, sin embargo a este último se le recibió con buena voluntad y se le permitió trabajar en el piso bajo del camarote.

—¿Puedo hablar contigo? —pidió Tanner, acercándose al capitán que fumaba su pipa, con los brazos cruzados sobre la borda de proa.

—Ahora no, George —suspiró Johnny.

—Ahora sí, Dawner.

—Deja de llamarme por ese nombre.

Pata de Palo se llevó las manos a la cabeza y se sosegó, o al menos lo intentó.

—¿Qué te pasa, John? —le preguntó—. Primero pierdes la cabeza en Tortuga, te peleas con Turco, te encarreras a una tormenta a propósito, le gritas a mi hermana y no tomaste en cuenta la voz de uno solo de tus hombres cuando librábamos la lluvia. Tú no eres así. Dime qué pasa antes de que los muchachos se amotinen o Maggie te abandone para siempre.

El señor Lewis se acercó a ellos a pasos muy lentos y se quitó el sombrero.

—Perdimos a Ratas, capitán —anunció apenado—, el mástil le aplastó cada maldito órgano y no se pudo hacer nada.

—¿Y O'Connor? —preguntó el capitán.

—Turco hace lo que puede, quizá la libre.

Blackdawn se abstrajo y dirigió su vista a la marea nocturna, que apenas reflejaba algún destello de la luna entre los empañados cielos. Recordó la primera vez que vio a O'Connor, un chiquillo irlandés de once años a bordo de El Espectro, más pirata que muchos y con más carácter que todos. Por eso Black lo consideraba digno de estar en su tripulación, y siempre decía que "el mocoso" llegaría lejos. Pensó en aquella vez que, siendo aún un perro de puerto, fregaba la cubierta a plena luz del mediodía, agotado y con sed. O'Connor le dio un zape en la cabeza y entre maldiciones le exigía que se apresurase porque, para el niño, eso era cosa de todos los días. Luego Jill le ofreció su ración de ron al pequeño a cambio de ayudarle y éste, que bebía licor como si fuese agua desde entonces, aceptó. Ahora O'Connor tenía la edad de Johnny en ese entonces, diecinueve años cumplidos, y todo un futuro por delante que acababa de entrar en juego por culpa suya.

Al capitán Blackdawn le costó reunir el valor para entrar en el camarote a mirar cómo Arat, con la camisa arremangada hasta los codos y las manos ensangrentadas, intentaba sellar el cráneo de O'Connor. El muchacho estaba tendido sobre el sillón; Bones, Poe y Silvestre obedecían toda indicación.

—¿Se puede hacer algo más? —preguntó Johnny a Turco, casi tímidamente.

Arat se mantuvo en silencio mientras terminaba de envolver la cabeza de O'Connor con una venda; estaba concentrado al igual que los otros tres piratas, que no le dirigieron ni la mirada a su capitán.

—Despertará adolorido —suspiró Arat al fin—; pero si despierta sabiendo hablar, estará bien.

—Estará vivo —dijo Johnny.

—Si a esto le llamas vida —respondió Arat, limpiándose las manos en una bandeja. Se acomodó las mangas nuevamente y se puso aquel bellísimo saco de seda largo que usaba, negro con plateados detalles de estilo árabe. Cargaron a O'Connor hasta su coy y allí lo dejaron.

El capitán Arat regresó a El Espectro junto con la capitana Aragón, que, sin decir mayor palabra a su hijo, reconoció el momento de volver a su nave.

Fue hasta la madrugada cuando el capitán Blackdawn entró a su camarote y subió la escalera para descansar. Los niños estaban dormidos y Margaret los miraba desde una silla, sus párpados se debilitaban por el cansancio.

—Quizá puedas concederme la gentileza de dormir fuera de esta habitación —le dijo Margaret sin mirarle—. Me parece que el sillón alargado de abajo es bastante cómodo.

—Maggie… —suplicó Johnny. Quería llamarla con ternura, pero la voz se le entrecortaba.

—Déjame sola, John.

El capitán bajó la mirada, se pasó la lengua por los labios y asintió. No tenía caso decir nada y lo sabía, y lo cierto es que ni siquiera sabría qué decir, ya no. Blackdawn fue cerrando la puerta lentamente y, mientras lo hacía, sentía que se cerraban tantas otras cosas entre él y Margaret. Le dolía el alma como si la supiera perdida. Una vez que la puerta se cerró, la mujer de cabello rojo quebró en llanto, pues sentía exactamente lo mismo, y el único consuelo que la reconfortaba en el mundo era mirar a sus cinco hijos durmiendo a salvo. A partir de esa noche, Johnny y Margaret no volvieron a dormir juntos.

18

El viento sopló en favor de los piratas por algunos días, concediéndoles buen tiempo y clima. El Satán navegaba lento, tanto porque llevaba el mesana quebrado como por el hecho de que su rumbo era dictado por un niño de siete años traduciendo un dibujo. La nave roja, que antes podía parecer la noche de un viernes de carnaval con música, ron y risas, ahora era tan silenciosa como un cementerio. El capitán Blackdawn daba alguna orden al viento que Tanner repetía de ser necesario, algunas veces seguido por un "sí, capitán" bastante débil. Los hombres no miraban al capitán a los ojos y le dirigían la palabra sólo cuando era estrictamente necesario o cuando había que responder a una pregunta que éste hiciera. Una noche que los hombres cenaban en la cocina conversaron entre maldiciones y murmullos: *¿Acaso no dijo Blackdawn que ganaría nuestro perdón y confianza luego de lo sucedido en Tortuga? ¿Y qué había hecho para lograrlo realmente?* Nada; guiarlos dentro de una tormenta que les arrebató un mástil, a Ratas y por poco a O'Connor también. Al principio, Tanner defendía a Johnny con algún argumento que formulaba con muchísimo esfuerzo, pero ahora sólo se mantenía en silencio y de brazos cruzados.

Si no fuera el maldito hijo de Desmond Black…, masculló Chuck.

El capitán Black ya tendría a los putos Winchester colgados de los cojones en el maldito bauprés, dijo Bones.

Turco esperó a que la tormenta pasara y El Espectro no tiene ni un jodido rasguño, señaló Silvestre.

Se los juro por el diablo que si algo le hubiera pasado a O'Connor…, decía Poe.

Todo sea por defender el tesoro, suspiraba Espinoza.

¿Y así vamos a llegar a la maldita isla? ¿Siguiendo los garabatos de un mocoso?, cuestionó Jay Jeffreys.

¿En qué momento El Satán se volvió una puta guardería de niños?, refunfuñó Murphy.

Bebamos, cabrones, no nos queda de otra, les dijo el señor Lewis.

Por ahora..., concluyó Eddie. Ésta fue la frase que más le había preocupado a Tanner. La cocina apestaba a motín.

Pata de Palo se levantó de la mesa y salió de la cocina a cubierta, ayudándose con su bastón en las escaleras. Abrió las puertas de la cabina del capitán y se asomó con cuidado; Margaret estaba sentada en el comedor con todos sus hijos cenando carne de cerdo salada y luchando contra Sophie para que se terminase su plato de patatas.

—¿Necesitas algo, Maggie? —preguntó Tanner. Bien sabía que no encontraría a Johnny allí sentado acompañando a su familia, y desde que el matrimonio había dejado de hablarse, Tanner se adjudicó la tarea de ver por Margaret y sus sobrinos lo mejor que pudiese, confiado en que ya se arreglarían las cosas.

A esas horas el capitán Blackdawn sujetaba el timón con una mano y una botella de ron a medio beber en la otra. Tarareaba canciones de mar, iba cantándolas con cólera entre tragos; había llegado a la conclusión de que no había vida después de la muerte, porque si la hubiera, el capitán Black ya habría manifestado aunque fuera una señal, siquiera por el destino de la piratería si no por el de su hijo. La única otra alternativa era aún más oscura, quizá sí había vida después de la muerte, pero Desmond Black estaba tan decepcionado que no la consideraba digna de la mínima iluminación.

—¿Sabes lo que está pasando en la cocina de tu nave? —le preguntó Tanner, acercándose.

—Me importa un carajo —le respondió Johnny, si los muchachos no iban a dirigirle la palabra nunca más entonces difícilmente podría enterarse de cualquier cosa.

—Se está gestando un motín. Allí, bajo tus narices.

Blackdawn no respondió, dio un trago a la botella y volvió la vista al frente.

—Quieren que Turco sea capitán de capitanes —agregó Tanner, provocando que Johnny volteara como resorte y se le enrojeciera el rostro.

—Es broma, ¿verdad? —se indignó el pirata.

—Los he apaciguado lo más posible. Pero las cosas pronto tienen que cambiar para bien, o no podré hacer nada.

El único ojo del capitán fue haciéndose cristalino, se le formaba un nudo en la garganta y el pecho le dolió hondo y frío. Un corazón roto.

Alguna vez creyó haberlo dado todo por la piratería y por sus hombres, pero ahora tenía la sensación de que no había dado lo suficiente y nada jamás lo sería, ni para los piratas ni para su familia. Estrelló la botella en el suelo.

—Esta maldita pesadilla sólo va a terminar cuando perfore a los malditos Winchester —dijo Johnny—. Con ellos muertos y el tesoro protegido, los hombres volverán a sentir la seguridad que han ido perdiendo.

—Y pienso igual —corroboró Tanner—, pero antes de enfrentarnos a ellos, o a quien sea, en mar o en tierra, vas a hablar con tus hombres. Habla con ellos, John. Creen que has perdido la cabeza, hasta yo temo que hayas perdido la cabeza. Demuéstrales que no es así, que su capitán está aquí todavía y que no están solos.

Los bucaneros seguían cenando y bebiendo en la cocina, sus horas allí eran cada vez más largas e iban dejando de valorar el sueño. Johnny aprovechó ese momento para ir al piso de coyes y fue hasta aquel donde O'Connor estaba recostado. El muchacho yacía inmóvil, el rostro pálido permitía que el sinfín de pecas se notara. Una venda gruesa le envolvía la cabeza y se veía teñida de sangre en un extremo, pero aquella mancha ya no era roja sino café, lo que le dio la tranquilidad al capitán de que el sangrado se había detenido.

—Arriba, O'Connor, que esto no es Fiddler's Green —dijo Johnny.

La madera de las columnas rechinó. Silencio. El capitán dio un suspiro de abatimiento y se sentó en el coy vecino, meciéndose suavemente.

—No puedo perderte a ti, niño —siguió—, significas demasiado. Para mí, para los muchachos. Te vimos crecer. Además, eres mi mejor gaviero... no se lo digas a Chuck. A los muchachos se los está llevando el carajo y a mí también, pero si tú te levantas de esa maldita hamaca puede que se levanten muchas otras cosas que están en el suelo. ¿Sabes qué me dijo Black una vez? Una vez que estaba tan jodido como tú, muriéndome en un coy también. Se sentó a mi lado y me dijo que... que usara mi voluntad para vivir. Que la voluntad hace que no exista dolor más grande que tu fuerza. Y no te voy a mentir, ese golpe en la cabeza es fuerte, pero no creo que sea más fuerte que tú. *No puede* ser más fuerte que tú.

Poe llevaba pocos segundos de pie ante la escalera de coyes, mirando a Johnny y escuchándolo en silencio.

—Si pudiera tomar tu lugar —agregó Johnny, la voz se le quebró—, si pudiera ser yo en ese maldito coy con el cráneo roto, yo en esa silla sin poder moverme y no mi hijo, carajo, si pudiera ser yo debajo del mesana y no Ratas. Y si hubiera sido yo quien estuviera con el cañón de esa pistola en mi cabeza y no mi mujer… me habría tragado todas las balas de este mundo antes que entregar el mapa.

Johnny se llevó las manos al rostro para suprimir el llanto. Poe dio un paso hacia él, quiso decirle algo, pero Espinoza irrumpió con tal violencia que Poe tropezó hacia un lado.

—¡Capitán, vemos luces! —anunció el pirata—, ¡dos cuartas detrás de la popa! *¡Son ellos, son los Winchester!*

Cuando el capitán Blackdawn salió a cubierta la tripulación entera ya estaba en la zona de babor, amontonada ante la borda y peleándose por el catalejo que Tanner sostenía. Abrieron paso al capitán y Pata de Palo entregó el artefacto. La negrura de la noche delató tres naves aún a bastantes millas de distancia.

—Apaguen las luces —dijo Johnny, aún con el ojo puesto contra el catalejo—. Apaguen cada luz a bordo de este barco.

Sí, capitán.

—¿Qué estás pensando? —le murmuró Tanner.

—¡Muchachos, escuchen! —siguió Blackdawn en voz alta, casi a gritos—, ¡esos hijos de perra todavía están lo bastante lejos para no habernos visto! ¡Seremos un fantasma en la noche, un maldito espectro! ¡Quiero cada luz extinta en El Satán y en El Espectro! ¡Bones, señala a Turco! ¡Quiero silencio en cubierta, ni un jodido suspiro! Tanner, comanda la acción de batalla, todas las baterías.

—Sí, capitán —obedeció Tanner—, ¡ya oyeron, perros, al piso de artillería, cañones cargados! ¡Murphy, tú y Jeffreys a las brazas! ¡Espinoza, Bill, a las cofas!

Desde El Espectro, el capitán Arat entendió perfectamente las señales que Bones hacía. Stanley ya había avisado a todos sobre el avistamiento de las luces, y la reacción de Blackdawn le parecía una buena.

—Quiere emboscarlos —adivinó María, que estaba de pie junto al capitán turco.

—¿Estás de acuerdo? —le preguntó.

María asintió.

—¡Fuera luces! —ordenó Arat.

—¡Fuera luces, perros, fuera luces! —le seguía Melville.

—¡Artilleros, cargar baterías a babor y estribor! —ordenó María.

¡Sí, capitana!

¡Cargar cañones!

En cuestión de pocos minutos ambos barcos piratas habían apagado cada luz a bordo hasta perderse en la densa oscuridad de la noche y cada palabra que hubieran de decirse no era más que un susurro. Desaparecieron.

Las tres naves —El Canvass, El Fénix y El Rackham— eran tres mundos distintos en un mismo universo que era la marea. Tres ecosistemas completamente diferentes con sus propias leyes de naturaleza. El Fénix parecía más bien un altar a Barbanegra; lo recordaban todo el tiempo, brindaban por él entre vasos de mal grog y comida rancia. Duma no tenía mucho interés en el tesoro, había tenido acceso a él por medio de Teach toda su vida; más bien se trataba de un juego de venganza y unas ganas desquiciadas de desquitarse con Turco. El Rackham por su parte era lo que siempre había sido, un glorioso buque pirata tripulado por bucaneros que temían y respetaban a su fiera capitana. Anne Bonny pasaba los ratos sentada en la silla de su escritorio con las botas sobre la mesa, una botella de ron en mano mientras lanzaba pequeñas dagas a un dibujo de la capitana Aragón y se reía cada vez que daba en el blanco. Al frente de ambas embarcaciones corsarias iba El Canvass, que se deslizaba sobre la marea con pulcra elegancia a las órdenes del almirante Adley y el capitán Carrow. Ambos respetables hombres de la Marina Real Inglesa hubieron de reconocer la aptitud de la capitana Bonny y el capitán Duma para sortear la tormenta; su desempeño había sido realmente admirable y era por ello que las tres naves habían librado la lluvia sin daños. Quizá la afección más grave se la había llevado lady Catherine, que desde la cabina principal del buque vomitó varias veces ante el brincoteo de la nave y su pequeña hija lloró del susto durante varias horas.

Ahora había silencio y calma en El Canvass. Lord Jeremy le hacía el amor a su esposa a la luz de las velas y ella gemía entre sus brazos como una canción. Jeremy se olvidaba de todo en esos momentos; no existía una guerra, no existía nada más que esa pálida figura cubierta de pecas que él gobernaba con fuerza y a la vez con ternura. Le acariciaba las mejillas y le besaba los delicados hombros mientras ella deslizaba sus manos por la espalda. Catherine se entregaba a él sumisa y dulce, se dejaba hacer porque con ella su esposo siempre sería atento. Pudo mirar cada estrella por el ventanal de popa y realmente sintió tocar el cielo al tiempo que Jeremy suspiró una última vez en su cuello.

—Tengamos otro hijo —dijo Catherine con la respiración agitada—, un varón como siempre deseaste.

—Soy feliz con la princesa —jadeaba él.

Catherine se acomodó en el pecho de Jeremy y éste le rodeó los hombros con su brazo. Besó su frente.

—Pues yo quiero más —insistió la mujer.

Jeremy se rio abatido, poca escapatoria existía cuando Catherine quería *más* de cualquier cosa.

—Una vez hallado ese tesoro, Catie, no habrá una sola cosa en el mundo que no vaya a poder darte.

—No quiero todo en el mundo, Jeremy. Respeto tu deseo y hambre de poder, y admiro tus ambiciones infinitamente. Pero yo sólo quiero a mi esposo.

Se besaron. El beso iba acalorándose y las caricias intercambiadas se hacían más pronunciadas. Pero tres discretos golpes en la puerta desvanecieron todo.

—¿Jeremy? —llamaba Max desde fuera—, Rose se ha despertado y está llorando, pide por su madre.

Jeremy y Catherine se rieron dolorosamente.

—¿Y quieres otro? —le dijo Jeremy.

Muy a su pesar ambos hubieron de levantarse de la cama para vestirse. Catherine fue en busca de su hija, que estaba en un pequeño camarote diseñado especialmente para ella, lo bastante cómodo para que pudiera jugar allí con todas sus muñecas.

Aún en el camarote, Jeremy refrescaba su rostro con una bandeja de agua; seguía detestando el calor del Caribe y su humedad. Iba a secarse con una toalla cuando el estallido de un cañón sacudió la nave entera con un brillante fogonazo que quebró los cristales de las ventanas. Cayó al suelo, completamente aturdido, y al llevarse una mano al rostro la encontró llena de sangre. Los vidrios se le habían incrustado, algunos pequeños en la mitad de la cara y otros tantos en el brazo. Sintió el brutal impacto de un segundo cañonazo, luego otro y otro más. Los tímpanos le ardían, la boca sabía a sangre y el olor a pólvora le quemaba la nariz.

¡Contesten el fuego!, escuchaba al almirante Adley.

¡Emboscada!, gritaba el capitán Carrow.

¡PIRATAS!

—¡Jeremy! —llamó Max, abalanzándose sobre él—, ¡Jeremy! ¡Levántate! ¡Nos atacan, levántate!

Cuando Jeremy salió a cubierta vio los proyectiles impactar uno tras otro, que venían desde la oscuridad, sin un origen, sin un autor. El anonimato más cobarde que había visto. El Canvass contestaba el fuego a ciegas y El Rackham y El Fénix también encendían sus andanas con cañonazos igual de ardientes. Se defendían todos de un enemigo que no podían ver, pero podían sentirlo como a la muerte cuando se anuncia.

—¡Tome refugio en el camarote, mi lord! —le dijo el capitán Carrow.

Pero Jeremy echó a correr escaleras abajo hacia la cabina de su hija. Abrió la pequeña puerta y por un instante pudo ver a Catherine protegiendo a Rose entre sus brazos antes de que un cañonazo impactara en aquella imagen, destrozándola ante sus ojos como un cristal que estalla entre sangre y astillas. El joven despertó cerca de la escalera, brutalmente azotado por el impacto y mirando doble. A trompicones pudo regresar nuevamente a la habitación, pero sólo encontró lo poco que quedaba de su esposa y su hija.

—No... no, no, no, no —decía, hincándose ante los restos, la peor de sus pesadillas encarnándose frente a él sin piedad—. Catie... Catie, *¡no!* Rose... no, no, no...

Maxwell fue a buscarlo y quedó perplejo ante la imagen. Los proyectiles seguían impactando, pero ya no importaba.

—Oh, Jeremy... —llamó Max, sobrecogido—. No las mires, hermano, no las mires así...

Quiso acariciar los hombros de su hermano mayor, pero Jeremy liberó un grito profundamente desgarrador que sacudió la embarcación entera y a cada estrella de la noche. Cada marinero a bordo de El Canvass escuchó el escalofriante grito de lord Winchester y adivinaron lo que había sucedido.

¡AHHHH!, seguía escuchándose, interminable.

La capitana Bonny se reía desde el timón de El Rackham, tenía que reconocer que lo que hacía Blackdawn era ingenioso, cruel y mortal. Tres cosas que ella respetaba. Ordenó entonces a sus hombres que jugasen el mismo juego, apagando cada una de las luces a bordo. Al ver a El Rackham perderse en la oscuridad, Duma dio la misma orden a los suyos y El Fénix desapareció también. Un juego a escondidas macabro y despiadadamente destructivo. El Canvass corría peligro de hundirse y Maxwell lo sabía. Cogió, entre el caos, lo que quedaba de una vela blanca, rasgada y sucia, y sobrecogido por la adrenalina trepó el obenque del trinquete lo más alto que pudo y comenzó a ondear la tela. El almirante Adley lo miró desde la cubierta; le pesaba, pero admitía que aceptar la rendición sería lo único que podría salvar sus vidas en aquel punto. Las llamas que abrasaban a El Canvass eran tales que pudieron ver iluminado como un demonio a El Satán con aquella bandera negra ondeando en lo alto, un cráneo en forma de sol en el centro; el capitán Johnny Blackdawn.

¡Es El Satán!

¡Es Blackdawn!

Al escuchar esto, Jeremy se llevó las manos a la cabeza y tiró de sus cabellos negros con furia. En el fondo, hacía a Johnny Blackdawn sepultado por sus hombres en la maltrecha Tortuga, pero ahora era como si el capitán pirata hubiese resucitado de entre los muertos para arrastrarlo al infierno.

El capitán Blackdawn sonrió con el catalejo colocado sobre su único ojo; miraba El Canvass hundiéndose en llamas y a un joven ondeando la bandera blanca desde un obenque. Los cañones de El Espectro habían cesado ante aquella señal, los capitanes Aragón y Arat sabían respetar una rendición limpia. Johnny, sin embargo, no había dado la orden de cesar el fuego. Imaginaba que si esperaba lo suficiente quizá podría escuchar a los hermanos Winchester agonizar lentamente.

—Se rinden —le dijo Tanner, en voz alta como si pretendiese sacarlo del trance vengativo en el que se hundía.

—Mantengan el fuego —respondió Johnny.

—Se dieron por vencidos, John —lo desafió Tanner—, no vale la pena echar más artillería al agua sin sentido.

—¿Vas a seguir diciéndome qué hacer?

—John...

—¡Mantengan el maldito fuego!

—*¡ALTO AL FUEGO!* —rugió Tanner, petrificando a Johnny.

Los cañones se detuvieron. Se elevó el humo de la pólvora disparada desde las andanas de ambos costados y vino el silencio. Blackdawn despedazó a Tanner con la mirada, jamás lo había visto así. Pata de Palo jadeaba acelerado, sabía que acababa de desafiar a su capitán y a su mejor amigo.

—No vas a convertirte en un monstruo frente a mí, Dawner —resolló Tanner—. Me da igual lo enojado que estés. No eres un hijo de puta. Hasta Black sabía detenerse, Black sabía ser...

—No hables de mi padre como si lo conocieras mejor que yo —gruñó Johnny entre dientes.

—Lo conocí lo suficiente. De quien ya no tengo ni puta idea de quién es, eres tú.

El capitán Blackdawn se quedó en silencio.

—Sigamos curso a la Isla de Cortés —siguió Tanner—. Una vez allí protegeremos el tesoro y pelearemos con más honor que ahora. Tú me enseñaste que los piratas podemos tener más honor que nadie, ¿no es verdad? Detén esta locura y vámonos de aquí.

La tripulación entera estaba detrás de Pata de Palo, en silencio. Blackdawn los miró por encima del hombro de Tanner. Asintió. El Satán y El Espectro se alejaron.

El capitán Blackdawn llamó a la puerta de la alcoba en el camarote. Margaret abrió, le había tomado bastante tiempo tranquilizar a los niños luego de los cañonazos y estaba siendo excesivamente cuidadosa en no hacer ni el menor sonido.

—¿Me dejarías dormir a tu lado? —preguntó Johnny—. Te necesito, Maggie. Creo que los dos nos necesitamos. La batalla fue... nos vendría bien dormir juntos, ¿no crees?

—Abajo —respondió ella—, tus hijos están durmiendo tranquilos.

Una vez en la sala, Johnny y Margaret se recostaron juntos sobre el amplio sillón alargado, él la abrazaba y entrelazaron sus dedos sin decirse nada. El capitán tenía el cabello rojo de su mujer desparramado en su rostro y le cubría hasta el pecho, y el cuello tan cerca de su nariz que el aroma de mujer se le metía hasta las entrañas. No pudo evitarlo, el cuerpo iba despertándose y pidiendo a Margaret a pesar de las circunstancias, a pesar de todo. Le besó los hombros suavemente, luego se atrevió a acariciar sus pechos, estrujando con suavidad y transformando los besos en mordidas.

—Dije que podíamos dormir juntos esta noche —lo interrumpió Margaret—, no que podías tocarme.

El capitán se detuvo de súbito, herido en el ego, en el corazón y en cierta forma en el cuerpo también. Fue apartándose de ella lentamente, sin cuestionarla. Quiso dejarla dormir cuando escuchó su llanto débil; no sabía si debía respetar su deseo y apartarse o si tenía que consolarla con el abrazo más fuerte. Y tal vez estaba demasiado agotado por la batalla para reflexionar en ello o, tal vez, y este pensamiento le traspasó el pecho, sabía que no había nada que hacer, al igual que en El Satán, queriendo amainar gavias ya en plena tormenta.

—Ésta no es la vida que prometiste, John —murmuró Margaret—, y *esto* no es lo que yo quería. Dios sabe que te amo con cada fibra de mi ser, pero si hay algo que amo más que a ti es a nuestros hijos, y no podré más secundar la vida que nos espera de permanecer a tu lado.

Blackdawn se enderezó para quedar sentado. Margaret no se movió, ni siquiera lo miraba a los ojos, ella veía a la nada entre lágrimas.

—¿Qué estás diciendo, Maggie? —preguntó el capitán, hablar le dolía hasta lo más hondo.

—Lo he decidido definitivamente —respondió ella, controlando su llanto un poco más—. Voy a separarme de ti. Cuando los Winchester hayan sido derrotados en la Isla de Cortés y El Satán vuelva, vas a devolverme a Port Royal, de donde jamás debí irme. Allí solicitaré un acta de divorcio y encontraré la manera de volver a empezar. Tú podrás ver a tus hijos cuando lo desees porque te aman y no he de hablar palabra en tu contra jamás. Pienso educar apropiadamente a todos mis hijos en un colegio y que vivan, por primera vez, una vida normal. La vida que siempre merecieron, llena de oportunidades que no existen en una jungla en medio de la nada, satisfaciendo toda necesidad y conveniencia *tuyas.*

—¿Cuánto tiempo llevas pensándolo para decirlo así de fácil?

—Desde la primera vez que levaste anclas y me dejaste allí sola con dos bebés en brazos.

El capitán se levantó del sillón y se percató de que las piernas le temblaban, también las cuerdas vocales. Todo se sacudía y al mismo tiempo estaba más quieto que nunca.

—*Maggie…*

—Por favor —interrumpió ella—, no desperdicies el valor que he tenido que reunir para hacer esto. Respétalo y déjame marcharme en paz, como cada vez que te permití a ti hacerte a la mar.

¿Mami?, llamaba Sophie desde lo alto de la escalera, tenía miedo. Margaret se levantó enseguida y fue con sus hijos. Blackdawn se quedó solo.

19

¡Tierra a la vista!, anunció Murphy entradas las ocho y cuarto de la mañana. El cielo era de un azul profundo sin una sola nube que empañase el sol aún blanco y tibio; la brisa marina hacía un delicioso dueto con el aroma de la vegetación distante y de cada flor. El capitán Blackdawn se estremeció al mirar aquel paraíso a tan pocas millas y recordó cuando lo vio por primera vez.

—No hay señal de estos cabrones, capi —dijo Bones.

—No se confíen —respondió Johnny—, mantengan las baterías listas de todos modos. ¡Espinoza!, a la costa por estribor, dos cuartas.

¡Sí, capitán!

El Satán y El Espectro fueron acercándose a la costa color turquesa, el agua se volvía más cristalina conforme se acercaban la orilla; cada colorido pez perfectamente visible, la arena suave y blanca. Johnny recordaba el verde de la selva relucir bajo los rayos del sol como un centenar de esmeraldas y hasta había soñado con aquella imagen muchas veces, era exactamente como lo recordaba. Atracaron las anclas y se recogieron las velas. Las órdenes del capitán fueron simples; si había batalla la habría en tierra, en la selva, así que ordenó se descargase de las naves todo lo necesario para montar un campamento donde habrían de vivir temporalmente, y así se hizo. El campamento se instaló cerca del hermoso manantial donde Johnny alguna vez se sentó a conversar con el capitán Black sobre Margaret. Recordó cómo el capitán le advirtió que no debería aspirar a ser marido y pirata a la vez, y que no debería suponer que su matrimonio triunfaría fácilmente porque "la pelirroja" no sería capaz de soportarlo. Dicho y hecho. Blackdawn negó con la cabeza y malhumorado lanzó al agua la piedra que sostenía.

El manantial era extenso, de cristalinas aguas frescas que destellaban bajo el sol y un arroyo que discurría río abajo entre los frondosos árboles y coloridas flores. Una cascada caía desde lo alto de las rocas formando un arcoíris. Volaban canarios verdes de un lado a otro, canturreando sobre las ramas de los árboles en la orilla. Quedaron puestas las tiendas de campaña; la principal era la del capitán Blackdawn, que no era demasiado grande, simplemente constaba de una camilla para dormir, un tapete, su escritorio con mapas e instrumentos náuticos y algunos barriles a modo de estante donde pondría algunas cosas. La tienda de Margaret y sus hijos era la más extensa, con varios tapetes, almohadones y camillas, el sillón alargado y una mesa redonda con algunos libros, comida y un juego de té. La tienda de campaña vecina era la de María, con el juego de té de tila ya listo sobre una mesita junto a un cuaderno de bitácora y una pistola. Un espejo sobre un mueble, algunos ungüentos y un cepillo junto a una bandeja de agua. A un lado, estaba la tienda del capitán Arat, que era tan ridículamente simple como la de Johnny, la de Tirzah y su hija Zuri y la de Lussan, que Johnny insistía en que debía mantener su calidad de capitán aunque ya no tuviese nave alguna. Cuatro tiendas de campaña más alrededor; dos para cada una de las tripulaciones. Una que servía de almacén para las armas con una mesa de planeación con mapas e instrumentos en el centro y, por último, una más que hacía las veces de cocina, donde todos los víveres estaban almacenados. En el centro del campamento ya se había construido una buena fogata rodeada de troncos donde los piratas se sentaron a comer; asaban carne de cerdo y la sazonaban bien, comían fruta y bebían agua fresca y algo de ron. Stanley tocaba la guitarra y Melville cantaba. Era tiempo de esperar y los muchachos lo sabían, esperar a que los capitanes diseñasen un plan cuando estuvieran bien descansados, esperar al enemigo. *Esperar.*

La capitana Bonny sonrió cuando miró a través del catalejo esa fina columna de humo que se alzaba por encima de la jungla.

—Qué cojones tiene —rio Anne.

—Informaré a mi hermano —dijo Max, que estaba de pie junto a ella.

—¿Sigue vuelto loco por lo de su familia?

—No es asunto tuyo, pirata.

Maxwell se retiró y Bonny esbozó una sonrisa de labios apretados, le caía en gracia la delicadeza de los hermanos aristócratas; todo era demasiado y nada era suficiente. Era casi cómico tenerles de visita a bordo en lo que arreglaban El Canvass. Maxwell le temía a Jeremy cada día más, lo miraba volverse más sombrío y menos humano. Sabía que lo encontraría sentado en la escalera del piso de artillería donde permanecía últimamente, en la oscuridad.

—Vemos a los piratas —anunció Max tímidamente—, ya están en la jungla, en el lado este.

—Anclamos en el lado oeste entonces —respondió Jeremy sin siquiera mirarlo a los ojos, jugueteaba con una bala de plomo.

—¿Estás bien?

—Voy a estar bien cuando tenga a Blackdawn. Cuando lo ponga a mirar cómo descuartizo viva a su esposa y prendo en llamas a cada uno de sus hijos.

—No es a lo que vinimos —le recordó Max—. ¿Acaso no hemos venido a encontrar el tesoro más grande del mundo? Sé bien que ninguna fortuna ha de reponer a Catie ni a Rose, pero pued...

—*¡CÁLLATE!* —rugió Jeremy poniéndose de pie; quebró en lágrimas—. No digas sus nombres, no hables como si fueran tuyas. Eran mías. Y ese malnacido me las arrebató como nos arrebató a nuestro padre. Así que vas a callarte la boca con tus palabras de aliento porque no las necesito. Necesito la cabeza de ese maldito en mis manos, necesito su sangre desparramada sobre cada uno de sus piratas. Y el tesoro de Cortés será tan sólo mi premio de consolación por haberme rebajado a tratar con estos animales.

Maxwell asintió con tristeza y tragó saliva.

Las naves El Rackham y El Fénix, milagrosamente en compañía de El Canvass que el almirante mantenía a flote, anclaron al otro lado de la isla e instalaron su propio campamento, quizá más elaborado y con más lujos porque se trataba de hombres de la Marina Real entremezclados con corsarios bien pagados y dos caballeros que no sabían vivir sin lujos. Se establecieron alrededor de lo que parecía una torre de vigilancia construida con rocas, ya corroída por el tiempo. Era momento de elaborar un plan de batalla mientras aprovechaban para reconstruir y sanar El Canvass. Era momento de *esperar.*

Los capitanes piratas se reunieron en la tienda de campaña de armas, los tres de pie alrededor de la mesa de planeación. Pata de Palo Tanner y Melville también estaban allí como primeros oficiales, pero un paso detrás.

—Bien —continuó María—, lo mejor entonces será enviar a uno o dos de nuestros hombres a explorar los alrededores. Si los Winchester están aquí lo sabremos, así como cuán grande es el número de sus hombres, sus armas. Podremos prepararnos mejor para recibirlos.

—¿Recibirlos? —cuestionó Johnny—. Yo quiero atacarlos. Quiero invadir su maldito campamento y prenderlo en fuego en medio de la noche y disparar a cualquier cosa que se mueva.

—Están siguiendo el mapa, John —dijo Arat—, va a guiarlos directo hacia donde estamos y, si coordinamos una emboscada, puede ser mucho más efectivo que invadirlos.

—Estoy con Arat —respondió María.

—Naturalmente —masculló Johnny entre dientes.

—Yo me ofrezco a explorar el terreno —intervino Melville, acercándose a la mesa—, yo y Stanley somos buenos para correr, subir y bajar. Si vamos juntos seguro que en un día a lo mucho sabemos hasta qué bichos hay debajo de cada piedra.

—Estoy de acuerdo —accedió Arat.

—También yo —accedió María—. ¿John?

El capitán Blackdawn suspiró, por más que le urgiera un plan más definitivo y violento, reconoció ésta como la mejor estrategia. Asintió. Todos salieron de la tienda excepto Johnny y María, el pirata miraba el mapa como si quisiese evitar los ojos de su madre.

—Margaret me lo ha contado todo —dijo María—. Lo siento profundamente, por ustedes y por los niños.

El capitán se encogió de hombros.

—Tengo peores problemas ahora —dijo, con una indiferencia mal actuada.

—Eso es precisamente lo que salió mal, cariño. Poner cualquier cosa antes que a ella.

—¿Vas a darme lecciones tú también?

—No —respondió María—, jamás podría. Tú sabes mejor que nadie lo que tienes con Maggie y si vale la pena luchar por ello o no. Yo sólo deseo que no sufras; si tu corazón siente dolor te irás debilitando y no podrás mirar con claridad. Cada elección que hagas estará teñida de tristeza y enojo.

Hubo silencio. El capitán no decía nada, pero su madre pudo ver su único ojo cubrirse de lágrimas que contenía desesperadamente.

—Ve con él, John —le dijo ella en un tono dulce—, ve con tu padre. Ninguno de los hombres se atreverá a visitarlo hasta que no hayas ido tú.

El capitán negó con la cabeza, refrenándose. Ya lo había pensado, día y noche, estaría en la misma isla donde el capitán Desmond Black murió en sus brazos. La misma isla en cuya playa yacía enterrado.

—No tengo las agallas para hablarle —dijo—. No tengo el maldito valor para decirle que entregué su mapa y que estoy jodiendo todo.

La capitana Aragón suspiró decepcionada, se acercó a su hijo y le acarició la mejilla.

—Por mucho que cometas errores, John —le dijo—, no vas a dejar de ser su hijo y no vas a dejar *nunca* de ser digno de nuestro amor.

La capitana se fue. Melville y Stanley partieron en su misión y los piratas pudieron, por primera vez en un rato, relajarse y gozar de las bondades de la isla y la calma del campamento.

Al otro lado de la isla el campamento de los Winchester ya era una estación de batalla funcional con armas y material para cargar el cuantioso tesoro. Jeremy, Maxwell, el almirante Adley, el capitán Carrow, Duma y Bonny estaban de pie alrededor de una gran mesa rectangular con el mapa extendido y algunos instrumentos. Ben se encontraba al fondo, de brazos cruzados, masticando un tallo de pasto entre los dientes, sin mucho interés en lo que se hablaba.

—Quiero atacarlos mientras duermen —dijo Jeremy—, matarlos a todos. Menos a Blackdawn y a su familia, con ellos quisiera tomarme mi tiempo.

—Lord Jeremy, con todo respeto —intervino Adley—, el arresto de Blackdawn no tiene por qué involucrar a su familia. Es una mujer y niños.

—Neutralizar a los piratas debe ser la máxima prioridad en este momento —opinó Carrow.

—Pero no sabemos qué tan equipados vienen —dijo Max—. Si bien es cierto que no deben tener mucho a su disposición después de lo ocurrido en Tortuga, tampoco sería inteligente atacarles sin conocer a qué nos enfrentamos exactamente. Lo que hicieron en mar abierto esa noche fue... brutal. *Tenemos* que saber con qué cuentan y cuántos son.

—Yo puedo ir —se ofreció Bonny—. Puedo jugar el juego. Llegar al campamento de Blackdawn y fingir que decidí traicionarlos para volver con los piratas. Si Blackdawn es listo me verá como una herramienta, una espía. Pero, en realidad, yo estaré siendo la espía de ustedes.

—Si Blackdawn es listo no te creerá una puta palabra, Bonny —rio Duma—, todo el mundo sabe lo traicionera y engañosa que eres.

—Exactamente —accedió ella—, por eso no causará sorpresa que yo traicione a la Corona. Ya le sembré la duda a Aragón en Tortuga. Puedo jugar este juego con los ojos cerrados.

—Yo sé de alguien en ese campamento que me ayudaría si se lo pido —habló Ben de pronto, sorprendiendo a todos—: mi hijo James. Dicen que no se lleva nada con Blackdawn y le acabo de decir que soy *yo* su verdadero padre. Algo podrá hacerse con el mocoso, ¿no?

—No estoy de acuerdo —dijo Adley—, eso no es una estrategia de guerra y por supuesto no es una maniobra honorable.

—Yo sí estoy de acuerdo —habló Jeremy—. Jugaremos tu juego, Bonny. Quiero que te infiltres y me lo digas todo; qué trama Blackdawn, en dónde está y con quién, qué come y a qué maldita hora va al baño. Número de hombres, armas, *todo.* Stain, puedes entretenerte con tu hijo si quieres, pero no estorbes. Esperaremos un par de días, los piratas no querrán desprenderse de su tesoro para salir a pasear. Están en donde los quiero, están en donde voy a acabar con ellos.

Habiendo acordado el plan, o no pudiendo decir nada en contra de él, como era el caso de Adley y Carrow, fueron todos saliendo uno a uno de la tienda. Jeremy los miraba, y cuando Duma estuvo por marcharse lo detuvo.

—Tú no —le dijo—, tú me vas a ayudar a mí.

Duma se acercó confundido.

—¿Y en qué puede este *humilde* servidor ayudar a su alteza? —se burló Duma.

Entonces Jeremy desenvainó la espada más hermosa y reluciente que el pirata había visto jamás; armería fina, extremadamente cara por seguro y jamás usada.

—Imagino que mi esgrima básica de caballero me servirá muy poco contra Blackdawn si tuviera que enfrentármele —dijo Jeremy—. Será tu tarea especial entrenarme.

—Blackdawn es un maldito artista con la espada —le advirtió Duma.

—Pues tú me harás mejor —respondió el lord—; tu vida depende de ello.

20

El gobernador Cromwell recibió una carta con el sello de la Corona y la abrió a solas en su oficina. Estaba nervioso, había escrito hacía bastante en nombre de los hermanos Winchester solicitando una flota que habría de cargar con el cuantioso tesoro más adelante, pero eso no fue lo que se le dijo al rey Jorge; al monarca simplemente se le solicitó apoyo en caso de una batalla naval contra los piratas. A Cromwell le preocupaba que la respuesta fuera negativa, más por la inminente reacción violenta de Jeremy que por cualquier otra cosa. No le costaba trabajo creer que el joven lord sería capaz de matarlo como desquite si el rey no cedía a su capricho convenientemente. Abrió la carta, y tan pronto leyó la última línea la estrujó en su puño.

> Su Majestad el Rey Jorge confiere enviar a su ilustre Gobernador Victor Cromwell de Port Royal, una flota de cuatro buques de guerra a cambio de la captura del capitán Johnny Blackdawn. Su Majestad desea que el pirata sea llevado a Londres para atribuirse el único crédito político de su prendimiento y espera que el Gobernador se comprometa a ello.

Cromwell sabía que pagar a los capitanes de dichas naves con monedas de oro a cambio de su silencio acerca del tesoro no sería un problema. El verdadero reto estaría en convencer a los hermanos Winchester de entregar a Johnny Blackdawn al rey sin que interfirieran. Era algo que quizá tendría que hacer en secreto y sigilosamente, como todo lo que habían hecho ellos hasta el momento. Escribió.

A Su Majestad el Rey Jorge,

Me comprometo inequívocamente a asegurar la captura del capitán Johnny Blackdawn y garantizar su envío a Londres para que su alteza haga lo que mejor considere.

Atentamente,

Gobernador Victor Cromwell, Port Royal.

Una amistad, o, mejor dicho, una alianza, con los Winchester era algo favorecedor en todos los sentidos, tanto monetario como para escalar la despiadada cadena alimenticia de la *socialite* británica. Pero una amistad con el mismísimo monarca de Inglaterra, si elegía ser optimista al respecto, podía elevarlo por encima de todo. Quedaba esperar a que el rey recibiera la misiva y los hermanos Winchester dieran con el tesoro de Cortés. Quedaba esperar a que la Marina Real neutralizara a los piratas. Quedaba esperar a que zarpasen de regreso para guiar la flota de su majestad al tesoro. *Quedaba esperar.*

21

El cielo era rosado y los primeros cantos de las aves y canarios inundaron el aire, en cuya fresca brisa no descansaba el sonido de la caída de la cascada. Tanner se había ido a caminar desde temprano porque hacía días no conciliaba el sueño. Pensaba en la inminente llegada de los Winchester, en la separación de Johnny y su hermana, en la rabia que iban acumulando los hombres hacia su capitán de capitanes. A pesar de que el verde y húmedo terreno no favorecía la pierna de palo del pirata, éste logró llegar hasta la laguna. Ya cansado miraba el agua brillante, que lo llamaba deliciosamente; un chapuzón no le caería nada mal. Clavó su espada en el suelo y comenzó a desabotonarse la camisa y su pecho quedó desnudo, luego prosiguió a deshacerse del pantalón cuando vio a la capitana Aragón nadar con absoluta gracia hacia la orilla contraria. Tanner se ocultó detrás de un árbol sin saber por qué, como si mirase algo prohibido. María nadó hacia unas rocas donde había tendido una bata de encaje color blanco y una toalla que protegía su pistola. La mujer salió del agua vistiendo solamente un delgado fondo de seda empapado que transparentaba absolutamente todo. Tanner tragó saliva y sintió el corazón martillándole el pecho; se ocultó detrás de otro árbol más próximo a la orilla. María se secaba las piernas bronceadas con una toalla y luego su largo cabello dorado, inclinándose hacia un lado. Escurrían gotas que caían sobre las rocas, gotas que Tanner hubiera dado la otra pierna con tal de poder beber. Se ayudó de una rama para elevarse y mirar cómo la mujer ya se vestía poniendo la bata sobre su gloriosa figura. La rama se rompió y Tanner cayó de boca en las rocas de la orilla y dio una maroma miserable hasta hundirse en el agua. María dio un salto y tomó la pistola, lista para disparar, cuando vio al pirata emergiendo de la laguna, avergonzado.

—¿George? —llamó ella confundida—, ¿qué estás haciendo?

—Eh... nadar, por supuesto —balbuceó él, enrojecido como un jitomate—. Es bueno darse un baño de vez en cuando.

La capitana sonrió, negando con la cabeza; ya se iba.

—¡Espera! —la llamó él, no lo pensó, no lo planeó; el grito salió de su boca como una involuntaria súplica, como la de un ahogado que pide aire—. La laguna es lo bastante grande para los dos... ¿quizá la capitana quiera quedarse un rato más?

—Buen día, maestre Tanner —se despidió María.

La mujer se fue, dejando atrás un trazo de gotas sobre la tierra que Pata de Palo podía oler con más claridad que la fragancia de las flores. No podía salir del agua, aunque quisiera, porque aquello que María Aragón provocaba en su cuerpo quedaría al descubierto. Se escuchó la risa burlona de una mujer. Tanner se volvió turbado, venía de la orilla donde él estaba. Anne Bonny lo miraba con los brazos cruzados, burlándose de él sin piedad.

—Ése fue el fracaso más perro que he visto en mi vida —rio Bonny.

Tanner se apresuró a la orilla para tomar su espada, pero antes de que la alcanzase Bonny desenvainó la suya y la apuntó al rostro del rubio, que seguía sobre la roca viéndose sumamente dominado.

—Quieto, bombón —le dijo Anne.

—¿Qué quieres? —gruñó Tanner entre dientes.

—Hablar con tu amo, nada más. Querrá oír lo que tengo que decirle.

—Te van a despedazar viva en cuanto te vean, *traidora.*

—Entonces haz que no me vean, Tanner.

Margaret iba de regreso al campamento con sus hijas, habían ido a coger flores y volvían con un colorido ramo que olía deliciosamente. Los piratas pasaban el día jugueteando con sus armas, bebiendo y riendo; no era un ambiente que la mujer quisiera para sus hijas. A Desmond no valía la pena intentar convencerlo de alejarse porque era precisamente el ambiente que le entretenía, además de que había estado recuperando la movilidad de las piernas, y James prefería ir a dar caminatas solitarias y trepar árboles. Tirzah venía caminando hacia ella y Margaret fingió que no podía verla.

—¡Maggie! —saludó Tirzah, desmoronando el intento de la pelirroja por evitarla.

—Tirzah —saludó secamente.

—Zuri está jugando con Dessy, se llevan tan bien. Ah, qué delicia toparse con otra mujer en esta isla, ¿no? Los hombres… es como una maldita guardería.

—Si tú lo dices.

Margaret intentó seguir caminando con sus hijas.

—Oye —la detuvo Tirzah—, yo sé que nunca te he caído bien, tengo una hija con tu esposo. Pero tienes que saber que eso pasó *antes* de que estuviera contigo. Muy poco antes, pero antes. Somos amigos, Maggie, y es lo único que hemos sido y seremos jamás. Cuando nos hemos visto en Tortuga sólo me invita un trago y me deja dinero para la niña; está con ella un rato y sigue adelante. Johnny no es engañoso ni embustero. *Es de los buenos.*

Margaret no dijo nada, estaba frente a sus hijas, quienes no sabían ni imaginaban la separación de sus padres.

Blackdawn se encontraba en el centro del campamento, enseñando a Desmond y a Zuri a disparar un arma, sin carga por supuesto. Los instruía en sostener la pistola, cargarla y tirar del gatillo con precisión.

—Alza un poco más el codo, Des… eso, así —decía Johnny, posicionando a su hijo.

El niño apuntaba la pistola correctamente cuando Chuck iba pasando a pocos pasos.

—¡Eh, Chuck! —llamó Desmond—, ¡piensa rápido!

Desmond fingió que disparaba la pistola y en ese instante Chuck gritó como una mujer. Los niños estallaron a carcajadas, incluso Johnny, que nunca había oído gritar así a su gaviero. Pata de Palo Tanner se acercó a ellos, tan serio que se disipó inmediatamente el ambiente divertido. Dijo algo al oído de su capitán y éste se retiró con el ceño fruncido, a pasos tan rápidos que Tanner reconsideró si había sido buena idea traer a Anne Bonny al campamento.

Johnny tiró de la cortina de la tienda y entró de mala gana, se detuvo sorprendido cuando miró a Bonny sentada en *su* silla, con las piernas cruzadas fumando de una pipa que olía a un muy buen tabaco mientras tenía el atrevimiento de leer las notas del cuadernillo. El capitán dedicó un instante de su pensamiento a admirar el aroma de ese tabaco y hasta le dio tiempo de envidiarlo antes de molestarse con la intromisión de la pirata.

—¿Qué carajos haces tú aquí, traidora? —refunfuñó Johnny en voz baja.

—Poniendo mi *buen* tabaco en tu pipa —rio ella—, de nada.

—Te encanta tomar cosas que no son tuyas, ¿verdad?

—Soy pirata igual que tú, y soy capitán igual que tú. Pero con más colmillo, un colmillo más por cada año que te saco.

—No eres ni cinco años mayor que yo —contestó Johnny—. ¿Qué quieres, Bonny?

La capitana Bonny tomó una larga inhalación y exhaló con lentitud; mantuvo una picaresca sonrisa en todo momento y se acercó a Blackdawn lentamente. Johnny se sintió atravesado por esos ojos verdes que eran como dos cuchillos apuntando a su juicio.

—*Tú* quieres que sea tu amiga, Blackdawn —lo sedujo ella—, tu aliada, tu espía, tus ojos y tus oídos.

—No vive hombre en el mar que todavía te crea una palabra —respondió Johnny—. Debería matarte ahora mismo por lo que le hiciste a mi hija, por meterte con mi madre y por traicionarnos a todos.

—Tu madre estaba *muy* bien la última vez que la vi —habló Bonny, caminando en círculos alrededor de Johnny—, se resistió a las persuasiones de Tanner que con *tantas* ganas la invitaba a meterse al agua con él esta misma mañana. ¿Se le resistirá siempre? Pata de Palo estuvo mirándola desnuda, escondido entre los árboles. Nunca vi a un perro salivar tanto.

Blackdawn se tornó hacia la pirata en un movimiento impulsivo, la miró como si acabara de ofenderlo de manera imperdonable.

—Estás mintiendo —aseguró Johnny—. Es lo único que sabes hacer, mentir. George es mi hermano, mi madre no le pasaría ni por la cabeza. Estás desesperada, ya no sabes ni qué decir.

Bonny se encogió de hombros y devolvió la pipa a su dueño.

—Pregúntale —dijo ella indiferente—, no pierdes nada.

Johnny tomó la pipa lentamente sin mirarla, tenía la mente dando piruetas en la cabeza como si acabaran de golpearlo con un mazo; recuperar su adorada pipa era lo último que le importaba.

—Y tampoco pierdes nada dándome una oportunidad —siguió Bonny—. Los Winchester creen que soy su espía y que vine aquí a husmear. Es al revés. Soy tuya, Blackdawn, sólo tienes que decírmelo.

—¿Y cómo sé que no estás jugando y eres en verdad espía de ellos? —cuestionó Johnny, mirándola; por inercia sus ojos quedaron puestos en los carnosos labios de la mujer, que se abrían como un telón para revelar la más maliciosa sonrisa.

—No tienes forma de saberlo —dijo Bonny—. Es echar una moneda al aire como la echaba Desmond. Él no sabía si le iba a cortar la garganta para quitarle algún mapa y aun así se quedaba dormido a mi lado, ¿sabes por qué? Porque valgo la pena, Blackdawn. En *todos* los sentidos. Si alguien me tiene, me tiene de verdad; en las buenas y en las malas. ¿No estuve allí cuando Desmond hizo el llamado? Fui la primera en llegar, me valió un carajo si era Barbanegra contra quien pelearía. Si me echó fue porque lo celé, porque de verdad creí que yo tenía una oportunidad contra María Aragón, pero a él no le fallé jamás. Tan es así que menos de un año después llegó para mí una tajada enorme del tesoro de parte suya, como lo había prometido. No sé qué día murió, pero sí sé que antes de irse le dijo a Turco que me había prometido mi parte por haber acudido al llamado. Los Winchester también me están pagando, y mucho. El oro no es algo que me falte ¿sabes? Pero si soy pirata es porque creo que todavía podemos arreglar un par de cosas en este maldito mundo podrido y si soy capitana es porque he sabido cómo hacerlo.

—Dejaste a mi hija pudriéndose en un bote —gruño Johnny—. No te creo nada de lo que digas y sólo tengo muchas ganas de matarte.

—*Salvé* a tu hija, Blackdawn —corrigió Bonny—, el plan era quemar Tortuga entera y los Winchester sabían de tu bastarda. Yo la saqué de ahí una noche antes. Primero se la di a cuidar a Duma, y cuando vi sus intenciones preferí ponerla en un bote de remos a la deriva antes de que el hijo de puta le pusiera una mano encima. Sabía que pasarías por ahí para rescatarla, por eso te dejé una maldita nota. ¿No has entendido nada?

El capitán se quedó en silencio, no confiaba en la capitana Bonny, tal como cualquier pirata sabía que era una tontería hacerlo. Era engañosa, escurridiza y peligrosamente lista. Sin embargo, si Bonny en realidad había conseguido engañar a los Winchester como conseguía engañar a cualquiera, sí que sería una aliada favorable y una formidable espía. No había nada que pudiera pedirle en garantía, ni alguna amenaza que pudiera intimidarla. Quedaba únicamente cometer la locura de confiar en ella.

—De acuerdo, Bonny —dijo Blackdawn finalmente—. Búscate una tienda libre, yo hablaré con los muchachos. Y si haces una sola cosa que no me guste... te mataré.

—Trato hecho —respondió Bonny extendiéndole el brazo derecho.

Se dieron la mano. El capitán Blackdawn sintió que ninguna mujer lo había visto de ese modo jamás, ninguna prostituta, ninguna bucanera, ni siquiera su propia esposa. Era una mirada que no sabía si le desagradaba o si lo incitaba, pero de momento concluyó que lo ponía lo bastante incómodo y se apartó de ella.

Salieron juntos de la tienda de campaña. Cuando los hombres se inquietaban o llevaban sus manos a sus armas, Johnny hacía un movimiento suave con la mano indicándoles que estaba bien. Ningún bucanero confiaba, la vigilaban como a una depredadora que acechaba a todos. Al llegar a la fogata vieron a Tanner y a María sentados juntos comiendo algo de fruta. Johnny sintió un pellizco en el pecho y Bonny lo miró con un inaudible "te lo dije". Las dos capitanas se miraron, y en ese instante María se levantó del tronco como poseída y desenvainó su espada. Bonny hizo exactamente lo mismo. Estaba por estallar un duelo brutal entre ambas mujeres que se miraban como fieras.

—¿Qué hace ella aquí? —gruñó María. Si tuviera garras las habría mostrado como una bestia.

—Es que te extrañaba, bonita —respondió Bonny.

María le lanzó un espadazo y Bonny lo bloqueó; comenzaron a pelear. Los bucaneros acudieron corriendo cuando escucharon el choque de las hojas, les fue imposible no sonreír, una pelea entre dos legendarias capitanas era algo inevitablemente emocionante. Margaret, Tirzah y los niños aparecieron también.

—¡Ey, ey, ey! —decía Johnny tirando de Bonny.

—¡Calma, calma! —profería Tanner tirando de María.

Bastaba con que soltaran a alguna de las mujeres y se matarían, no había duda alguna; ya fuera a espadazos, arañazos o mordidas. Llegó el capitán Arat y entonces hubo silencio.

—Está con nosotros —dijo Johnny, en voz alta para que todos escuchasen.

—Bonny no está con nadie, sólo con ella misma —respondió Arat.

La capitana Bonny guardó su espada y se quitó a Johnny de encima con un empujón.

—Bonny está con quien quiere —dijo ella, acercándose a Turco—, hoy quiero estar con ustedes. Los Winchester confían en mí y yo sé *todo* lo que están tramando. ¿Me quedo o me voy?

Hubo silencio. Arat miró a María y ella negó con la cabeza, luego vio a Johnny y éste le aseguró con la mirada que Anne Bonny era de fiarse. El capitán turco suspiró profundamente como si se desinflase.

—Vigílenla en todo momento —cedió Arat.

Anne Bonny sonrió triunfante. Por órdenes de Johnny, Poe y Murphy la llevaron a las tiendas de la tripulación para que encontrase su lugar.

María echó una mirada incineradora a Turco; ¿acaso no había visto con sus propios ojos cómo la pirata se le había ido a los golpes en El Espectro, revolcándola en el camarote? ¿Acaso él mismo no había suturado la profunda herida que le hizo con su espada? La española se sintió traicionada y miraba a su cocapitán de tal manera que éste comprendió que exigía hablar a solas. Se fueron juntos. Pata de Palo la miró marcharse como quien ve irse el sol en un día helado. Johnny observaba con el ceño fruncido, aún incrédulo; no lo creía posible.

—¿Dónde estabas esta mañana? —preguntó Johnny.

—Salí a caminar —respondió Tanner—, a vigilar el perímetro.

—¿Es realmente el perímetro lo que estabas vigilando?

A Tanner se le suspendió el aire y sintió su estómago revolverse.

—¿Estabas con mi madre en la laguna? —insistió Johnny.

Pata de Palo permanecía tenso como una tabla y Johnny deseó con todas sus fuerzas que aquello significara que estaba indignado por semejante calumnia; quería que le respondiera con un rotundo *no*, que se riera por el mal chiste o que le diera un puñetazo por levantarle semejante falsedad. Quería todo excepto un *sí*.

—Sí —respondió Tanner. La decepción inundó el rostro de Johnny como una ola desbaratando un castillo de arena, una fortaleza de esperanza de estar equivocado—. Todo el mundo va a esa laguna, John. No hay mucho más que hacer aquí.

El capitán Blackdawn respiraba hondo para calmar sus impulsos y su mente, no tenía sentido; hay cosas que simplemente no son, ni pueden ser, ni serán jamás. Debía ser una pesadilla, un malentendido, un juego sucio de Bonny que no sería el primero ni el último. Una cosa era cierta, todo el mundo iba a la laguna porque en efecto era el mayor atractivo de los alrededores; que George y su madre hubieran coincidido no era extraño, pero *¿en verdad la había visto desnuda?* Y *¿por qué George no estaba indignado, por qué no se defendía de los cuestionamientos que él hacía?* Quizá todo esto era en verdad una locura que no tenía sentido seguir entreteniendo.

El capitán entonces se alejó de Pata de Palo sin decir más, el ruido en el interior de su cabeza era demasiado fuerte para escucharse a sí mismo pronunciar una palabra. Johnny había observado cómo George se manejaba con las mujeres durante ocho años y siempre era la misma dinámica para todas y cada una; unas cuantas horas de sexo desenfrenado que siempre conseguía enamorar a la dama en cuestión, y al final Tanner habría de recitarles a todas la misma frase: "Fulana, mi amor, no te olvidaré nunca... adiós", y seguía adelante con su vida como si jamás hubiesen existido. Si George Tanner pensaba siquiera intentar darle tal insignificancia a la capitana Aragón, Johnny bien sabía que sería capaz de cosas que prefería no pensar. Y aunque la tratase mejor que a las demás, ¿cuál era la alternativa: que tuviesen una relación formal y Tanner fungiera ahora como la pareja de su madre? Quizá prefería morir.

22

Melville y Stanley habían caminado por la jungla varias horas, con la sola compañía de una cantimplora de agua fresca del manantial y algunas frutas con queso. Iban de regreso al campamento de los piratas, y, aunque de ida al campamento enemigo habían estado charlando y hasta riendo un poco, ahora volvían en absoluto silencio. Los muchachos fueron levantándose del suelo uno a uno al verlos llegar, dejaban de hacer sus tareas, dejaban de comer, dejaban todo.

El capitán Blackdawn, que estaba todavía mostrándole sus armas a Desmond y a Zuri, se volvió a los dos hombres que volvían agotados.

—Vienen con un maldito ejército, capitán —dijo Melville—, pero estamos bastante parejos en números. El barco de los Winchester quedó bastante jodido y tratan de repararlo. Queda El Rackham de Bonny muy bien parado, viene con más o menos sesenta hombres, entre ellos el hijo de perra de Benjamin Stain. A saber si esa zorra esté de nuestro lado realmente o no, yo no me fío. El Fénix de Duma trae como a cien almas y también le fue bien. Todos ellos son piratas vendidos. Los oficiales que iban en El Canvass sobrevivieron en su mayoría, unos cuarenta y tantos. Vive el almirante y el maldito capitán. Y los jodidos Winchester también respiran.

—No son los mejores números, pero nos las arreglaremos bien —respondió Johnny—. En El Satán somos noventa y tres. Y El Espectro debe tener mínimo sesenta hombres o más.

—Y tenemos mejor artillería, capi —agregó Stanley—; estos perros traen fuego muy básico.

—¿Entonces cuál es el motivo de sus caras largas? —preguntó Johnny casi en un tono de broma.

Volvieron a bajar la cabeza los dos. Melville, aunque no lo parecía, era un hombre bastante sensible, había sido el más afectado por lo que vieron cerca del campamento enemigo. Después de haber contado hombres, analizado artillería y espiado un buen rato, iban de regreso relativamente contentos con los números. Vieron a Jeremy Winchester alejándose de todas las tiendas con un ramo de flores que había recolectado entre las manos. Extrañados, los dos piratas lo siguieron hasta un árbol donde el joven había acomodado una muñeca entre sus raíces. La muñeca estaba maltrecha y teñida de sangre. Jeremy colocó las flores sobre ella con cuidado y quebró en llanto. Maxwell se acercó a él y puso una mano sobre su hombro. Conversaron un instante, y fue entonces cuando Melville y Stanley comprendieron lo que había sucedido.

—Es que... capitán —dijo Melville a Johnny sin mirarlo al ojo—, hicimos algo que... que está jodido. La noche que emboscamos a los barcos y le tiramos con todo a El Canvass... le dimos un cañonazo a la mujer de uno de los hermanos y... traía a su hija en brazos. Las volamos en pedazos, capi.

Todos y cada uno habían escuchado estas palabras. Cada bucanero. Tanner, que apenas llegaba por algo de comer; Arat y María, que volvían al ver que los excursionistas habían regresado; Margaret, que buscaba a Desmond, y Tirzah, que buscaba a Zuri. Todos habían escuchado cómo el letal ataque del capitán Johnny Blackdawn había asesinado a una mujer con su hija en brazos. Y todas las miradas cayeron sobre Johnny como granizo, helado y doloroso. La mente de Blackdawn quedó súbitamente secuestrada por aquella imagen que vio en Port Royal; a Jeremy de rodillas ante su hija acomodándole las solapas de encaje del vestido y mirándola con absoluta devoción. Estaba petrificado. María se acercó a su hijo y habló a todos.

—Retírense sus sombreros —dijo María— y guardemos todos un minuto de silencio por la mujer y su hija.

Los hombres así lo hicieron y, aunque dudosos al principio porque se trataba del enemigo, fueron comprendiendo que se trataba de dos almas inocentes que poco lugar tenían en la guerra: una madre y una hija.

—Bien —siguió la capitana habiendo pasado sesenta segundos—. Esto, lamentablemente, es todo lo que podemos hacer ahora, y rezar por sus almas en la noche si creen en Dios... y en el perdón. Estamos en guerra, caballeros, ninguna vida está garantizada y todos conocemos los riesgos.

Johnny no había escuchado una sola palabra de su madre, continuaba inmerso en su mente, ahora pensando cómo hubiese reaccionado si por orden de Jeremy Winchester un fatal cañonazo en medio de la noche, en medio de la oscuridad, desbaratase a Margaret y a alguna de sus pequeñas ante sus ojos. Miró a Margaret, que sostenía a Mary en brazos. La mujer lo vio con tal decepción que se odió a sí mismo.

—*Seh*... —dijo Bonny, nadie notó en qué momento llegó—. Lord Winchester no ha cerrado la boca sobre cómo te arrancará la cabeza y cosas peores. Quiere su venganza y si no tienes cuidado la tendrá con ganas.

—¿Estará en ti la habilidad de decir algo oportuno alguna vez? —le reclamó María.

—Tranquila, bonita. Protejo a tu hijo. Lo que dicen sus perros es cierto. Y si el lordcito quería sangre antes... ahora la necesita.

Los bucaneros intercambiaban miradas, pero no sabían qué decir. No había nada más que decir. Fueron retirándose todos a sus tiendas. Algunos estaban contentos con la muerte de la esposa e hija de Jeremy Winchester; darle en donde más le dolía sería la mínima venganza después de lo ocurrido en Tortuga. Otros tantos lamentaban haber sido partícipes de una tragedia que, a su modo de ver, no merecía ni el peor de los enemigos. Finalmente encontraron la manera de aligerar aquellos pensamientos entre tragos de ron y mejores conversaciones; la piratería era a veces el arte de dejar el dolor atrás, o al menos silenciarlo.

Caída la noche, Margaret cepillaba su largo cabello rojo que ya le llegaba por debajo de la cintura en brillantes ondas. Miraba a todos sus hijos durmiendo plácidamente y aquello le brindaba tranquilidad. Quería protegerlos, no sólo de la guerra sino de las palabras que se escuchaban tan a menudo entre los hombres, de la situación entera, preservar su inocencia lo más posible.

Maggie, se oyó la voz de Johnny. La mano del capitán alzó la cortina de la tienda con suavidad y se permitió entrar. Llevaba un ramo de flores coloridas que había recogido cerca de la laguna, ella las miró y apenas quiso sonreír. Al ver el poco entusiasmo, Johnny simplemente puso el ramo sobre la esquina de la cama, esperando que ella, aunque fuera a escondidas, lo cogiese contenta.

—¿Podemos hablar? —pidió él con ternura—, ¿por favor?

Margaret asintió y puso el cepillo sobre una mesita, mirando al pirata con toda su atención. Las velas se reflejaban en los ojos verdes de la mujer que inevitablemente se hacían cristalinos en presencia del pirata.

—Estoy perdiendo la cabeza, Margaret —comenzó él—. Me siento perdido.

—No has ido a ver al capitán Black —señaló ella—, ¿por qué? Creí que sería lo primero que harías al llegar a esta isla.

Johnny apartó la mirada de Margaret como si sintiera pena, vergüenza.

—¿Es que *también* te has alejado de él? —insistió la mujer.

—Turco me dijo que… que su lugar me queda enorme —lamentó Johnny—, ¿tú piensas lo mismo?

—¿Te importa lo que piense de ti como esposo y padre o como pirata? ¿Qué es más importante para ti, John?

—No me hagas esto. Tú, los muchachos, los Winchester, orillándome a elegir entre mi familia y la piratería cuando yo…

—¡Cuando tú debiste haber tomado esa decisión hace mucho tiempo! —se quebró Margaret.

Los niños se despertaron y el matrimonio tuvo que guardar la compostura forzosamente. Salieron de la tienda para continuar la conversación fuera, acompañados solamente por el sonido de las cigarras, grillos y alguno que otro pájaro nocturno.

—No puedes tenerlo todo, John —dijo Margaret más controlada—. Sé que la piratería te ha hecho creer que todo es posible y que no hay limitación alguna, pero no es así. Por eso he tomado la decisión por ti y me aparto de tu camino, con todo el amor que te tengo, para que conserves lo que realmente has querido siempre. Cada intento tuyo por dividirte en dos ha salido caro para mí y para tus hombres. Pero ya no será así. Ahora le perteneces solamente a ellos. Y si volvieras a enamorarte, si volvieras a amar… que sea a una mujer igual que tú. Como lo era Jill. Yo no pertenezco a tu mundo por más que lo haya intentado. Y a ti no te preocupa si eres buen esposo o buen padre, te preocupa si te pareces al capitán Black y si eres digno o no de su lugar, mucho más de lo que te preocupa ser digno de mi corazón.

Blackdawn quebró en llanto, pesadas lágrimas rodaban de su único ojo. Quería gritar a los cuatro vientos que podía y quería ser ambas cosas, pero ¿podía? La respuesta era cada vez más clara y le calaba en el alma. Por un momento realmente creyó que lo tendría todo, ahora comprendía que eso no era posible y la decisión lo tomaba a él más que él tomarla. Pirata. Desde siempre, desde toda la vida y para toda la vida, era un pirata. Margaret leyó en su silencio la aceptación de la verdad, y con delicadeza y absoluta tristeza se retiró aquel anillo de esmeralda y lo regresó al capitán. Johnny lo tomó en su puño y lloró más.

—Llévate cuanto puedas cargar del tesoro —dijo Johnny—. Y… independientemente de ello te haré llegar mensualmente una buena cantidad de dinero, y lo que llegaras a necesitar. Sólo… déjame ver a mis hijos siempre.

—Claro que sí —respondió ella llorando también—. Podrás visitarlos cuando lo desees, aunque aún no tengo claro en dónde viviré. Pero no nos perderás la pista, lo prometo.

—Y Desmond… Desmond quiere irse conmigo, quiere ser pirata junto a mí.

—Así lo hará, aunque me pese. Permite que termine sus estudios y a los dieciocho es tuyo.

—Trece —pidió Johnny.

—Quince —acordó Margaret.

Hubo silencio. Johnny asintió con tristeza.

—Pero no hemos de decirles nada todavía —pidió Margaret—. O será demasiado todo esto.

—Estoy de acuerdo —respondió el capitán.

Se miraron a los ojos como si toda su historia los recorriese en un solo instante desde que eran niños hasta este momento; cada caricia, cada beso y cada risa, *cada llanto*. En esa misma isla, dentro de la caverna del tesoro, fue donde Johnny había pedido su mano y donde Margaret vio ante ella realizado el sueño que tuvo durante toda su vida, ser amada por John Dawner. Pero John Dawner no existía y era inútil seguir invocando su fantasma. Sólo vivía Johnny Blackdawn.

Del otro lado de la tela de la tienda, Annabelle, James y Desmond habían fingido estar dormidos, pero escucharon cada palabra de sus padres. Desmond lloraba disimuladamente y Annabelle lo consolaba, tenía la esperanza de que todo quedara en una discusión como había sucedido antes, cuando peleaban porque Johnny se marchaba demasiado pronto o llegaba demasiado tarde. James se mantuvo serio, cada día desde el ataque en Tortuga en su mente únicamente prevalecía Benjamin Stain y la extraña verdad que le había revelado; era él su padre, no a quien se había dirigido como tal toda su vida. No se había atrevido a preguntárselo a su madre, mucho menos a "su padre" ni a mencionárselo a sus hermanas. Temía que fuera verdad, temía que fuera mentira, temía sin saber por qué.

El capitán Blackdawn y Margaret Tanner se abrazaron con fuerza, ambos llorando y lamentándose con dolor y tristeza; aun así, el amor siempre permanecería.

Johnny no volvió a su tienda, sólo echó a andar sin rumbo, sin siquiera mirar por dónde iba. Sentía que se desmoronaba a cada paso puesto sobre la tierra, como si su corazón dejase de latir. Salió a la playa, las naves se mecían en la negrura y se sentó sobre una roca. Con los codos sobre las rodillas se llevó las manos al rostro y lloró; luego, las manos resbalaron hacia su castaño pelo y tiró de él con desesperación a medida que el llanto se transformaba en gritos de furia. Iba inundándose de odio como un agujero en un bote por el que entra el agua, hasta que es demasiada, hasta que se hunde. Johnny se hundía. Gritó. Una figura se aproximaba, entonces el pirata se puso de pie y desenvainó la espada. Era Turco, que se quedó mirándolo con desconcierto. El hombre de piel apiñonada llevaba la caja de madera con ocho divisiones en la que María guardaba las bolsas de té de distintos sabores, los que había traído consigo se habían terminado y, aunque ella no lo pidiera y probablemente no se percatara aún, él decidió traérsela cuando fue a buscar cosas suyas.

—Esto era lo que querías, ¿no? —dijo Johnny agresivamente—, verme jodido y quitarme del camino para tomar mi lugar.

—¿Tu lugar? —le cuestionó Arat—. No quiero *tu lugar*, cualquiera que creas que es. Ese trono imaginario en el que has decidido sentarte no es ni ha sido nunca una figura en mi pensamiento.

—¿Ya fuiste a ver a Black? —preguntó Johnny.

—Sabes que nadie lo hará antes de ti —respondió Turco—, ni siquiera María, y también sabes que está deseando ir.

—Yo no se lo he prohibido a nadie. Puede que los muchachos sean supersticiosos y necesiten mi maldita bendición para visitarlo, pero tú no eres así. ¿Será que los dos tenemos miedo de decirle lo que hemos estado haciendo? Yo jodí todo lo que él logró, es verdad. Y tú te enamoraste de su mujer. No eres tan santo como crees, Turco, sólo eres más callado. Pero lo que sientes por mi madre lo gritas sin abrir la boca.

Se oían las olas acariciando la orilla; la espuma blanca y el viento salino se entremezclaban con el aroma de flores. El capitán Arat suspiró muy hondo y se sentó a un lado de Johnny, sorprendiéndolo.

—Los muchachos tienen razón —siguió Johnny—, tú… tú eres el capitán de capitanes. Nosotros no somos una monarquía. Sólo porque mi padre era Desmond Black no me hace heredero de su lugar en la piratería, no sin habérmelo ganado. Tortuga creció sólo porque teníamos el dinero ilimitado para hacerlo, y el ingenio. Pero la rapidez con la que nos la arrebataron es una prueba de lo débil y torpe que fui. No he logrado mucho más y tú lo sabes. Con El Satán es fácil hundir cualquier barco. Con el mapa del conquistador en mi bolsillo es fácil correr riesgos, es como tener un maldito seguro de vida ilimitado. Puede que se haya considerado como un espectáculo verme tomar la nave roja en la Cuna del Diablo. Pero lo he disfrutado mucho y ha sido fácil. Pelear contra Barbanegra para defender a mi padre no fue una decisión difícil, hubiera dado mis dos ojos por evitar que lo lastimara más. Ha sido fácil no sentirme solo con Tanner a mi lado. Dejar a mi Maggie... *dejar a Margaret* en una isla sola... era más fácil que dejar mi nave, aunque siempre dolieran las despedidas. Dolía más estar lejos del mar, de la bandera negra. Me ha sido fácil, Turco. Dejemos de fingir que soy un puto héroe. Me ha sido fácil.

—¿Esta noche ha sido fácil? —lo cuestionó Turco—. Te acabo de encontrar sentado en la penumbra llorando con el corazón roto. Perdiste a Margaret. No estás bien con Tanner. Ya no tienes el mapa del conquistador para sentir seguridad, o al menos no eres el único que lo tiene. No estarás peleando en el mar para aferrarte a la ferocidad de El Satán, estarás en la jungla. Ya no hay una Tortuga que adornar. No estás en el mar donde te sientes libre bajo esa bandera negra que te protege; estás en la isla donde permanece lo único que nos queda: el tesoro de Cortés bajo amenaza y el capitán Desmond Black bajo tierra. Y no estarás luchando contra perros del rey o contra Barbanegra, estarás luchando contra un enemigo mil veces peor; un hombre con el corazón roto sediento de venganza. Un hombre que al igual que tú ha perdido mucho. Un hombre igual a ti en el bando opuesto. No puedes decirme que esto es fácil, John.

—No lo es —respondió Johnny—. Por eso hasta ahora me doy cuenta de que nunca fui digno de los nombres gloriosos que me han dado en la piratería. Pero tú sí. Sólo hazlo, Arat. Sólo ve al campamento y diles que eres tú su líder ahora y que yo... que yo...

—Yo no recuerdo que te fuera fácil sacrificar tanto en el pasado. Pero ahora puedes poner a prueba tu dignidad porque las cosas nunca fueron más negras para la piratería. Y si sigues peleando, el sacrificio que hizo Desmond habrá valido la pena.

El capitán Blackdawn frunció el ceñó y Arat cerró los ojos como si acabase de derrumbarse todo a su alrededor. Las palabras habían salido de su boca como un río de agua corriente que encuentra su camino a una cascada, agua imposible de detener como la verdad que había confesado sin querer. Turco acababa de romper la promesa que hizo a Desmond Black aquella mañana que el capitán despertó herido de muerte dentro de su cama, con las pocas hierbas chinas que quedaban como única esperanza. Pero Johnny también estaba herido de muerte. *Dáselas a él*, había dicho Black, *y no se lo digas nunca.*

—¿Qué sacrificio? —preguntó Johnny con seriedad.

No había vuelta atrás ni modo alguno en que Arat pudiera revertir el daño ni borrar las palabras de la memoria del muchacho. *Volvía a fallarle a Des.* Podía levantarse e irse como hacía cuando no quería decir más, pero el único ojo de Johnny Blackdawn estaba puesto sobre él, cristalino y urgido como jamás lo había visto, asfixiándose en una confusión de la que quería ser rescatado inmediatamente.

—Perdóname, Des...

—Turco, qué... ¿qué sacrificio?

—Murió por ti, John —se quebró Turco—. Cuando los encontramos en esa maldita cueva en la Cuna del Diablo y los llevamos de vuelta a El Espectro. Desmond... la espada no le había perforado ningún órgano, y no tenía más que una costilla rota y algunos golpes. Pero la espada de Teach estaba envenenada. Y... y lo único... lo único que necesitaba Des para sobrevivir eran las hierbas, habrían contrarrestado el veneno en pocas horas y quedaría sano. El problema es que cuando Jill fue torturada por Getto, Slayer y Manson, Des casi se las acabó en ella, en borrarle hasta el último rasguño. Tomé el frasco cuando Desmond estaba tendido en la cama, iba a curarlo, y de pronto veo que apenas quedaban unas cuantas. Tú estabas muriendo, el ojo te colgaba del rostro y perdiste demasiada sangre, el veneno no tardaría ni un día en llegar a tu cerebro. Aun con las hierbas era probable que murieras. Se lo dije a Desmond... yo... se lo dije. Y Des... no quiso las hierbas para él. Me pidió que te las diera a ti sabiendo que... sabiendo que moriría. Traté de hacerlo entrar en razón porque no quería perderlo; aun si tú morías, no quería perderlo. Le dije que la piratería lo necesitaba a él más que a ti y él me dijo: "Estás mal, Turco, ese muchacho es justo lo que la piratería necesita". Y fue así como tú sobreviviste... y él, no.

Johnny se contuvo, el nudo en la garganta lo ahogaba, pero se forzó a hablar.

—Me quieres decir que... —decía, rompiéndose—, que Black estaría aquí sentado si...

—Lo que te quiero decir, niño, es que Desmond creía tanto en ti que te eligió por encima de él mismo —interrumpió Arat, casi enojado—, y quiero ahorcarte con mis propias manos cada vez que desperdicias su sacrificio con lamentos.

—Lo dejaste morir...

—Respeté su deseo. Y llevo ocho años odiándome a mí mismo. Y por eso no quiero, *no puedo*, ir a verlo y decirle que todo en lo que él creía ha perdido el control y está por darse por vencido. De María me abstengo, sí. Ojalá tú te abstuvieras de tu propia miseria.

El capitán Arat se levantó y se marchó silencioso, dejando a Johnny despedazado y respirando agitadamente. Siempre se creyó responsable de la muerte del capitán Black por haberse resbalado en aquel risco, provocando que su padre eligiera salvarlo, antes que seguir peleando, y recibiera la fatal puñalada de la espada de Barbanegra por la espalda. Era una imagen que recordaba perfectamente, la punta del arma ensangrentada brotando de la clavícula de Black, haciéndose más larga como si no tuviese fin, y los brazos del pirata sosteniéndolo a él de todos modos, sin dejarlo caer. Y todos los días que siguieron se atrevió a cantar victoria creyendo al capitán Black repuesto, porque lo miraba andar, pelear, besarse con María y sonreír. Nunca le cruzó por la mente que el veneno de la espada de Edward Teach iba abriéndose camino en el torrente sanguíneo de su padre y que éste lo sabía perfectamente; que lo había elegido de esa forma. Blackdawn se llevó las manos al rostro, tallándoselo para contener los gritos que se entremezclaban con su llanto. Si él no hubiera caído por aquel precipicio habrían derrotado a Barbanegra juntos. Y si él hubiera peleado mejor contra Barbanegra éste no le habría rebanado el ojo con una espada envenenada causando que el capitán Black tuviera que cederle las pocas hierbas que quedaban. El muerto sería él y el capitán Black estaría cumpliendo cuarenta y ocho años de vida entre sus piratas, sin un tesoro que proteger porque Black jamás habría entregado el mapa del conquistador. Black jamás habría fallado.

23

—¿Estás absolutamente segura? —cuestionó Jeremy a Bonny.

—Sí —respondió ella, jugueteando con la débil llama de una vela entre los dedos—, noventa y tres en El Satán y al menos sesenta en El Espectro. Tienen mejor artillería. Y sus dos espías estuvieron aquí hace dos días, saben hasta de qué color son tus calzones, mi lord.

Lord Winchester le dio la espalda a la capitana Bonny, llevándose una mano a los labios y frunciendo el ceño a medida que maquinaba su siguiente movimiento. Caminaba en círculos dentro de su tienda, entre las velas de los candeleros, con la pirata mirándolo. Maxwell permanecía en una esquina en silencio, con los brazos detrás de su espalda. Bonny se fijó en la camisa blanca de Jeremy, estaba sudada y con algunas manchas de sangre. Quizá era cierto lo que decían sus hombres: Duma entrenaba al lord al menos seis horas al día para pelear con la espada. Debía de ser un entrenamiento verdaderamente intenso si el joven aristócrata se permitía ser herido con tal de aprender. La mano con que Jeremy se frotaba los labios estaba llena de callos y ampollas por sostener su espada tantas horas y batirse.

—Tráiganme a Stain —ordenó Jeremy al fin.

En pocos minutos Ben llegó a la tienda escoltado por dos oficiales.

—Vamos adelante con tu idea, pirata —dijo Jeremy a Ben—. Si juegas tus cartas correctamente puede que el niño sea nuestra mejor arma a partir de este momento.

—Pan comido —respondió Stain con una sonrisa de dientes plateados.

—Y tú, Bonny —siguió Jeremy—, tienes la tarea más importante de todas. Vuelve al campamento de los piratas y facilítame las cosas. Ya sabes de qué hablo.

Anne Bonny asintió seria.

—¿Jeremy? —llamó Max—, esa mujer... Margaret Tanner, no ha hecho nada malo. Te pido que ni ella ni sus hijos sean lastimados. Tu pelea es con Blackdawn.

—Y la pelea de Blackdawn era conmigo —respondió Jeremy—. ¿Dónde están mi esposa y mi hija ahora? Avisen al almirante Adley y al capitán Carrow. Bonny, Stain, vayan a hacer su trabajo.

A la medianoche el capitán Blackdawn seguía en la tienda de despensa bebiéndose su segunda botella de ron. Ya estaba lo bastante ebrio para necesitar recargar ambos codos sobre la mesa y encontrar equilibrio. Había pensado tomar las dos botellas y llevárselas a la playa para beber bajo las estrellas, pero en cuanto sostuvo el primer pomo no pudo moverse más. Al alzar la mirada vio a Lussan y a Tanner, que habían llegado sin que lo notase y lo miraban preocupadamente.

—Hagan lo que Turco les diga —dijo Johnny, ebrio—, él es el líder ahora. El capitán de capitanes.

—Tú eres mi único capitán —le dijo Tanner.

—¿Qué pasa, *capitaine*? —le siguió Lussan.

—¡Yo no soy ningún capitán! —exclamó Johnny—, soy un imbécil al que le han puesto un maldito barco y un tesoro en bandeja de plata. Ahora déjenme solo.

Pata de Palo hizo una seña a Lussan para que los dejase hablar solos. El excapitán francés se retiró, echando una última mirada triste al hijo de su viejo amigo. Tanner se recargó frente a Johnny, bebió de la botella de ron y esperó en silencio a que el capitán hablara.

Los hijos del capitán Blackdawn habían vuelto a la cama. Las gemelas ni siquiera se despertaron por el altercado de sus padres y Annabelle había conseguido arrullar a Desmond lo suficiente para quedarse dormidos juntos pasado el llanto. James seguía despierto; recostado bocarriba, miraba el techo de la tienda sin saber qué hacer o qué pensar; su madre se había marchado para llorar lejos donde no pudieran escucharla, pero él lo había escuchado todo. ¿En verdad sus padres ya no estarían juntos jamás? ¿En verdad se marcharían de la isla al fin? De alguna manera James fue emboscado por una terrible culpa, pues, si era honesto consigo mismo, le gustaba lo que había sucedido; su padre al fin recibía un castigo, y lejos de la isla el sueño de unirse a la Marina Real era palpable.

¡Pst!, se escuchó, *¡pst, pst!*

El niño frunció el ceño y se incorporó lentamente, quizá se trataba de un pájaro o alguna cigarra habría entrado en la tienda.

James... James, se escuchó ahora. El niño salió de la cama con mucho miedo y se acercó inseguro a la entrada de la tienda. Su pequeño pecho subía y bajaba nerviosamente, pero se atrevió a dar la cara a la noche y al misterio. No parecía haber nadie allí, sólo los arbustos y árboles a los que estaba ya tan acostumbrado. La figura de Benjamin Stain emergió como si fuera un felino cazando de noche y estuviese ante su pequeña presa. James dio dos asustados pasos hacia atrás.

—¿Así saludas a tu verdadero padre? —susurró Ben—, ¿con esa cara de miedo? Anda, ven a caminar conmigo un rato, tengo algo que contarte.

—No debería —respondió James, igualmente cuidadoso con el tono de su voz—, mi madre se enfadaría si...

—Estás conmigo, niño. Y tu madre me conoce bien. Ven, te va a gustar.

James echó un último vistazo al interior de la tienda para comprobar que sus hermanos dormían en paz. Luego se volvió al pirata, y aún con un poco de miedo lo siguió al interior de la jungla. No caminaban lejos del campamento, sólo a suficientes metros donde no pudieran ser escuchados ni vistos; fueron a dar hasta un manantial pequeño sobre el cual caía la luz de la luna que iluminaba la noche de blanco. Ben se sentó en la orilla y metió los pies descalzos en el agua. A James le divirtió la idea e hizo lo mismo.

—¿Alguna vez te ha pasado que sientes que no perteneces, que eres diferente? —le preguntó Ben.

—Todos los días —respondió James—. Mamá me quiere, pero no le gusta que pelee con Desmond. Desmond es el favorito. Mi padre lo quiere más que a mí porque a mí no me gustan los piratas.

—Johnny quiere más a Desmond porque Desmond *sí* es su hijo. Tú no lo eres, *tú eres mío*. Y yo te querría más que cualquier cosa en el mundo. ¿Sabías que Johnny le dio su navaja a Desmond y no a ti? Pero yo se la quité para ti.

Ben entregó al niño la navaja que le arrebató a Desmond en Tortuga y James la tomó entre sus manos con el corazón herido al saber que Johnny no lo había escogido a él para dársela, pero sí lo había elegido Stain.

—A mí tampoco me gustan los piratas —siguió Ben—, ¿por qué crees que estoy con los Winchester y con la Marina Real? Además, yo conozco bien al almirante Adley.

—¿De verdad? —se emocionó James.

—*Seh*, cené cerca de él esta misma noche y está a tan sólo unos pasos de mi campamento. Si tú nos ayudas, yo me encargo de que te recomiende en la Marina Real de Port Royal... ¿qué dices?

James lo pensó un momento, jugueteaba con los pies en el agua y miraba las burbujas.

—Y... ¿qué tendría que hacer? —preguntó el niño.

Stain se fijó en el chapoteo de sus pies.

—Sólo tienes que hacer lo que estás haciendo ahora —siguió Ben.

—¿Jugar con mis pies? —preguntó James confundido.

—Jugar con agua —concluyó el pirata.

Pata de Palo dio dos tragos a la botella y la puso nuevamente frente a Blackdawn, esperando a que hablase.

—¿Y? —insistió Tanner—. ¿Vas a decirme qué pasa?

—¡*Tú* eres la última persona con la que quiero hablar! —rezongó Johnny.

Tanner frunció el ceño, genuinamente confundido, sabía que Johnny no era el mismo últimamente, pero desconocía en qué momento se había vuelto un asunto personal.

—¿Por qué? —respondió el rubio, herido.

La capitana Aragón entró a la cocina, llevaba un fondo de seda color blanco con su bata de encaje del mismo color.

—Tus hombres están nerviosos —dijo María—, se escuchan tus gritos en todo el campamento, también Margaret está intranquila y triste, vine a prepararle un té.

Johnny se fijó en Tanner, puso su ojo sobre él como un halcón para notar hasta el último gesto. Cuando María entró a la cocina, Tanner la miró como si se derritiese por dentro, como si se le hubiera escapado el aliento en un suspiro interminable. La mujer tomaba una taza de porcelana para prepararse su conocido té de tila cuando Tanner se abalanzó como un sirviente devoto a coger su caja de tés y abrirla para ella. *Por eso*, pensó John, *por eso Tanner era la última persona con la que quería hablar en aquel momento.*

—¿Has puesto agua en el fuego o quieres que lo haga por ti? —preguntó Tanner.

—Ya debe estar hirviendo —respondió la mujer—. Gracias, George.

María se retiró un momento de la tienda de alimentos para ir a verter el agua caliente en su taza ya preparada. Tanner y Johnny quedaron nuevamente a solas.

—*¿George?* —se molestó Johnny ante el modo en que María le había hablado.

—Es mi nombre, sí —respondió Tanner—, ¿te molesta que tu madre me llame por mi nombre? Es la única persona que lo hace ya, y se siente bien.

—Sabes que mi madre está fuera de tu alcance, ¿verdad? —le advirtió Johnny.

—Sé que lo que decida hacer tu madre con su vida está fuera de tus manos —se atrevió a responderle Tanner.

—Aléjate de ella, George.

Tanner tragó saliva, jamás le habían impuesto una orden tan imposible y acababa de darse cuenta de que no era una que pudiera cumplir. Ya no. Pata de Palo se dio miedo a sí mismo, a su deseo de traicionar a su hermano, a su deseo de desafiar su advertencia y a su deseo de María. Iba perdiendo el control de su respiración y escuchó a María agarrar la olla del fuego. Se marchó.

El capitán Blackdawn no lo pensó ni un instante, fue detrás de Tanner sigilosamente y con mucho cuidado. Tanner y María se encontraron en la fogata, cuyas débiles llamas estaban encendidas apenas para calentar un poco de agua para el té. Cuando los hombres dormían no les gustaba dejar el fuego y a aquellas horas de la noche no había nadie más. Pata de Palo lo pensó un momento antes de acercarse a la mujer que servía el té delicadamente; estaba perdiendo el control de su necesidad de estar junto a ella y lo sabía, sabía que no estaba bien dar un paso adelante, sabía que traicionaba a su capitán y amigo tanto como traicionaba a su corazón si daba un paso atrás. La piel bronceada de la mujer brillaba como cobre al reflejo del fuego; una diadema de perlas sostenía gloriosamente las ondulaciones de su cabello dorado que le llegaba hasta la cintura; ella se advertía perfectamente delineada bajo la seda blanca. Los lunares de su rostro, las pecas de sus hombros se hacían elementos necesarios para sobrevivir. Entonces María lo miró, aquellos ojos color canela de largas pestañas se fijaron en él, arrebatándole la vida por un instante.

—María, yo… —iba a decir Tanner, acercándose a ella cuando de pronto Blackdawn lo interceptó, se le fue encima como una fiera, golpeándolo incesantemente, y su víctima lo permitía.

—*¡JOHN!* —llamó María horrorizada, dejando caer el té. De un momento a otro Tanner se defendió también, devolviendo cada golpe. La pelea se volvió bestial, mutua. Los bucaneros salían de sus tiendas y miraban impactados cómo el capitán Blackdawn y Pata de Palo, la unión más fiel y certera, se rompían a puñetazos y patadas. Tirzah y Margaret llegaron también, y poco les importó que sus hijos llegasen a la escena igualmente asustados por el alboroto. Menos Desmond, que seguía en la tienda porque no podía andar solo y pedía a voces que alguien lo levantase.

¡Tranquilo, capitán!

¡Tanner, quieto!

¡Sepárenlos, con un demonio!

El capitán Arat fue quien intentó intervenir con la ayuda de Lussan, pero poco podían lograr contra la saña de ambos hombres. Nadie se percató de que James iba caminando entre las tiendas de campaña con una cubeta de agua. Iba entrando de una en una remojando cada pistola o arma de fuego en el agua para volver a dejarla en su lugar. Se tomó su tiempo cuando llegó a la tienda de armas donde había pistolas, rifles, granadas, pólvora y cartuchos. Empapó hasta el último de ellos.

Por fin, Turco logró sostener a Johnny y Lussan a Tanner, ambos con los labios abiertos y sangre en la nariz.

—¡Hijo de puta! —exclamó Johnny—, ¡es mi madre! *¡Mi madre!*

Todos los hombres gimieron impactados, suponiendo lo que pudo haber sucedido, aunque para nadie fuera una novedad que Tanner estuviese enamorado de la capitana española. Margaret se cubrió la boca con las manos pensando lo peor. Entonces María lo entendió, Pata de Palo llevaba una vida enamorado de ella y una parte suya lo sabía, ¿por qué le había permitido continuar?

—*¡YA BASTA!* —rugió Arat—. Vuelvan todos a sus tiendas, se acabó el espectáculo.

Johnny se liberó de los brazos de Turco y se fue a pasos firmes y resoplando. Lussan liberó a Tanner y esté cayó con las manos sobre el suelo, le dolían las costillas terriblemente. Todos se apartaron y dispersaron. Tanner levantó la mirada para ver a María, avergonzado y con el labio abierto.

—Lo siento —murmuró él—, pero mi corazón pudo más que mi juicio.

María le ayudó a levantarse sin saber qué decirle, pasmada de lo lejos que había permitido que llegasen las cosas. Quizá se sentía bien el deseo de un hombre, aquel que llevaba ocho años queriendo volver a sentir y que Arat contenía tan exitosamente. Quizá se sentía bien, aunque no estuviera bien.

—Hay cosas que no deben ser —dijo ella con dureza, porque también se lo decía a sí misma— *que no deben ser jamás.*

Pata de Palo asintió derrotado.

—Tanner, a tu tienda —demandó Turco en voz alta, ni siquiera se percataron de que estaba detrás.

Todavía turbada por lo sucedido, María fue a buscar a su hijo, quien resoplaba molesto cerca de su tienda con las manos en la cadera intentando sosegarse. La rabia era demasiada.

—¿Me quieres explicar qué ha sido todo eso? —cuestionó María, molesta—. Tanner es tu hermano, cómo p…

—Y si es mi hermano, ¿por qué permitiste que llegara tan lejos? —refutó Johnny—. George es coqueto, pero no estúpido. Nunca se hubiera atrevido a tanto si no creyera que tenía la más mínima oportunidad.

—Si pensaras las cosas sabrías que no hay manera de que yo pudiera alentar algo así.

—¿No permitiste que te viera desnuda en la laguna? Si lo que quieres es sentirte deseada puedes elegir a cualquier hombre que no sea…

María le dio una cachetada que lo silenció al instante. Johnny se quedó quieto, paralizado. Sintió la mejilla ardiendo, la boca ya le sabía a sangre por un golpe certero que recibió de George.

—Puede que seas el rey de los piratas —dijo María—, pero yo sigo siendo tu madre. Sé que has perdido mucho en poco tiempo, todos nosotros. Pero no puedes darte el lujo de perder la cabeza. No ahora. *Sosiégate.*

El capitán Blackdawn entró a su tienda todavía respirando agitadamente, se limpió la sangre de la boca de mala gana y escupió al piso. Al levantar la mirada vio a Anne Bonny sentada en su silla y con las piernas cruzadas sobre el escritorio, bebiendo de la botella de ron que estaba allí.

—Lo que me faltaba —refunfuñó Johnny—. Te encanta tomar lo que no es tuyo, ¿verdad?

—*Pirata* —le dijo Anne, sonriente, bebiendo descaradamente de la botella del capitán—. Ahora ves que no te estaba mintiendo, tu perro fiel andaba detrás de tu madre olfateándole la falda y tú no me creíste.

—Quiero estar solo.

—No, no quieres. Es lo que menos quieres. Sólo quieres estar con alguien que te haga buena compañía en lugar de juzgar cada maldita cosa que haces. La presión de ser el capitán de capitanes, el revolucionario del Caribe y el rey de los piratas... bombón, necesitas un respiro.

Bonny se levantó de la silla y entonces Johnny quedó perplejo; la pirata se había desabotonado la camisa completamente, revelando ante él dos grandes pechos redondos y perfectos, una cintura pequeña y un abdomen tonificado. No recordaba haber visto una figura igual.

—Vístete, Anne —le dijo Johnny, con el habla entorpecida—, no puedo hacer esto.

La pirata lo rodeaba cada vez más cerca y él sentía su pulso acelerarse, su piel arder y un despertar prohibido entre sus piernas. Habían pasado semanas desde que hizo el amor a Margaret, porque la amaba y la necesitaba a la vez. Pero Bonny, ella era una urgencia repentina.

—Ése es tu problema, capitán... —lo sedujo ella—, no te has dado cuenta de que puedes hacer lo que se te dé la gana...

La capitana Bonny rodeó a Blackdawn con sus brazos, acercó su rostro lentamente clavando sus ojos verdes en el único ojo del pirata. Lo besó, un beso húmedo y largo al que Johnny sucumbió sin saber por qué; se dejó ir por el roce de los labios y permitió que la mujer le mordiese el labio inferior al tiempo que él clavaba su lengua en ella con hambre. El pirata le sujetó el cuello con fuerza sin interrumpir los besos; con violencia la empujó hasta el escritorio obligándola a sentarse. Bonny respondió abriéndole la camisa de golpe y haciendo volar los botones, lo empujó lejos de ella y se hincó. Habiendo desabrochado el cinturón comenzó a complacerlo de maneras osadas; había estado con prostitutas de Tortuga un millón de veces, ninguna con una lengua más atrevida o unos labios más carnosos, y en cuanto a su esposa, ella no era de hacer semejantes barbaridades. A Johnny se le escapó un gemido profundo y grave, así que, temiendo que se perdiera de la mejor parte, Bonny se irguió y volvió a besar al capitán con intenciones de empujarlo a la cama, pero él no le permitió ser llevado a ningún sito; le gustaba estar al mando tanto como a la capitana. Forcejearon unos segundos, Johnny venció empujándola nuevamente contra el escritorio, le arrancó el pantalón con tal destreza que Bonny se rio, y allí mismo sin más preámbulos tuvieron un sexo voraz y violento, como si el capitán estuviese furioso por desearla, y ella furiosa por sucumbir irresistiblemente. El capitán Blackdawn estrujó en su puño el cabello castaño de Anne Bonny y mordió su cuello, atreviéndose a clavarle los dientes como un animal. Había terminado. Pero no vino la calma ni la placidez, no; el pirata recibió en el pecho un sentimiento devastador, hondo y vacío. Se dio asco a sí mismo, se desconoció y dio dos pasos hacia atrás completamente perturbado. Bonny en cambio jadeaba entre sonrisas, vistiéndose con orgullo y relajación.

—Por el diablo, Johnny Blackdawn —jadeó ella, complacida—, ni un cañonazo me habría dado más fuerte.

—Vete, por favor —dijo Johnny, con la voz de un niño herido.

—*Sh*... —murmuró Bonny acariciándole la cabeza—, bebe conmigo, capitán.

La pirata llevó a los labios del capitán lo que quedaba de la botella de ron, y fue vertiéndola en él como si de agua se tratara. Blackdawn quedó tan ebrio, cansado y embrutecido que cayó como un saco sin vida sobre la cama, y Bonny se recostó a su lado.

24

En la madrugada de aquella noche entraron los piratas enemigos liderados por Duma en las tiendas de campaña con sus espadas desenvainadas. Detrás de ellos, dos formaciones rectangulares de oficiales uniformados, con el mismo silencio, llevaban sus bayonetas cargadas. Se movían con absoluto sigilo, como una brisa fluyendo en la penumbra.

Una mano cubrió la boca de Margaret reprimiendo su grito. Miró horrorizada cómo Maxwell Winchester estaba casi encima de ella sobre la cama, indicándole que guardase silencio con un dedo contra sus labios y sosteniendo una antorcha con la otra mano. La pelirroja obedeció.

—Síganme, o estarán muertos —susurró Max.

Sin saber realmente por qué, Margaret confió en Max e indicó a sus hijos que obedecieran también. El joven ayudó a levantar a Desmond. Abandonaron la tienda de campaña con cuidado. Margaret pudo mirar a los uniformados, pero no le dio tiempo de decir una palabra cuando Max ya la guiaba a ella y a sus hijos por una senda entre la selva. Comenzaron las detonaciones, bayonetas que a sangre fría disparaban al interior de las tiendas de campaña, y cuando los bucaneros de Blackdawn quisieron devolver el fuego se percataron de que la pólvora en sus pistolas estaba empapada. Estalló un duelo de espadas entre los piratas de ambos bandos, aquellos que escapaban de las balas y podían hacerse de hierro. El capitán Arat y la capitana Aragón rápidamente se unieron para comandar la acción de defensa, ambos horrorizados al comprender que cada grano de pólvora estaba misteriosamente empapado. Poe y Stanley protegían la tienda en la que dormía O'Connor, impidiendo que cualquiera se acercase. Tanner corrió en busca de su hermana y sus sobrinos y vio perfectamente a Jeremy entrar en la tienda primero, pero el lord salió enfurecido por haberla hallado vacía.

Anne Bonny se levantó de la cama y miró al capitán Blackdawn, que seguía dormido por la borrachera. La pirata lo sabía, la emboscada había comenzado y ella había cumplido con su parte de deshabilitar a Johnny lo más posible. Se abotonó la camisa aprisa, sabía lo que venía y a pesar de preverlo se le revolvió el estómago y sintió angustia por primera vez en mucho tiempo. Jeremy entró como un vampiro sediento de sangre, y detrás de él dos cadetes navales. El lord chasqueó los dedos y los cadetes levantaron a Johnny violentamente, despertándolo de la peor manera y sometiéndolo ante Jeremy Winchester una vez más. El capitán intentaba zafarse, peleaba sin movilidad alguna y resoplaba de rabia.

—Bien hecho, Bonny —dijo Jeremy a la pirata.

Johnny la miró atónito, defraudado. Quizá en otro momento Anne habría sonreído con malicia, orgullosa de sí, pero esta vez evitó la mirada herida del capitán y dirigió la suya al suelo. Entonces Jeremy se acercó cara a cara con Johnny, viéndolo como si fuera una escoria mientras que el joven pirata parecía un perro de pelea sujetado antes del caos.

—Encontraré a tu familia sin importar cuántas rocas haya de levantar en esta mugrosa isla —dijo Jeremy—. Pero mientras tanto, sostén la respiración tanto tiempo como puedas o corta tus venas contra el filo de estas bayonetas a la menor oportunidad. Porque vas a desear estar *muerto*, Blackdawn.

Habiendo dicho estas palabras, Jeremy arrebató la bayoneta a uno de los cadetes, todos contuvieron el aire porque creyeron que le dispararía al pirata o le clavaría el filo, pero arremetió un golpe en el abdomen de Johnny que lo dejó sin aire y sin la posibilidad de moverse. Y cuando el pirata cayó de rodillas, concluyó con un golpe más en la cabeza que lo dejó inconsciente.

—Llévenselo —ordenó Jeremy a los cadetes, quienes tuvieron que alzar el fornido cuerpo del pirata y cargarlo fuera.

La capitana Aragón acababa de atravesar a un pirata y tiraba de la espada ensangrentada cuando vio a los cadetes llevándose a su hijo. Corrió detrás de ellos, dispuesta a decapitarlos de ser necesario cuando se estrelló contra el almirante Adley y cayó hacia atrás.

—¿Adley? —llamó María extrañada, aún recordaba ese rostro cuando era un joven oficial indignándose ante las perversidades del gobernador Winchester, atendiéndola en la celda de un barco.

—Señorita…

—*¿Por qué?* —lamentó ella.

De pronto, lord Winchester ordenó la retirada a gritos, una voz que desde el último oficial hasta el último pirata temían. El almirante le dedicó una última mirada inundada de culpa, y se retiró del campamento al igual que el resto de los enemigos que se perdían en la negrura de la jungla.

Los capitanes Arat y Aragón hubieron de levantar a sus hombres, tanto a los lesionados como a los muertos, entre ellos Dash y Murphy, que fallecieron intentando disparar sus armas de fuego empapadas. Muchos otros fueron heridos de bala, entre ellos Melville, que era el más grave. Pata de Palo buscaba a Johnny desesperadamente, asustándose más a cada paso que daba sin éxito.

—¡John! —llamaba entrando en desesperación—, ¡Maggie!

¿El capitán?

¡CAPITÁN!

¿En dónde está Johnny?

Tampoco está Margaret ni los niños.

Iba cundiendo el pánico, nada de lo que acababa de suceder tenía el menor sentido. Y como Anne Bonny tampoco estaba allí, todos comprendieron que la traidora había mojado las armas de fuego y entregado al capitán a las garras de los Winchester. Sólo faltaba comprender cuál diantres había sido el paradero de Margaret y sus hijos; si habían huido o si eran también prisioneros. El capitán Arat y Bones se dispusieron a curar a los heridos, comenzando por Melville, mientras que el resto de los bucaneros envolvieron en sábanas los cuerpos caídos, con mucha tristeza.

La capitana Aragón se había ido a la laguna, quería refugiarse de las miradas que caerían sobre ella si la notasen llorar de ese modo. Sollozaba sin control, temblaba de miedo y no se atrevía ni a imaginar lo que harían con su hijo, una despiadada tortura como mínimo. La mujer se llevó las manos al rostro, apenas podía respirar.

—Desmond, Desmond... —lloraba—, por favor no lo permitas, por favor... *por favor*.

Pensar en que su último encuentro con Johnny había sido tan terrible, que se había atrevido a abofetearlo en un arrebato, la sumergía en la angustia como jamás en su vida y allí sentía ahogarse. Tanner se acercó a ella.

—¿María? —llamó con ternura.

La española se limpió las lágrimas en un santiamén para parecer repuesta y sólida.

—Maestre Tanner —respondió ella—, ha confundido mi buena fe con intenciones equivocadas y ya nos ha costado bastante.

Pata de Palo agachó la cabeza, le dolía que volviera a dirigirse a él con esa formalidad que abría una brecha entre ellos. Una brecha que *debía* abrirse.

—A mí me costó todo —lamentó Tanner—. A mi amigo, a quien amo. Y a su madre a quien... *también*... amo.

María cerró los ojos y respiró hondo, volviéndose al joven con la mirada cristalina.

—Estoy segura de que encontrarás una mujer de tu edad que avive tu alma con mucho más que deseo —dijo María.

—Dime, si John no fuera tu hijo ni mi amigo, ¿lo habrías pensado siquiera?

La mujer guardó silencio.

Ese *silencio* era lo único que George Tanner necesitaba para terminar la agonía y recibir la muerte de toda esperanza. Se sintió absurdo por siquiera haber llegado a pensar que *podría ser.* Como si hasta este momento despertara de un trance que frustraba cada pensamiento lógico o racional. Johnny era su mejor amigo, su hermano del alma. Y la capitana Aragón siempre sería eso, la capitana Aragón. En otro mundo tal vez María sí que lo hubiera pensado; Tanner era un hombre apuesto, fino, con modales y cultura; y más allá de eso la hacía sentir segura de algún modo, acompañada. Pero aquellos eran pensamientos y sensaciones que la mujer jamás iba a exteriorizar sino aniquilar.

—Habrá que volver —dijo María al fin—, idear un plan de rescate, decidir qué vamos a hacer. La vida de John, Margaret y sus hijos pende de un hilo y no tenemos un minuto que perder.

Pata de Palo asintió y caminaron juntos de vuelta al campamento como algo menos que amigos: sólo una capitana resuelta y un pirata desengañado.

Luego de haber atendido al último herido, Arat echó el paño con que se limpiaba sobre el hombro y agotado se permitió respirar unos segundos. Vio a María y a Tanner volver al campamento juntos y quitó la mirada como quien aparta los ojos del sol. Tenía sentido y no podía seguir engañándose más al respecto; Tanner había ido a ella inmediatamente, buscando consolarla porque acababan de arrebatarle a su hijo, pero él, como siempre, puso a los heridos antes que cualquier cosa, antes que a ella. Había puesto tantas cosas antes que a María que no le costaba digerir su derrota ante George Tanner por más inapropiado que fuera. O de eso intentó convencerse. María lo miró un instante. Sus ojos se encontraron, cómo le habría gustado a la mujer que fuera Arat quien apareciese en la laguna y no Tanner. Pero siempre era así, y quizá *siempre* sería así.

La laguna reflejaba la luz de la luna entre los ondulantes movimientos creados por la cascada al fondo. Caía el agua y chirriaban los insectos nocturnos, ranas, murciélagos y la brisa entre las enredaderas que abrazaban la cortina de agua. Luciérnagas sobrevolaban la superficie con su brillo dorado como estrellas danzantes. Detrás de la cascada se abría paso una pequeña caverna cuyo interior llevaba a un manantial; allí Maxwell y Margaret permanecían resguardados junto con los pequeños. El agua que caía al interior del manantial era helada y tanto la mujer como sus hijos temblaban de frío y también de miedo.

—Creo que se han ido ya —dijo Max. Llevaba un rato de rodillas intentando encender una antorcha que había empapado en aceite, pero los cerillos estaban húmedos. Por fin la tea se encendió con una llama que fue tomando confianza.

—¿Por qué nos ayudas? —preguntó Margaret, le castañeaban los dientes—. Tu hermano no tardará en sospechar, has desaparecido tú junto con nosotros. Te sabrá traidor.

—Iba a torturarlos, Margaret —respondió el joven.

Los niños se quejaban del frío, de la oscuridad y la incertidumbre. James no decía una palabra, iba entendiendo el triste juego de Benjamin Stain y el daño provocado por haberle creído. Realmente le hubiera gustado conocer al almirante Adley y haberse ganado su favor para ser como él algún día, pero quizá eso también era mentira.

—¿Te arriesgarás a volver? —preguntó Margaret.

—Jeremy es inteligente —respondió Max—, sabrá lo que hice porque jamás toleré esto.

—¿Puede venir con nosotros? —preguntó Annabelle—, él nos ayudó, puede venir con nosotros, ¿verdad, mamá?

—*Perro del rey* —le gruñó Desmond.

—Desmond —corrigió Margaret—. Mi hija tiene razón, si vuelves a tu campamento serás juzgado por traición. Pero tampoco puedo prometer que los piratas no te hagan daño apenas te miren, eres Maxwell Winchester.

—Le temo menos a tus piratas que a mi hermano —rio Max, una risa trágica e impotente.

Mientras deliberaban cuál de los dos campamentos recibiría a Maxwell Winchester con menos terrorismo, la pequeña Mary vio a una luciérnaga volar entre las rocas. La luz del insecto iba y venía, adentrándose cada vez más al interior de la caverna y revelando la extensa profundidad de ésta. Y la siguió.

—¡Mary! —se angustió Margaret, fue detrás de la niña y la sujetó de la mano—, no puedes irte de mi lado ni un instante, ¿me oyes?

—¡Pero mi luciérnaga! —lloró la niña.

Max dirigió su mirada a aquel camino negro que parecía no tener fin, frunció el ceño y se acercó curioso.

—¡Eco! —llamó Max.

Eco, eco, eco, eco…, se escuchó.

—Es un sistema de cuevas —dijo, cogió una piedra y la lanzó al interior, lo más lejos que pudo. La roca tardó en hacer impacto confirmando que se trataba de una caverna sumamente profunda para finalmente caer en agua.

—Será mejor que regreses al campamento, Margaret —siguió Max, ahora muy concentrado en calcular qué clase de cueva era ésta, y si de alguna manera podría serles de utilidad—. No digas nada sobre mí, no aún. Yo volveré por ti.

Margaret confió. Se reconocía poco cada vez que lo hacía; una mujer que, aunque se sobreponía a sus temores, era asediada por ellos con facilidad. No con Max. Si bien era a quien más debía temer, también iba transformándose en el único hombre en quien confiaba.

Cuando Margaret regresó al campamento junto con todos sus hijos los piratas la recibieron con gritos de celebración. Tanner la abrazó con todas sus fuerzas y María respiró liberada. Margaret no esperaba un recibimiento tan alborotado y quizá por primera vez tuvo la sensación de que era igualmente importante para los bucaneros que cualquiera de ellos y que su desaparición había preocupado hasta el último de los presentes.

—¿Cómo hiciste para escapar? —le preguntó Tirzah.

—Yo… yo… —balbuceaba Margaret—, escuché detonaciones y me llevé a mis hijos lo más lejos que pude. Tuve tiempo de hacerlo, gracias a Dios.

Nadie la cuestionó más. Únicamente el capitán Arat la miraba con sospecha, le dio la sensación de que la pelirroja sabía algo que ellos no y, de ser así, ¿por qué no decirlo?

—¿En dónde está John? —preguntó Margaret.

Se hizo el silencio.

¿En dónde está papá?, preguntaban las gemelas.

Quiero ver a papá, decían Desmond y Annabelle.

James no abrió la boca.

La mujer de cabello rojo buscó respuestas en los ojos de cada pirata, nadie le devolvía la mirada.

—María —llamó con un nudo en la garganta—, ¿en dónde está John?

—Se lo llevaron —respondió la mujer, peleando contra el llanto que quería brotarle—, se lo llevaron, Maggie…

Margaret sacudía la cabeza, temblaba. Tanner fue a abrazarla y ella se permitió quebrar en un llanto que lastimó a todos. Cada uno a su manera también lloraba. Esa noche nadie habló más. Fueron retirándose a sus tiendas con la impotencia pesando en cada uno de sus pasos. Quizá mañana habría un plan, una mínima esperanza. Pero esa noche todo lo que quedó fue silencio.

25

El eco era sepulcral, el aire frío y húmedo. Los murciélagos chillaban y un débil goteo de agua caía cada segundo: *pluc, pluc, pluc.*

John...

El único ojo del capitán Blackdawn se abrió débilmente. *Dolor* fue lo primero que sintió. Ni siquiera podía identificar de dónde venía porque recorría su cuerpo entero. Su vista apenas iba enfocándose hasta que las imágenes borrosas se transformaron en muros de piedra, ¿una cárcel? Lo tenían colgado de las muñecas, atadas a una gruesa cadena oxidada puesta con tanta saña que la sangre le escurría por los brazos. Sintió frío al tiempo que percibía cada gota de sangre y sudor resbalar, entonces se dio cuenta de que estaba desnudo del torso y vestía solamente el pantalón.

John...

Miraba a su alrededor, nada tenía sentido. Su vista quedó detenida en un mazo viejo recargado en una esquina.

John Dawner...

Vio frente a él a Jeremy Winchester y quiso alejarse, pero las cadenas lo sostenían a pocos centímetros del suelo, no podía moverse.

—John Dawner —le dijo Jeremy—. Ése es tu verdadero nombre, ¿no es cierto? Johnny Blackdawn es sólo el personaje que has inventado y detrás del cual llevas ocho años escondiéndote. Una máscara que he venido a quitar.

Lleno de furia, Jeremy arrancó el parche del ojo de Johnny revelando la oquedad. El pirata se sintió completamente desnudo.

—¿Lo ves? —siguió Jeremy—, eres un hombre cualquiera.

—No sabía —dijo Johnny con la voz debilitada, la boca y garganta secas por falta de agua—, no sabía que... no sabía que iban en el barco contigo... tu esposa y tu hija.

Los ojos de Jeremy se hicieron oscuros como un pozo al infierno, a la nada y a la negrura. Fue a tomar el mazo que estaba en la esquina y volvió a acercarse a Johnny.

—¿Pensabas que las dejaría abandonadas como tú abandonaste a tu mujer y a tus hijos? —le dijo Jeremy—. ¿Pensabas que era una escoria de hombre como tú?

—Seguirían vivas si hubieras hecho lo mismo que yo —respondió Johnny sin pensarlo.

Entonces Jeremy arremetió el primer golpe con el mazo directo a las costillas del pirata. Éste gritó.

—No grites, Blackdawn —dijo Jeremy—. Ningún dolor que yo pueda provocarte se acerca siquiera al que me has provocado a mí. Las vi morir. Las vi volar en pedazos. No quedaba nada de mi familia más que trozos esparcidos en el suelo y en mi cara. *Cinco años.* Cinco años fue todo lo que pudo vivir mi hija en este mundo gracias a ti. Y no duermo en las noches de pensar en todo lo que se perdió por culpa tuya, ¡infeliz!

Volvió a golpearlo. Una costilla se rompió.

—¡Que no grites, cobarde! —rugió Jeremy, esta vez golpeándolo en las piernas con todas sus fuerzas—. No mereces llorar porque no has perdido nada. A mí me has quitado todo. Cuando el cuerpo de mi padre llegó a Londres ya estaba bastante podrido, pero allí seguía un agujero de bala en su frente. Esa bala que pusiste segundos después de forzarlo a escribir esa carta. Después, vuelas en pedazos a mi esposa e hija. Si estuviera aquí tu esposa con tus hijos sí que podría causarte un dolor parecido al mío, pero desaparecieron igual de misteriosamente que mi hermano. ¿Alguna idea de lo que pudo haber ocurrido, Blackdawn?

A pesar del sufrimiento, Johnny respiró liberado. No tenía sentido alguno siquiera imaginar que uno de los hermanos Winchester se hubiera dignado a auxiliar a Margaret, pero de momento era lo único que le traía una cierta tranquilidad. Si podía fiarse o no era un asunto en el que una costilla rota y una rodilla desviada no le permitirían pensar.

—Tendré que conformarme contigo por el momento —siguió Jeremy—. Todavía no puedo matarte porque te necesito para un asunto; pero, Dios mío, el daño que pienso hacerte.

—Adelante —jadeó Johnny adolorido—, puede que sea la última satisfacción que tengas antes de que mis hombres pongan tu cabeza en una puta lanza como decoración para el bauprés de mi nave.

—Tus hombres son piratas —dijo Jeremy—, y estoy por darles a elegir entre el tesoro de Cortés y lo que quede de ti. ¿Qué crees que elijan luego de que has entregado el mapa y besado mis botas?

—Lo has dicho tú. Son piratas. Y van a pelear por ese tesoro así me rompas todos los huesos. Eres un imbécil si pensaste que yo te iba a servir de algo.

El mazo azotó contra el rostro de Johnny abriéndole la ceja. La sangre escurría por su rostro, era una herida profunda.

—No me jodas, mi lord —rio Johnny—, ¿es lo más duro que puedes darme?

Enfurecido, Jeremy siguió golpeándolo de manera bestial, sin cuidado de no matarlo como había sido acordado. En verdad quiso romperle cada uno de los huesos. La boca le supo a sangre de repente y se dio cuenta de que estaba salpicado hasta el rostro, que el mazo estaba ensangrentado y Blackdawn apenas consciente. Iba a golpearlo nuevamente, pero Duma entró a aquella fría habitación de piedras.

—No te lo acabes —dijo el bucanero.

Jeremy resoplaba de rabia, quería golpear a Blackdawn al menos diez veces más. Pero se forzó a dejar caer el mazo. Había prometido compartir la tortura del pirata con aquellos que le guardaban algún rencor, y además no podía matarlo. *No aún*. Lord Winchester se fue. Ahora quedaban a solas Duma y Blackdawn, mirándose.

—El nieto de Barbanegra —comenzó Duma—, el hijo de Desmond Black.

Duma desenvainó un pequeño cuchillo de apenas unos veinte centímetros. Puso la punta contra el abdomen del joven capitán y trazó suaves líneas alrededor sin herirlo, apenas recargando el filo un poco. Le recorría el cuerpo con el hierro, caminando alrededor de él. *Caricias de muerte.*

—Barbanegra era el único pirata de verdad que quedaba en este mundo —siguió Duma—, y quienes tuvimos la perra suerte de navegar a su lado nos quedamos huérfanos por tu puta culpa. Dessy nunca hubiera podido matar a Teach él solo, le iban a romper el hocico como siempre. Pero tú tenías que meterte, ¿verdad? Y ahora ni yo ni mis hombres podemos navegar con nadie porque cada maldito pirata en el mundo se quedó venerando al marica de Black y a ti. Le dieron el peor nombre a Barbanegra cuando él era el único capitán con cojones de verdad. Ahora dame una maldita razón para no meterte esta daga en las tripas.

—Porque tu amo no te da permiso —respondió Johnny, adolorido—. Primero servías a Teach, ahora a los Winchester. Teniendo una nave como El Fénix, habiendo navegado con Barbanegra... y aun así buscas a quién obedecer porque no te dan los malditos sesos para hacer las cosas por tu propia gana. Eres un perro que necesita dueño. Y yo no tengo la culpa de eso, tampoco Black.

Duma se había detenido en la espalda de Johnny, miraba aquel tatuaje de cráneo convertido en sol que se hizo aquella anoche en Tortuga hace tantos años, cuando se sentía más pirata que nunca. Tirzah le sostenía una mano mientras le inyectaban la tinta en la piel; recordaba lo orgulloso que había quedado el artista. Aquel diseño le había gustado tanto a Johnny que lo convirtió en su símbolo, su bandera que ondeaba con tanta belleza desde el palo mayor de la nave roja.

—La insignia de Johnny Blackdawn —se burló Duma— que tan ridícula se ve colgada en El Satán. Puedes navegar ese barco todo lo que quieras, niño, pero siempre será la nave de Edward Teach, y este dibujito tuyo siempre será una puta burla. Es más...

Y con la ira acumulada de tantos años Duma comenzó a trazar con el cuchillo la insignia de Barbanegra por encima del tatuaje. Un esqueleto con cuernos de diablo sosteniendo un trinche en una mano y un reloj de arena en la otra. Johnny gritaba. El doloroso dibujo tardó unos tres minutos en realizarse, chorreaba sangre de la espalda y escurría hasta la cadera. El tatuaje había quedado completamente arruinado con la obra de cortes encima.

—Ahora sí —le dijo Duma—. Si vuelves a subir a esa nave, quiero que sientas el dolor en tu espalda recordándote a quién le pertenece realmente.

—Bien —jadeaba Johnny—, ahora dibuja en tu barriga el sello de la Corona para que recuerdes a quién *tú* le perteneces realmente.

Duma no lo soportó más y en un impulso clavó el cuchillo a un costado del estómago del Blackdawn. Habiendo escuchado el aullido, Jeremy irrumpió en la habitación y lo primero que vio fue el agujero en el vientre del pirata y a Duma sosteniendo el cuchillo teñido de rojo. En un pestañear el lord arrebató el arma y la metió en la boca de Duma.

—Te dije que a Blackdawn lo mato yo —gruñó Jeremy, y sin piedad le rebanó la mejilla por dentro, haciéndole un grotesco corte.

Duma cayó a sus pies escupiendo sangre a cántaros. Entraron Bonny y Stain, que se quedaron pasmados ante la imagen. Johnny se quejaba a medida que un chorro de sangre escurría de la puñalada, se le iba nublando la vista.

—Traigan al doctor —ordenó Jeremy—, si este malnacido se muere arruinará todo.

—No necesitas un doctor —le dijo Bonny—, déjame verlo.

La capitana se acercó a Johnny sin siquiera mirarle a los ojos, no se atrevía y prefería no pensar demasiado en el motivo por el cual su consciencia la castigaba tanto. Cuando estuvo lo suficientemente cerca, el pirata trató de lanzarse a ella, como si su impulso de furia pudiera liberarle las muñecas de las cadenas. De haberse zafado la habría asesinado con sus propias manos. Bonny tocó la herida y presionó apenas un poco.

—No le perforó ningún órgano —dijo la mujer—, es cosa de limpiar, coser y vendar. Yo lo hago.

—¿Sabes cómo? —le preguntó Ben.

—Por favor, ¿sabes cuántas veces he tenido que *literalmente* salvar el pellejo de mis hombres en batalla?

—Hazlo rápido —indicó Jeremy—, que no estoy ni cerca de terminar con él.

El médico de infantería le proporcionó a Bonny, con cierto recelo, las herramientas quirúrgicas necesarias para hacer la curación y ella sin cuidado echó todo en un morral. Luego fue a la tienda donde guardaban las provisiones y metió también una cantimplora con agua. Para cuando volvió a la torre, encontró un Blackdawn medio inconsciente y sumido en dolor. Sacó la cantimplora aprisa y la puso en los labios del pirata, pero éste se rehusó a beber.

—¿Te quieres morir o qué? —le preguntó ella.

—Si me muero no tienen con qué negociar —respondió Johnny débilmente—, van a perder así me cueste la vida, ¿me oyes?

—No seas tonto, bebe.

Pero Blackdawn apartó el rostro de la cantimplora. Anne Bonny negó con la cabeza y procedió a curarlo. Limpiaba la herida con un trapillo húmedo, y aunque no era una mujer de movimientos delicados, se esmeró en no lastimarlo más. El cuidado terminó cuando fue momento de coser la herida cuando hubo de incrustar el alfiler en la piel a pesar de los gemidos y comenzar a suturar.

—Te creí... —gimió Johnny—, te creí todo... y me engañaste, me usaste.

—¿Qué pasa, capitán? —se burló Bonny juguetonamente—, ¿te empezabas a enamorar de mí?

—Tú no eres el tipo de mujer del que se enamore nadie —respondió él—. Ya es imposible tomarte en serio, y el poco respeto que alguien pudiera tenerte lo vendiste a los Winchester.

Bonny ignoró estas palabras y terminó de suturar la herida en silencio. Pasó los dedos suavemente sobre la abertura ya cosida, acercó su rostro y besó la herida delicadamente. Luego se irguió y su mirada quedó fija en la de Johnny, no le gustaba mirarlo sin el parche de cuero, lucía incompleto, así que lo levantó del suelo y se lo acomodó. Sus ojos volvieron a encontrarse.

—Fue tu hijo —dijo Bonny, confundiendo al pirata—, James. Fue él quien empapó las armas de fuego para que no pudieran defenderse en la emboscada.

El capitán Blackdawn sintió una segunda puñalada, pero invisible y directa al corazón.

—Ese niño te odia —siguió la mujer—. Y sabe lo de Stain, si son íntimos.

—¡Mientes!

—¿Igual que mentí sobre Tanner y tu madre? Eres *tú* al que ya nadie toma en serio, y el poco respeto que alguien pudiera tenerte lo entregaste a los Winchester cuando te hincaste y cediste el mapa. Yo sólo estoy luchando por sobrevivir, pero la verdad es que, cada vez que te veo, me dan menos ganas. Si tú pierdes este juego macabro, a los piratas no nos queda una mierda en el mundo. Pero tu maldito problema es que lo quieres jugar solo.

Bonny recogió los utensilios de la curación y los echó de vuelta en el morral, vio la cantimplora de reojo y decidió dejarla en el suelo, aunque bien sabía que Johnny no podría recogerla. Ya se iba.

—¡Anne! —la llamó Johnny, ella se volvió—. Cuando salga de aquí... voy a matarte.

La capitana le dedicó una sonrisa y se fue. Johnny estuvo colgado horas, los brazos le hormigueaban hasta que dejó de percibirlos. Los trazos de Duma sobre su espalda ardían horriblemente y la herida del cuchillo hacía de cada respiración una dolorosa odisea. En poco tiempo se arrepintió de no haber aceptado el agua que ofreció Bonny, y ahora tenía que conformarse con mirar la cantimplora en el suelo. ¿Cuándo había bebido agua por última vez? Quizá segundos antes de batirse a golpes contra

George. ¿Y comida? ¿Había cenado algo aquella noche? Tiró de sus brazos con todas sus fuerzas con la esperanza de zafar la cadena que lo sostenía, inútil por supuesto, y sólo vino un alarido de dolor que revivió cada golpe. Entonces comenzó a pensar que muy posiblemente moriría allí colgado.

26

La llama de la antorcha temblaba inquieta a medida que Maxwell se internaba en las cuevas. La oscuridad era voraz. El joven bien sabía que de apagarse el fuego no sería capaz de ver más allá de la palma de su mano. Pensó que sería buena idea marcar el tenebroso trayecto en caso de que perdiese el rumbo, por lo que fue arrancando trozos de su propia camisa y atándolos en las estalagmitas a su alrededor. Le palpitaba el corazón al mismo ritmo descompuesto de la tea, y en aquella caminata oscura, que iba haciéndose infinita, tuvo tiempo de contemplar su vida hasta el momento. No era ingenuo como para suponer que Jeremy perdonaría su traición, y aunque ya había pensado cómo escabullirse de sus actos con una que otra mentira, la realidad seguiría siendo la misma: estaba harto. Harto de mirar a Jeremy dirigir su vida desde que eran pequeños y en direcciones cada día más distantes a lo que él hubiera querido ser. Quizá era tarde para rebelarse, mucho más tarde para redimirse, pero por lo menos Margaret había bastado para que sucedieran ambas cosas de manera incidental. *Margaret.* Max apenas pudo disimular la tristeza que sintió al verla por primera vez, sola en una isla, delgada y con las mejillas ardidas por el sol, vistiendo ropas que le permitían moverse entre una jungla que no tenía por qué ser su hogar. Una mujer tan bella y tierna, con sólo dos manos para controlar a cinco niños, con sólo dos manos para valerse por sí misma en medio de la naturaleza y en soledad absoluta, expuesta a todo. Negó con la cabeza mientras lo pensaba, no tenía sentido que una dama tan refinada se hubiera casado con un pirata que, por más capitán, seguía siendo y sería siempre un pirata; aunque ella se esmerara en verlo como mucho más que eso. A su modo de ver, Margaret, *Maggie*, no merecía estar inmiscuida en asuntos tan turbios ni en batalla alguna. Merecía calma, paz, ser mimada por un caballero que no la sometiera nunca al más mínimo peligro. Merecía un caballero... ¿como él? La cuidaría más que a su propia vida y, si se esmeraba, los niños aprenderían a quererlo un poco, se encargaría de vestirla como a una princesa y de financiar la mejor educación para sus hijos. Se ocuparía de todo y lo haría con muchísimo gusto. Se descubrió a sí mismo sonriendo por sólo pensarlo y borró aquel gesto inmediatamente. No era el momento, y por supuesto no era la realidad. Ató un último trozo de tela y detuvo su paso. Escuchó el eco de las gotas cuando caían en los charcos. Escuchó algún murciélago revoloteando. Escuchó la voz de Duma.

El nieto de Barbanegra, el hijo de Desmond Black, se oía la voz de Duma como un eco fantasmal que iba haciéndose más presente conforme Max seguía caminando. *Barbanegra era el único pirata de verdad que quedaba en este mundo...*

Unos treinta metros al frente Max pudo ver mínimos destellos de luz que atravesaban la cueva como líneas blancas; debía de haber orificios en la superficie. Siguió caminando. De pronto escuchó los alaridos de Johnny Blackdawn y volvió a detener su paso, notó que temblaba la mano con la que sostenía la antorcha. Escuchó ahora la voz de Johnny; *Bien... ahora dibuja en tu barriga el sello de la Corona para que recuerdes a quien tú le perteneces realmente.*

Cuando Max se situó debajo de uno de los agujeros pudo ver perfectamente a Blackdawn encadenado de las muñecas y a Duma frente a él, y el momento en que le clavó un cuchillo en el vientre. Pocos segundos después Jeremy rebanaba la mejilla de Duma y éste cayó encima del orificio, impidiéndole a Max ver más. El joven dio dos temerosos pasos hacia atrás. Asesinar a Blackdawn así jamás fue parte del plan y ahora no había vuelta atrás. Echó a correr de regreso, temiendo que la llama de la antorcha muriera, pero a la vez rehusándose a ralentizar el paso.

Al amanecer, el capitán Arat y la capitana Aragón recibieron a sus piratas alrededor de una fogata apagada y triste que reflejaba el ánimo de todos. Margaret y Tirzah estaban allí también, pero los pequeños se quedaron dormidos en la tienda de campaña porque no valía la pena exponerlos a la lúgubre nube que cubría a todos. A todos menos a James que, como siempre, estaba escuchando, oculto. La capitana Anne Bonny tomó la palabra a pesar de que podía sentir la rabia de cada hombre, querían matarla y apenas se contenían, la insultaban y escupían al suelo apenas mirarla.

¡Maldita traidora!

¡Perra mentirosa!

¡Doble cara de mierda!

¡Mátenla!

—Los Winchester quieren el tesoro a cambio de Johnny —comenzó Bonny—. Es la única negociación posible o la guerra. Pero estando en las malditas garras de Jeremy, va a matarlo en el momento en que abramos fuego.

Estalló el silencio, los hombres no intercambiaban miradas, simplemente miraban la tierra bajo sus botas o pies descalzos.

—Es cosa de ustedes si quieren a su capitán o quieren su tesoro —siguió Bonny—, pero la única forma de que ustedes salgan vivos de esta isla es si eligen uno de los dos.

—*¿Vivos?* —se indignó María—, ¿crees que nos importa salir *vivos* de aquí? A la única que le ha importado su propio pellejo por sobre todas las cosas es a ti.

—Quizá hables por ti, bonita —le respondió Bonny—. Creo que a tus hombres no se les antoja tanto morir aquí, ni tienen ganas de perder hasta el último diamante de ese tesoro. Yo lo sometería a una votación.

Volvió el silencio. María y Bonny se miraban como dos felinas a punto de aniquilarse a zarpazos.

—Bonny tiene razón —dijo Arat de pronto—, lo que sea que proceda ahora debe ser sometido a votación. Entregar a Johnny y quedarnos con el tesoro. Entregar el tesoro y quedarnos con Johnny. O pelear por no perder ninguno de los dos, arriesgando ambas cosas.

La capitana Aragón transformó su mirada en arpones que se clavaron despiadadamente en el capitán turco.

—¿Votación? —se indignó Margaret, tomando el lado de María—, ¡es la vida de John, por Dios! ¡No tiene precio, no es canjeable! ¡¿Disfrutarían de sus riquezas mientras mis hijos se quedan sin padre?!

—La vida de Johnny no es negociable —corroboró Tanner, uniéndose a ambas—, ni por todo el dinero del mundo.

—No es el dinero, Tanner —dijo Silvestre—. Es el tesoro de Cortés, lo único que nos queda a los piratas sin una Tortuga a la cual volver. Es el único medio que tenemos para reponer todo lo que perdimos.

—Si esos malditos hijos de puta se llevan el tesoro estaríamos financiando el maldito fin de nuestro tiempo —agregó Bones—, *¡tenemos que pelear!*

El capitán Arat se paró encima de un tronco derribado para quedar por encima de todos y verlos con más claridad.

—Alcen la mano todos a favor de entregar a Johnny a cambio del tesoro —dijo.

La capitana Aragón apretó los ojos, no quería mirar, *no se atrevía a mirar.*

De pronto, Joe viajó en el tiempo, a aquellos días en los que Johnny era sólo un grumete vagando en la cocina de El Espectro; no hablaba, pero pelaba las papas con más esmero que nadie. Chuck recordó la primera vez que lo vio, iba a aniquilarlo con un corte en la garganta cuando lo descubrió en la bodega de pólvora de El Fénix y Jill lo detuvo de una oreja: "Calmado, Chuck, vas a asustar a mi novio". Bill y Chang también recordaron su primer encuentro, habían participado en la rotunda golpiza que se le dio al perro de puerto en su primera noche, el muchacho no había devuelto un solo golpe y, sin embargo, fue más resistente que un roble. Algo que Espinoza desaprobaba entonces y desaprobaba ahora. Silvestre recordó que se había reído a escondidas de Slayer y Mad Manson cuando el perro de puerto les propinó un par de puñetazos, qué ganas tenía de que alguien lo hiciera, y era una lástima que lo hubieran azotado como castigo. Melville estaba acomodando cajas con Bones en El Espectro aquella noche en Tortuga, vieron a John deambular por la cubierta como un idiota y se rieron; el nuevo juguete de Jill Jones, lo llamaban *Ojitos.* Sam y Stanley habían hecho notar que vestía una chaqueta roja de cadete, un perro de la naval que nada tenía que estar haciendo a bordo de un barco pirata. Nadie entendía si venía en calidad de voluntario o de rehén. Era un forastero perdido en un mundo al que no pertenecía y, a juicio de los piratas, no comprendería jamás. Fue cuestión de tiempo, balas, espadas y conversaciones para que las opiniones se vieran desafiadas. Fue cuestión de un irremediable parecido con el capitán Black y una devoción a la piratería que se probó innegociable cuando enfrentaron a la Marina Real, una elección que estaba hecha antes de presentarse. Vieron al perro de puerto transformarse en Ojitos y luego convertirse en grumete; vieron a un niño hacerse muchacho y después hombre y después pirata. Lo vieron dar hasta la última gota de sudor y sangre por amor a Desmond Black, por amor a El Espectro y a cada uno de sus tripulantes. ¿Acaso no estaba tendido al lado del capitán Black dentro de aquella cueva en la Cuna del Diablo? Ambos desangrándose por haberse entregado a la lucha y aceptando la muerte como precio justo por pelear la victoria. Lo vieron hacerse capitán de la nave roja una mañana, cuando sólo le quedaba un ojo para mirar el horizonte. Medio año después ya administraba el tesoro de Cortés con más inteligencia y estrategia que las de cualquier otro; levantó a Tortuga y la convirtió en una fuente de empleo y producción, levantó a cada hombre y mujer de la miseria con una esperanza que se probaba verdadera día con día. ¿Qué importaba si había entregado el mapa o besado las botas del enemigo? Si ahora estaba allí, en sus garras, una vez más, defendiendo lo que amaba.

Ninguna mano se alzó.

La capitana Aragón respiró liberada.

—Todos a favor de entregar el tesoro, alcen la mano —dijo Turco.

Primero eran risas disimuladas que fueron contagiándose uno a uno, era cómico pensar siquiera en regalar una sola moneda a los Winchester. La carcajada se propagó como viruela entre todos los hombres y Turco dio la respuesta por entendida.

—Todos a favor de jugarse ambas cosas y pelear... alcen la mano —llamó con más fuerza.

La capitana Aragón alzó alto la mano, el brazo derecho firme y decidido. Luego Lussan. Le siguió Tirzah y Tanner con el mismo ímpetu. Espinoza, Sam y Stanley alzaron la mano al mismo tiempo; Joe, Melville y Bones. Luego Silvestre, Raj y Poe. Chang, Bill, Jack, Culebra, Dash, Jay Jeffreys, Lewis, Barry, Willie, Salim y Chuck con su única mano, uno por uno como estrellas apareciendo en la noche hasta que cada hombre se irguió como una lluvia de meteoros.

Somos piratas, peleamos.

Siempre.

¡Mejor perder las dos cosas por valientes que ganar una por cobardes!

¡Peleamos!

¡POR JOHNNY BLACKDAWN!

¡POR EL CAPITÁN BLACKDAWN!

La capitana Bonny miraba a su alrededor con los brazos cruzados y una sonrisa apenas dibujada. Peleaba contra la conmoción interna, pero el bombardeo de gritos enardecidos por el valor y la gloria la apedreaban sin piedad. Se le escapó una risa.

—¡Johnny Blackdawn está muerto! —llamó una voz de pronto.

Se hizo el silencio.

Maxwell Winchester se acercó a los piratas, desenvainó su espada y la echó al suelo, desfundó la pistola y la dejó caer. Estaba desarmado y quería que todos lo viesen.

—Esta mujer les está mintiendo una vez más —siguió, señalando a Anne Bonny descaradamente—. Lo vi con mis propios ojos. Tienen a Blackdawn encadenado y colgando como a un cerdo en el matadero. Vi cómo Duma le clavó un cuchillo en el estómago. Está muerto.

Las miradas cayeron sobre Bonny, que descruzó los brazos y sintió miedo.

—No... no —dijo ella muy aprisa—, yo, yo lo curé, la herida no era gra...

—¡Deja de mentir! —rugió Max.

—¡Es un Winchester! —dijo Bonny a los piratas—, es su enemigo, ¡¿a quién van a creerle?!

María iba perdiendo el equilibrio, no podía siquiera respirar. El capitán Arat la sostuvo del mismo modo que Tirzah, quebrada en llanto, sostenía a una Margaret pasmada, *destruida.* James sintió su pequeño corazón desquebrajarse dentro del pecho. Tanner dio la espalda a todos y se dejó caer sobre una roca con las manos en el rostro.

—¡Bonny, maldita! —rugió Poe—, ¡si tú nos has mentido desde el primer día!

—¡¿Y qué carajos hace un Winchester aquí dando noticias?! —cuestionó Melville, con el mismo dolor que abrumó a todos.

—¡Mátenlo! —exclamó Joe.

¡Seh, mátenlo!

Se desenvainaron las armas.

Entonces Margaret se forzó a reponerse en un instante y, apenas con suficiente equilibrio, se situó junto a Max.

—¡Él ha salvado mi vida y la de mis hijos! —abogó ella aún en llanto—, ¡no exime nada de lo que ha hecho su hermano y desea alejarse! ¡Gracias a él es que pudimos ocultarnos durante la invasión! ¡Nos llevó a mis hijos y a mí a un sitio seguro, donde no se apartó de nuestro lado hasta que estuvimos a salvo para volver!

—¡No podemos confiar en él, muñeca! —dijo Stanley—, ¡es un Winchester, maldita sea!

—¿Hemos podido confiar en Bonny alguna vez? —alzó la voz Margaret.

Bonny la miró sorprendida, herida en cierta forma. Estalló una reyerta entre los piratas, divididos entre aquellos que preferían creer en las mentiras de Bonny que en las verdades del enemigo. Discutían a gritos y juramentos, a empujones y amenazas. La capitana Aragón había palidecido como el interior de un coco y sus piernas flaquearon. Turco la sostuvo, preocupado, cuando vio que la mujer se llevó una mano temblorosa al pecho y apretó los ojos.

—Arat… —fue todo lo que la mujer pudo decir.

El capitán Arat se volvió a los piratas y habló con un estridente grito.

—¡Amárrenlos a ambos! —ordenó.

Los bucaneros se fueron sobre Bonny y Maxwell como una manada de lobos hambrientos, amarrándolos con cabos tan apretados que se clavaban en la piel.

El capitán Arat llevó a María a su tienda muy aprisa y la sentó sobre los cojines, temblorosa y aturdida. Se hincó ante ella y le tomó las manos con cariñosa fuerza.

—Mi hijo… mi hijo no… —se hiperventilaba María en medio de un llanto entrecortado por el aire que no conseguía inhalar.

—María, mírame… —le decía él con absoluta calma—, aún no sabemos nada, no sabemos la verdad.

Pero la mujer no respondía, se ahogaba con sus pensamientos y el sistema que regía el cuerpo se descomponía en cada irregular latido. Arat jamás la había visto así. Le preocupaba que el corazón pudiera estar comprometido en un sentido literal, además de metafórico. Esto le arrebató el control que creía tener sobre sí mismo, sobre todas las cosas. Asomó fuera de la tienda un momento. Sam iba pasando cerca.

—¡Sam! —llamó Turco—, ¡ve a la cocina por una cucharada de miel, muévete!

—¿De miel? ¿Para?

—*¡YA!*

El carpintero se apresuró y regresó en menos de un minuto con el encargo.

—Lleva otra a Margaret —dijo Turco—, que Bones vaya contigo y la vigile, no debe estar en mucho mejor estado que la capitana.

Sam se apresuró nuevamente. María ni siquiera cuestionó cuando Arat le metió en la boca una cucharada de miel de abeja. Le acariciaba los brazos, subiendo por los hombros y bajando hasta las manos para relajarla, cumplía con su cometido.

—Respira… *respira* —le decía en aquel tono de voz baja que la adormecía siempre, que la calmaba como un cosquilleo a los sentidos.

—No gana nada Anne sugiriendo una negociación a lo bruto —dijo María más tranquila—, tampoco gana nada Maxwell desatando una pelea. Están diciendo la verdad, ambos.

—Eso no tiene sentido —le dijo Turco cariñosamente.

—Lo sé, pero lo siento en mi corazón de madre.

El capitán Arat la miró con suma ternura, atestiguaba la negación de una madre por creer vivo a su hijo cuando todo apuntaba a lo contrario. Tomó el mechón de cabello dorado que caía sobre el rostro de María y lo acomodó con suma delicadeza detrás de la oreja de la mujer, erizándole la piel. A ella se le fue el habla, se le fue el aire y se le fue la vida por un momento. Se miraron en silencio. Los ojos delineados de Turco gritaban y María leyó esa mirada, dejándose envolver por ese silencio tan familiar, cuando ya no había nada que decir porque lo que podía decirse debía hablarse en besos que nunca llegaban.

Capitanes, llamó Melville con timidez, sabía el momento que interrumpía al entrar así. Ambos se volvieron, Arat quiso ponerse de pie como si no estuviese ocurriendo nada, quizá quería engañarse a sí mismo más que a sus hombres.

—Es el niño Winchester —dijo Melville—, dice que tiene algo que decirles, es importante, según el bastardo.

27

El sol se había ido. Quedaba un cielo púrpura con apenas alguna estrella. Melville y Stanley llevaron a Maxwell bien amarrado a la tienda donde lo recibieron los capitanes Arat y Aragón. El joven fue puesto de rodillas con violencia y ya se le miraban algunos golpes en el rostro.

—Habla —dijo María, que lo miraba con asco porque los ojos eran idénticos a los de su padre, Wallace Winchester, grises, fríos.

—Hay una cueva detrás de la cascada en la laguna —comenzó Max, estaba agitado y deshidratado—, su interior es un sistema de cavernas que conectan por debajo del campamento de mi hermano. Hay una abertura pequeña entre las rocas donde cabe un hombre, y es exactamente allí donde tienen a Blackdawn, *o tenían.* Me consta que Duma le enterró un cuchillo y no veo cómo podría haber sobrevivido. Pero si está vivo pueden rescatarlo a través de las cuevas y nadie se dará cuenta. Pueden incluso montar una emboscada. Yo mismo he marcado el camino con trozos de tela, no podrán perderse.

—¿Y por qué habríamos de creerte? —cuestionó Arat—. Si lo que dices es verdad estarás traicionando a tu hermano y a tu gremio, no tiene sentido. Más sentido tendría que efectivamente existan las cuevas, nos quieras a todos agrupados allí y sean los tuyos quienes embistan.

—Capitán Arat, ¿verdad? —respondió Max—. Los piratas te llaman Turco, pero en realidad te llamas Koçyiğit Arat. Llegaste de Turquía hace muchos años en un barco de comerciantes que naufragó, eras sólo un niño y perdiste a tus padres quedando completamente solo en el Caribe. Y doña María Aragón Murquía, noble de Castilla, hija de Raúl y Mercedes. Te educaste en la corte de la reina hasta los catorce años cuando tu padre te comprometió en matrimonio con el mío. Llegaste al Caribe y huiste la primera noche, quedando sola en un bote de remos donde te encontró el capitán Desmond Black.

Melville y Stanley intercambiaron miradas, impactados por la cantidad de información; su enemigo acababa de hacerse más peligroso.

—Sé todo esto y más —siguió Max—. Mi hermano y yo pasamos ocho años recopilando toda la información posible sobre Blackdawn y los suyos, o debería decir... ¿de John Dawner? La idea era vengar a mi padre sometiendo a Blackdawn, eso nos ayudaría a controlar a los piratas mientras tomábamos el tesoro de Cortés para saciar la ambición y la revancha a la vez. Pero Jeremy perdió el control. Lo he visto hacer cosas que... que no me dejan dormir por las noches. Y lo peor está por venir. Quizá si hubiera tenido el temple para resistir y mirar a otro lado saldría vivo de aquí, y multimillonario. Sin embargo, mi consciencia me torturaría mucho peor de lo que puedan hacerlo ustedes, la muerte o la pobreza. No quiero ver morir a mi hermano, pero me niego a verlo ganar una vez más. No así.

—Los piratas jamás confiarán en ti —advirtió María.

—Pero confiarán en ustedes —respondió Max—. Si van a las cavernas y comprueban lo que digo, sabrán que hablé con la verdad.

—Podemos crear un grupo —ofreció Melville—. Yo, Stanley y unos cuantos podemos entrar en la cueva y explorar. Si el bastardo miente lo sabremos, y si dice la verdad también.

—No —dijo María—. Iremos Arat y yo. No me arriesgaré a tener menos hombres en el campamento... si tú estás de acuerdo, Arat.

—Estoy de acuerdo —confirmó el capitán—. Quedas a cargo, Melville. Stanley, antorchas y provisiones.

Sí, capitanes.

Los bucaneros se dispusieron a preparar lo necesario para el viaje de los capitanes a las cavernas misteriosas. Había quienes estaban esperanzados por haber hallado un nuevo medio de tomar por sorpresa al enemigo, y quienes no creían una palabra de Maxwell y casi caían en la conmoción de mirar a los capitanes tomar el riesgo. Aquél era el caso de Tanner, que de no tener una pierna de palo entraría a esas cuevas para arrastrar a María las veces que fuese necesario. Sin embargo, tenía responsabilidades importantes: Margaret de momento no podía cuidar a sus hijos por el estado en que se encontraba y era *el tío George* quien los entretenía. Nadie tenía el valor de encarar a los niños cuando, con toda probabilidad, Johnny estaba muerto.

La capitana Aragón terminó de ajustarse un bello cinturón cruzado sobre su pecho, que resguardaba una pistola y daba la vuelta por su cadera, de donde colgaba su espada. Estaba lista. Buscó a Arat entre los hombres creyendo que lo encontraría también cargando sus armas. Pero no estaba. Uno a uno los hombres se fueron percatando de su ausencia y supusieron lo peor, ya que era lo más fácil de suponer. Y mientras los hombres hacían toda clase de suposiciones entre preocupados murmullos, María suspiró profundo y con tristeza: *sabía en dónde estaba, sabía a dónde se había atrevido a ir.*

Infinidad de grillos canturreaban entre la poca maleza que había en la arena blanca y suave, las olas se rompían, entre la espuma, contra la orilla de la playa. La temblorosa superficie ondulante del mar reflejaba la luz plateada de la luna, la cálida brisa soplaba como un eco grave. Paz. En aquel mundo de estrellas y noche estaba clavada una espada oxidada con apenas una delgada enredadera abrazando la hoja vieja y un turbante negro, ya corroído por el tiempo, atado al mango.

Turco estaba sentado frente a la tumba del capitán Desmond Black. Con los codos recargados sobre sus rodillas miraba aquella espada. Quieto, mas no sereno. Hablaba con Des en su mente, esperando que dondequiera que estuviera pudiera escucharlo. Quiso imaginárselo ahí sentado frente a él, con esa sonrisa ladeada que le restaba importancia a todo. Le dio la sensación de que en verdad tenían una conversación en medio de las olas, los grillos y el viento. La presencia de Desmond Black aquí y ahora era indiscutible y Turco la sintió hasta lo más hondo de su ser. Un encuentro. *No sé en qué te he fallado más*, pensaba Turco, *si en perder a tu hijo o en enamorarme de tu mujer. La amo, Desmond.* Bajó la mirada a la arena y una lágrima resbaló de sus ojos, rodando sobre su apiñonada mejilla. Comenzó a juguetear con la arena entre sus manos. *Y ahora sufre por John. Porque no supe creer en él como lo hacías tú y lo evadí lo suficiente para que se sintiera solo y desesperanzado. Lo dejé caer en un hoyo. Y no supe sacarlo. Me oculté de John como de la peste. Y lo perdí. Lo único que realmente quedaba de ti.* Furioso consigo mismo Turco estrujó el puñado de arena y lo dejó resbalar entre sus dedos hasta el último grano. *Si puedes oírme, Des... dame una segunda oportunidad con ambos. Con María. Con John. Dame la fuerza para buscar a tu hijo y dame la debilidad para permitirme entregarme a ella. Sólo necesito saber que tengo tu permiso y no erraré más. Sólo quiero...*

De repente se posó sobre el mango de la espada una lechuza de plumaje negro y mirada brillante. Turco se echó hacia atrás asustado, quiso llevar su mano hacia la pistola cuando se quedó petrificado ante la enorme ave. Respiraba agitadamente a medida que la lechuza lo miraba fijo. Y entonces voló. Se fue. El capitán Arat recargó ambas manos contra la arena y respiró liberado. Se le escapó una risa, una extraña carcajada de liberación que fue haciéndose más sonora conforme se relajaba.

—Maldito seas, Desmond —rio, y se dejó caer bocarriba sobre la arena como si acabasen de eximirlo de una sentencia y sintiera la vida por primera vez en mucho tiempo.

La capitana Aragón esperaba sentada sobre el tronco frente a la fogata. Había cenado ya un poco de carne de cerdo y galletas, muy a su pesar porque realmente no tenía hambre. Pasaban los minutos y pensó varias veces en ir a buscar a Arat a donde sabía que estaba, pero también sabía que estaría teniendo una conversación con Desmond y prefería arriesgar muchas cosas antes de interrumpirla. El capitán Arat surgió de la oscuridad a paso rápido y decidido. María se levantó pensando que algo habría pasado.

—¿Lista? —dijo él.

—Sí —respondió María—, pero tú no has cenado na...

—Perfecto, vámonos.

Y con esa misma prisa, Turco cogió el morral del suelo donde llevaban las cantimploras y provisiones. María no tuvo más remedio que seguirlo, iba a paso muy apresurado como si estuviera emocionado de emprender el recorrido. Fueron a la laguna y observaron juntos la catarata un momento. Nunca se habían percatado de cuán fuerte era el sonido de su caída, apenas se oían los grillos o las aves nocturnas. La jungla entera se reducía a esa cascada en medio de la noche. Turco y María intercambiaron miradas. Asintieron al mismo tiempo y se tomaron de la mano para entrar juntos a la cueva por un pequeño espacio entre la cortina y las rocas.

En el campamento, Pata de Palo Tanner se atrevió a dejar a los niños solos un momento, Maggie ya llevaba bastante rato con Tirzah y le preocupaba que pudiera tener algún ataque de pánico. Mary y Sophie estaban dormidas porque todavía no comprendían lo que sucedía en su totalidad, pero Annabelle, James y Desmond sí que percibían la gravedad de las cosas: *los piratas habían dicho que su padre estaba muerto.* Annabelle lloraba a cántaros.

—Te digo que no está muerto, Belle —insistía Desmond agitadamente; nunca un niño se aferró a una negación más rotunda—. Es papá y es el mejor pirata del mundo. Lo han dicho los malos para asustarnos.

—¿Y si no? —lloraba Annabelle—, ¿y si en verdad le clavaron un cuchillo?

—Pues entonces seguro que se lo saca él solo —decía el pequeño—. Papá le ganó a Barbanegra en la Cuna del Diablo, nadie le puede ganar.

James lloraba en silencio con las rodillas contra el pecho y la cabeza ladeada, sollozaba con fuerza y se sabía absolutamente culpable de todo lo sucedido; estaba enojado con su padre, sí, pero jamás había querido que resultase herido, mucho menos muerto.

Se escuchaba una conmoción fuera, los bucaneros parecían estarse alterando. Annabelle y James se asomaron fuera de la tienda con algo de miedo. Benjamin Stain venía entrando al campamento con las manos sobre la cabeza para probar que estaba desarmado, pero poco importó a los hombres que ya le apuntaban con cada pistola y espada al alcance.

¡Maldito bastardo!

¡Stain, hijo de puta!

¡Es Stain!

¡Maten al hijo de perra!

Stain quedó frente a frente con Tanner y Melville. Todos los rodearon, incluyendo Margaret, que no pudo evitar sentir repudio al mirarlo de nuevo.

—¿Cómo te va, Mags? —saludó Stain sonriente, le brillaron los dientes plateados—, ¿qué cuentan mis gemelos?

Margaret le sostuvo la mirada, pero no le respondió una sola palabra.

—¿Qué quieres? —le cuestionó Tanner.

—Vengo a hablar con los capitanes —respondió Ben—, ¿dónde están?

—La capitana se puso mala y el capitán la está atendiendo —se precipitó Melville—. Hace mal a una madre que le arrebaten a su hijo, Stain.

—¡Justo a eso vengo! —señaló Ben, con una sonrisa y el índice apuntando a Melville—, a pactar el milagroso retorno de Johnny Blackdawn. Lord Winchester está dispuesto a entregarlo vivo, *si y sólo si* ustedes se quedan quietecitos mientras cargamos el tesoro a las naves. Nos haremos a la mar y ustedes no van a desplegar una maldita vela hasta una semana después.

—Debería matarte ahora mismo —gruñó Tanner entre dientes.

—La cosa es que si no regreso vivo, matan a su querido capitán —advirtió Ben—. ¿Entonces qué va a ser? Podemos evitar más sangre, ¿no?

—¿Y en qué momento piensas traer a John de vuelta? —preguntó Margaret—, ¿cómo podría cualquiera fiarse de tu palabra o la de Jeremy?

—De la misma manera en que lord Winchester confía en que su hermano regresará vivito y coleando —respondió Ben—. Porque... aquí está, ¿verdad? ¿Con Bonny?

Todos guardaron silencio.

—Eso creí —concluyó el bucanero sonriendo—, ¿puedo decir a lord Jeremy que tenemos un trato? Nada de atacar. Cada uno en su lugar. Nos vamos en paz. Y una semana después, se van ustedes en paz. Todos felices.

Tanner y Melville intercambiaron miradas, tenían clarísimo que no existía negociación alguna y que cada uno de los hombres había elegido pelear. Se sonrieron discretamente.

—Trato hecho —dijo Tanner.

—¿Un abrazo, excuñado? —se burló Ben, ofreciéndole los brazos.

—Lárgate de aquí.

Habiendo dedicado una última sonrisa de absoluta burla, Benjamin Stain emprendió camino de vuelta a su campamento. Iba dando pasos que asemejaban un baile victorioso, la victoria mediocre de alguien que va sintiéndose más importante cada día cuando jamás ha tenido importancia alguna. Paso a paso iba sintiéndose perseguido, supuso que algún espía de Blackdawn, bastante torpe para moverse con sigilo, lo estaría siguiendo. Se giró muy de pronto y apuntó su pistola. Pero no había nadie. Debía de ser un animalito entre los arbustos.

28

Conforme María y Arat avanzaban, la cueva se transformaba en un pasadizo oscuro sin principio y sin final. Enormes cúpulas de piedra se alzaban a varios metros de altura entre estalactitas que resplandecían como si estuviesen cubiertas de sal y azúcar. Se oía un eco sepulcral cuyo origen era un misterio. Murciélagos se desprendían de las negras alturas y volaban dentro de las cavernas al igual que afuera, adonde llegaban a través de los orificios entre las rocas, que eran lo bastante amplios para también dejar entrar la luz blanca de la luna. Caía agua creando un segundo eco, un goteo agudo y persistente. María permitió que Arat tomase la delantera, iba distinguiendo los trozos de tela blancos atados a las estalagmitas y seguía el camino; la fornida espalda estaba cubierta por una camisa negra con bellos detalles bordados tan pequeños que hacía falta fijarse, tanto como María lo hacía en aquel momento. La capitana no tenía idea de que Arat de niño había sobrevivido al naufragio de una nave mercante ni que se había quedado huérfano de forma tan trágica, lejos de su patria, en el universo desconocido y tropical que era el Caribe. No le sorprendía que no lo hubiera mencionado nunca, como no mencionaba tantas cosas. María sólo sabía que Turco y Desmond se vieron por primera vez cuando eran pequeños, comenzaron una amistad y pronto se separaron para reencontrarse después, cuando ya eran adolescentes. Estuvieron siempre juntos desde entonces, en todo y para todo. Ambos eran hombres callados que perdonaban su tendencia a la solitud, solamente el uno por el otro; porque Arat necesitaba animarse un poco y Desmond calmarse bastante. No había en todo el mundo una relación más equilibrada; se complementaban como dos ingredientes de sabores contrarios que resultan en un bocado perfecto. *Se amaban.* En ese momento la mujer sintió un vacío en el pecho y de momento se iba sumiendo en una profunda tristeza que tiraba de ella entre pensamientos grises. Al no ver por dónde pisaba, María tropezó con una estalagmita filosa y cayó sobre un charco. Arat se apresuró a levantarla.

—¿Estás bien? —preguntó preocupado. Habló en un tono de voz distinto, uno que María jamás le había oído: suave, tierno y a la vez contundente. La capitana frunció el ceño y lo vio a los ojos, la mirada del hombre estaba transformada. *Algo* había cambiado. Arat no se dio cuenta de en qué instante se permitió perderse dentro de los ojos de María. El tiempo se detuvo. Los ojos canela de la mujer desbordaban una ternura que lo envolvió en un abrazo invisible. Puso su mano contra la mejilla de María y la acarició. Los ojos de María se hicieron brillantes al acomodar su mano encima de la de él, protegiendo la caricia que al fin le cedía.

—María… —comenzó Arat, sus rostros volvieron a acercarse…

Se besaron. Iban rozándose los labios y probando sus bocas con un suave movimiento de lengua. Arat dejó caer la antorcha y sostuvo el rostro de la mujer entre sus manos a medida que ella lo iba envolviendo entre sus brazos, hundiendo los finos dedos en el pelo negro. Los fuertes músculos de Turco cargaron a María por encima de todo, al fin. La recargó contra una roca húmeda, rodeada por un fino arroyo que le mojaba la espalda y el cabello a la mujer, justo por debajo de un orificio que dejaba ver la luna. Arat quedó fascinado al mirar la piel de María bajo la luz blanca, cada uno de sus lunares expuestos. Los besó todos; los del cuello, los del pecho. María suspiraba aferrada del cabello negro, sentía las cálidas manos de Arat subir por debajo de su camisa. Se atrevió entonces a desnudar el fornido torso apiñonado del hombre y acarició su abdomen marcado como tanto había deseado, *qué fuerte era.* Suspiraban. La camisa blanca de María resbaló hasta caer sobre el charco de agua, derrotada. Una mano de Arat acariciaba sus pechos sin dejar de besarla y la otra los desvestía a ambos, deslizando prenda por prenda. María cerró los ojos en un suspiro, la mano de Turco subía entre sus piernas, con tanta delicadeza como un susurro. Se hincó ante ella y la miró hacia arriba como si pidiera permiso de probarla, de disfrutarla. La mujer asintió y volvió a sujetarse del ondulado cabello negro. Los suspiros se transformaron en suaves gemidos que iban creciendo, como los círculos que se forman alrededor de una piedra cuando cae al agua; se expanden uno tras otro hasta que el agua se desborda en una última exhalación. Arat se irguió, volvió a alzarla. La miró a los ojos por última vez y, entonces, sin más dudas ni miedos, le hizo el amor. Sus voces hacían eco en la cueva hasta que vino el silencio, el sudor, el aliento perdido. La calma. Volvieron a besarse, a abrazarse como si se pertenecieran. María se permitió sonreír a plenitud. Era algo que siempre había sido y siempre sería. Como una fruta colgando de un árbol que lleva demasiado tiempo madurando... hoy caía dulce, deliciosa e inevitable. Arat miró al suelo, la antorcha había muerto en un charco y el camino al frente sería totalmente negro si no fuera por las pocas aberturas entre las rocas que apenas permitían entrar un destello de luna.

Benjamin Stain había llegado al campamento con la noticia de que los piratas de Blackdawn tenían la voluntad de cooperar. Era de madrugada y, con la tranquilidad de una negociación potencialmente exitosa, todos se dieron el lujo de dormir las pocas horas que quedaban antes de la llegada de un nuevo día. Jeremy habría esperado un poco más de resistencia por parte de los piratas, pero tenía a Blackdawn y el mapa, lo que significaba que tenía a la piratería entera en la palma de su mano. Sonrió complacido y durmió también.

El animalito entre los arbustos que estuvo siguiendo a Ben era James. El niño iba entre las tiendas de campaña sigiloso como un gatito; había escuchado que a su padre lo tenían preso dentro de una torre, y estuvo ocultándose de los pocos guardias que pasaban y las temblorosas luces de las antorchas, hasta que dio con aquella misteriosa torre de piedra.

El cuerpo inerte del capitán Blackdawn colgaba encadenado de las muñecas, que escurrían sangre hasta los brazos. Su torso desnudo revelaba un enorme moretón en el costado izquierdo de las costillas, una herida de cuchillo mal cosida del lado derecho, vestigios de varios golpes más, costras secas y otras heridas aún abiertas. El terrible dibujo que había hecho Duma sobre su espalda aún goteaba sangre por encima de lo que alguna vez fue un tatuaje. La insignia del capitán Blackdawn ya no existía en su espalda, y ahora aquélla de Edward Teach lo torturaba con un dolor que no cedía, como si el fantasma del demoniaco capitán estuviese allí también para masacrarlo. La rodilla derecha no sangraba, pero era un hecho que estaba despedazada por la forma en que le punzaba sin descanso. El parche de cuero nuevamente estaba en su lugar gracias a Anne Bonny, pero el otro ojo apenas podía abrirlo por la cantidad de sangre que escurría de su ceja abierta. El mazo era duro, pero nada más duro que la fuerza con que Jeremy se aseguró de emplearlo.

Johnny alzó la mirada débilmente. Ahí estaba James, mirando a su padre con profunda tristeza y a la vez horror. El niño lloraba.

—¿James? —llamó Johnny, quizá estaba alucinando por la falta de agua y alimento.

—Papá... —lloró el niño—, lo siento... yo no quise, yo no sabía, yo...

—James, escúchame... tienes que irte ahora mismo, ¿alguien sabe que estás aquí?

El niño pequeño negó con la cabeza.

—Bien, tienes que irte —insistía Johnny—, te pueden hacer daño, te usarán para lastimarme, vete ya.

—Es que yo no quería que te lastimaran —sollozó James—, estaba enojado, pero yo no quería que...

—Está bien, está bien, hijo. Todo va a estar bien. Pero necesito que vuelvas al campamento, ¿harías eso por mí?

Sin oír palabra alguna James fue a aferrarse las piernas de su padre y lloró más, gimoteaba. El capitán Blackdawn quiso contener su propio llanto, pero le fue imposible; jamás había visto a su hijo así de desconsolado ni recordaba un momento en que se hubiera sentido tan amado por él.

—James... —insistía el pirata cediendo al llanto—, James, por favor... por favor, *vete*.

Aún contra las piernas de su padre, James echó un vistazo a la pequeña habitación rocosa y observó el muro donde las cadenas estaban montadas. No llegaba hasta donde colgaba su padre, pero sí podría alcanzar el muro donde estaban aferradas. Vio también el mazo y lo cogió enseguida.

—No... no, hijo, no... —decía Johnny adivinándole el pensamiento.

Con toda la fuerza de sus delgados brazos James dio el primer golpe a las cadenas, luego otro y otro más. Comenzaba a aflojar la unión poco a poco desprendiendo la sujeción de hierro del muro. No le importó el fuerte sonido de los martillazos ni midió las consecuencias. El capitán Blackdawn se sacudía entre las cadenas, sabía que el ruido era demasiado y no tardarían en descubrirlos.

¡¿Quién anda ahí?!, se escuchó la voz de Duma.

—*¡JAMES, VETE!* —suplicó Johnny una última vez.

El niño entendió que era un caso perdido, miró a su alrededor asustado buscando un sitio para ocultarse y solamente vio un agujero en la tierra. Se escondió. Duma apareció con cuchillo en mano, estaba seguro de haber escuchado voces. Vio a su alrededor con los ojos amarillentos y las venas enrojecidas, salivaba con media boca cosida. Para evitar que Duma diera un vistazo demasiado meticuloso, Johnny optó por distraerlo.

—¿Qué? ¿No quieres que despierte a tu amo? —lo retó—. Eres perro fiel y además perro guardián. Carajo, Duma, te vas superando.

El bucanero cayó en las provocaciones y se volvió a Johnny cuando éste sonreía, no por burla sino por haber triunfado en lograr distraerlo de su hijo. Ahora el capitán silbaba como si llamase a un perro.

—Sentado, Duma, sentado —seguía.

Duma gruñó efectivamente como un perro, pero no uno guardián sino uno rabioso y sarnoso. Arremetió un bestial puño contra la herida de cuchillo en el vientre de Johnny, sacándole el aire y un grito. Y apenas satisfecho, Duma se fue. El capitán quiso llamar a su hijo en un suave murmullo, encontrarlo con la mirada en aquel agujero, pero el calor de la sangre escurriendo por su vientre lo inmovilizó. El golpe avivó la gravedad de la herida, acababa de despertarla y volverla letal. Se le nublaba la vista; primero fue una imagen borrosa y después un marco negro que se comía la imagen hasta llegar a la oscuridad, sin haber cerrado los ojos.

¡JAMES, VETE!, se escuchó, era la voz de su hijo. María se estremeció y apresuró el paso, casi corría entre las rocas, algo peligroso considerando que la tela de la antorcha aún no terminaba de secarse. Arat fue tras ella, sabía que no tendría ningún sentido calmarla, no ahora. Se escuchaban golpes de hierro que perduraron varios segundos por el eco dentro de las cavernas, uno tras otro. De repente vieron caer a un niño por un agujero amplio, unos diez metros adelante; era James. Una vez que llegaron hasta él, María lo sostuvo en sus brazos, tan aturdida que le preguntaba si se encontraba bien en español y con la voz agitada.

¿Qué? ¿No quieres que despierte a tu amo?, escucharon decir a Johnny. *Eres perro fiel y además perro guardián. Carajo, Duma, te vas superando.*

María se levantó y asomó cuidadosamente hacia arriba del agujero. Su hijo colgaba encadenado de los brazos, cubierto de sangre y herido en todas partes. Se llevó una mano a la boca, ninguna madre debería ver a su hijo en tal estado. Arat se acercó y miró también.

Sentado, Duma, sentado.

Vieron a Duma golpear a Johnny en el vientre sobre una herida de mal aspecto, y el aullido del pirata hizo que su madre gritara también. Arat le cubrió la boca enseguida, pero María no se mostraba cooperativa, ya desfundaba su pistola; le urgía vaciarla en la cabeza del infeliz que torturaba a su hijo. Casi forcejeaban. James les hizo una seña de silencio a ambos y se detuvieron, volvió a mirar hacia arriba y calculó entre las rocas si habría manera de subir.

La sangre que escurría fue perdiendo su calor a medida que la piel herida se enfriaba, endurecía y aquietaba. Un aroma a sal y flores llegó con la brisa, había gaviotas a la distancia. El único ojo de Johnny Blackdawn se cerró. El sonido de una campana, *esa campana*. Sonrió, ¿estaba en Port Royal? Sí, estaba en el embarcadero del fuerte. Creyó ver a un pordiosero anciano dormir entre los barriles, y de algún modo sabía que si se acercaba a él le contaría una historia sobre piratas.

—¿No irás hoy a jugar con los Tanner? —preguntó el almirante James Dawner, que estaba de pie detrás de él, mirándolo con la más noble sonrisa—. Si has terminado tus lecciones con el profesor Collins, puedes ir.

Escuchó el sonido de las olas rompiendo contra la orilla blanca; el sol caló en su rostro y cuando alzó la mirada estaba frente a la pequeña Margaret Tanner, ambos descalzos en la arena. La niñita de cabellos rojos estaba muy emocionada por haber recibido una conchita que él acababa de encontrar entre la espuma marina. Escuchó a George y lo vio correr descalzo con una vara en la mano, jugando y riendo. El redoble de los tambores en la brisa temprana, cuando todavía quedaba rocío. El particular frío de los muros de piedra. Una formación rectangular de cadetes en marcha. Rechinaba la madera negra de un barco, una noche de estrellas fugaces. Jill reía y lo besaba. Podía oler el tabaco del capitán Black, el lechón tostado que preparaba Joe en la cocina, el aliento borracho de Rodney. Podía oír los acordes de la guitarra de Stanley. Disparos, risas, tierra mojada y un centenar de velas que palpitaban al ritmo de la música… *Tortuga.* Las aves chillaban, al igual que los monos; percibía el aroma a flores y la risa de los niños. Desmond daba sus primeros pasitos sobre la arena a la orilla del mar turquesa y se dirigía hacia Margaret que lo esperaba con brazos abiertos. *Maggie…* la besó entre blancas sábanas con el murmullo de las olas a la distancia, *estaba en casa.* No. Estaba en una isla de arena negra, sin árboles ni vegetación ni rocas. El agua que lamía la playa era gris y fría. Sintió calma, *absoluta* calma.

¿No puedes ir a ningún lado sin volver sangrando?, acababa de hablar el capitán Desmond Black.

Johnny abrió el ojo lentamente como si despertase de un sueño poco profundo. Estaba de pie frente a él aquel pirata vestido de negro, con esa picaresca sonrisa ladeada, con ese porte travieso y aquel saco de cuello alzado.

—¿...Black? —llamó Johnny casi sin voz suficiente para pronunciar palabra.

—Niño imbécil —saludó el capitán, sonriéndole.

—Estoy... ¿estoy muerto?

—Estás muriendo —confirmó Black—. Se siente bien, ¿no? Se va el dolor, se va el miedo. Como si nunca hubieran existido. Como si respiraras por primera vez.

Johnny sonrió, en verdad no sentía dolor alguno. Se volvió y ahí estaba su abatido cuerpo colgando de las cadenas, frunció el ceño; ¿cómo podía mirar su cuerpo desde fuera? Estaba verdaderamente maltrecho. Su cadáver.

—Pero Black... no entiendo —dijo el joven volviéndose a su padre.

—Estás muriendo —repitió Black—, pero eso no significa que estés muerto *todavía*. Digamos que estás en medio. Puedes venir conmigo si quieres, los muchachos estarán felices de verte, y ni se diga Jill. Puedes quedarte en el mismo coy que tenías. El Espectro está ahí para ti si tú quieres.

—¿Jill? —sonrió Johnny conmovido—, ¿cómo está?

—Ya sabes cómo es —rio Black.

Entraba una luz dorada a la torre como un millón de soles con un calor noble.

—Se acaba el tiempo, Johnny —dijo Black.

—Es que... es que no me puedo ir —dijo el muchacho—. Mi familia, mis hombres...

—Puedes elegir quedarte, o al menos puedes intentarlo. Estás algo débil. Pero ten la seguridad de que si no lo logras volveré por ti.

—Quédate conmigo —pidió Johnny.

—*Siempre* estoy contigo, John.

La luz se hizo más resplandeciente. *Era tiempo.*

—Quiero intentar quedarme —eligió Johnny—. Quiero intentar resistir.

—Salúdame a Turco —le dijo Black sonriendo—, y dale un beso a la arpía.

Había pronunciado estas palabras con cariño, como si le cayera en gracia la voluntad de su hijo por seguir adelante. Puso ambas manos en las mejillas de Johnny.

—John, John, resiste —decía Black—, vamos, niño, mírame...

John, John, resiste..., volvía el dolor, volvía el frío. *Vamos, niño, mírame...*

Abrió su ojo un momento, el párpado pesaba y apenas le permitía una abertura mínima para mirar. El capitán Arat le sostenía las mejillas y le decía: "Vamos, niño, mírame...". Vio entrar a Duma con la espada sucia y desenvainada.

—Atrás... —fue todo lo que Johnny pudo decir.

Instintivamente Turco se agachó esquivando de milagro un tajo que lo habría decapitado, desenvainó su cimitarra y se batió en duelo con Duma, ya ensañados el uno con el otro, de modo que en cada choque se sentía el odio mutuo. En este instante apareció María, con la espada desenvainada y se unió a la lucha como la fiera en que solía convertirse cuando se trataba de su hijo y, también, cuando se trataba de Arat.

—¡Záfale las cadenas, yo me encargo de Duma! —llamó la mujer. Podría intentar vencer las cadenas del muro ella misma, pero no tenía caso asumir que la fuerza de sus brazos sería superior a los poderosos músculos de Turco. Inseguro y no del todo contento con la inevitable decisión, cedió el duelo de espadas a María. Duma rio maliciosamente, mostrando los pocos dientes podridos que le quedaban; se reía porque creía el combate ganado tratándose de una mujer que además era una dama. Se equivocó. María era despiadada, María era mortal. Arat escuchaba al fondo las arremetidas de María y rezaba por que no resultase herida. Johnny percibía imágenes de su madre que a veces eran borrosas y se oscurecían y a veces eran claras; rezaba también. Con la poquísima fuerza que le quedaba tiraba de las cadenas para ayudar a Turco a vencer el hierro de la piedra, pero en verdad estaba débil y demasiado adolorido. Duma desarmó a María; habiéndole golpeado el rostro, le lanzó un espadazo que la mataría y ella, aturdida por el puñetazo, interpuso su hoja sin suficiente fuerza perdiendo el arma. Duma quiso decapitarla, pero la mujer se giró en el suelo con la habilidad y ligereza de una tigresa; tomó del suelo una extensión de la cadena y saltó por detrás de Duma enredándosela en el pescuezo. Lo estaba ahorcando. Duma se retorcía, lanzaba espadazos al aire y trataba de golpear a la mujer con su propia cabeza o estrellarla contra el muro, pero ella mantuvo el agarre, sin ceder un instante.

—Vuelve a tocar a mi hijo, malnacido —gruñía la mujer entre dientes—, vuelve a ponerle dedo encima, hijo de puta, ¡vamos!

Fueron pocos los segundos que siguieron para que Duma cayera inconsciente a falta de oxígeno. Entonces María corrió al lado de Arat y tiró de la cadena también. Con la fuerza de ambos ésta se desprendió por fin. Johnny cayó al suelo, desmayado. Arat lo cogió en sus brazos como si fuera su propio hijo, buscaba señales de vida mientras María le acariciaba el pelo cubierto de sangre, entre llantos.

—Mi amor... —lloraba María—. ¿Estás vivo? ¿Está vivo mi hijo, Arat?

El capitán Arat mantenía los dedos contra la muñeca de Johnny, y al no sentir nada volvió a probar lo mismo contra el cuello. No sentía *nada*. Pero ni en ésta ni en cien vidas más se atrevería a decírselo a su madre. Se levantó y puso al muchacho sobre su fuerte espalda, había que darse prisa.

29

Las aves cantaban en distintos tonos. Una abeja zumbaba cerca, demasiado cerca. Johnny abrió el ojo y percibió los rayos del sol atravesando la tela de su tienda de campaña. El calor le abrasaba el cuerpo como la manta que le cubría el torso desnudo y adolorido. Sentía ardor en zonas específicas que, al tocarlas con la yema de los dedos, notó que se trataba de heridas ya suturadas. Un grueso vendaje le envolvía el abdomen. Se llevó una débil mano al rostro, la cortada sobre la ceja estaba también cosida con dos puntos. Olió comida. Le dolió el estómago de hambre. Percibió la boca seca, tan seca que ardía hasta la garganta. Quiso incorporarse para mirar a su alrededor, pero le dolía siquiera apoyarse sobre los codos y de pronto una cruel punzada lo sometió.

—*¡Agh...!* —se quejó.

—Tranquilo —dijo la voz de Turco—, estás bien... estás bien.

La mano de Arat sostuvo la cabeza de Johnny por la nuca elevándola un poco, vertió algo de agua de la cantimplora en su boca. Johnny tosió un poco y se limpió la barbilla del agua escurrida. Se fijó en Arat, que se levantaba a lavar sus manos en una bandeja luego de haber atendido las heridas por casi tres horas, más las varias veces que había tenido que intervenir un sangrado durante la noche. No había dormido y se le notaba agotado.

—Mi madre —dijo Johnny sin aliento, recordaba haberla visto peleando con Duma—, James... ¿están... bien? Maggie...

—Margaret estuvo a tu lado toda la noche —respondió Arat—, se fue apenas hace unos minutos para dar el desayuno a tus hijos. Fue difícil apartar a James, durmió a un costado tuyo.

Johnny sonrió, sintió una dulce calidez en el corazón; *¿en verdad James había dormido a su lado?*

—Tu madre debe estar descansando —siguió Arat—. Nunca la vi tan asustada como anoche. No conciliaba el sueño y rezaba por ti sin descanso.

El capitán Blackdawn miró la mesa que estaba frente a la cama. Donde antes no había más que mapas e instrumentos de navegación ahora veía frutas, botellas de ron, flores y objetos que, recordó, pertenecían a algunos de los muchachos.

—Ofrendas de todos —dijo Turco—. Los hombres estuvieron entrando de uno en uno para verte, y algunos dejaron… regalos.

Johnny quiso levantarse, le urgía hacer saber a su familia y a sus hombres que estaba vivo, pero la punzada en el cuerpo volvió a sorprenderlo y no pudo moverse ni un centímetro. Se volvió a Turco, le pedía una explicación con la mirada.

—Te encuentras débil y tus heridas no han cedido fácilmente —explicó Arat—. Has perdido demasiada sangre. Dos costillas rotas y tu rodilla está por renunciar a la vida. El tabique de tu nariz por poco se va de paseo por tus entrañas. Deshidratado, desnutrido y vivo de milagro. Así que… te lo pido, no te muevas.

—No estoy vivo de milagro —dijo Johnny, aún jadeando por el dolor—, estoy vivo gracias a ti. Sé que… que tal vez no soy lo que… lo que esperabas que fuera luego del sacrificio que hizo Black. Pero te juro que he intentado ser digno de su legado.

—No me debes una explicación —lo interrumpió Turco—, soy yo quien te debe una disculpa. Podrías conquistar un nuevo continente y yo habría seguido enojado contigo, culpándote por su elección. Nada de lo que hagas bastará para que deje de extrañarlo. Es verdad que eres impulsivo y de sangre caliente, *como él.* La diferencia es que cuando Des tenía veintiocho años seguía siendo un muchacho. Tú no.

El capitán Blackdawn sonrió.

—Lo vi, ¿sabías? —dijo con la voz quebrada—. Vi a Black. Estuvo conmigo cuando yo moría, consolándome a su manera. Y antes de desaparecer te envió saludos.

Arat aclaró su garganta y apartó la vista de Johnny para evitar a toda costa que lo mirara a punto de quebrarse en llanto.

—Estaremos bien, Turco —insistió Johnny haciendo que el hombre finalmente se volviese—. No vamos a perder esta partida. Te doy mi palabra.

El capitán Arat negó con la cabeza, sonrió.

—No, no vamos a perder esta partida —respondió sin borrar la sonrisa.

Se dieron la mano.

¡Papá!, el grito al unísono de seis niños. Annabelle, James, Zuri, Desmond, Mary y Sophie entraron en un pestañear y cayeron cual derrumbe sobre el capitán Blackdawn. El pirata se quejó amargamente de sus heridas, pero la alegría era demasiada como para atreverse a apartar a sus hijos de encima. Les besaba la cabeza uno por uno; las cabecitas pelirrojas de las gemelas, el brillante pelo negro de Annabelle y James, la cabeza castaña de Desmond y los rizos de Zuri. Las gemelas le besaban las mejillas a cada lado, Desmond revisaba sus heridas con sumo morbo, Zuri jugaba con su pelo al tiempo que Annabelle le tomaba una mano. Pero el ojo del capitán estaba puesto en su hijo mayor, James. Se miraban el uno al otro con una sonrisa que era poco pronunciada, pero sincera y profunda.

—¡John! —llamó Margaret, aliviada como si hubiese estado conteniendo la respiración hasta ese instante. Tenía el rostro enrojecido e hinchado como solía suceder cuando lloraba en demasía. Johnny tuvo que admitir que le daba gusto, en cierta forma, saber que a pesar de todo Margaret se había preocupado por él. La pelirroja se sentó a un costado de la cama, ponía a los niños en orden para evitar que fueran a lastimarlo.

—Quiero hablar a solas con James —pidió Johnny a todos.

James tragó saliva, sentía miedo. *¿Acaso iban a regañarlo o a castigarlo de por vida? Tendría sentido, por culpa suya por poco asesinaron a su padre y fue sometido a tortura.* Johnny tomó la mano de Margaret y la besó con dulzura antes de que se fuera, como si el pirata quisiera dar a entender que, por lo menos ante sus hijos, ellos permanecían unidos. La piratería entera podía estar en guerra contra la Corona y el tesoro de Cortés en peligro, pero Johnny experimentaba en carne propia el peso que cargaba James al saberse hijo de otro y no de quien le había criado; ese temor a no pertenecer a ningún sitio.

—No sabía que te iban a hacer daño —lloró James—, sólo quería... estaba enojado y... Sé que yo no soy tu hijo de verdad. Por eso no me parezco a ti, como Desmond. Pero... tal vez... si me esfuerzo un poco puedo intentarlo, puedo intentar ser un pirata, puedo olvidarme de ser almirante. No quería que te lastimaran, creí que sólo querían el tesoro.

—*¿Mi hijo de verdad?* —lo cuestionó Johnny cariñosamente—. ¿Tú sabes por qué te llamas James? El almirante James Dawner me encontró en medio de una batalla naval cuando yo era apenas un bebé y él tan sólo un muchacho. Quería un hijo con todas sus fuerzas, pero no había tenido suerte. Ese día eligió ser mi padre. Y me amó por sobre todas las cosas durante veinte años. Yo elegí ser tu padre, James. Yo te elegí como hijo. Y tomaría la misma decisión todos los días de mi vida. *Eso* te hace mi hijo de verdad.

—¿Cómo sabe un niño que alguien es su padre? —preguntó James—. Quiero decir, ¿cómo se hace un hijo?

El capitán Blackdawn sonrió; daba gracias que fuera su hijo quien hacía esas preguntas y no alguna de sus hijas. Siempre había pensado que colapsaría el día en que Annabelle, Mary o Sophie tuvieran estos cuestionamientos, y no quería ni pensar en el día en que se enamorasen por primera vez.

—Eh... bueno —comenzó Johnny—, es parecido a lo que haces con tu madre en el huerto. Plantas una semilla en la tierra, la riegas con regularidad y cuando comienza a dar retoños cuidas de esa plantita. Cualquier hombre puede plantar una semilla, es algo muy fácil. Pero lo que vuelve a un hombre un padre es atender su crecimiento, regarla, permitir que le dé el sol cuando tiene que ser y protegerla de sus rayos cuando no. Stain plantó tu semilla sin querer, pero fui yo quien quiso cuidar de ti mientras crecías. Black plantó mi semilla y no sabía muy bien cómo atenderla, James sí. Pero más adelante, cuando crecí, Black quiso intentarlo también. Entonces tenía dos padres, ¿entiendes?

—Entonces... ¿sí soy tu hijo? —preguntó James.

—Claro que eres mi hijo —le dijo Johnny con un nudo en la garganta—. Y no quiero que seas pirata si tú no quieres. Si lo que te llena el alma es ser un almirante, entonces serás el mejor de todos. Te lo prometo.

Volvieron a abrazarse y el niño se permitió llorar contra el pecho de su padre, sollozar y desmoronarse como no se lo había permitido nunca. Hoy se sentía a salvo para hacerlo.

Las heridas del capitán Blackdawn eran graves y su estado delicado, algo que Arat se aseguró de dejar claro a todos. Si alguno lo miraba esforzándose demasiado físicamente habrían de intervenir a la fuerza, y, por supuesto, ya pensaban todos en las palabras más adecuadas para hacerle saber al capitán que no estaba en condiciones para pelear. Arat sabía que en cuanto se atreviera a decírselo no obtendría otra reacción más que un rotundo *vete al diablo*; Johnny era igual a Desmond, pero con más energía, con más fuerza y en plena juventud. Ya había rechazado el bastón que Arat sugería utilizara en lo que se recuperaba de la rodilla, pero Johnny se mantuvo firme, prefería cojear. Cuando salió de la tienda de campaña los piratas lo recibieron con un aplauso que duró al menos un minuto, entre chiflidos y porras. Lussan lo abrazaba y Joe le ofrecía una bandeja de cerdo asado y frutas; no le gustaba cuando miraba a su capitán delgado, sentía que fallaba como cocinero. A pesar de estar conmovido por el recibimiento, el único ojo del capitán Blackdawn buscaba a alguien en especial que no veía por ningún sitio.

—No sabemos dónde está Tanner, capi —dijo Joe, adivinándole el pensamiento—, estuvo entrando a la tienda a visitarlo, pero desapareció en cuanto supo que estabas despierto.

La conmoción fue disipándose. Johnny comió y bebió bastante y sintió que recuperaba algo de fuerza mientras los muchachos lo iban poniendo al día de todo: Bonny atada junto con Maxwell; el sistema de cuevas y grutas gracias al cual había sido rescatado, y la negociación fallida de Jeremy por la que pretendía que los piratas se marchasen de la isla y olvidaran el tesoro a cambio de su capitán. Johnny masticaba pensativo, no tenía sentido que Maxwell pretendiera ayudarles y, sin embargo, por él estaban a su disposición las cuevas de las que el enemigo no tenía la menor idea. Miraba el fuego en el que daba vueltas lo que quedaba del cerdo asado, veía a sus hombres comiendo y bebiendo ron y a Tirzah riendo con los niños. Margaret se sentó a su lado, él le sonrió sin decirle nada; hubiera querido decirle cuánto la amaba, hubiera querido hacerle saber que mientras su vida entera pasó ante sus ojos cuando moría, la vio a ella y sus rojos cabellos a la orilla del mar. Pero, si ya no estaban juntos, quizá esas palabras estaban fuera de lugar, por más sinceras que fueran.

—Quiero pedirte un favor —le dijo Margaret.

—Lo que sea —respondió Johnny.

—Deseo que liberes a Maxwell. Es de toda mi confianza, me ha protegido a mí y a nuestros hijos. Está de parte nuestra y no merece el trato que ha recibido de tus hombres.

El capitán Blackdawn frunció el ceño, completamente desconcertado. Nunca hubiera imaginado esta petición y, a la vez, sabía que Margaret solía desconfiar, así que cuando alguien se la ganaba debía ser por motivos legítimos. Le molestó y no comprendía por qué. Pensaba quizá que Margaret estaba por pedirle una conversación en privado para reconsiderar su separación, para hablar las cosas.

—¿Quieres que libere a mi peor enemigo? —reclamó Johnny en voz baja.

—No —respondió Margaret—, quiero que liberes al hermano de tu peor enemigo, que está tan en contra de él como tú. Quizá se dejó llevar en un principio, pero los actos de Jeremy... Max no quiere tener nada que ver con nada de esto.

—*Max...* —repitió Johnny, poniendo énfasis en el hecho de que lo llamaba de forma cercana, *demasiado* cercana.

—Detesta su nombre, prefiere que le llamen así.

—¿Sabes también cuál es su comida favorita y de qué tamaño calza? —refunfuñó Johnny sin pensar.

La pelirroja le sostuvo una mirada suplicante, él suspiró hondo.

—Voy a hablar con él —se rindió Johnny—, y si no me gusta lo que tiene que decir se queda atado.

—Gracias —dijo Margaret, le besó la mejilla y se levantó, ya se iba.

—¡Maggie! —llamó el pirata.

La mujer volvió a acercarse a él, acomodándose el largo cabello rojo detrás de una oreja. Johnny había abierto la boca sin saber lo que iba a decir, sólo sabía que no quería que se fuera, no quería estar lejos de ella. Entonces se detuvo a pensar un instante; ¿iba a decirle que no viviría más en la isla con tal de que lo perdonara? Hablando de pedir perdón, ¿lo pediría por haber golpeado a su hermano despiadadamente? ¿Iba contarle que se acostó con Anne Bonny y con qué voracidad? ¿Iba a preguntarle si tenía sentimientos por Max? ¿Qué podía decirle? *¿Qué tenía derecho a decirle?*

—¿Aún me amas? —fue lo que salió de su boca.

A Margaret se le llenaron los ojos de lágrimas, esperó un instante para responder, que el capitán sintió como un siglo.

—Capitán —interrumpió Melville—, volvió Tanner, anda por la tienda.

La tienda de campaña de los hombres estaba vacía a esas horas de la tarde, es por eso que Pata de Palo aprovechaba el momento para estar a solas, oculto, ajeno. Ya no se sentía merecedor de formar parte de nada. Limpiaba la prótesis del lodo acumulado en su caminata; nunca dejaría de ser una pierna de madera, pero no por ello se permitiría tenerla demasiado sucia. Iba a recostarse para dormir un rato, durante toda la noche se revolcó en angustia porque solamente existía una cosa peor que ver a John morir, y era ver a John morir habiendo peleado antes de una manera tan grotesca. El capitán Blackdawn entró silencioso. Tanner sabía que era él, pero no se dignó a mirarlo.

—Creí que necesitabas bastón —señaló Tanner—, o eso dijo Turco.

—No me atrevería a robar tu estilo —bromeó Johnny.

Pata de Palo sonrió sin muchas ganas; se puso de pie, finalmente viendo a su capitán de frente. El capitán creyó que iban a abrazarse como hacían después de alguna discusión, pero, para su sorpresa, George desenvainó su espada... y la clavó con fuerza en la tierra.

—Te he fallado como primer oficial —dijo Tanner— y te he fallado como amigo. No soy digno de permanecer en El Satán y he decidido dimitir.

Blackdawn se mantuvo inmóvil, observando la espada clavada en la tierra como si analizase un insulto que acababa de recibir, letra por letra.

—Enamorarme de María no es algo que hubiera podido evitar —siguió George—. Pero haberme atrevido a actuar sobre ese amor, aunque fuera sin pensarlo, fue una falta de respeto a ti, que considero imperdonable.

—Imperdonable es la paliza que te di —quiso bromear Johnny nuevamente, pero una vez más no fue correspondido en su intento de aligerar las cosas. Volvió a ponerse serio.

—Supe que mi hermana se marcha de la isla —dijo Tanner—. Quiere mudarse a Port Royal para que James pueda enlistarse en la Marina Real y los niños vayan a la escuela. Supongo que puedo usar este tiempo en ayudarla con todo. No pensé que... que la separación entre ustedes fuera... *definitiva.*

—Quiero pensar que no —respondió Johnny—, ni con ella ni contigo. Son mi familia. Si las cosas han estado del carajo con más razón tendríamos que estar unidos. Esto no puede terminar así, George. Dime que tú piensas lo mismo.

—¡Apenas respirabas, John! Estabas más muerto que vivo, ¿no lo entiendes? La única esperanza que tenemos de salir de ésta es si nos largamos de la maldita isla de una puta vez y nos olvidamos del tesoro. Jeremy te quiere muerto y a nosotros lejos. Y no va a parar hasta que así sea.

—Exactamente —respondió Johnny con una sonrisa ladeada y picaresca—. Eso es lo que Jeremy quiere, y eso tendrá. Necesito a Melville, Stanley, Barry y Sam. Dales palas, picos cinceles. Es hora de trabajar.

El capitán Blackdawn se retiró sin dar más explicaciones. Tanner conocía esa mueca, la mueca que hacía cuando tramaba algo grande.

30

Los rehenes Maxwell y Bonny permanecían atados espalda con espalda dentro de una pequeña tienda destinada específicamente a vigilarlos las veinticuatro horas, con el mínimo de alimento y agua. Cuando el capitán Blackdawn entró, Chuck se descruzó de brazos e irguió su postura al tiempo que Maxwell tragó saliva, su manzana de Adán subió y Johnny pudo oler su miedo.

—Que nadie entre —ordenó Johnny a Chuck; el pirata pellizcó su sombrero en señal de obediencia y salió a hacer guardia.

—Ya te extrañaba, bombón —dijo Bonny coquetamente—, seguro me has...

Pero antes de que pudiera decir otra palabra Johnny le embutió un trapo dentro de la boca con fuerza y la mujer no pudo volver a pronunciar nada. Luego se dirigió a Maxwell, quiso ponerse en cuclillas para mirarlo a la altura del rostro, pero su rodilla herida se lo impidió, así que tuvo que sentarse sobre la tierra. El joven aristócrata no decía nada, le mantenía una mirada fría y neutral.

—Me dice mi mujer que la protegiste a ella y a mis hijos —comenzó Johnny.

—¿Aún es tu mujer? —preguntó Max sin pensarlo.

Johnny arremetió un revés contra el rehén abriéndole el labio.

—Aquí las preguntas las hago yo —le dijo—. ¿Por qué protegiste a mi familia? ¿Por qué ayudaste a los capitanes a dar con las cuevas? ¿Qué carajos pretendes?

—¿Qué quieres que responda primero?

Johnny volvió a golpearlo, más fuerte.

—De acuerdo —jadeó Max escupiendo algo de sangre—. Proteger a una mujer y niños de un asesino no es ningún mérito, es sentido común.

Mi hermano quería torturarlos para vengar a su propia familia luego de tu fiesta de fuegos artificiales aquella noche, pero yo no quise secundar algo así. Dije a los capitanes lo de las cuevas porque creo que pueden utilizarlas a su ventaja, nadie más sabe que existen. Y no pretendo nada, Blackdawn, volver a Londres si acaso y olvidarme de todo esto, que fue una locura desde el inicio. Me atrajo el oro, es verdad, pero no vale nada de lo que ha sucedido. Bueno... Margaret... ella sí que lo vale todo.

Blackdawn le dio un tremendo golpe a Max en el estómago que le sacó todo el aire, y antes de que pudiera recuperarlo, el pirata ya le metía el cañón de una pistola en la boca. Le habló al oído.

—Vuelve a decir el nombre de mi esposa y la tapa de tu cráneo va a volar hasta las nubes —murmuró Johnny.

—John —llamó Margaret.

Detrás de ella entró Chuck, aterrado.

—Me dio una bofetada y cuando vi ya se había metido, capitán —se disculpó.

Rápidamente el capitán sacó el cañón de la boca del rehén, éste tosió y escupió más sangre al suelo.

—Han sido suficientes torturas y ya se ha derramado bastante sangre —siguió Margaret—. Sé que no puedes confiar en nadie después de todo lo que ha ocurrido, pero sí puedes confiar en mí. Y yo confío en él.

Blackdawn se pasó la lengua por los labios secos y negó con la cabeza. Miró a Chuck, que seguía sobándose la mejilla con su única mano, Margaret sí que le había volteado la cara con ganas cuando le dijo que no podía entrar. Entendió la mirada de su capitán, se dispuso entonces a liberar a Maxwell. Anne Bonny se retorcía y gritaba con el trapillo en la boca, desesperada por ser liberada también, pero a nadie le quedaba ni un poco de clemencia para ella. En ese momento Maxwell y Margaret se abrazaron. Blackdawn apartó la mirada, iba entendiendo. Tal vez Maggie se sentía más protegida en los brazos de Max que en los suyos, había demostrado ya su habilidad para cuidarla. Tal vez Maggie tendría más cosas en común con un joven aristócrata que con un capitán pirata, pensarían parecido y querrían las mismas cosas. La mente de Johnny estaba echada a andar, pero sabía que había de direccionarla al rumbo más urgente: la guerra.

Cuando María abrió los ojos no supo qué hora era. El sol aún se filtraba a través de las telas de la tienda y escuchaba a los muchachos reír a lo lejos, a los niños jugar. Las aves diurnas cantaban. Lo último que recordaba era rezar por su hijo entre llantos, que aún en la madrugada seguía sin dar señales de vida, tendido en su propia tienda al cuidado de Arat. Y como si lo invocase, el hombre turco entró por la cortina con un platón de fruta fresca.

—¿John? —preguntó ella con miedo, no sabía si aquel banquete matutino se trataba de una consolación previa a una mala noticia.

—Está despierto —respondió Arat tranquilo—, comió bastante y tomó fuerzas. Ahora está con los rehenes. Quería verte, pero creo que tanto él como yo estamos de acuerdo en que necesitabas descansar.

Dicho esto, Arat se sentó a un lado de María y ofreció el plato con cocos partidos y plátanos. La mujer sonrió ampliamente y comenzó a comer, ansiosa. Él también sonrió, era algo simple aquello de llevarle el desayuno, pero por un momento sintió que con eso la había hecho feliz.

—Gracias por cuidar de mí —dijo María—, aprecio todo lo que haces.

Arat se inclinó, le sostuvo la barbilla y la besó en los labios. El plato de fruta iba quedando a un lado a medida que el capitán iba quedando encima de María y ella, entre besos, le iba quitando la camisa. Arat le acariciaba los pechos desnudos entre los botones abiertos de la camisa blanca, ella suspiraba…

¿Madre?, llamó Johnny desde fuera de la tienda. *¿Estás despierta?*

Arat apretó los ojos y María contuvo la risa.

—Dame un momento —respondió María.

Desde fuera Johnny frunció el ceño, quizá aquella pelea con Duma había sido verdaderamente brutal. Recordaba haber visto cómo el infeliz la azotaba contra el muro de piedra para quitársela de encima y temió que estuviera herida sin haber dicho nada a nadie, por darle mayor importancia a él.

—¿Estás bien? —insistió Johnny preocupadamente, iba a atreverse a entrar cuando se topó de frente con el fuerte cuerpo de Arat que salía a recibirlo. Desconcertado, el muchacho entró a la tienda sin quitar la vista de Arat, luego vio a su madre, luego a Arat nuevamente. La mujer se miraba demasiado relajada para su naturaleza impoluta y hasta podría decir que despeinada, la camisa blanca arrugada y desabotonada. Arat llevaba la camisa negra puesta, pero con sólo dos botones cerrados y lucía más tenso que últimamente. Luego estaba el plato de fruta en el suelo como si lo hubiera pateado alguien con demasiada saña; destrozado, como las sábanas que todavía estaban amontonadas al calor del día. Johnny creyó entender; por un momento se endureció, nervioso y a la vez con ganas de reír.

—¿Vuelvo en otro momento? —preguntó casi traviesamente.

Arat apartó la mirada tensándose más y salió de la tienda. Entonces Johnny se permitió sonreírle a su madre y ella rio.

—Estoy feliz por ti —dijo Johnny—, por ustedes.

María suspiró satisfecha, con la calidez de un centenar de soles. El capitán Blackdawn no recordaba haberla visto tan plena; acarició a su hijo en el rostro, moviéndole el cabello de la frente con sus dedos.

—No puedo volver a verte tan cerca de la muerte —dijo María—. Puedo afrontar cualquier pérdida como capitana, pero como madre... moriré antes de volver a perderte.

—Estoy aquí —respondió Johnny, acariciándole la mano—. Rocé la muerte y no es tan mala. Black estaba ahí. Nada dolía. Todo estaba... *bien.* Pero no he terminado aquí, madre. Tal vez mañana sí, pero hoy no. La vida me dio una segunda oportunidad y no voy a desperdiciarla. Viene nuestro contraataque. Viene nuestra victoria. Viene la caída de esos hijos de perra.

—Jeremy no va a detenerse —lamentó María.

—No necesito que se detenga —dijo Blackdawn, seguro de sí—, necesito que avance, necesito que gane.

La capitana Aragón lo escuchó atenta.

Por órdenes del capitán Blackdawn todos los piratas se reunieron ante la tumba del capitán Desmond Black, en aquella playa donde yacía su cuerpo bajo la arena. Era un dorado atardecer. La brisa soplaba tibia y salina. Las aves volvían a sus nidos. La primera estrella asomó en el cielo rojizo. Todos se encontraban ahí a excepción de cuatro hombres: Melville, Barry, Stanley y Sam, por quienes varios preguntaron y el capitán simplemente había respondido que "estaban trabajando". El resto de la tripulación de El Satán se encontraba presente y también la de El Espectro, la familia del capitán Blackdawn y hasta Maxwell Winchester sin atadura alguna. Todos guardaban silencio.

El capitán Blackdawn acarició la arena que cubría el cuerpo de su padre, y en esa suavidad blanca de granos infinitos pudo sentir también a ese muchacho que lloraba sin consuelo creyendo que no lograría navegar la vida sin Desmond Black. Pero no sólo había navegado los mares, los había conquistado. Aferrado a esa idea, se irguió y habló a sus hombres.

—Dicen que los piratas somos hombres sin honor, amantes de los trucos y engaños —comenzó Johnny—. Yo simplemente creo que nos hemos hecho de la creatividad para sobrevivir en un mundo empeñado en castigar la libertad, venerar la mentira y perseguir a aquel que se atreva a decir la verdad sin miedo. Pero… hoy… hoy sí vamos a decir una pequeña mentira, no del todo piadosa. Hoy sí haremos un truco para engañar al enemigo. La mentira más sencilla de tolerar es aquella en la que queremos creer, y por eso Jeremy se la va a tragar con cada taza de té que beba. Y por eso hoy vamos a perder, hoy gana la Corona, hoy ganan *ellos.*

Las olas crujían al llegar a la orilla de la playa. Las gaviotas chillaban. A cada pirata se le revolvió el estómago al escuchar a su capitán decir que habrían de permitirle a la Corona ganar la guerra, pero la forma en la que Blackdawn hablaba no era desde la derrota sino desde la victoria. Querían entender. Confiaban, porque Johnny Blackdawn estaba al fin ante la tumba de su padre a la que tanto había temido acercarse en el pasado; porque decían que había muerto y vuelto a la vida y porque el capitán Arat y la capitana Aragón estaban tomados de la mano mirándolo con absoluta seguridad. Algunos creyeron haber visto al capitán Desmond Black de pie detrás de su hijo mientras éste hablaba, pero atribuyeron la visión al grog de la tarde.

—Envainen esas espadas, señores —siguió Johnny—, usaremos algo que corta más que su filo: la lengua. Enfunden esas pistolas, dispararemos algo más explosivo que la pólvora: la palabra. ¡Y pelearemos con algo más poderoso que cualquier grito: el silencio! Y si todavía confían en mí, piratas del Caribe, vamos a ganar. *Vamos a ganar.*

Los piratas lo contemplaban envalentonados, asintiendo sin lugar en sus encendidos corazones para la mínima duda… aunque no entendieran exactamente cuál era el plan. Todo parecía un acertijo que el capitán Blackdawn tenía bien claro, pero que para ellos era eso, una adivinanza. Se alzó la pequeña mano de Desmond.

—Sí, hijo —le dijo su padre, enternecido y en voz alta para que sintiera que cualquier cosa que tuviera que decir era importante.

—¿Cuál es el plan, capitán? —preguntó el niño, en el nombre de todos—, ¿cómo hemos de engañar al enemigo?

Los ojos de los piratas cayeron sobre Desmond y le agradecieron haber hecho esa pregunta, lo miraban como si fuese un príncipe de la piratería, el siguiente a ocupar el trono de los bucaneros. El capitán Blackdawn le dedicó una encantadora sonrisa ladeada y su madre le acarició la cabeza.

—Ese imbécil que está ahí nos va a ayudar —respondió el capitán, señalando a Maxwell.

Éste tragó saliva.

31

Anne Bonny se fatigó de tanto gritar, era ya de noche y, sin haber comido en todo el día, sus fuerzas se esfumaron. Le pareció que el campamento de los piratas llevaba en silencio mucho rato, algo había ocurrido, pero tenía demasiada hambre y sed para pensar en ello. El canto de los grillos fue entremezclándose con maldiciones de los hombres, que se lamentaban desenfrenadamente y se les unía el llanto de una mujer. Esto fue despertando a Bonny, definitivamente algo había sucedido. La cortina se descorrió y entró la capitana Aragón con el rostro endurecido. No dijo nada, sólo desenvainó su elegante espada y Bonny apretó los ojos preparada para morir, pero lo único que cortó la espada de la española fue la cuerda que la ataba. Bonny abrió los ojos con timidez y se encontró liberada.

—Dicen que mi hijo estuvo aquí esta mañana —dijo María—, metiéndote un trapo en la boca como un animal.

—No es la primera vez que tu hijo pone algo suyo en mi boca —la retó Bonny.

La española le volteó la cara de una bofetada.

—Está muerto, maldita —gruño María—, cada herida que permitiste que le hicieran terminó por desangrarlo. Lo traicionaste y fue por tus artimañas que acabó en las garras del malnacido que te gobierna.

Bonny frunció el ceño, movía sus verdes ojos alargados de un lado al otro intentando dar sentido a todo aquello, pero no podía. Creía haber suturado correctamente la herida que hizo Duma, pero ¿qué tal si estaba equivocada? Si Duma había dado la vuelta a esa daga dentro de la piel del pirata bien era posible que destrozara alguna vena de importancia o llegara a un órgano. De peores heridas se había librado ella misma, pero quizá subestimó ésta. Miró a María a los ojos, casi con lástima y sin decir nada.

—Los hombres están velando el cuerpo de mi hijo aquí fuera —siguió María—, pero apenas terminen vendrán a matarte por traidora.

—¿Entonces por qué me liberas? —la cuestionó Bonny—, ¿no me quieres ver muerta?

—Sueño con verte muerta algún día, Bonny, lo sabe Dios. Pero es más importante para mí que vuelvas con tus amos y les digas que el capitán Blackdawn ha muerto... y que... y que...

Bonny levantó las cejas, animando a María a finalizar la frase.

—Y que nos vamos de aquí —concluyó—. Seguro que el capitán Arat no tarda en hacer la rendición oficial entregando a Maxwell. Luego de eso nos iremos y ustedes podrán hacer lo que les venga en gana. Sólo te pido... te lo pido como mujer, que nos dejen velar a John esta noche y ya mañana al mediodía estaremos lejos.

Anne Bonny se le quedó mirando a María fijamente como si se hubiese petrificado de pronto; entrecerró los ojos porque olfateaba algo extraño, y no con la nariz sino con la perspicacia. Quiso sonreírle a María, una minúscula y traviesa curvatura de labios. Y María, sabiendo lo que Bonny pensaba, le devolvió exactamente la misma sonrisa.

La fogata ardía, convertida en una hoguera cuyas llamas se elevaban alto entre chispas que se perdían en el cielo nocturno. Los hombres bebían entristecidos. Esperaron pacientes y atentos a su propia actuación como si de una tragedia griega se tratara. Vieron a Bonny echar un vistazo disimulado a la lumbre.

—¡Quedarán sólo cenizas de nuestro amado capitán! —lloraba Chuck falsamente, se recargaba contra un árbol con el rostro oculto por su brazo, en el más dramático acto. A Jeffreys se le iba a escapar la risa cuando Silvestre le dio un codazo.

—¡Oh, no! —lamentaba Silvestre, un pésimo actor que llevó las cosas tan lejos para rodar en la tierra—, ¿quién podrá defendernos ahora?

—¡Johnny... *no*! —lloraba Lussan sin consuelo.

Poe puso toda su atención en Anne Bonny y la miró desaparecer entre los árboles, perdiéndose en la oscuridad. Entonces Poe chifló, ese silbido era la señal de que el teatro podía concluir, algo lamentable porque estaban bastante divertidos.

—A empacar se ha dicho, perros —anunció Joe.

Los bucaneros se dispersaron de alrededor del fuego y se dispusieron a levantar el campamento.

Cristales se rompían, gritos y objetos eran lanzados como bombas que retumbaban dentro de la tienda de campaña de lord Jeremy Winchester. El almirante Adley, el capitán Carrow y toda la armada inglesa esperaban fuera mientras el joven terminaba de zarandear a Duma por haber permitido que Johnny Blackdawn desapareciera por arte de magia.

—¡Tenías *un* solo trabajo! —gritaba Jeremy—, ¡eres un maldito idiota de porquería!

—¡Fue la perra de Aragón, me ahorcó! —se defendió Duma, señalando con sus ennegrecidas uñas las marcas alrededor de su cuello; todavía sentía la piel palpitándole como si la pierna de la capitana siguiera enrollada allí.

—¡Es una mujer! —rugió Jeremy—. ¡¿Vas a explicarme cómo una mujer ha sido más fuerte que tú?! ¡¿O prefieres explicarme por dónde diantres se escaparon?!

Los gritos continuaban y el almirante Adley intercambió miradas con el capitán Carrow, era momento de intervenir. Entraron.

—Mis hombres han revisado el terreno por horas, señor —avisó Adley—. No hemos podido entender por dónde se escaparon. Es como si fueran... invisibles.

—No hay rastro siquiera —corroboró Carrow—, como si fueran invisibles.

—Capitán —resopló Jeremy—, yo no creo en los cuentos de hadas donde pasan cosas mágicas y estúpidas, ¿usted sí?

—No, señor.

—¿Y usted, almirante? —insistió Jeremy.

—*No* —respondió Adley, se le notaba enfadado y cada vez le costaba más disimularlo—. Pero también pienso que éstas son las consecuencias de haber procedido equivocadamente.

Lord Winchester estaba por reprender esas palabras cuando dos cadetes navales deslizaron la cortina por la cual asomó nada menos que el capitán Arat con Maxwell como prisionero. Lord Winchester irguió su postura, verdaderamente impactado por la visita. Duma desenvainó su espada, preparado para lanzarse contra Turco.

—He venido en son de paz —anunció Arat—, deseo hablar a solas con lord Winchester.

A pesar de su erguida postura llena de garbo, Jeremy sintió apenas un pellizco de intimidación ante el capitán turco. Era un hombre grande y fuerte que imponía, y en aquellos ojos delineados de negro no se le miraba ni el mínimo deje de miedo o duda. El lord tuvo que hacer una seña al almirante y a sus hombres para que se retirasen. Duma no quería irse, por el contrario, parecía un perro rabioso deseoso de lanzarse a las mordidas.

Una vez a solas Arat lanzó a Maxwell sobre la alfombra y Jeremy lo miró caer como una basura al suelo, sin intenciones de recogerla.

—No hay tesoro que valga lo que acabas de arrebatarle a la piratería —dijo Arat.

—Habla claro, camello —lo humilló Jeremy—, no estoy de humor para acertijos.

—Es Blackdawn… —jadeó Max desde el suelo—, murió hace apenas unas horas por la herida que hizo Duma en su vientre.

Lord Winchester se quedó quieto un momento, creía tener todo perfectamente planificado de principio a fin, cada tortura física y psicológica bien calculada junto con cada uno de los efectos y el provecho que podría tomar de ellos. Pero no imaginó que el capitán Johnny Blackdawn podría morirse antes de tiempo, y no por otro motivo que por la estupidez de Duma. Se llevó el pulgar a la boca y mordió su uña nerviosamente. Casi lamentaba la muerte de Blackdawn, si iba a morir al menos le habría gustado ser él quien le diese fin, como lo soñó tantas veces. Qué delicia hubiera sido ser él quien clavara esa daga con todo el odio que le tenía. La rabia que comenzaba a sentir debía disimularla a como diera lugar, o el pirata se daría cuenta de que iba perdiendo el control de las cosas.

—¿Y aun así elijes traer a mi hermano con vida? —preguntó Jeremy, queriendo fingir que esto también entraba en sus cálculos y que no lo turbaba en lo absoluto—. O estás por matarlo frente a mí en venganza, o intentas hacer un truco que te aseguro saldrá mal.

—Traigo a tu hermano para asegurarme de que no habrá motivo para molestar a mis hombres mientras velamos a nuestro capitán esta noche y alzamos el campamento para marcharnos temprano —explicó Arat.

—¿Marcharse? —le cuestionó Jeremy incrédulo—, ¿se van de la isla?

El capitán Arat alcanzó el interior de su bolsillo y entregó el parche del ojo del capitán Johnny Blackdawn, presentando así la rendición de todos los piratas. Jeremy lo tomó, con el ceño tan fruncido que sus cejas negras estaban juntas y los ojos color ámbar atrapados en el trofeo más grande que había recibido. Nunca sucedió algo tan inesperado en su vida, y no sabía si la muerte prematura de Blackdawn era una victoria adelantada o una especie de derrota.

—Quiero ver el cuerpo —dijo Jeremy—. Porque me da la impresión de que lejos de rendirse simplemente se dieron cuenta de que la batalla estaba perdida y sus recursos agotados. Es más, creo que Johnny

Blackdawn está respirando en este mismo instante, creyéndome tan idiota para caer en su artimaña.

Desfundó su pistola y la apuntó infalible contra el pecho del capitán pirata a unos dos pasos. Arat no se inmutó, miró la pistola como si la supiera inservible y luego volvió la mirada a Jeremy.

¡Está muerto!, se oía afuera.

¡Johnny Blackdawn está muerto!

Anne Bonny arrolló al par de cadetes que cuidaban la entrada de la tienda de campaña de lord Winchester e irrumpió, jadeante y cubierta de sudor porque había corrido desde el campamento de Blackdawn hasta allí sin descanso. Se sorprendió al ver a Arat, no esperaba que llegara antes que ella. Se dirigió a Jeremy.

—Blackdawn está muerto —jadeó ella—, están cremando su cadáver, lo vi con mis propios ojos.

—¿Estás absolutamente segura? —la amenazó Jeremy, dirigiendo ahora la pistola al pecho de la mujer. Bonny simplemente hizo el cañón del arma a un lado con su dedo índice.

—Que sí, carajo. Lo acabo de ver.

Lord Winchester asintió con la cabeza y guardó la pistola. Se dio la vuelta y respiró muy hondo.

—Pueden velar a su capitán en paz está noche —dijo Jeremy, todavía dando la espalda a Arat y a Bonny, completamente indiferente a su hermano que seguía en el suelo fingiendo dolor en el cuerpo—. Mañana, al salir el sol, enviaré una tropa a su campamento, y cuento con que no encontraré absolutamente nada.

El capitán Arat asintió.

A esas horas de la noche el capitán Johnny Blackdawn se mantenía oculto al otro lado de la isla, frente a la tumba del capitán Desmond Black. Fumaba tabaco de su pipa a medida. Se acomodó el nuevo parche de cuero sobre el ojo. Estaba sentado junto a la espada clavada en la arena y escuchaba el rumor de las olas. Al paso de la tarde a la noche los cuidados de Turco se habían ido disolviendo y volvía el dolor; podía sentir la daga de Duma como si la tuviese clavada todavía y cada sanguinario trazo sobre su espalda. Las costillas le cobraban cada movimiento de sus brazos y lo mismo sucedía con la rodilla, que le reclamaba cada paso dado durante el día. Hasta ese momento dudó si tendría la capacidad de pelear. Por más que ansiara un enfrentamiento contra Jeremy, *¿podría?* Tenía la tentación de volver al campamento y ayudar a levantar todas las cosas, pero sabía que si Winchester o Bonny enviaban a un solo espía sabrían que seguía con vida.

La capitana Aragón coordinaba el levantamiento del campamento, las tripulaciones de El Espectro y El Satán llevaban las cosas a sus respectivas naves; ir del campamento al anclaje era un tramo bastante largo y cansado, pero estaban de buen humor, secretamente alegres como el niño que está a punto de hacer una fechoría. Y eso era exactamente lo que iban a hacer.

Hacían falta las manos de Melville, Stanley, Sam y Barry, pero ellos tenían una misión aún más importante en la que llevaban varias horas. Blackdawn no era ningún geógrafo, pero tenía la esperanza de que en el sistema de cavernas, si realmente conectaba varios túneles por debajo de la jungla entre los manantiales, hubiera algún pasadizo —por más angosto que fuera— que llevara al tesoro de Cortés. Así era, aunque demasiado estrecho para que caminasen todos por allí; así que, con la ayuda de material de excavación, lograron abrirse paso. Llenos de polvo y exhaustos suspiraron sonrientes. Qué bello era el tesoro de Cortés y cuán majestuosas sus montañas de oro y joyas, resplandeciendo bajo los orificios de luz que se colaban entre las piedras. Quisieron quedarse a mirarlo, pero era tiempo de volver.

—Sí se puede, capi —comunicó Melville a Johnny orgullosamente—; unos siete kilómetros, pero se puede.

—Estaba el tesoro ahí —agregó Stanley igual de alegre—, tan bonito como lo dejamos la última vez.

El capitán Blackdawn se levantó de la arena, sus labios ladeados sostenían la pipa de la que fumaba.

—¿Capi? —llamó Sam preocupado, con los ojos puestos en el abdomen del pirata.

Johnny bajó la mirada y vio que la herida de la daga le sangraba, manchando la camisa. Quiso quitarse el saco, pero un gemido de dolor escapó de sus labios espantando a sus dos hombres.

—Ve por Turco —le dijo Melville a Stanley.

—*Nah* —lo detuvo Johnny—, es sólo un maldito rasguño que no cierra. Vayan a sus puestos.

Melville y Stanley intercambiaron miradas, el capitán Arat bien había advertido que Johnny Blackdawn no estaría en posición de pelear ni siquiera contra una mosca. La herida del vientre era grave y, a pesar de no haber dañado ningún órgano, sí le podía procurar un sangrado fatal, tanto como un mal golpe en la rodilla podría dejarlo sin andar meses y otro mal golpe en las costillas rotas podría perforarle el pulmón. Hasta el tabique de su nariz seguía debatiéndose hacia dónde ir.

—¿Qué les pasa? —les preguntó Johnny al ver que no se movían.

—Es que... los hombres están preocupados, capi —dijo Melville—. Saben que estás herido.

—Y muy feo —agregó Stanley.

—Todos estamos heridos —respondió Johnny—, ya tendremos tiempo de sanar cuando acabemos con esto de una puta vez.

En el campamento, Margaret, Joe y el señor Lewis daban de cenar a todos los hombres que iban y venían de las naves durante el cargamento. Tendrían que estar muy bien alimentados e hidratados para lo que vendría después. Annabelle, James y Zuri iban repartiendo los platos de hombre en hombre, emocionados porque sentían que contribuían en lo que estaban tramando los adultos. Los marinos cuchicheaban sobre las heridas del capitán, pero se callaban inmediatamente cuando alguno de sus hijos se acercaba, un silencio que llegaba demasiado tarde porque al menos Zuri ya había oído suficiente: su padre no debía pelear. La pequeña de rizos esponjados fue a contárselo a su madre, *su padre no debía pelear.* Lo que Zuri ignoraba era que su madre ya había tenido una discusión al respecto y por primera vez contaba con el apoyo de Margaret. Johnny, sin embargo, se mantuvo firme en que él era capaz de lograr cualquier cosa.

32

Era la primera vez que lord Jeremy Winchester cenaba en compañía de su hermano desde hacía días. En la mesa del comedor, ligeramente ladeada al estar sobre tierra y arreglada elegantemente a pesar de estar dentro de una tienda de campaña, siempre había comida bien cocinada y bebidas en copas de cristal. Maxwell miraba su plato de carne y legumbres sin el mínimo entusiasmo, y apenas dio algunos sorbos a su copa de vino antes de decidir que tampoco le apetecía. Jeremy lo miraba, estaba demasiado callado para alguien que había pasado días en el campamento enemigo, la mejor oportunidad posible para recaudar la información suficiente y no dejar de hablar ni un minuto.

—Me preocupas, hermano —dijo Jeremy meneando su copa de vino, mirando el líquido resbalar por el cristal y percibiendo su aroma añejo—. Estás... cambiado. No te reconozco.

—Estoy cansado —respondió Max, mirando el puré que revolvía con el tenedor sin intención de probarlo—. Haber sido prisionero de esos animales me dejó sin fuerzas.

—He de confesarte que por un momento creí que te les habías unido a voluntad —dijo Jeremy, esta vez mirando a su hermano con los ojos de una bestia que acaba de elegir a su presa. Maxwell dejó de jugar con el tenedor y alzó la mirada también, sintió miedo y tragó saliva.

—Eso es ridículo —se defendió débilmente, y mientras Jeremy se servía más vino hubo de tomar el cuchillo de carne en un pestañear y ocultarlo debajo de la mesa. No sabía lo que hacía, pero de pronto su instinto de supervivencia se había activado como si se encontrase de frente con un asesino.

—Es que... me surgen dudas que no consigo aclarar —siguió Jeremy, bebiendo—. Quizá me puedas ayudar. Por ejemplo, ¿cómo pudieron haber desaparecido Margaret y sus hijos? Es como si supieran perfectamente que vendría por ellos cuando el único que lo sabía eras tú... quien *también* desapareció en el mismo instante. Luego pensé que quizá por mera coincidencia te habrían secuestrado al mismo tiempo, pero... ¿por qué nadie vino aquí a utilizar tu cautiverio para negociar? A menos que permanecieras allí voluntariamente. Y, si la intención de esos bribones no era negociar con tu vida, ¿por qué te dejaron vivo? No pareces torturado, apenas uno que otro revés puesto sin fuerza y sin ganas. Ni siquiera bajaste de peso, lo cual me lleva a pensar que se tomaron la molestia no sólo de mantenerte vivo, sino de alimentarte bien. Y te trajeron hasta a mí, según el capitán Arat, con el único propósito de que no tenga yo motivos para invadir su campamento mientras velan a Blackdawn. Por cierto, tendrías toda la razón en estar indignando conmigo por no haber ido a rescatarte, pero es que ni siquiera lo cuestionaste. ¿Por qué, Max? Le arrebaté a los piratas lo único que les quedaba y en respuesta te han entregado vivo cuando pudieron haberte asesinado en venganza y largarse. ¿Por qué advertirme que se van? No tiene sentido, ¿o sí, hermanito? A menos, claro, que el capitán Blackdawn no estuviera muerto sino vivo, que no quisieran huir sino quedarse y que *tú* no fueras su prisionero, sino su aliado. Y a menos que me ofrezcas otra explicación, ésta es la única que poseo.

Maxwell, con un movimiento delicado, se limpió la boca con la servilleta y se levantó de la mesa. Tenía que pasar cerca de Jeremy para salir de la tienda y sintió como si fuese a pasar cerca de un acantilado y él estuviera al borde del precipicio.

—Me voy a dormir —dijo Max, pero justo cuando pasaba al costado de Jeremy, éste le tomó el brazo con fuerza.

—Última pregunta, hermanito —dijo el lord—, ¿por qué necesitas el cuchillo de carne para dormir?

Maxwell cerró los ojos, sabía que nada podía hacer ahora. Quiso volverse para encarar a su hermano con alguna excusa cuando éste se levantó en un arrebato y, habiéndolo tomado del cabello, lo azotó contra la mesa del comedor.

—¿Qué están tramando, Maxwell? —preguntó Jeremy.

Entonces Max sacó el cuchillo de carne y lo clavó con fuerza en la pierna de Jeremy, escapando de sus manos y echando a correr. Entre rugidos de dolor, Jeremy salió de la tienda, su mano derecha presionaba la herida que sangraba.

—¡*MAXWELL*! —aulló el lord con tanta fuerza que no hubo un hombre en todo el campamento que no despertase de un salto—. ¡Atrapen al traidor!

El almirante Adley, sin haber tenido tiempo siquiera de colocarse la peluca blanca, salió de su tienda con la casaca mal puesta sobre la camisa. Él, al igual que Carrow y sus oficiales, estaba completamente confundido; ¿realmente lord Winchester acusaba de traición a su hermano menor y ordenaba su captura? Antes de que pudieran reflexionar, Duma y sus hombres ya lo habían cogido. Maxwell se retorcía, desesperado por escapar y aterrado por lo que seguiría.

—De rodillas —ordenó Jeremy a Duma.

Mientras el pirata sometía al joven, Jeremy echó una mirada a su alrededor buscando algo con que infligir daño; siempre lo encontraba. En la fogata apagada, cuyos troncos aún estaban al rojo vivo, estaba el atizador con el que movían la leña y lord Winchester lo tomó entre sus manos. Se volvió a Maxwell.

—Me vas a decir ahora mismo qué están tramando esos malnacidos —amenazó Jeremy—, o juro por Dios que te haré sentir todo el dolor que puedas soportar antes de morir.

—Mi lord —le dijo Adley, queriendo calmarlo.

—¡¿*QUÉ, ESTÁN, TRAMANDO*?! —rugió Jeremy.

—¡Nada! —exclamó Max—, ¡velan a su capitán y se irán al salir el sol!

—Quítale la camisa —ordenó Jeremy a un oficial. Pero el uniformado se volvió a su almirante pidiéndole permiso, y en la mirada le rogaba que no cediese, no estaba en su código de honor por más que estuviesen en contra de los piratas. Para aquel momento todos estaban de pie alrededor de la escena, incluyendo Anne Bonny y Benjamin Stain. Duma habría querido hacerlo para redimirse de lo sucedido con Blackdawn, pero estaba ocupado sujetando a su nuevo rehén. El almirante le sostuvo la mirada a aquel oficial, negándole una intervención tan sucia y pobre, así que fue el mismo Jeremy quien arrancó la camisa a su hermano con un resoplido de ira.

—No me obligues a lastimarte —insistió—, habla.

—Velan a su capitán y se irán al salir el sol —repitió Max.

El lord estampó el hierro ardiente contra el pecho de su hermano sin titubear; el joven, arrodillado, gritaba.

—¡Señor! —llamó Adley—, ¡si los piratas traman algo no hay más que enviar hombres a su campamento y averiguarlo!

Pero si los piratas realmente estaban haciéndole una jugada sucia, Jeremy quería que lo creyesen engañado. Sería él quien diera la sorpresa, si de sorpresas se trataba. Volvió a estampar el hierro anaranjado de calor contra el abdomen de Max, quien daba alaridos. Luego una vez más, y otra vez y otra. Los oficiales de la Marina Real estaban silenciosamente indignados y los bucaneros de Duma y Bonny por fin entretenidos, pues ya comenzaban a aburrirse por la falta de acción en ese campamento.

—Puedo estar así toda la noche, Max —le aseguró Jeremy—. Habla y me detendré.

Anne Bonny miraba de brazos cruzados, se notó a sí misma negando con la cabeza en completa desaprobación. Jeremy colocó el atizador en la fogata un momento y volvió a ponerlo contra el pecho de Maxwell, ya en carne viva y chorreando sangre. Olía a carne quemada. El almirante Adley se interpuso.

—Con el debido respeto, mi lord —dijo—, no me veo capaz de tolerar algo así.

—Ten cuidado, Adley —advirtió Jeremy—, porque yo sí me veré capaz de asegurarme de que el gobernador te destituya de por vida, y, si me molestas un poco más, acusarte de alta traición con el rey.

El almirante tragó saliva. Lo sabía. Nadie en aquella isla tenía más poder que Jeremy Winchester y no había otro con más saña y afinidad por la destrucción, tanto de vidas como de carreras. Se hizo a un lado. Jeremy iba a poner el fierro sobre Max una vez más cuando éste gritó: *¡Espera!*

Se hizo el silencio.

—Hay… unas… cuevas… —jadeaba adolorido, la piel le ardía hasta el alma—. La entrada está cerca del campamento de los piratas, van por debajo de la selva hasta aquí. Es así como pudieron sacar a Blackdawn. Ellos quieren… ellos quieren…

—¡Habla! —ordenó Jeremy presionando el hierro en la piel una vez más.

—¡Van a esconderse allí mientras sacas el tesoro! Y cuando estés por zarpar… atacarán.

Jeremy acercó el hierro a su propio rostro dibujando una sonrisa de malicia.

—Adley, Carrow —llamó Jeremy—, reúnan a su regimiento de artilleros junto con cada explosivo y cañón que tengamos aquí. Mi hermano está por llevarnos a un paseo. Duma y Stain, vayan a la torre y busquen el famoso agujero, séllenlo a como dé lugar; ¡quiero que esa supuesta cueva no sea más que la nueva cárcel en la que hemos de encerrar a esas alimañas! ¡Andando, maldita sea!

Esposaron a Maxwell como el traidor a la Corona que era. Bonny suspiró con los ojos en blanco, era de madrugada y tenía la esperanza de que esa noche dormiría. Compartió esa misma frustración con Ben en un intercambio de miradas agotadas y, a la vez, obligados a obedecer.

El Satán y El Espectro estaban cargados y los bucaneros con el estómago lleno. No existía ya un campamento ni rastro alguno más que una fogata todavía encendida. Margaret volvió a sentirse a salvo a bordo de la nave roja, en aquel enorme camarote con tantísimos lujos que la hacían olvidar por momentos que seguía en un barco y no en un elegante apartamento. Estaba en compañía de Annabelle, James, las gemelas, Desmond y Zuri, con quien empezaba a encariñarse. Habían puesto a O'Connor en los coyes, iba dando señales de vida poco a poco, aunque, de levantarse, no estaría en condiciones de pelear. Margaret tenía la sensación de que siempre terminaba en el mismo lugar; a la espera en algún sitio mientras los piratas luchaban. Incluso Tirzah, que también era madre, se entregaba a las tareas de batalla por devoción a la piratería y a su capitán. Era lo justo, pensaba Margaret como madre de la mayoría de esos pequeños; no había alguien más apto para cuidarlos y protegerlos. Por más que John quiso enseñarle a empuñar un arma, esas delicadas y tersas manos nunca quisieron aprender de violencia. Era natural, entonces, que no estuviese calificada para participar en batalla, más allá que como madre y cocinera; pensó que quizá ésa era la razón por la que John dejó de comportarse como un loco enamorado, sin la más mínima urgencia de visitarla en aquella isla, porque en la isla lo único que hacía era lo de siempre: cuidar niños y esperar. No era como Jill Jones, el primer amor de su esposo, a quien recordaba con tanta saña porque estaba convencida de que, si no hubiese muerto por aquel trágico disparo a la garganta, John jamás habría renunciado a ella. Tampoco era como Tirzah; Margaret también estaba convencida de que, si no estuviesen casados y con hijos, John y Tirzah habrían hecho la mejor pareja porque, además de entenderse tan bien en la cama, eran mejores amigos. Jill lanzaba pequeñas dagas con una puntería mortífera y disparaba pistolas como si estuviese jugando. Tirzah sabía pelear con la misma audacia. Margaret suspiró. Reconocía que nunca quiso aprender nada de aquello, porque no le gustaba vivir en un mundo donde fuese necesario. Pensó en Maxwell, qué distinta sería la vida si terminase con un caballero como él. Más allá del nombre *Winchester*, más allá del daño que su padre había ocasionado, más allá de su sangre, era un hombre con quien ella se había sentido protegida sin querer, sin desearlo siquiera. Al lado de Maxwell Margaret había sentido por primera vez que podía ser una dama sin obligación de aspirar a ser una guerrera, y que si el inevitable peligro que ofrece la vida por definición acechase alguna vez, ella estaría protegida por un hombre que nunca la abandonaría. ¿Acaso Max no había arriesgado su propia vida para protegerla no sólo a ella sino a todos sus hijos? Y lo hizo mejor en un par de horas de lo que John había hecho en los últimos años. Le dolió por un momento la idea de partir de aquella isla habiendo dejado a Maxwell atrás y decidió que le hubiera gustado no tener que hacerlo. Miró por el ventanal de popa; alcanzaba a ver a los capitanes Arat y Aragón discutir con Johnny bajo la luz de luna.

El capitán Blackdawn se llevó las manos al pelo intentando calmarse, resoplaba de enojo.

—No estoy diciendo que seas incapaz de pelear —siguió Arat—, estoy diciendo que si llegas a enfrentarte no sólo a Jeremy sino a quien sea y te llevas un mal golpe, o un estirón de más, puedes morir.

—John, escúchame —intervino María, tranquila—, tus hombres están en posición y bien armados, tu presencia no es necesaria. Has hecho bastante. Y Arat y yo estamos preparados para comandar el ataque, él dirigirá en las cavernas mientras yo hago guardia en el perímetro del campamento de los Winchester. Está todo cubierto.

—¿Crees que Black lo haría? —se molestó Johnny—, ¿quedarse resguardado en su maldito camarote sin hacer nada mientras sus hombres pelean?

—*¿Sin hacer nada?* —le respondió su madre—. Margaret y tus hijos están allí dentro bajo tu protección, y preservar tu vida para evitar dejar a la piratería sin su líder, esta vez de verdad y no de broma, me parece hacer bastante.

—Madre… es que no entiendes de qué manera quiero arrancarle la vida a ese malnacido.

—Te la arrancará él a ti si llegan a enfrentarse —se atrevió a decir Arat—. Él está sano, fuerte. Tú estás sanando de lo que, con poco menos tiempo, habría sido tu fin.

—Traeremos su cabeza, John —prometió María—. Pero tú te quedas aquí.

El capitán Blackdawn negó con la cabeza, sentía la sangre tibia escurrir de la herida haciendo que el vendaje se le adhiriera a la piel. Los trazos sobre la espalda le ardieron al mismo tiempo como si el dolor de una herida se pusiese de acuerdo con el ardor de otra. La rodilla, el rostro, la cabeza. *Todo* dolía.

—Quiero su cabeza colgando de mi bauprés como un maldito adorno —cedió Johnny.

Los capitanes asintieron.

La puerta de la cabina roja se abrió. Margaret sintió la presencia de Johnny sin necesidad de volverse, miraba todavía por el ventanal cómo María y Arat se perdían en la jungla dejando la playa desierta.

—¿Han sido necesarios dos capitanes para obligarte a cuidar de mí y tus hijos por unas horas? —dijo Margaret sin mirarle.

—¿Vas a reclamarle a un capitán querer pelear al lado de sus hombres? —se exasperó él, quitándose el saco y echándolo sobre una silla.

—Voy a reclamarle a mi esposo no elegir cuidar de mí y de sus hijos —respondió la mujer.

Se sostuvieron la mirada. Ambos sabían, con todo el dolor del mundo, que no tenía caso ya, y que este momento sólo confirmaba que la decisión que habían tomado de separarse era la correcta.

El capitán Blackdawn se retiró a la habitación, mientras Margaret se quedó mirando por el ventanal como si esperase a algo… *o a alguien.*

33

En el interior de las cuevas, Melville iba al frente con una antorcha en mano. Detrás de él, Tirzah y una fila de bucaneros se movían en absoluto silencio. En aquel pasadizo oscuro y tenebroso el mínimo sonido resultaría en un eco abismal que podría delatarlos si llegaba a desprenderse alguna de las piedras. Hacía frío allí dentro y olía parecido a cuando la lluvia cae sobre las piedras en un gris infinito. Se oía la reverberación de cada gota, el aleteo de los murciélagos y el aliento agitado de todos. Una repentina detonación los hizo saltar al unísono. Melville se volvió, antorcha en mano. Una segunda detonación estalló y escucharon el caer de las piedras. El suelo vibraba y una nube de polvo se vislumbraba, delatada por la fila de antorchas que sostenían los piratas. Stanley y Melville intercambiaron miradas, no había vuelta atrás, y sonrieron. Chuck se reía también, y de uno en uno todos los hombres empezaron a sonreír; el plan de Johnny Blackdawn marchaba perfectamente. Todo lo que Maxwell Winchester debía hacer era hablar, contar ese preciso plan… y lo había hecho de maravilla. Los piratas quedaron atrapados en aquella cueva sin posibilidad de que un alma entrase por ellos.

—¡Aceleren ese paso, perros! —se emocionó Joe—, ¡que vamos ganando!

Siguieron el paso.

El amanecer fue gris. Se desvaneció el color de la Isla de Cortés, que despertaba ante un rocío fresco. Retumbaron relámpagos a la distancia. Lord Jeremy Winchester se encontraba ante un muro tallado con diseños indígenas. Miró el mapa con el ceño fruncido, las cejas negras bien juntas conforme intentaba comprender el latín en las instrucciones. Por supuesto que había estudiado latín en la academia como cualquier aristócrata, pero casi quería estar equivocado cuando el instructivo del mapa le sugería meter la mano en una pequeña abertura en la boca de la serpiente dibujada en el muro. Lentamente puso su mano allí dentro. El muro se abrió como un portón de piedras. Y ahí, ante los ojos de los hermanos Winchester, de cada oficial, marinero y bucanero aliado, resplandeció el inmenso tesoro de Cortés. Cada montaña de monedas de hasta tres metros de alto, una tras otra, tras otra, tras otra hasta donde la vista alcanzaba. Los diamantes esparcidos a montones, brillantes como la nieve en un amanecer de invierno. Rubíes, zafiros, esmeraldas, perlas. No existía ni existirá jamás fortuna semejante esparcida en hectáreas de belleza, de riqueza absoluta e inmensurable, cien generaciones resueltas, un infinito de posibilidades. Los ojos de Jeremy se llenaron de lágrimas. Catherine y Rose llegaron a su mente, se habrían convertido en una reina y una princesa sin más que desear en la vida. Ahora era suyo, y ningún pirata habría de privarlo porque todos estaban encerrados en las cavernas esperando la muerte. Había triunfado. Los ojos grises de Maxwell brillaron con el reflejo del oro, el tesoro de Cortés. Aquél era el tesoro por el que su padre había llevado tan lejos la guerra contra los piratas. Era por aquel tesoro que había asesinado al comodoro George Tanner e interrogado a su hijo sanguinariamente; por aquel tesoro había clavado un puñal en el estómago del almirante James Dawner, había torturado a María Aragón, hundido El Liberty con cada marinero español en él y se había prestado a negociar con el capitán Desmond Black, por supuesto de manera fallida. Cada pirata y oficial presente se cuestionó por un instante si todas estas cosas habrían valido la pena por poseer un tesoro así… y estaban tentados a admitirlo. El almirante Adley ni siquiera se emocionó frente a la fortuna, se sentía ante un puñado de rocas que los demás miraban como si significasen algo; para él ya nada significaban.

—Comiencen a cargar las naves —ordenó Jeremy, espabilando a todos.

Los oficiales de la Marina Real y los piratas por igual comenzaron a llenar las cajas y barriles que portaban, echaban puñados de monedas y joyas hasta cubrirlos al tope y salían de la cueva hasta la playa, donde un grupo de marineros se encargaba de llevar el cargamento a los tres navíos anclados: El Canvass, El Fénix y El Rackham. Anne Bonny miraba el inmenso tesoro, se le escapó una carcajada. Recordaba la cantidad de veces que Desmond le habló del tesoro de Cortés y la misma cantidad de veces que ella le respondió diciendo: “El día que tengas los tamaños de arrebatarle ese mapa a Barbanegra, me invitas a buscar ese tesoro". Conoció a Desmond Black cuando acabaron de pelearse por el botín de una fragata española, tuvieron sexo y se volvieron amigos a pesar de haber estado chocando espadas minutos antes. Allí Desmond le habló del tesoro como si confiara en ella, aunque supiera que no debía. Se encontraron años después y volvieron a hacer el amor luego de pelear; Desmond habló otra vez sobre el tesoro. Varias veces más el mismo encuentro y la misma conversación. Hasta que a sus cuarenta y uno años el capitán Desmond Black se hizo del mapa del conquistador y cumplió con invitarla a la búsqueda de aquel tesoro, aunque esta vez existiera una princesa española en medio de los dos que había arruinado todo.

Bonny negó con la cabeza, sonriendo: el tesoro de Cortés existía y ahí estaba.

Los hombres seguían dispersándose con cajas en mano y cargando cuanto podían. El oficial Richards estaba llenando su propia caja cuando dos manos brotaron del montículo de monedas y rompieron su cuello. Lo mismo sucedió con dos oficiales más que cayeron muertos, uno cuando la espada de Chuck surgió del oro y se clavó en el estómago y el otro cuando el brazo de Silvestre, empuñando un cuchillo, le rebanó la garganta en absoluto silencio. Nadie vio nada. Nadie oyó nada. Cuatro oficiales más, cinco y seis, que con tan sólo acercarse demasiado a las montañas de monedas perecían igual que una mosca arrimándose a una planta carnívora. Entre oro y joyas es fácil no prestar atención a nada más. El almirante Adley se limpió el sudor del rostro con un pañuelo, miraba a sus hombres ir y venir, pero le dio la sensación de que cada vez volvían menos. Un bucanero enemigo abrió un baúl esperando hallar más joyas, pero encontró a Tirzah, quien tiró de él cubriéndole la boca y de un tajo le cercenó la yugular. Joe asfixió a uno bajo el peso de su enorme brazo. Lussan esperó dentro de un baúl con montones de monedas a que el capitán Carrow se acercase lo suficiente, lo cogió por los tobillos y lo arrastró al interior del baúl como si nunca hubiera nacido. *Jódanse a cuantos puedan*, había dicho el capitán Blackdawn; debían atenuar los números del enemigo tanto como fuera posible antes de que alguien se diera cuenta de que dentro de los baúles, repletos de monedas, diamantes y perlas, había piratas con espada en mano, similares a esos peces piedra que sólo esperan el mínimo contacto para aniquilar con su veneno. Bones, tan delgado que cabía en un cofre sin esfuerzo, ya se había cobrado la vida de otro marinero mientras que Chang le golpeó la cabeza con un mazo a un oficial enviándolo a dormir eternamente. Sucedió lo inevitable, un cadete que cargaba su caja se encontró el primer cadáver y dio aviso a gritos, justo cuando dos oficiales más se topaban con la misma sorpresa.

¡Nos atacan!

¡Es una trampa!

¡Emboscada!

¡Piratas!

Comenzó la batalla entre disparos y choques de espada. Volaban joyas por doquier y se desvanecieron los montones de monedas entre pisadas desesperadas y cuerpos caídos. El almirante Adley tomó mando del enfrentamiento enseguida, ninguno de los suyos tenía el arma desenvainada cuando los piratas de Blackdawn ya manchaban las suyas con sangre. Jeremy se volvió a Maxwell con los ojos rojos de ira.

—Hijo de puta —le gruñó a su hermano—, *lo sabía.*

Maxwell tragó saliva, pero se mantuvo firme y sin arrepentimiento. Jeremy cogió la pistola y la apuntó a su hermano, quien cerró los ojos aceptando su destino. Pero a Jeremy le temblaba la mano, porque, por muy traidor que fuese, seguía siendo su hermano menor, a quien había protegido toda su vida. Se le ocurrió algo más satisfactorio; si todo había sido una mentira, entonces también era mentira que Johnny Blackdawn había muerto, y herido como estaba tenía sentido que no estuviese entre sus hombres combatiendo. Y si Blackdawn estaba cerca, también su familia, pero ¿dónde?, *¿cómo iban a largarse de esa isla los piratas?* Los ojos de Jeremy temblaban dentro de sus órbitas, echó a correr. Cuántas noches su insomnio había sido el hogar de fantasías llenas de venganza, el deseo desesperado de asesinar a Margaret y a sus hijos en nombre de su propia esposa e hija.

—¡Jeremy, *no*! —gritó Max, leyéndole el pensamiento—. ¡Adley!

Adley acudió al llamado, agitado. Jeremy ya había corrido fuera de la cueva.

—Por favor —pidió Max—, va a matar a una mujer y niños.

El almirante no lo pensó ni un instante, ni una fracción de segundo, tomó una llave de su bolsillo y liberó a Maxwell de las esposas.

¡Jeremy, espera! ¡No lo hagas!, iba gritando Max.

El aire soplaba denso y con fuerza como si aspirase a tomar filo, a rajar y romperlo todo. Jeremy corría sin tener claro el rumbo, pero sabía que al llegar a la orilla de la playa podría alcanzar a ver ancladas las naves de Blackdawn, no debían estar lejos. No pensaba siquiera en el hecho de que podría encontrar más bucaneros a bordo del navío enemigo y morir en su absurdo intento de matar. No pensaba en nada más que en eso, *matar.* Pero fue María quien lo embistió de manera horizontal cuando él iba en línea recta; ambos cayeron sobre el lodo y la mujer desenvainó su espada.

—Mi hijo ha pedido tu cabeza —jadeó la española—, y yo soy de esas madres que gustan de complacer a sus hijos.

—Blackdawn se va a quedar sin mujer, sin hijos y sin madre en un mismo día —respondió Jeremy, desenvainando su espada también.

Chocaron las hojas y estalló un duelo feral entre ambos.

En la cueva del tesoro, el almirante Adley hubo de admitir que no había manera de sobrellevar el enfrentamiento, no ahí, no así. Estaban en un territorio demasiado conocido por el enemigo y con la sorpresa de que más y más bucaneros seguían emergiendo de las joyas como hormigas de un hormiguero.

—*¡RETIRADA!* —rugió Adley con desesperación—, ¡a las naves, ya!

¡Retirada!

¡A las naves!

Melville dejó de chocar espadas e intercambió miradas con Poe, el plan se mantenía en marcha con tal precisión que era justo pensar que Johnny pudo predecir el futuro. Los piratas podían saborear la victoria demasiado cerca. Poe entonó un silbido fuerte y melodioso, *la señal.* Apareció el capitán Arat como un príncipe del Mediterráneo, inquebrantable y grandioso. Todos los hombres lo vieron desenvainar su cimitarra.

—¡Al mar! —ordenó con toda la fuerza de su voz, pero de pronto se encontró de frente a alguien que tenía tantas ganas de matarlo que podía detener la ola de piratas como un muro: Duma.

—Esta vez por el diablo que sólo uno de los dos se va de aquí —dijo el bucanero desenvainando su espada oxidada.

Arat y Duma se batieron en duelo, por lo que Melville asumió el mando inmediatamente, guiando a los piratas fuera de la cueva por el mismo sitio por el que había accedido el enemigo, que demasiado ocupado estaba en preparar sus naves para zarpar en una desesperada retirada. Melville sabía que ellos debían zarpar también, y debían hacerlo ya o el plan se desbarataría por algo tan absurdo como el tiempo.

—¡Vamos, perros, vamos! —gritaba Melville, al pie de la entrada a la cueva esperando a que terminasen de salir todos sus hombres—, ¡a las naves, *vamos*!

Los disparos a lo lejos despertaron a Margaret. El oleaje agitado por una inminente tormenta sacudió la nave. La pelirroja se levantó apresurada a mirar por el ventanal de popa, los disparos no cedían ni tampoco los gritos de hombres batiéndose.

—¡John! —llamó Margaret.

El pequeño Desmond miraba cogido del obenque de la nave roja que daba hacia la jungla y escuchaba cada disparo con los ojos bien abiertos; alcanzó a mirar una nave de velas blancas alejarse de la playa. Sabía que faltaban dos más para que el enemigo escapara, y sin los piratas cerca no podrían llevar a cabo la persecución que su padre había planeado. Corrió como un ratoncito hasta el piso de coyes, y sin apiadarse de su condición zarandeó a O'Connor en su hamaca.

—¡O'Connor! —llamaba el niño—, ¡despierta, carajo, despierta!

O'Connor fue despertando, débil como se encontraba y con un tremendo dolor de cabeza.

—¿Dessy? —dijo atolondrado.

—¡Se nos van a ir! —insistió Desmond, sin ceder en sus zarandeadas—, ¡esos perros del rey se van a ir si no preparamos este barco para zarpar! ¡A los muchachos no les va a dar tiempo de prepararlo! ¡Debemos tener todo listo! ¡Levántate!

Las imágenes borrosas que empañaban la vista del pirata irlandés fueron esclareciéndose y los gritos reverberantes del niño volviéndose una sola voz que lo obligaba a levantarse. Logró sentarse, resistiéndose a los tirones que le daba Desmond de la mano. Se levantó.

El cuerpo de Duma cayó con los intestinos expuestos por un tajo de cimitarra. Arat había vencido, con el aliento agitado más por las prisas que por la lucha.

—Sólo uno de los dos se va de aquí —jadeó Turco envainando la cimitarra de vuelta a su cinturón. Miraba a Duma retorcerse como un gusano y le dio la espalda. Fue en ese momento cuando Duma usó su último respiro para desenfundar su pistola, la mano le temblaba tanto que apenas y podía apuntarla. Disparó. Pero la bala no hizo más que zumbar a un lado del capitán Arat, ignorándolo por completo. Duma había fallado su tiro, Duma había muerto.

Las ráfagas con olor a tormenta envolvían a Jeremy y María, cuyas espadas no cesaban de chocar en cada brutal embestida. La mujer resbaló hacia atrás sobre el fango y Jeremy quiso clavarle la espada cuando ella ya había rodado hacia un lado, haciendo que el filo de Jeremy quedase enterrado en el lodo. Lo golpeó con las dos piernas haciéndolo caer al tiempo que ella se levantaba ilesa, pero Jeremy ya enredaba sus piernas en las de la mujer para hacerla caer también. Pelearon cuerpo a cuerpo entre el lodo antes de que lord Winchester lograra recuperar su espada. Preparó su estocada final, la punta iría directo al corazón de la mujer.

—¡Jeremy! —llamó Max, que estaba de pie bajo la lluvia a pocos pasos de ellos.

Por un instante Jeremy creyó que su hermano menor estaba por suplicar por la vida de María en aquel tono idealista y blando que había adquirido últimamente, pero lo único que Maxwell hizo fue lanzarse contra él con la espada desenvainada, comenzando un duelo entre hermanos. María se puso de pie con la nariz sangrándole, pero dispuesta a pelear a su lado.

—¡Vete! —le dijo Maxwell—, ¡vete o no llegarán a tiempo!

María dudó. Jeremy peleaba con la espada como un lobo hambriento mientras que Maxwell era apenas un cachorro aprendiendo a morder.

¡Vete!

La capitana Aragón se fue.

Fue cuestión de un par de minutos para que Jeremy sometiera a Maxwell de un golpe a la boca con la empuñadura de su espada, obligándolo a tirar el arma y un golpe más a las heridas provocadas por el hierro candente para hacerlo caer de rodillas.

—Anda… mátame —le dijo Max—. He visto de lo que eres capaz y matar a tu propio hermano no significa gran cosa en comparación.

—Pero si eres tú quien se me ha lanzado espada en mano —se reía Jeremy con malicia—. Cómo quisiera, de verdad. Pero si te mato, siendo el protegido de los piratas y con toda la Marina Real habiendo visto que me has traicionado, ensuciaría mi nombre irreversiblemente. El favor del rey y la riqueza del tesoro no valdrían para mucho. No me conviene, Maxwell. Todos saben que ningún pirata te mataría porque estás con ellos. Y todos saben que ningún oficial te mataría porque están contigo, aunque no se atrevan a decírmelo. El único culpable sería yo.

Entonces lord Winchester tomó a su hermano del pelo y lo arrastró en el fango hasta ponerlo de pie.

—Por el bien de ambos, tendrás que venir conmigo —concluyó.

34

Un relámpago plateado cubrió el cielo. Centellas a la distancia, de estrepitoso eco que prometía una inclemente tempestad. El viento había empuñado su propia arma con fuerza y sin tregua alguna, alborotándose entre ráfagas saladas y dulces. El Canvass zarpó al mando del almirante Adley, que miraba con desaprobación cómo lord Jeremy Winchester llevaba a su propio hermano esposado como un criminal. Para El Fénix se nombró un nuevo capitán, en vista de que el suyo había quedado tirado sobre monedas de oro y sangre. Sería Benjamin Stain, que no estaba mínimamente calificado, pero era obediente y eso le bastaba a Jeremy. El Rackham zarpó al mando de su capitana Anne Bonny, que había comenzado a preocuparse, sin quererlo, de no ver señales de Blackdawn y llegó a preguntarse si en verdad habría muerto. No había vuelto a mostrar el mínimo entusiasmo desde que aquel pensamiento le había cruzado por la mente. Las tres naves se movían con lentitud debido al oro que lograron cargar en los pocos minutos antes de la mortífera emboscada.

—Me da igual el maldito oro —dijo Jeremy a Adley—, tíralo por la borda si debes hacerlo. Lo que me importa es hundir a Blackdawn. Quiero hundir a Blackdawn.

—Sí… mi lord —respondió Adley inseguro.

Fue gracias a O'Connor que El Satán estaba dispuesto para batalla para cuando los piratas volvieron de la isla, había comandado a Desmond, James, Annabelle y Zuri durante las tareas. En la cabina, el capitán Blackdawn había tardado en incorporarse con el dolor de cada herida exigiéndole reposo. Margaret tuvo que ayudarle a levantarse, sosteniéndole la espalda a medida que presionaba un paño contra la herida del abdomen previniendo un sangrado.

—¿John? —dijo Margaret con un nudo en la garganta, los ojos verdes puestos en la herida—, por favor, no vayas.

Blackdawn acarició la mejilla pálida.

—Te lo ruego —insistió Margaret, quebrándose en llanto—, vas a morir si sales allá...

—Hay muchas maneras de morir, Maggie —susurró el pirata—, y no pelear es la primera.

Margaret lloraba, puso su mano sobre la de Blackdawn y se entregó a la incertidumbre.

—No me has respondido a lo que te pregunté en la fogata —dijo Johnny—, no me has respondido si aún me amas.

¡Capitán Blackdawn!, la batalla lo llamaba desde cubierta. Los gritos de cada uno de los bucaneros silenciaron la respuesta de Margaret.

—Puedes responderme cuando vuelva —le dijo Johnny—. Y si salgo de ésta... te juro por Dios que no te vuelvo a hacer esperar en tu perra vida, Margaret. No más esperas. No más escondites. No más distancias.

Hubiera querido un beso de Margaret como respuesta; lo necesitaba como quien toma aire antes de sumergirse en el agua. Él estaba por hundirse en lo más profundo y ella era oxígeno que debió resguardar en sus pulmones. Pero la réplica de Margaret fue una sonrisa abatida por haberse dibujado tantas veces ante cada promesa incumplida.

El Satán se preparó para la guerra. La tripulación iba tomando sus puestos animada por el aire de la batalla, que pasaba de ser en cavernas y junglas al mar, a casa.

—¡Muy bien, malditos imbéciles! —llamó Johnny desde el castillo de popa, haciendo reír a sus hijos y forzando a los hombres a poner atención—. ¡A romper barcos!

¡Sí, capitán!

Esta vez el capitán Blackdawn no pidió a Margaret que se ocultase con los niños en el interior de la cabina, se atrevía a probar a su mujer que ella podía ser parte de su mundo sin miedo alguno, porque sus pulmones respiraban batalla y en su cabeza no había sitio más que para la victoria.

—Da igual si el oro vuela por todas partes, ¿me oyes? —le dijo Johnny a Espinoza, que sujetaba el timón—, lo que me importa es hundir a Jeremy. Quiero hundir a Jeremy.

—Sí, capitán —respondió Espinoza, seguro de sí.

El piso de artillería de El Satán ya era una fiesta de temples enardecidos bajo las órdenes de Lussan, que tanto había extrañado dirigir una batalla, aunque se tratase únicamente de las baterías de cañones. A veces gritaba en francés apasionadamente y tenía que corregirse repitiéndolo en inglés, la emoción le nublaba las barreras del idioma.

El Espectro también se encontraba preparado para hacer frente a cualquier cosa, a la vida y a la muerte por igual. Arat y Aragón habían creado una sinfonía maravillosa de mando que sus hombres jamás habían visto. Era como verlos cantar un dueto, un dueto mortal.

A bordo de El Canvass, lord Jeremy Winchester se había permitido unos minutos de calma. Contaba con que la mayoría de los piratas todavía seguirían luchando por salir de aquellas cavernas que había bloqueado tan exitosamente, esto sin saber que eso era exactamente lo que Blackdawn quería que pensara, que tenía tiempo, cuando en realidad el tiempo era exactamente lo que se les había agotado a ambos.

—Mi lord —llamó un oficial temeroso—, los piratas están al frente.

Los piratas están al frente.

Jeremy puso la copa de agua sobre la mesa lentamente, con la mirada puesta sobre aquel pobre oficial como si quisiera aniquilarlo allí mismo.

El Satán y El Espectro se colocaron al pairo de la flota de tres naves enemigas: El Canvass, El Fénix y El Rackham. Las miradas de todos los piratas cayeron sobre Johnny Blackdawn. Los rayos iluminaron el cielo, sonoros e inclementes. Todo pirata estaba pensando lo mismo, a pesar de ser El Satán una nave enorme y El Espectro un barco mortífero, estaban por enfrentarse al monstruo de buque de guerra que era El Fénix, a la velocidad de El Canvass y a la desgracia que por seguro Anne Bonny estaba por rociarles con los cañones de El Rackham. Además, El Satán aún no reponía el mesana, por lo que no navegaría a la misma velocidad que estaban acostumbrados. Por primera vez en mucho tiempo el capitán Blackdawn se sintió intimidado. Se quedó quieto, rezando por ocultarse tras esos treinta segundos eternamente. No podía, sus piratas esperaban una orden y la piratería aguardaba un destino. Si fallaba estaba por echar al agua el oro, a cada uno de sus hombres, cada madera de su nave y a cada uno de sus hijos, junto con una mujer que sabía que ya había perdido.

Silencio en cubierta.

Johnny miraba a la flota enemiga, perdido en ella como si su mente hubiese sido tomada prisionera.

Yo ho... yo ho... pirata siempre ser..., cantó la voz de un niño.

Johnny despertó de su trance y se volvió, James cantaba.

Peleamos, luchamos sin nada importar..., cantó Desmond.

Todos brindando, yo ho..., cantaron Annabelle y Zuri.

Y no nos rendimos, así no vivimos, todos brindando yo ho, se atrevió a entonar Tanner, que le sonrió a su capitán.

Se fueron uniendo a la canción las voces de Chuck, Bones, Silvestre, Poe, O'Connor, Espinoza, Jay Jeffreys, Lewis... uno a uno con la potencia de sus pulmones hasta hacer vibrar la nave roja y con ella la sangre de su capitán, que ya hervía. Comenzó a cantar también: "¡Yo ho, yo ho, pirata siempre ser!".

Los apasionados cantos llegaron hasta El Espectro. Stanley fue el primero en unirse, luego Melville, Joe, Chang, Sam... uno a uno hasta que no había en las dos naves un ser vivo que no cantase a gritos. El capitán Arat y la capitana Aragón se tomaron de la mano con fuerza y cantaron también. La piratería estaba más viva que nunca, *y cantaba.*

Desde El Canvass el almirante miraba por el catalejo completamente confundido, como lo estaban todos a bordo al escuchar lo que parecía una melodía distante. Jeremy se situó a un lado de él, exasperado.

—¿Y bien? —lo presionó de mala gana.

—Están... cantando —respondió Adley extrañado.

El lord le arrebató el catalejo al almirante y encontró, a través de su cristal, al capitán Johnny Blackdawn al timón de su nave roja, con una sonrisa descarada. Sintió miedo. Luego rabia.

—Escúchame con mucha atención, Adley —dijo Jeremy—, si para el final de este día no están esas naves hundidas y su capitán muerto, pasarás el resto de tu vida buscando empleo, como algo menos que un esclavo.

El almirante le sostuvo la mirada.

—¡Preparados para la batalla! —rugió Jeremy haciendo saltar a todos—, ¡ahora!

Los oficiales miraron al almirante y éste corroboró la declaración de guerra con tan sólo un movimiento de su cabeza.

—¡Señales a El Fénix y El Rackham! —agregó Adley—, ¡baterías, cargar cañones y mosquetes desde las cofas!

¡Preparados!

Al *capitán* Benjamin Stain le venía enorme comandar un buque de guerra como El Fénix, pero se propuso prepararlo para la batalla de todos modos, acompañado de la experiencia indeseada que tenía de todas las contiendas en las que participó alguna vez. La tarea era simple y Jeremy Winchester la había repetido hasta el cansancio: *hundir a Blackdawn.*

—Icen banderas —ordenó el capitán Blackdawn. Ni siquiera tuvo que alzar la voz porque no había hombre o mujer a bordo que no tuviera su atención en seguirlo hasta el fin del mundo.

¡Icen banderas!

Por el palo mayor de El Satán ascendía orgullosa una bandera negra con un cráneo dorado transformado en sol, la insignia del capitán Johnny Blackdawn. Por el palo mayor de El Espectro iba subiendo una bandera negra con un cráneo color blanco y dos espadas, la insignia del capitán Desmond Black. Blackdawn miró hacia El Espectro buscando a su madre como incluso el más maduro de los hombres busca el cobijo materno antes de la muerte. Desde el timón de la nave negra, la capitana Aragón asintió en dirección a su hijo, haciéndole saber que estaba lista para luchar a su lado. *Todos* estaban listos.

Desde El Rackham Anne Bonny se rio como una loca cuando vio al capitán Blackdawn vivo, izando su insignia como si no tuviera miedo. Negó con la cabeza y sintió que volvía a la vida.

—¡Muy bien, hijos de perra! —llamó a todos sus hombres—, ¡ya saben qué hacer!

Tanto María como Arat fruncieron el ceño cuando vieron que El Rackham cambiaba de posición inesperadamente.

—¿Qué está haciendo? —preguntó Arat, entrecerrando los ojos.

El capitán Blackdawn se apartó del timón un momento, igualmente confundido por el repentino cambio de rumbo de El Rackham, que parecía estarse alejando de las naves enemigas. Luego cambió su curso, y su estela se convirtió en una curva pronunciada, con la amura de estribor al frente de El Canvass y El Fénix.

—Está... con nosotros —dijo María, sorprendida.

La capitana Bonny sonrió, y sin piedad alguna desenvainó su espada. *¡FUEGO!*, rugió la mujer. El Rackham comenzó a disparar cada uno de sus cañones de estribor desbaratando el frente de las dos naves enemigas, comenzando con un agujero grave directo al mascarón de El Canvass.

Johnny Blackdawn sonrió.

—¡Todo a estribor! —ordenó. La nave roja iba por el babor de las naves enemigas con bastante entusiasmo.

Arat entendió la maniobra enseguida.

—¡Todo a babor! —ordenó. La nave negra estaba por devorar con la misma hambre el flanco derecho del enemigo.

El Rackham había entregado en bandeja de plata a la Marina Real y a los Winchester cuando éstos intentaban comprender cómo era que una de sus naves disparaba hacia ellos sin respiro. Quisieron contestar el fuego, pero eran escasos los cañones que disparaban desde el castillo de proa.

—¡Haz algo, maldito seas! —rugía Jeremy a Adley, con absoluta desesperación y cólera. Quería arrancar cada uno de los cabellos de Anne Bonny. Se le había enrojecido el rostro y saltado las venas; salivaba como un loco y gritaba. Maxwell sonrió desde el calabozo, mirando por un agujero lo que parecía el inicio de la victoria pirata, sólo esperaba que Margaret y sus hijos estuviesen a salvo.

Las brigadas de artilleros de El Canvass contestaron el fuego a la orden del almirante Adley y los cadetes dispararon sus mosquetes desde las cofas en perfecta sincronía. La nave inglesa se defendía con dignidad de El Espectro, que estaba desbaratándole la amura de estribor. Los oficiales iban perdiendo el color. Un cañonazo se había llevado el bauprés de un tajo, algo meramente providencial porque ni siquiera estaban apuntando allí precisamente, sino que fue un tiro apresurado que habían dirigido al trinquete.

—¡A las brazas! —ordenó Adley—, ¡cadenas!

Los marineros subían desesperados por la arboladura, montando las cadenas porque sabían que a tal paso las vergas caerían con la misma amargura que el bauprés. Pero era tarde: cuando bajaban de los obenques, El Espectro ya les había escupido cuatro cañones por debajo de la línea de flotación.

¡Hay agua en las bodegas, almirante!, anunció un marinero penosamente. Adley cerró los ojos, dio la orden de bombear como si de verdad creyera que eso serviría de algo. Lord Jeremy Winchester iba mirando todo romperse a su alrededor, cada madera tornarse en astillas y a algunos hombres caer desde las cofas cubiertos de sangre. El Rackham continuaba disparándoles horizontalmente; la artimaña más sucia que había visto en su vida. A su izquierda, Benjamin Stain gritaba desesperadas órdenes y abría fuego contra El Satán, en una defensa descoordinada y pobre ante las enormes baterías rojas que habían comenzado a devorarlo sin misericordia. Jeremy olfateaba la derrota demasiado cerca y eso, lejos de

intimidarlo, lo hacía más peligroso. El Satán trepó una grandiosa ola que lo elevó y encumbró como si volase; el capitán Blackdawn, al timón, sonreía, y, a su lado, Margaret, que estaba por perseguir a Desmond. El niño quería formar parte de la batalla a como diera lugar, e iba por la cubierta poniendo nerviosos a los que se fijaban en él y estorbando a los que no. Pero nadie estaba demasiado preocupado, El Satán reinaba la guerra entre nubes de humo y fogonazos.

Jeremy Winchester miró los cabellos rojos de Margaret como quien fija un blanco, y de un momento a otro era todo lo que podía ver.

35

Los navíos fueron entrelazándose en la agitada espuma de un oleaje avivado por la tormenta. La capitana Aragón comandó un enjambre de cañones por la batería que destrozó los aparejos de El Canvass, mientras el capitán Arat ya viraba El Espectro por detrás de su presa para arremeter contra su castillo de popa con la misma saña y, si Melville hacía bien su trabajo, los artilleros irían también por el timón detrás de la quilla. El oro que cargaba El Canvass volaba por el aire como meteoros que caían al agua. En poco tiempo la capitana española dio órdenes de tomar ganchos para abordar el barco enemigo, y en cuestión de un par de minutos llovieron sobre la cubierta bucaneros armados hasta los dientes. El almirante Adley dio la orden de defender la nave con la misma vehemencia, pero entonces su mirada se cruzó con la de María y volvió a recordar todo el daño infligido a la mujer cuando él no hacía más que mirar; ¿cuál era la diferencia ahora más allá del cargo que ocupaba?

El capitán Johnny Blackdawn estaba excitado y con las pupilas bien dilatadas, le hervía la sangre y podía sentir que dominaba la batalla. Sus hombres habían pasado de temer a divertirse. El Rackham le pasó a un lado y la capitana Bonny le hizo un saludo victorioso al que él respondió con una sonrisa; quizá la bucanera no la merecía, pero le nació sincera. Se estaban comiendo vivo a El Fénix, con tanta calma que Johnny tuvo tiempo de recordar cuando su padre le habló de aquella nave por primera vez y lo orgulloso que estaba. Tanto se había esmerado John en la academia naval para ganarse un puesto allí y probar a todos que estaban en un error cuando decían que jamás podría; pero estaban en lo cierto. Recordó la noche en que los piratas robaron El Fénix del embarcadero de Port Royal como si fuese cualquier cosa, con Getto al mando y Jill divirtiéndose. El pobre Fénix ahora se reducía a un barco herido luchando por respirar entre las humaredas y el incesante rugido de cada cañonazo puesto con precisión en sus puntos débiles.

—¡Ganchos! —ordenó el capitán Blackdawn—, ¡abordamos a estos hijos de puta!

Los bucaneros se emocionaron, en especial Tirzah que siempre había querido invadir una cubierta de ese modo. Nadie alcanzaba a mirar a Duma, solamente a Benjamin Stain asumiendo un cargo que le quedaba absurdo. Vieron el terror en sus ojos cuando le fueron cayendo en cubierta piratas de El Satán.

La tranquilidad del capitán Blackdawn se esfumó cuando vio a Desmond trepado de un obenque y disparando una pistola sin miedo. Estaba por dar la orden de que cogiesen al niño, pero ya iba Margaret cruzando por el alcázar, persiguiéndolo. Entonces la mirada de Blackdawn fue hacia la amura de El Fénix como un instinto advirtiéndole peligro... Ahí estaba Jeremy sosteniendo un fusil que apuntaba no a su hijo sino hacia su mujer. Margaret cogió al niño de una oreja; furiosa, lo arrastraba, obligándolo a bajar del obenque.

—*¡MARGARET!* —exclamó Johnny en un alarido.

Con el ojo en la mira del mosquete Jeremy se atrevió a sonreír. Disparó.

¡MARGARET!

La bala del mosquete atravesó a Margaret por la espalda, como si fuese sólo una nube, sin oponer resistencia y sin hacer sonido. Ella se aferró a la borda, se aferró a la vida. Oía el grito de John llamándola... nunca había pronunciado su nombre de esa forma.

¡Quiten a mi mujer de ahí, carajo!

Pero Jeremy ya había vuelto a cargar el mosquete y apuntaba contra la mujer una segunda vez. Disparó. La bala entró por el costado de Margaret y quedó incrustada en su pulmón derecho. Cayó de rodillas. En un instante, el capitán Blackdawn la había tomado entre sus brazos, a medida que el resto de los muchachos los cubrían como una impenetrable fortaleza. El Satán había silenciado sus cañones.

—Maggie... Maggie... —temblaba la voz de Blackdawn, sujetando a su mujer de las mejillas, y ella, con los ojos bien abiertos por el miedo. El rostro del capitán se tiñó con la sangre que brotaba de la boca de Margaret, mientras él, enloquecido, cubría con sus manos los orificios de bala; pero la sangre se escapaba entre sus dedos.

Maggie, no... no, no, no... Dios, no... ¡no!

El pequeño Desmond miraba todo, helado.

¡CAPITÁN!

Blackdawn escuchaba a sus hombres llamándolo con urgencia. Al haber descuidado las baterías, El Fénix se iba reponiendo y contestaba el fuego. La batalla *debía* continuar.

—¡Traigan a Turco! —exclamó Johnny en llanto—, ¡traigan a Turco, maldita sea!

Tanner abandonó el piso de artillería y salió a cubierta, lleno de pólvora y sudando. Vio al capitán Blackdawn sosteniendo a Margaret, que se desangraba en sus brazos. Dejó caer la pistola que sostenía y se tambaleó hasta ellos, entregándose a la desesperanza. Cayó de rodillas junto a su hermana.

—¿Maggie? —lloraba Tanner—. Maggie, quédate despierta, ¿sí?

¡CAPITÁN!, seguía escuchándose, la batalla *debía* continuar. Blackdawn se llevó las manos a la cabeza, tiraba de su cabello castaño e iba perdiendo la cordura.

—John... John —le llamaba Tanner, intentando calmarlo cuando él mismo no podía controlar su llanto—. Tus hombres te necesitan, ve. Yo me encargo de Maggie, ve.

—No, no... mi Maggie...

—Eres el capitán, *tienes que ir*.

¡CAPITÁN BLACKDAWN!

Era lo que había elegido ser por sobre todas las cosas, con toda la gloria y a todo precio. Esta vez, sin embargo, erguirse para continuar afrontando la batalla le pesó cien vidas. Se obligó a reponerse, con el corazón desbaratado y una hemorragia de ira. Jeremy Winchester seguía en la borda de El Fénix y, cuando sus miradas se cruzaron, el lord se atrevió a sonreír, burlándose de lo que acababa de hacer. La forma en que el capitán Blackdawn miró a su enemigo fue un juramento de muerte irreversible.

—¡Denme un maldito gancho! —rugió Blackdawn, decidido a perseguir al asesino de su mujer hasta los confines de la Tierra o a las profundidades del infierno. Poe no tardó ni un minuto en entregarle el arpón preparado. Iba a dar inicio ese esperado enfrentamiento entre los dos y Jeremy lo sabía; lo vio venir como un huracán, poderoso, inminente. Echó el mosquete al suelo y se desvaneció entre las nubes de pólvora. Nadie se detuvo a pensar ni por un momento en las advertencias hechas por Turco la noche anterior: el capitán Blackdawn no debía pelear. Pero nadie iba a cuestionárselo tampoco, mucho menos a impedirlo cuando su mujer agonizaba tendida sobre la cubierta de su propia nave.

La capitana Aragón y el almirante Adley chocaron espadas sobre la fatigada cubierta de El Canvass, una nave tan herida que estaba completamente desvaída y con la popa bajo el agua. Las estocadas de la española no cedían, como si se olvidara por completo de aquel hombre que había puesto un cuchillo de carnicero debajo de su vestido para que pudiera defenderse de Wallace Winchester. Adley sí que lo recordaba todos los días; a la mujer moribunda en un calabozo sin comida ni agua, con sangre entre las piernas porque el gobernador la había violado a puerta cerrada, sin que nadie pudiera intervenir en su auxilio y la echó a morir en aquella celda como una basura. Con la misma frialdad con que disparó al comodoro George Tanner, con el mismo odio con que torturó a su hijo y aquella desidia sin límites que lo llevó a acusar al almirante James Dawner de traición y clavarle un puñal. Todas y cada una de las veces Adley guardó silencio, aferrándose a la misma moral fantasmal de siempre, la misma que buscó cuando vio a Jeremy Winchester poner un fierro ardiente contra la piel de su hermano menor y cuando le vio tomar un mosquete para perseguir a una mujer y a sus hijos. Echó la espada al suelo con el aliento todavía agitado. Si era el momento de pedir clemencia o pedir perdón no lo sabía, por lo que se quedó en silencio esperando que la capitana dijera algo. Pero todo estaba dicho.

El agua ya llegaba hasta la cintura de Maxwell y continuaba subiendo por segundos. El Canvass se hundía. Entendió que era muy posible que muriese allí, ahogado dentro del calabozo de su propio barco y hasta llegó a sentir que lo merecía. A cada instante, podía sentir la profundidad del mar tirando de la nave hacia abajo. De pronto vio entrar a la capitana Aragón como quien tuviera la oportunidad de ver a su ángel de la guarda acudir al rescate. No era que la mujer tuviera la más mínima afinidad por alguno de los hermanos Winchester, pero Maxwell le había salvado la vida tan sólo unas horas antes y la piratería le había enseñado el arte de estar *a mano*.

¡JEREMYYY!, rugió la voz del capitán Johnny Blackdawn. Estallaron relámpagos en el cielo; rayos y centellas plateados atronaban aterradoramente. Aquellos que oyeron el grito supieron que Blackdawn reclamaba algo más que la guerra; por su voz quebrada y oscura supieron que acababan de arrebatarle algo vital. Temblaron. Arat fue el primero en buscar

al joven capitán en el diluvio, *que por favor no se hubiera levantado y estuviese por pelear.*

—¡Turco! —llamó Bones sin aire porque acababa de trepar la amura negra—, ¡tienes que venir ya, le dispararon a la pelirroja! ¡Se nos está muriendo, carajo, se nos está muriendo!

Los rugidos invadidos de odio del capitán Blackdawn cobraron sentido, y eso preocupó más a Arat que cualquier herida de bala o filo, porque bien sabía que la sangre de Desmond Black corría por sus venas y, cuando se enojaban... el mundo podía arder.

—¡Melville! —llamó Arat.

¡Capitán!

—Estás al mando.

¡Sí, capitán!

La marea fue enojándose al pasar de las horas y se volvió un helado y turbulento abismo. Las ráfagas no cedían y buscaban rasgar las gavias de las naves. Un rayo cayó sobre el palo mayor de El Fénix, que se prendió en llamas, rojas y hambrientas, que se fueron hacia los sobrejuanetes, encendiendo las velas de una en una.

¡Fuego!

¡Fuego en cubierta!

Benjamin Stain miraba a su alrededor como un niño perdido en el mercado; no sabía qué hacer ni a quién preguntarle.

¡JEREMY!

Las gavias del palo mayor cayeron incendiadas sobre cubierta. Las llamas olfatearon los barriles de pólvora en cuestión de segundos, creando una explosión que acrecentó el fuego. Ahora había un legítimo incendio sobre la cubierta de El Fénix que crecía cada minuto. La luz roja de las llamaradas alumbraba la batalla entre cenizas y humo.

¡JEREMY!, llamó Blackdawn, con la espada bien empuñada y deshaciendo sus cuerdas vocales a cada iracundo llamado. Jeremy Winchester apareció frente a él, espada en mano como si hubiera emergido del fuego que ahora rodeaba a ambos hombres. Éste era el momento.

—Cuidado, Blackdawn —le dijo Jeremy—. Hoy tengo unas ganas de matar que no te imaginas.

—Somos dos —le respondió Johnny.

Estalló un relámpago en el cielo y se acrecentó el fuego: Blackdawn y Jeremy chocaron espadas. Comenzó la *verdadera* guerra. La guerra que pertenecía a Blackdawn. Él y lord Winchester *necesitaban* matarse el uno al otro, y ésta era la primera vez que ambos se sentían lo suficientemente cercanos para hacerlo con todo el aborrecimiento y todo el rencor. A Johnny le tomó por sorpresa la esgrima de Jeremy, esperaba que fuera un poco más sucia que la de un caballero, pero era una esgrima desalmada y con urgencia de herir; una esgrima burda, vulgar, brutal. Respondió con la misma bestialidad a cada estocada y pudo herir a su enemigo en el costado. Enfurecido, Jeremy quiso hacer lo mismo, pero la nave dio un bandazo por el viento y las crecientes olas, que envió a todos al suelo. El palo mayor comenzaba a crujir amenazando con caer y el incendio se iba propagando.

Caían trozos de polea, cabos y cadenas, por lo que ambos hombres debían esquivar las bolas ardientes entre estocada y estocada. Los obenques se quemaban y las flamas cubrían las amuras.

¡Abandonen la nave!, gritó Benjamin Stain. Algunos juraron haberle visto lanzarse por la borda antes que nadie, como un cobarde. Era inevitable, ni Johnny ni Jeremy renunciarían a *esta* pelea, así se los tragasen las llamaradas o el mismo mar. Finalmente, el palo mayor terminó de quebrarse y cayó hacia el lado babor, demasiado cerca de El Rackham, pero su capitana estaba ocupada atestiguando orgullosa, muy a su pesar, cómo el propio almirante de la Marina Real británica se rendía ante la capitana Aragón.

El impacto del mástil había tumbado a Jeremy haciéndole perder su espada. Blackdawn echó la suya al suelo y se le fue encima; quería destrozarlo con sus propias manos y lo golpeó en el rostro a puño cerrado varias veces, hasta que Jeremy lanzó un solo golpe directo a la herida en el vientre del pirata. Johnny tuvo que apartarse, una mano suya presionaba el abdomen que volvía a sangrar. Jeremy rio con crueldad, había identificado uno de los puntos débiles de su enemigo, y no era difícil adivinar cuáles eran los demás si se recordaba el tiempo cuando estuvieron juntos en aquella torre y cada parte del cuerpo que se contentó en destrozar. Lo golpeó ahí mismo dos veces más y Johnny cayó de rodillas; quiso desfundar su navaja, pero no la encontró. En un instante Jeremy le golpeaba el rostro una vez más, el sabor a metal se vertió en su boca y escupió al suelo. Cayeron sangre y saliva sobre la madera.

—Pasé ocho años imaginando cómo sería pelear contigo, Blackdawn —jadeaba Jeremy, caminando alrededor de él, sin tenerle respeto ni cuidado—. Escuché tanto sobre ti que a veces llegué a sentir miedo y otras tantas emoción: ¿cómo sería pelear contigo? ¿Cómo sería este encuentro que se siente predestinado desde antes de que naciéramos? Y debo decir: me has decepcionado profundamente. Herirte es quizá lo más sencillo que haya hecho en mi vida. No eres un rival digno de mí y, sin embargo, aquí me tienes, entreteniéndome con lo que queda de ti.

Mientras hablaba y se deleitaba con su propio discurso, Johnny se arrastró hasta su espada y la asió con todas sus fuerzas. Jeremy hizo lo mismo, la empuñadura estaba caliente. Cuando levantó la mirada, el fuego ya estaba demasiado cerca de ambos, apenas permitiéndoles un espacio para luchar. Humo denso y negro. Iban sintiendo el calor. Les iba costando respirar.

—Sabes, el fuego no tarda en llegar a la bodega de artillería —siguió Jeremy—, y allí hay suficientes barriles de pólvora para que tú y yo volemos en pedazos en cualquier momento.

—Vas a estar muerto mucho antes de eso —respondió Johnny, habiéndose reincorporado con esfuerzo.

Jeremy le sonrió y lanzó su estocada. Johnny la bloqueó. Se reanudó el duelo de espadas.

36

Las agitadas olas terminaron por tragarse El Canvass como si jamás hubiese existido. La mayoría de los oficiales y marineros que la tripulaban pataleaban en el agua aferrándose a cualquier cosa que flotara. El almirante Adley permanecía de rodillas a bordo de la cubierta negra de El Espectro, ante la capitana María Aragón mientras ella decidía su destino. No le era fácil perdonarle la vida. Tantos años después aún tenía pesadillas con Wallace Winchester. Adley jamás lo detuvo realmente. En realidad, no sólo no lo detuvo, sino que, por más indignado que se mostrase, había mantenido su posición en la Marina Real y hasta escalado al puesto de almirante, un almirante que eligió participar en la guerra contra el capitán Blackdawn... *su hijo.*

—No la condeno por pensar lo que está pensando —dijo Adley desde el suelo y con las manos atadas detrás de la espalda—. No merezco que preserve mi vida, de igual modo que yo no supe preservar su dignidad.

La capitana resoplaba, le habían venido a la mente todos esos recuerdos llenos de impotencia. Buscó al capitán Arat para que le ofreciera serenidad y juicio, pero no estaba, *¿en dónde estaba?*

La tripulación de El Espectro esperaba en silencio, todos sabían lo que su capitana pensaba y no había hombre que no fuera empático con su ira.

—Pero si pudiera hacer cualquier cosa en este mundo para redimirme —siguió el almirante—, la haría cien veces.

Maxwell Winchester se había aferrado de cada cabo y gancho de embarcaciones que se hundían, otras que vomitaban cañones incesantemente y otras que estaban en llamas. Quería llegar hasta El Satán con más urgencia que alguien, ahogándose bajo el agua, busca la superficie. Rodó sobre la cubierta roja en una maroma de la que se repuso en un salto de prodigiosa habilidad. Sabía que el capitán Blackdawn peleaba con Jeremy a bordo de El Fénix, un buque de guerra a punto de estallar. Pero no era Blackdawn el motivo por el que había llegado hasta allí. Fue hacia la cabina y abrió las puertas de un fuerte empujón... Ahí estaba Margaret recostada sobre el sofá con un disparo en la espalda y otro al costado, cuya bala Arat intentaba extraer desesperadamente, pero le temblaban las manos como jamás le había ocurrido con ningún herido. Le pareció que no tenía ni dos días que ayudaba a la misma niña a parir a sus primeros hijos. Bones ayudaba en lo que podía, reprimiendo su llanto porque sabía que no había remedio. Tanner no podía hacer otra cosa que permanecer al lado de su hermana, llorando al tiempo que le sostenía la mano.

John... John... era todo lo que Margaret decía en débiles murmullos. Le brotaba sangre de la boca. Los pequeños, todos y cada uno llorando porque sentían que su madre se iba a un lugar sin retorno, estaban en la habitación de arriba bajo la custodia de O'Connor, quien cuidaba esa puerta como algo más que un guardia.

—No... —decía Max, acercándose a aquel sillón con todo el miedo que nunca sintió en su vida. Tanner quiso apuntarle con la pistola, pero ante la señal de Arat que le indicaba calma, dejó que uno de los hermanos Winchester se entregase a la agonía de Margaret como si la amara. La mujer de cabello rojo estaba despierta y con la respiración demasiado agitada, lloraba y temblaba de frío; sin fuerza, sin esperanza, aferrándose a la vida a pesar de que la muerte tiraba de ella sin tregua.

—John... ahí estás —llamaba Margaret, extendiendo una mano débil y temblorosa hacia Maxwell. Él, sin corregirla, se acercó más. Si Turco supiera que había algo que hacer, habría impedido que cualquiera le estorbase, pero no dijo nada. El joven se hincó ante ella y le tomó la mano trémula.

—Aquí estoy —le dijo Max.

—No quiero morir —lloraba Margaret—. John ... no me dejes... no me dejes morir... mis, mis niños... no me...

Tanner se levantó, no podía más. Maxwell quebró en llanto.

—No me iré de tu lado nunca —lloró Max.

—Busquen al capitán Blackdawn —dijo Arat a Bones—, tráiganlo a como dé lugar.

—Turco... —lamentó Bones, en absoluta negación.

—Si John no llega pronto… —insistió Arat, se le quebró la voz— no podrá despedirse.

—¡¿Qué carajos estás diciendo?! —gritó Tanner sujetando a Turco de la camisa—. ¡Estás hablando de mi hermana, hijo de puta!

—Tanner…

—*¡No!* —lloró Pata de Palo—. ¡Tú sanas heridos! ¡Haz tu maldito trabajo, con un demonio!

—Tiene un pulmón perforado por una bala que no puedo sacar —explicó Arat con muchísima pena—, no puedo hacer nada… *no puedo hacer nada.*

—Tengo miedo… —susurró Margaret, sosteniendo la mano de Max—, John… ¿verdad que no voy a morir?

Tanner se llevó las manos al rostro, lloraba. Bones se volvió a Turco y éste le respondió con un movimiento de cabeza, había que encontrar a Johnny cuanto antes.

Peleaban sobre la cubierta en medio de un incendio que los iba cercando, primero Blackdawn sobre Winchester y luego cambiando lugares conforme rodaban sobre la madera, golpeándose uno al otro incesantemente entre ruidos de metal y gritos de furia. Jeremy estampó su rodilla en el abdomen de Johnny, quien se encorvó; en ese instante su enemigo aprovechó para sujetarle el cuello con fuerza y quedó encima del pirata, ahorcándolo con ambas manos.

—Ahora sí, malnacido… —dijo Jeremy entre dientes—, muere.

Entonces Johnny entrelazó su pierna con la de Jeremy y atrapó su brazo izquierdo para impulsarse en un giro; lanzó un golpe contra su pecho sacándole el aire y de un codazo le reventó la nariz. Jeremy dejó de moverse un momento, estaba atolondrado. Sintiéndose aventajado, Johnny se levantó para ir por su espada, pero Jeremy ya le había cogido la pierna haciéndole tropezar. Volvían a rodar entre golpes y patadas, hiriéndose hasta con las uñas, con lo que fuera y como fuera.

John…, escuchó Johnny, lo oyó con la misma claridad que cualquier disparo o cañonazo, estaba seguro. *La voz de Margaret.* Estaba seguro. Se distrajo turbado por el misterioso llamado y, para cuando se volvió, Jeremy ya le enredaba en el cuello una cadena ardiente, ajustándola tanto como podía para asfixiarlo. No había escape, el capitán Blackdawn estaba sometido, y entre segundo y segundo transcurrido sin oxígeno iba perdiendo la consciencia. De pronto, Jeremy Winchester cayó a un lado con un rotundo golpe a la cabeza. Ahí estaba Anne Bonny y, con una convicción que jamás había sentido, protegió al capitán Blackdawn.

—¿Estás dispuesta a echar tu perdón real a la basura? —jadeaba Jeremy—. El rey ha perdonado todos tus crímenes y estás por hacerte millonaria con tu paga, ¿de verdad lo vale?

La capitana Bonny desenvainó su espada.

—La piratería no es lo que era —dijo ella—, pero vale todo lo que puedas quitarme.

El duelo de espadas entre Jeremy y Bonny comenzó. Blackdawn, aturdido por la falta de oxígeno, iba desenrollándose la cadena del cuello. Miraba la imagen borrosa del fuego y un duelo a muerte entre Bonny y Jeremy. Se arrastraba lejos del fuego, cada vez más asfixiante; tosía.

—¡Ve con tu mujer! —le decía Bonny—, yo me encargo de este perro.

Blackdawn sabía que una vez más la misma elección se había presentado; *Margaret* o la piratería, *Margaret* o la lucha, *Margaret* o su venganza, *Margaret* o terminar con Winchester, *Margaret* o dejar a Anne Bonny peleando sola. No tenía tiempo para pensarlo, no esta vez. La nave estaba por explotar y Jeremy por morir a manos de Bonny y el fuego, no suyas. Quizá cuando escuchó su nombre hacía poco había sido *ella* realmente, llamándolo como lo había hecho siempre, buscándolo como lo había hecho siempre, esperándolo como lo había esperado siempre... Pero esta vez no le quedaba mucho tiempo para esperar. Ni a ella ni a él.

Para cuando Bones y Espinoza alcanzaron las amuras de El Fénix les fue imposible abordarlo, el incendió impedía todo acceso y posiblemente toda salida.

Desde El Espectro la capitana Aragón miraba la nave arder, sabía que allí estaba su hijo peleándose a muerte con su enemigo, mientras ella tenía al almirante de la Marina Real británica de rodillas ante ella, concediéndole ejecutarlo. La mujer se volvió a Melville, que también miraba el incendio con el aliento agitado.

—Saquen a mi hijo de ahí —dijo la capitana—, por lo que más quieran.

Melville asintió, no podía decir nada ni pensaba a toda fe que hubiera algo en el mundo que pudiera sacar a Johnny Blackdawn del fuego. De una forma u otra, Stanley, Sam y Joe acompañaron a Melville dispuestos a dar su propia vida para librar la misión imposible, para salvar la vida de Ojitos al precio que fuera. El bote de remos estaba a pocos metros de El

Fénix cuando éste estalló. La pequeña embarcación voló por el aire junto con los hombres que fueron a dar al agua aturdidos.

¡NO!, había llorado la capitana Aragón, el alarido de una madre que acababa de ver a su hijo morir.

Lo que nadie sabía es que para aquel momento el capitán Johnny Blackdawn escalaba las amuras de El Satán porque esta vez la había elegido a ella, *a Maggie por sobre todas las cosas*. Sus hombres lo vieron llegar y callaron; había un sufrimiento agudo en cada una de las miradas, ellos se sabían capaces de desbaratar la vida del hombre con una noticia. Johnny empujó las puertas de su cabina.

—¡¿Margaret?! —llamó, con absoluta convicción en su elección. No iba a elegirla solamente hoy, iba a elegirla siempre porque la amaba. Y ahora, quizá por primera vez, elegía amarla como realmente merecía.

¡¿Margaret?!

Arat estaba allí de pie, como si quisiera impedirle el paso. Johnny frunció el ceño y ladeó la cabeza suavemente, cuestionándolo sin pronunciar palabra.

—*Te juro*... que hice todo lo que pude —lamentó Arat.

El capitán Blackdawn lo hizo a un lado bruscamente, apartándolo de su camino y apartando sus palabras de este mundo. Vio a Margaret sobre el sofá. George le estaba cerrando los ojos con absoluta delicadeza. Johnny se quedó quieto, no pestañeó, no respiró. Todos se pusieron de pie y se hicieron a un lado, permitiéndole al capitán acercarse a su mujer... muerta.

Johnny Blackdawn cayó de rodillas ante el cuerpo inmóvil de Margaret Tanner, que descansaba eternamente como la princesa que siempre había sido.

—¿Maggie? —llamó Johnny, besándole las manos—. Mi amor... ya... ya estoy aquí, Maggie, ya estoy aquí.

Pero Margaret Tanner ya no estaba ahí. *Había llegado tarde.*

—Maggie... —lloraba Johnny—, Maggie, no... no...

El capitán Arat hizo una seña a Tanner y a Maxwell, habían de dejar a solas al capitán Blackdawn con el cuerpo de quien fue su esposa. Salieron. Blackdawn tomó el rostro de Margaret entre sus manos, se le desmoronó el alma y lloraba con tanto dolor que se sentía en agonía. La cogió entre sus brazos, sosteniéndola fuertemente contra su pecho.

—Lo siento... —lloraba Johnny—. Perdóname... por Dios, perdóname... Dios, por favor, llévame a mí... llévame a mí...

El capitán se puso de pie con las piernas todavía temblándole, le escurría sangre por el abdomen y llevaba tantos golpes encima que se veía casi completamente cubierto, ensuciado de negro por el incendio. Su respiración cobró fuerza y miró hacia el techo de la cabina como si mirase al cielo, como si pidiera una audiencia con Dios.

—¡Llévame a mí, hijo de puta! —gritó entre llantos—. *¡Hijo de puta!* ¡Tienes los santos tamaños de llevarte a mi mujer que no tenía nada que ver en esto! ¡*Yo* comencé todo, *soy yo* a quien debes llevarte! ¡Llévame a mí y devuélvela! Devuélvemela... *devuélvemela.*

Al oír los dolientes gritos, Arat se atrevió a entrar al camarote y miró a Blackdawn echando maldiciones al aire con el corazón despedazado. Se acercó con cuidado, lentamente. Entonces Johnny sintió una mano cálida y fuerte posarse sobre su hombro, animándole a girarse. Cuando vio a Turco de frente simplemente se desplomó en sus brazos y éste lo sostuvo, lo abrazó con todas sus fuerzas como si a su propio hijo consolase, poniéndole una mano detrás de la cabeza para que el muchacho se permitiera gritar de dolor contra su hombro. Johnny Blackdawn se sintió en los brazos de su propio padre.

—John, escúchame —llamó Arat, sereno.

—No...

—Escúchame...

Se miraron. El capitán Arat nunca vio a un hombre más roto.

—Ahora no, John —le dijo Turco—. Ahora no es cuando te rindes. Es un lujo que no puedes permitirte en este momento. Tus hombres pelean una guerra allá afuera y tus hijos están en espera de enterarse de que eres todo lo que les queda en el mundo. Ahora no es cuando te rindes.

El capitán Blackdawn miraba a Arat, sollozando; su único ojo, enrojecido e hinchado, derramaba lágrimas como un río.

La piratería permanecía de pie a la espera sobre la cubierta de El Satán, la mayoría heridos, la mayoría vivos. Recibieron a Anne Bonny, que llevaba quemaduras severas en un costado del cuerpo y rostro; pero traía un obsequio para el capitán Blackdawn que había valido cada quemadura y lo cerca que estuvo de ahogarse por arrastrarlo entre el oleaje cuando la nave explotó. Traía a lord Jeremy Winchester encadenado como un perro, sometido por una herida de espada muy profunda en la pierna, múltiples quemaduras y el cañón de la pistola de la capitana contra la nuca. Poe y Espinoza sostenían a Tanner, que necesitaba de todo hombre que pudiera interponérsele antes de irse sobre Jeremy como una estampida de ira. La capitana María Aragón también abordó la cubierta roja, habiendo sometido a la Marina Real británica y atado al mismísimo almirante de la flota en el mástil de El Espectro mientras decidía qué hacer con él.

—Por favor, alguien dígame que mi hijo está vivo —dijo María, al haber pisado cubierta y visto un centenar de hombres profundamente tristes y a Tanner fuera de control.

—Está vivo, capitana —le aseguró Chuck.

—¿Y Arat? —insistió la mujer, con miedo.

—También, capitana —le respondió Poe—, están juntos.

—Pues si los capitanes están con bien, ese hombre que trae Bonny está de rodillas y el almirante Adley está bien atado... —siguió María, contenta porque se sentía victoriosa—, ¿por qué nadie sonríe?

Nadie se atrevió a responder, sólo Tanner que gritaba como un loco.

—¡Pregúntale a éste! —gritaba, señalando a Jeremy entre las patadas que no alcanzaba a darle porque los muchachos lo sostenían—, ¡pregúntale a este maldito qué es lo que ha hecho! *¡Hijo de perra!*

La capitana desvaneció la sonrisa de su faz y miró hacia donde Maxwell estaba, a un lado de Tirzah, que estaba tan triste como el resto.

—¿En dónde está Margaret? —preguntó María.

Nuevamente nadie se atrevió a responder. La capitana sintió un cruel pinchazo en el corazón que le desbarató cualquier ápice de alegría y esperanza. Estaba por demandar una respuesta con un grito roto y frágil, pero las puertas de la cabina se abrieron. Se hizo silencio. Cada hombre y mujer a bordo se volvió hacia las puertas. El capitán Blackdawn salió a cubierta y, detrás de él, el capitán Arat. El rostro de Johnny era el de un hombre que acababa de decir a sus cinco hijos que su madre había muerto; rompió cinco corazones pequeños a la vez, desbarató cinco vidas.

—Margaret... —comenzó el capitán Blackdawn—. Mi espos... mi... mi Maggie... *está muerta.*

Estalló un relámpago, un lamento en las alturas que iluminó el cielo. Llovía frío. María se llevó las dos manos a la boca. Cada hombre a bordo de El Satán se quitó el sombrero, uno a uno, la mirada al suelo. La lluvia cayó con más fuerza. El único ojo del capitán Blackdawn se posó letal sobre Jeremy Winchester; de cierto modo creyó que no lo volvería a ver nunca, que moriría a manos de Bonny en el mejor de los casos o desmembrado en una explosión, que era cuestión de poquísimos minutos. Pero ahí estaba, retorciéndose de dolor por las quemaduras e iba perdiendo tanta sangre por la pierna atravesada que escuchaba las palabras del pirata en ecos. Johnny se fijó en Bonny; la mujer igualmente herida y agotada le sonrió como quien entrega un presente con todas las ganas de enmendar.

—Capitán Arat —llamó Johnny—, atiende a los heridos, Anne Bonny la primera. Poe, Chuck, lleven a Jeremy Winchester a su celda. Necesito pensar cómo causarle el mismo dolor que me ha causado a mí, y no me parece que haya arma de fuego o filo que produzca agonía semejante. Voy a tener que idearla yo mismo y eso me va a tomar un tiempo.

—Capitán —llamó Silvestre—, ¿qué hacemos con los perros del rey que están vivos?

—Mátenlos —respondió Johnny, sombrío—, a todos.

¡Ayuda!, se escuchó de pronto, un grito ahogado y desesperado... *¡por favor, ayuda!*

Venía de la amura, del agua. Los muchachos se asomaron. Ahí estaba Ben, aferrado al costado de la nave con sus garras como un gato empapado maullando por ayuda. Al verlo, María negó con la cabeza.

—Denle una soga y enciérrenlo —dijo ella.

Con mucho recelo hacia el cobarde traidor, Melville y Poe subieron a Benjamin Stain a cubierta; en verdad parecía un gato maullando recién sacado de una alcantarilla. Se fue hacia el capitán, goteando agua y embrutecido por rozar la muerte.

—Johnny, Johnny, mi amigo —decía, invadiendo su espacio personal—, yo, yo no quería unirme a esos perros, ¿eh?, me obligaron, yo...

De pronto el capitán Blackdawn sujetó a Ben del pelo, a quien le arrancó la lengua con su propia mano en un sanguinario instante. El pirata echaba chorros de sangre por la boca y lloraba a alaridos, nunca más podría pronunciar una palabra.

La capitana Aragón se quedó mirando a su hijo como si lo desconociese. Temió, como madre más que como capitana, que Blackdawn se transformara en el monstruo que se gestaba en su despedazado corazón. Sabía que el dolor tiene maneras de arruinar lo bello y ensuciar lo puro, que el dolor tiene maneras de destruir a un hombre por dentro y transformarlo en un bárbaro. Todos los hombres miraron al capitán Blackdawn de la misma forma, y no es que a nadie le importase en lo más mínimo Benjamin Stain; les preocupaba si, así como alguna vez murió John Dawner para dar a luz a Johnny Blackdawn, muriera ahora Johnny Blackdawn para dar a luz a algo oscuro y temible.

37

Se hizo de noche y la lluvia fue atenuándose hasta desaparecer. Las grises nubes abrieron paso a un cielo nocturno, en luna nueva, colmado de estrellas. Un cielo que recibía el alma de Margaret Tanner con brazos abiertos. El capitán Johnny Blackdawn estaba de pie a la orilla de la playa de la Isla de Cortés, dejando que las olas le acariciasen las botas en un dulce chapoteo, como si el mar pretendiera consolarlo. Tenía la mirada perdida en un horizonte oscuro, sostenía una antorcha encendida. El cuerpo de la mujer asemejaba el de una princesa dormida. Fue colocada cuidadosamente dentro de un bote sobre paja y una sábana blanca, sus manos entrelazadas como si durmiera una siesta, su rostro limpio de sangre y perfectamente pálido, y el cabello rojo hermosamente desparramado detrás de su cabeza. Alrededor se encontraba Tanner, el capitán Arat, la capitana Aragón y los hijos del capitán Blackdawn. Nadie más. Así lo dispuso Johnny, que no deseaba compartir su dolor con nadie ni permitir testigos de lo que sería indudablemente la noche fatal de toda su vida.

María acarició el frío rostro de Margaret. Annabelle, que lloraba sin consuelo, acomodó un ramito de flores blancas dentro del bote. James hizo lo mismo, luego Desmond, Mary y Sophie. Cada uno de sus hijos colocó flores alrededor hasta que la mujer se encontró sobre un jardín blanco. Lloraban. Annabelle y James eran sostenidos por María, mientras que Desmond se aferraba a Turco y Tanner cargaba a las gemelas. Ninguno de sus hijos se acercó al capitán Blackdawn, sólo lo miraban como un ser sombrío ante la orilla del mar, distante en todos los sentidos.

—¿John? —lo llamó su madre.

Blackdawn fue arrastrado lejos del trance sombrío que tiraba de él como la gravedad de un meteoro que atraviesa la atmósfera, no hay vuelta atrás, cae. Johnny había atravesado ese límite, y ahora sólo caía. Fue hacia el bote a pasos lentos, miró a Margaret; parecía imposible que no fuese a despertar como cualquier otra mañana, *parecía imposible.* El pirata recordó cada momento a su lado desde que tenía memoria. Cuando eran unos niños en Port Royal y jugaban en el jardín, en la playa y Margaret lo perseguía desde entonces, completamente enamorada sin siquiera saber lo que era el amor, pero lo sentía por John irrefutablemente desde el inicio hasta el último instante.

El capitán se inclinó y besó a Margaret en la frente una última vez. Un beso de John a Maggie más que de Johnny a Margaret, porque sabía que Johnny Blackdawn le había fallado de todas las maneras y, sin embargo, ella se mantuvo a su lado con la esperanza de volver a ver a John Dawner alguna vez. Murió esperando. Este pensamiento hizo que Johnny rompiera en llanto. Al final no terminaron juntos y ésa era la realidad; al final, Margaret había decidido dejarlo y rehacer su vida, e incluso con un poco más de tiempo podría haberse enamorado perdidamente de Maxwell Winchester como él lo estaba de ella. No iba a volver a ganársela nunca y lo sabía, así viviera cien años más. No la merecía ni la había merecido nunca.

—Que no hubieras abordado La Bolena nunca, Maggie —le susurró Johnny, tan bajo que nadie escuchó una palabra—, que no hubieras elegido permanecer en El Espectro, que no hubieras aceptado casarte conmigo ni permitido que te abandonara en esa isla... *maldita sea.* Y que yo... que yo pague por cada uno de los días en los que no fui lo que merecías.

Lentamente el capitán Blackdawn colocó la antorcha dentro del bote, la sábana cogió flamas y el pirata empujó la pequeña embarcación hacia la orilla. El agua la sostuvo y entre olas fue llevándosela lejos hasta que únicamente se alcanzaba a mirar un fuego distante. Johnny cayó de rodillas y se encorvó sobre sí mismo, su frente rozaba la arena a medida que gritaba de tristeza. Tanner apareció junto a él y puso una mano sobre su hombro, suavemente, indicándole que se enderezase. Se abrazaron con fuerza, ambos llorando.

—Lo siento... lo siento tanto —lloraba Johnny—, puedes matarme y no voy a impedírtelo.

—Dawner... —lloró George, poniendo una mano detrás de su cabeza al tiempo que Johnny ponía una sobre su hombro—, si eres toda la familia que me queda.

—La vamos a vengar —le prometió Johnny.

Pata de Palo asintió, tan sediento de sangre como lo estaba el capitán Blackdawn, o eso creía, que sería capaz de sentir un odio tan profundo y un vacío tan helado. Poco imaginaba en aquel instante que no estaba ni cerca.

La capitana española miraba a su hijo con más inquietud que lástima, sentía como madre que algo había cambiado en él, como si una luz se hubiese extinto y batallara ahora en la oscuridad.

—¿Lo voy a perder, Arat? —preguntó la mujer sin quitar la vista de su hijo—. Corre por sus venas la sangre de Barbanegra, ¿acaso ese hombre no fue trastornado por el dolor hasta volverse un monstruo?

Turco suspiró hondo y largo, le preocupaba lo mismo. Nunca vio a Desmond en el estado en el que se encontraba el muchacho, ni siquiera cuando lo perdió todo. Desmond Black podía gritar y maldecir, anunciar entre risas todo lo que destruiría con su ira y, en efecto, despedazar entre arrebatos. Johnny, en cambio, se notaba demasiado tranquilo a pesar del llanto, peligrosamente sereno y en aparente control de sí mismo. Daba un mal presentimiento mirarle, como el silencio sepulcral instantes antes de que un rayo parta el cielo.

Hacia la medianoche el mar había arrastrado hasta el fondo cada trozo que quedaba de El Fénix junto con la última astilla de El Canvass; su existencia se había convertido en un mero espejismo entre toneladas de oro desaparecidas. El Satán, El Espectro y El Rackham anclaron en la costa de la Isla de Cortés. El capitán Blackdawn no estaba listo para irse y no había nadie que se atreviera a cuestionarle. Quizá quería cargar parte del tesoro o recuperar el que había caído al agua; quizá deseaba estar un tiempo más cerca de la tumba del capitán Black, o quizá necesitaba terminar de entender todo lo que había sucedido. De una forma u otra Johnny no había dado la orden de desembarcar y nadie había vuelto a poner pie en la isla. Cada pirata permanecía a la espera de un terrible augurio, incluso la capitana Bonny, que ya no le quedaban muchos motivos para permanecer.

La tripulación de El Satán se reunió en la cocina. El señor Lewis había cocinado poco y pobremente porque no estaba de humor ni nadie tendría apetito. Estaban tristes. Margaret, en una forma simbólica, era la mujer de todos y su pérdida significaba una derrota personal. O'Connor había llorado como si fuera su madre la que había muerto. Chuck y Poe también derramaron lágrimas, pareciera que fue ayer que la pelirroja abordaba una nave pirata por primera vez, muerta de miedo y temblando, con el rostro colorado e hinchado de tanto llorar. La miraron transformarse en una mujer valiente, en una esposa y madre, en un símbolo. Se lamentaban entre cuchicheos, meneando el grog dentro de sus vasos como si les diera asco.

—Yo creo que no levaremos anclas hasta que el capi decida qué carajos hacer con los niños —dijo Chuck—. A partir de este momento es padre soltero, y la verdad es que no lo veo cocinando la cena para sus hijos en la maldita cocina de su casa y arropándolos en la cama todas las noches.

—Si todavía hubiera una Tortuga podría dejárselos a Tirzah —sugirió Poe.

—¿Y vivir entre cenizas y escombros? —lamentó la mujer, con Zuri dormida brazos—, ni mi hija ni yo podemos volver.

—Entonces ahora te pondrá a ti una linda casa en la playa para que cuides a sus crías —dijo Jay Jeffreys.

—*Nah,* el capi no va a cometer el mismo error dos veces —opinó Bones.

—¿Entonces se quedarán aquí los niños? —preguntó Silvestre.

—Yo no tengo problema —dijo O'Connor—, los quiero mucho.

—Eso también sería cometer el mismo error dos veces —le respondió Bones—, fue así como mataron a la pelirroja, por traerla a bordo. No va a exponer a sus hijos a lo mismo.

—Pobre diablo —suspiró Lewis—, quisiera ayudarle, pero no sé cómo.

—Está jodido todo esto —lamentó Poe—, es una maldita desgracia y nos toca callar y esperar.

—*Seh...* callar y esperar —corroboró Chuck.

Se retiraron a sus coyes. No sabían cuánto tiempo estarían los capitanes velando a Margaret Tanner ni pretendían presionar de ninguna manera. Lo sentían por el capitán Blackdawn y por Pata de Palo Tanner, tanto que no había palabras para expresarlo ni muestra otra que el absoluto silencio.

Los capitanes volvieron. El capitán Arat se fue a El Espectro junto con Lussan, mientras que la capitana Aragón eligió quedarse a bordo de El Satán. Tenía una sensación desagradable cuando miraba a su hijo, como si supiera que se encontraba en una especie de proceso de putrefacción interno y quería prevenirlo. Tanner se fue a los coyes con los muchachos sin decir nada, pero recibía con humildad las palmadas de lástima que le daban sus compañeros mientras se movía entre las hamacas para llegar a la suya. Se sorprendió al mirar a Maxwell Winchester en un coy como si fuera uno más de la tripulación, pero no tenía la energía para cuestionarlo ni mucho menos objetar nada. Las velas se apagaron e intentaron dormir.

¡AHHH!

Un tenebroso alarido despertó a cada pirata a bordo de El Satán como quien despierta de una pesadilla. Eran los gritos de un hombre revolcándose de dolor. Los muchachos saltaron de sus coyes.

—¿Qué carajos es eso? —preguntó Chuck con miedo.

—Un maldito espíritu maligno —jadeó Bones.

Tanner se mecía en su coy con un brazo detrás de la cabeza, mirando el techo de madera y sabiendo perfectamente cuál era el origen de esos alaridos. No tenía queja alguna al respecto.

—Idiotas —gruñó Poe—, eso es un hombre muriéndose.

—Pero… —murmuró Lewis—, *no es el capi.*

—Es mi hermano —dijo Max.

Se miraron todos entre sí, dándose una idea de lo que podría estar sucediendo. Cualquiera pudo haber subido la escalera a cubierta e indagar, pero nadie se atrevió a comprobar lo que ya todos suponían; no valía la pena mirarlo con los propios ojos.

Los aullidos despertaron a la capitana Aragón. No es que hubiera conciliado el sueño en lo absoluto, pero al menos había conseguido cerrar los ojos mientras todos sus nietos dormían a su alrededor, consolados por la única figura materna que les quedaba en el mundo. Se levantó con cuidado, le preocupaba el origen de semejantes alaridos tanto como la posibilidad de que éstos despertaran a los pequeños y supieran, de la peor forma, lo que era capaz de hacer su padre. María lo sabía, conocía a su hijo tanto en la belleza de la luz como alcanzaba a percibirlo trastornado por la oscuridad.

En el calabozo de la nave roja Jeremy colgaba de las muñecas, encadenado a pocos centímetros del suelo y despojado de todas sus prendas, menos del pantalón. Caía sangre por su pierna izquierda, la tajada que le había hecho Bonny era grave. El lado derecho de la espada y el brazo quedaron en carne viva cuando la llamarada de la explosión alcanzó a rozarlo. El Fénix voló por los aires y lord Winchester había dado de maromas junto con cada trozo de madera.

—Estás chorreando sangre como un cerdo en el matadero —le dijo el capitán Blackdawn en un tono oscuramente neutral, aislado de toda emoción y deshumanizado. Emergió de las sombras y se delató ante las lámparas de aceite. Jeremy sintió sus latidos acelerarse sin ritmo otro que el del miedo, de pronto se le iba el aire. Se sentía exactamente así, como un cerdo en el matadero, y el carnicero acababa de aparecer de frente.

—Busqué por ahí algún mazo parecido al que usaste para reventarme, pero no encontré más que este martillo —siguió hablando Johnny, poniendo la herramienta ante el rostro de su víctima—. Es de Dash, mi carpintero... ¿crees que le importe si se lo devuelvo lleno de sangre?

—¿Por qué no simplemente lo haces, Blackdawn? —dijo Jeremy—. Verás, me empieza a parecer menos molesto que me muelas a martillazos que escucharte ladrar como un perro que no va a morder.

—Me pregunto qué pensabas cuando tirabas del maldito gatillo con mi esposa en la mira de tu rifle —preguntó el pirata—; una madre de cinco niños que en su puta vida hizo daño a nadie.

Blackdawn dio el primer golpe de martillo contra las costillas de Jeremy, rompiéndolas a consciencia, sin demasiada fuerza para evitar perforarle los pulmones y matarlo pronto. Jeremy aullaba de dolor y el capitán Blackdawn sintió un oscuro consuelo entre sus gritos.

—¡Era una princesa, hijo de puta! —rugió Johnny, deteniéndose—. Era lo más dulce que había en el mundo, era ternura y cariño, era...

—¡Catherine también! —lo interrumpió Jeremy, aguantándose el llanto lo más que podía—. Y mi Rose, ella sí que era una princesa, pero de cinco años. Y tuve los pedazos de ambas salpicados en mi rostro. Deberías estar hincado dándome las gracias de que le disparé a esa perra en lugar de desbaratarla frente a ti, junto con alguna de tus hijas. Quizá eso debí de haber hecho. Arrastrarla de esas greñas rojas y meterle una granada por la boca. Mejor mátame ya, malnacido, porque como me escape de estas cadenas iré directo por tu hija más pequeña. Entonces podrás sentir lo que he perdido yo y concebir una venganza más digna. Este intento de tortura tuyo es patético.

El capitán sonrió de lado, una mueca sombría. Giró el martillo para utilizar los picos y prosiguió golpeando a Jeremy ahora en las piernas, con toda intención de clavarle el hierro en la piel, pero sin demasiado empeño, no fuera a desangrarse. El hombre encadenado daba alaridos.

JOHN, se escuchó. No era un grito ni una súplica, sino una serena y definitiva llamada de atención. Blackdawn se volvió con el rostro salpicado de sangre. Su madre lo miraba desde el umbral. La mujer sintió un escalofrío; sin embargo, contuvo el horror y se mantuvo perfectamente erguida y segura de sí.

—A cubierta —dijo María—, deseo hablar contigo.

—Ahora no, madre…

—*Sal.*

La capitana acababa de hablar en español, señal clara para cualquiera que le conociese de que su paciencia se agotaba.

Salieron a cubierta. Las nubes se habían despejado revelando el universo plagado de estrellas. La brisa se volvió noble, salina y floral porque la isla estaba a tan sólo unos metros y el mar abierto al otro lado. Blackdawn evitaba la mirada de su madre, mientras ella lo perforaba con sus ojos almendrados color canela.

—Lo que pretendes hacer con Jeremy no es correcto —dijo María—. Sé que deseas apaciguar tu dolor provocándoselo, pero sólo conseguirás hacer el agujero en tu corazón aún más profundo.

—Lo dice la capitana que tiene al almirante de flota preso en la celda de su nave —respondió Johnny. Se metió la mano al bolsillo del saco color rojo oscuro, sacó su pipa tallada y encendió el tabaco con un cerillo. Fumó hondo, seco.

—Adley está encerrado, mas no torturado —aclaró María—. Ha hecho juramento de enmendarse conmigo haciendo el favor que yo pida, y tengo pensado pedirle, si tú estás de acuerdo, que lleve a James a Port Royal para facilitar su inscripción en la Marina Real y pueda entonces cumplir su sueño bajo la tutela del mismísimo almirante. ¿No te parece un mejor plan que simplemente cobrar venganza a lo bruto? Estoy pensando en el futuro, tanto de mi nieto como de la piratería. ¿Qué sería mejor, John, asesinar al almirante de la Marina Real para que sea sustituido por uno que no pueda controlar o tenerle bajo control y con él a la propia armada?

—Si eso es lo que James quiere… —lamentó Johnny—. No voy a privarlo de su sueño, aunque vaya en contra del mío. Si mi hijo quiere vestir un maldito uniforme y servir al puto rey, si quiere cobrar una comisión miserable al mes y obedecer a lo idiota, yo no puedo evitarlo ni quiero. Pero se va a arrepentir. El día que la nave que tripule se tope con El Satán y se vea obligado a dispararme a mí o a Desmond, ya veremos si le parece tan divertido entonces.

—Cariño... —murmuró su madre con dulzura, se acercó al pirata y le acarició la mejilla con tanto amor que él sintió un consuelo momentáneo—. Ese dolor que llevas dentro va a sanar, pero debes aceptarlo en lugar de avivarlo con deseos de venganza. Creo que debes matar a Jeremy, sí. Pero torturarlo de formas horribles por tiempo indefinido te transformará en algo que no eres, algo en lo que, como tu madre, no puedo permitir que te conviertas.

El capitán Blackdawn sopló el humo lentamente, sonrió; esa misma sonrisa macabra que últimamente se dibujaba en su rostro, una sonrisa perturbadora que daba desconfianza y miedo.

—¿Y qué piensas hacer? —la retó Johnny sin quererlo—, ¿detenerme? Mató a Maggie. Quemó Tortuga. Me humilló frente a toda la piratería. Se llevó el mapa. Me torturó. Y el muy hijo de puta logró llegar a la Isla de Cortés sin ningún problema, y si no fuera por el imbécil de su hermano no habríamos podido sorprenderlos nunca ni ganar. Lo que yo hice con su esposa e hija fue un maldito accidente, jamás habría abierto fuego contra su nave si hubiera sabido que había una mujer y una niña. *Pero él*... él sabía lo que hacía. Lo vi apuntar ese rifle con toda la precisión y las ganas de hacer blanco en *mi* mujer, en mi Margaret. No voy a detenerme, ni ahora ni nunca.

El capitán Blackdawn se daba la media vuelta para regresar al calabozo, pero la voz de su madre lo retó de nuevo, forzándolo a volverse.

—¿Y tus hijos? —había hablado ella—. ¿Has pensado ya qué has de hacer de sus vidas? ¿O es que piensas permitir que miren a su padre convertirse en un monstruo cuando ni siquiera han terminado de llorar a su madre?

—*¿Pensar?* —se rio el capitán con dolor—, yo no puedo *pensar* hasta que acabe de arrancarle la piel de los huesos a Jeremy Winchester.

Se fue.

38

La tripulación de El Satán desayunaba en la cocina, todos desvelados y con ojeras profundas. Nadie concilió el sueño entre los alaridos del prisionero que fue torturado cada hora de la noche. Pata de Palo bebía café negro con la mirada perdida, no aceptaba ni un trozo de pan siquiera. El señor Lewis, que se esmeró preparando unos huevos bien condimentados con la esperanza de reanimar a cuantos pudiera con una buena sazón, iba saliendo de la cocina con una charola para dar de desayunar a los pequeños cuando el capitán apareció en la entrada de la cocina asustando a todos. Blackdawn estaba casi totalmente cubierto de sangre, la camisa abierta y las mangas enrolladas hasta los codos. Le sangraban los nudillos y olía a sudor y hierro. Tomó una taza y se sirvió café muy lentamente, necesitaba cada trago. Los muchachos intercambiaron miradas, se hacían señas con la cabeza para que alguien le hablase, pero nadie se atrevía a dirigirle la palabra.

Lussan les indicaba a todos que no lo hicieran; con un gesto de su dedo cruzando su pescuezo, les advertía que les cortaría la cabeza. Tirzah le dio un golpecito previniéndole de ser visto por el capitán. En ese momento Johnny se animaba a servirse un poco del huevo en un plato; creyó que no tendría hambre, pero las especias lo conquistaron con su aroma. Todos pensaron que se iría a comer al comedor de su camarote, pero se sentó a la mesa de los muchachos sin decir palabra. Masticaba con hambre. Poco a poco iba sintiendo las miradas de todos. Dejó de masticar y alzó la vista. Todos siguieron comiendo muy aprisa como si no hubieran estado observándolo. Johnny respiró hondo, dejó el tenedor y se hizo hacia atrás.

—Qué —fue todo lo que dijo.

Entonces O'Connor se levantó, tomó la taza ya vacía del capitán y volvió a servirle café. Viendo esto, el señor Lewis se apresuró a servirle más huevos mientras Bones acomodaba un pan caliente a un lado del plato. Poe destapó el frasco de mermelada y se lo acercó al tiempo que Silvestre le ofrecía el cuchillo de la mantequilla. El capitán Blackdawn miraba las manos de sus hombres disponer todo en un pestañear para que disfrutase de su desayuno y no supo cómo reaccionar; se quedó quieto.

—No estoy loco —les dijo Johnny—. Lo que menos quiero es que me tengan lástima. Voy a fusilar al primero en compadecerse de mí. Porque estoy bien. Todo está... *bien.* Vamos a cargar suficiente oro para reconstruir Tortuga y dejar nuestra nave como nueva. Cada uno podrá llenarse los bolsillos para darse sus propios caprichos. Nos tomaremos una vacaciones y estaremos bien. *Estaremos bien.*

Pero no había un solo pirata a bordo de El Satán que no supiera que el capitán Blackdawn *no estaba bien.* Dio la orden de anclar la nave a la orilla de la playa de la Isla de Cortés y comenzó el cargamento del oro. Los hombres iban y venían con cajas, barriles y sacos de monedas y piedras preciosas, mientras que los que se sentían valientes buceaban en busca del oro perdido e iban subiendo las piezas a un bote de remos atado a un cabo. La tarea de Bones era la más ardua: evitar a toda costa que lord Winchester muriera y atender sus heridas para prolongar lo más posible su tortura a manos del capitán.

En la sala del camarote se reunieron la capitana Aragón, el capitán Blackdawn y el almirante Adley. María había sido muy clara, la única posibilidad de perdonarle la vida y enmendar cada fallo era si llevaba a James consigo a Port Royal para enlistarlo en la Marina Real británica bajo su tutela absoluta. El almirante Adley aceptó, conmovido por los deseos de un niño que era además el hijo del más temido pirata; eso sólo significaba que la convicción del pequeño era genuina e inamovible teniendo toda la influencia en contra.

—Es aún muy joven para reclutarlo de manera oficial —señaló Adley—, pero sin duda puede ir involucrándose en la academia naval; el internado es maravilloso. Hacerlo a tan temprana edad será muy prometedor para su futuro en la armada.

James Blackdawn apenas se permitió sonreír un poco por primera vez desde la muerte de su madre. María le acariciaba la cabeza cariñosamente, mientras el almirante Adley continuaba explicando la naturaleza de su inscripción y las implicaciones del inicio de su nueva vida en Port Royal. El capitán miraba por el ventanal de popa con los brazos cruzados, acariciándose la barbilla de mala gana porque le retorcía escuchar cómo su hijo era lentamente conquistado por la Marina Real y, en consecuencia, por la Corona. No podía imaginárselo vistiendo uniforme, ni quería.

—Sin embargo —siguió Adley en un tono más alto, para que el capitán lo oyera—, por motivos de seguridad es importante que su nombre no lleve el apellido del bucanero más buscado de los mares.

El capitán Blackdawn se volvió lentamente como si acabasen de escupirle.

—¿Qué dijiste? —gruñó.

—James fungirá como mi sobrino —explicó Adley—. Eso hará legítima mi tutela ante el Consejo de la Marina Real británica. James gozaría de un sinfín de ventajas, becas, promociones de cargo, documentos...

—*Es mi hijo* —gruñó Johnny levantando la voz.

—Naturalmente —concedió Adley—. Pero nadie en Port Royal debe saberlo nunca.

Blackdawn se volvió a la ventana y resopló malhumorado, pocas situaciones le habían desagradado tanto. María se mantenía en silencio como una mediadora que no deseaba intervenir a menos que fuera estrictamente necesario; secundaba los sueños de James, pero tenía claro que seguía siendo hijo de Johnny Blackdawn y nadie más tendría la última palabra sobre su futuro, no mientras fuera menor de edad. El capitán pirata iba enfadándose más conforme el almirante seguía describiendo lo que sería la vida de su hijo, una vida a la que él jamás pudo adaptarse; una vida por la que se sentía asfixiado y solo, perdido y sin sentido. ¿Podría la vida ser tan irónica?

El niño observó a su padre sufriendo ante ese ventanal, mirando hacia el horizonte con tal de no ver lo que sucedía frente a él. Perdía a un hijo en un sentido mucho más profundo que la simple distancia.

—¿Puedo hablar con mi padre a solas? —pidió James de pronto, sorprendiendo a todos; era la primera vez que se expresaba en aquella discusión con algo más que un *sí* o un *no*.

—Claro que sí, cariño —respondió María—. Adley, vamos fuera, que quiero preguntarte más cosas.

Las puertas de la cabina se atrancaron y el capitán Blackdawn cerró su único ojo porque sabía lo que su hijo mayor estaba por decirle. Casi pudo recordar cuando se atrevió a anunciarle a su padre, el almirante James Dawner, que no volvería a Port Royal, que se quedaba en El Espectro porque había encontrado su lugar en el mundo entre los piratas y a mar abierto. Sentía, en cierta forma, que la vida le hacía justicia poniendo a su hijo frente a él, para le que dijese que se marchaba a Port Royal porque creía que su lugar en el mundo estaba en el fuerte, entre oficiales y vistiendo uniforme.

—Tú eres mi padre —expuso James, exactamente lo que Johnny había dicho al almirante en esa conversación—, y lo sigues siendo, aunque yo me vaya... ¿verdad?

—No hay lugar al que pudieras marcharte donde no seas mi hijo —le respondió Johnny.

El niño se fue acercando al capitán poco a poco. Los rayos del sol de la tarde, de un sublime color dorado, atravesaban el ventanal iluminando la cabina entera y delatando el polvo flotante. Ambos miraron hacia fuera, a los botes de remos que iban y venían de la isla cargando riquezas.

—Ahora eres muy pequeño y no alcanzas a ver muy lejos hacia el futuro —le dijo Johnny—. Hoy eres sólo un niño ilusionado por cumplir un sueño, y sé que esa adrenalina es... grandiosa. Pero si haces bien las cosas, que siempre las has hecho bien, mañana serás un muchacho vistiendo uniforme de teniente; despierto todos los días a las cuatro y media de la madrugada para marchar en una formación perfecta con tus compañeros. Habrás aprendido a disparar un mosquete y a empuñar una espada y te pararás muy recto con los brazos detrás de la espalda, siempre con la frente en alto, orgulloso de tu habilidad para cumplir órdenes sin cuestionarlas. Lo que no alcanzas a ver ahora es que llegará un día en el que recibas la orden de disparar a piratas, encerrarlos o llevarlos a la horca. Y un día serás almirante... y habrás de dar esa orden tú mismo. Me da miedo pensar si te sentirás orgulloso entonces... o si... te darás cuenta de que llevas toda tu vida en el lugar equivocado.

Ambos se volvieron al mar abierto, perdiéndose en las ondulaciones que destellaban bajo el sol. Miraban ese horizonte de maneras muy distintas cada uno.

—¿Me dejarías averiguarlo por mí mismo? —preguntó James.

El capitán miró a su hijo con el ojo lleno de lágrimas. Asintió. Lo dejó ir.

—Esto le pertenece a Desmond —siguió James, y entregó la navaja del capitán Black desconcertando a Johnny por completo—. Yo llegaré a ser un gran almirante. Pero sé que Des llegará a ser un gran capitán pirata.

El capitán Blackdawn abrazó a su hijo con todas sus fuerzas y rompió en llanto. Al sentir los brazos de su padre aferrándose a él de todas las maneras posibles, James se deshizo también, sollozando desconsoladamente.

—Estoy orgulloso de ti, mi niño —lloró Johnny—, y lo seguiré estando cuando me persigas.

—Te quiero, padre —lloraba James—, y te seguiré queriendo cuando huyas.

Padre e hijo se mantuvieron envueltos en un cálido abrazo un momento más. Como si fuese el último que tendrían. Entonces James se distanció, le sonrió a su padre y salió del camarote contento porque se sentía con el absoluto permiso de cumplir sus más grandes sueños. El capitán Blackdawn volvió a mirar el mar a través de aquel ventanal... lloró. Lloraba por James. Lloraba por Margaret. Lloraba por todo. Podría saberse capitán, padre o pirata, pero en aquel momento se sentía como un simple hombre con el corazón desbaratado en el pecho y el alma hecha trizas.

Esa tarde el capitán Blackdawn decidió pasarla en la Isla de Cortés, a solas. A solas con la frondosa jungla verde perfumada por millones de flores, a solas con el incesante canto de las aves e insectos; a solas en la playa donde se hincó frente a la tumba del capitán Black y se le quedó mirando en silencio un buen rato, jugueteando con la arena entre sus manos. Lo cierto es que no tenía nada que decirle ni ganas de escuchar algún consejo que interpretar. Sólo quería estar allí, en silencio con él, en la deliciosa brisa salina.

Cuando el sol se puso en el horizonte, el capitán Blackdawn decidió ir a la cueva a supervisar el cargamento del tesoro, no debían excederse o las naves cargarían con demasiado peso y no debían ser austeros porque reponerse de la guerra saldría caro y todos los sabían. Tortuga estaba incinerada, no había un hogar al cual volver. Sin embargo, mirar el cuantioso tesoro de Cortés les proporcionaba a todos un consuelo, una promesa, algo de certidumbre de que lo perdido en verdad podía recuperarse.

—Es bonito, Johnny —le dijo Bonny, que estaba de pie a lado suyo—. *Muy* bonito.

Cuando Blackdawn se volvió vio a la capitana con dos aretes de zafiros y un hermoso collar de brillantes. Frunció el ceño y sonrió, no le sentaba para nada.

—¿Qué? —se defendió Bonny indignada—. Una chica puede permitirse sus caprichos.

El capitán negó con la cabeza sin dejar de sonreír, ni siquiera se dio cuenta de que era la primera vez que lo hacía desde la muerte de Margaret.

No era una sonrisa de gusto, mucho menos de felicidad; era una sonrisa triste de alguien herido a quien algo simple le cae en gracia. Bonny quería decirle, con extraña urgencia, que sentía mucho la muerte de Margaret, pero nunca en toda su vida había dado un pésame ni sabía cómo hacerlo.

—¿Ya mataste al hijo de puta? —fue todo lo que dijo.

—Ni cerca —respondió Johnny—, lo tengo colgado de una cadena como un maldito cerdo, igual que él a mí. Cuando Margaret duela, voy a lastimarlo. Cuando James duela, voy a lastimarlo. Cuanto Tortuga duela, voy a lastimarlo. Voy a lastimarlo hasta que cada hueso se le retuerza y me pida a gritos un tiro entre las cejas.

La capitana Bonny rio. Blackdawn resopló enfadado, sentía que no estaba siendo tomado en serio.

—Suena... cansado —dijo Bonny entre risas—. No seas tonto, bombón. Dale un tiro y ya lárgate de esta isla. Es demasiado bella para que sigas llenándola de sangre. Tenle un poco de respeto al lugar donde murieron tu padre y tu mujer.

—Suenas como mi madre —refunfuñó Johnny.

—Tampoco me tienes que insultar, ¿eh?

Johnny volvió a reír.

—Sabes —dijo él—, la Isla de Cortés es como un mundo aparte de allá afuera. Aquí siento que tengo a Black y el tesoro, y hasta creo que si espero lo suficiente veré a Maggie llegar con un plato de la fruta que fue a recoger en la selva. No me atrevo a volver a la realidad, a la vida *normal*... sin Margaret... sin... Se supone que ganamos, maldita sea. Y no se siente así. Se siente jodido, todo.

—Dale tiempo, capitán —lo consoló Bonny—. Ganaste la guerra, pero te salió perro de caro. Tienes mucho que pensar, sanar. Ya estarás bien, vas a ver. Y el primer paso, temo decirte, es acabar con la miseria de ese animal que tienes amarrado en tu barco. Tienes que seguir adelante, Blackdawn.

El capitán Blackdawn supo que era tiempo de levar anclas e izar velas, de hacerse a mar abierto donde pertenecía su nave y su tripulación, su alma.

39

La costa de la Isla de Cortés se perdió en el horizonte y los piratas se vieron nuevamente rodeados del azul turquesa del Caribe. La guerra había terminado, y bajo el mando del capitán Johnny Blackdawn y su promesa, fue una guerra ganada. La piratería triunfante sobre la Corona y Blackdawn triunfante sobre los hermanos Winchester. Sin embargo, Anne Bonny tenía la razón al decir que había salido *perro de caro*; y es que así se sentía cada bucanero a bordo, como si la victoria hubiera costado demasiado y su sabor fuera más amargo que dulce. El capitán Blackdawn continuaba torturando a Jeremy por las noches, y aquel asunto había pasado de ser una venganza a un acto macabro que nadie se atrevía a cuestionar. Algo había de hacerse y todos lo sabían; de otro modo serían testigos de cómo su capitán se transformaba en un monstruo que nadie deseaba conocer.

La flota fijó curso a una pequeña península de comerciantes cerca de Port Royal. Podrían reabastecer las naves de víveres y herramientas de artillería, y también permitir que el almirante Adley y su nuevo sobrino James buscaran pasaje con alguna corbeta mercante.

El destino de los hijos del capitán Blackdawn se decidió una noche en el comedor del camarote. Johnny lo estuvo pensando un buen tiempo, rogándole a Dios que no se equivocara en esa decisión como había errado en tantas otras. Desmond se quedaría en El Satán porque no pertenecía a ningún otro sitio en el mundo, era un pirata. Le hubiera gustado elegir lo mismo para sus hijas, pero sabía que un barco pirata no es sitio para que tres damitas se críen; hay hombres por todas partes día y noche, enfermedades, excesos y batallas impredecibles en las que basta sólo una bala perdida para desbaratarlo todo. Fue entonces cuando intervino María; si bien al final eligió ser pirata antes que dama, aún poseía nobleza en sus venas y contactos en su agenda. Bastaría con un par de cartas, correspondencia que sería protegida y facilitada por don Diego Córdova, para que Annabelle, Mary y Sophie quedaran a salvo en el mejor internado de Castilla para damas de estirpe noble.

—Me estás hablando de la misma vida de la que huiste en un bote de remos —dijo Johnny—. ¿En serio quieres que mis hijas formen parte de ella?

—Yo elegí la piratería por amor cuando crecí —respondió María—. Y tus hijas tendrán la posibilidad de tomar esa misma elección cuando sean algo mayores. Pero si escogen mantener una vida en España, en Inglaterra, en Francia, o donde sea, el cimiento que proporciona la corte de Castilla es insuperable. Educación, amistades influyentes, cultura, clase, matrimonios prometedores...

—*NO* —la interrumpió Johnny bruscamente—, no, no, no, no. No. No y no. *No.* Belle tiene ocho años y las gemelas seis. No me hables de matrimonios ahora. Madre, no te entiendo, tú abogaste por tu propia libertad, por casarte con quien te diera la gana, por tomar el mando de un imperio mercante, por...

—*CRÉEME* —refutó María alzando la voz—, ninguno de mis sueños hubiera sido posible si cada una de mis elecciones no estuviera secundada por una amplia y prestigiosa educación que me permitió hacer de mi vida lo que me complaciera. La única esperanza que tiene una mujer de ser independiente es si está bien educada e informada. De otra manera, buscarán refugio de un mundo que no comprenden en un hombre, y entonces sí que las verás casadas y pronto. Confía en mí. Diego Córdova es mi mejor aliado y le confiaría mi vida. Él se encargaría también de que puedas visitarlas sin el mínimo riesgo. Y para cuando el internado termine y también su tiempo en la corte, Annabelle tendrá dieciséis años y las gemelas catorce. Podrán decidir ellas mismas con mucha más perspectiva de la que puede ofrecerles una isla desierta y un barco pirata en plena batalla. Les debes esa oportunidad.

El capitán Blackdawn tomó la botella de ron que estaba sobre la mesa, la descorchó con los dientes y bebió un trago seco y pesado. Aceptó.

Las naves anclaron en la costa de la península. En su mayoría se trataba de mercados con los más variados y coloridos productos. Los mercaderes jamaiquinos gritaban y con toda la alegría estaban dispuestos a vender a quien fuese. Las tripulaciones de ambas naves piratas comenzaron con el proceso de compras para reparar los daños estructurales y llenar nuevamente tanto la cocina como la bodega de pólvora y artillería. A los muchachos les emocionaba cuando era día de compra, les gustaba sentir que tenían cosas nuevas porque se parecía a una segunda oportunidad, una vuelta de página en varios sentidos. Pata de Palo se hizo cargo del inventario, le urgía poner toda su mente en un mismo sitio con tal de que no se le escapara un solo pensamiento para su hermana.

En el embarcadero esperaba una corbeta con destino a Port Royal. El almirante Adley se encontraba a bordo disponiendo todo sobre cubierta y dando instrucciones a los pocos tripulantes. Al final del muelle, el capitán Blackdawn arreglaba la camisa de su hijo, aunque estaba sucia y rasgada; quería que James llegase a puerto sintiéndose presentable y digno de la nueva vida que le esperaba.

—Siempre preséntate a tiempo ante tus superiores —decía Johnny con la voz entrecortada—, cepilla bien tu chaqueta porque eso les importa mucho y presta atención a los tenientes cuando den instrucciones porque no las repiten dos veces. Y desayuna bien siempre, ¿me oyes? Aunque no tengas hambre.

—Sí —respondió James, iba cediendo al llanto también.

El capitán sostuvo a su hijo con todas sus fuerzas, como si así pudiera impedir que emprendiera su propio camino. Sabía que era la última vez que lo vería de esa forma: pequeño, inocente y aún a tiempo de cambiar de bando. Al poner pie sobre la escalerilla de la corbeta sería demasiado tarde.

Está todo listo, la voz de Adley desbarató el último momento que tendría el capitán Blackdawn con su hijo en mucho tiempo. El niño se limpió las lágrimas y el pirata se irguió conteniendo su propio llanto.

—Adiós, papá —dijo James.

—Adiós, James —respondió Johnny.

Fue así como James Blackdawn abordó una corbeta con destino a Port Royal, con destino a la Marina Real británica. Adley estaba por ir detrás cuando Johnny lo sujetó del saco con fuerza, un movimiento violento que asustó al almirante.

—Si algo le pasa voy a ir por ti hasta los confines del infierno y te voy a arrastrar —amenazó Johnny.

—Lo único que va a sucederle es un futuro grandioso —respondió Adley, retirándose las manos de Johnny con suavidad, casi con cariño—. Te doy mi palabra de honor, tu hijo será almirante algún día.

—Eso me importa un carajo. Prométeme que será feliz.

El almirante asintió; no estaba seguro de cómo podría prometer algo así, pero tenía claro que haría lo que en sus manos estuviese para brindarle todas las oportunidades de una vida plena y honorable.

La corbeta zarpó. El capitán Blackdawn cerró su único ojo, negado a mirar cómo aquella embarcación se perdía en la línea del horizonte. Sintió una mano pequeña tomar la suya, luego una manita más sujetar la otra. Las gemelas estaban a cada lado, sosteniéndolo de formas que ellas jamás comprenderían. Blackdawn se arrodilló para envolver a las pequeñas en sus fuertes brazos. De un momento a otro se vio dentro de un santuario lleno de paz donde nada podía hacerle daño. Sintió a Margaret. La sombra de María sosteniendo la mano de Annabelle se dibujó sobre la madera del andador. El capitán sabía lo que eso significaba y quiso aferrarse a sus gemelas con más fuerza. Era tiempo de despedirse de sus hijas. Besó las cabecitas pelirrojas y luego se dirigió a Annabelle, sosteniéndole las manos con toda la devoción de un padre a una hija.

—Belle... —le dijo Johnny a la pequeña niña, cuyos ojos color turquesa derramaban lágrimas porque sabía que éste podría ser el *adiós* más largo—. La mayor de todos mis hijos, la más fuerte. Nunca te desprendas de esa fuerza tuya y jamás estés dispuesta a negociarla por nada ni por nadie. Eres Annabelle Blackdawn. Y elijas una vida en el mar o una vida en un palacio, nunca te olvides de que podrás aferrarte a esa fuerza en tu sangre cada vez que la necesites, porque no va a desprenderse de ti por mucho que te alejes. No serás como las otras niñas, Belle. Y quiero que sepas ésa tu mayor fortaleza, jamás tu debilidad, ¿me entendiste? *Eres Annabelle Blackdawn.*

—Nunca he estado sin mamá —lloró Annabelle—. Nunca he estado sin mis hermanos. Ni siquiera hablo español, ¿quién me va a entender en Sevilla?

—Yo tampoco he estado nunca sin tu madre —respondió Johnny—, pero creo que, si somos valientes, podremos enfrentar la vida sin ella, ¿no crees?

La niña asintió y abrazó a su padre con fuerza. Ambos lloraban. El capitán se irguió y miró a su madre de frente buscando en sus ojos canela el mínimo consuelo, una promesa, *un algo*. Eso que sigue buscando un niño en su madre, aunque ya sea un hombre.

—Estaremos llegando al puerto de Sevilla dentro de cincuenta días aproximadamente —dijo María—, poco más si el clima es hostil. Navegaremos con todo el cuidado y sin exponernos al mínimo peligro. He escrito ya a mis amistades en Castilla, perfectamente dispuestas a ignorar mi declaración como pirata con tal de seguir participando en las acciones de la flota mercante y las patentes que mi nombre proporciona. Para aquellos que pueden beneficiarse de mi nobleza sigo siendo una noble, y aunque sea por mera conveniencia se encargarán de proteger a tus hijas y colocarlas. Córdova será su sombra, tienes mi palabra.

—No puedes hablar por Córdova —respondió Johnny—. Él no me ha prometido nada personalmente, sólo supones que tiene la disposición.

—Confía, cariño —le dijo María acariciándole la mejilla—, que tu madre gobierna Sevilla.

Blackdawn puso su mano sobre la de su madre y suspiró abatido.

A las cinco de la tarde las tres naves habían quedado completamente abastecidas de todo lo necesario. El aire impregnado de sal, de mar, olía a inicio. El Rackham fue la primera nave en zarpar. A Johnny, para su sorpresa, le había decepcionado que la capitana Bonny no se molestara en despedirse, pero a la vez comprendía que no era el tipo de mujer que se prestaba a ese tipo de cosas. Algunos dijeron haberla visto despedirse de la capitana Aragón en muy buenos términos. Tirzah y su hija Zuri se quedaron en aquella isla, buscando también un nuevo comienzo. Maxwell Winchester pudo haber tomado aquella perfecta oportunidad para conseguir un transporte a Londres e intentar seguir adelante con su vida, pero eligió quedarse a bordo de El Satán.

—Así que sólo quedamos tú y yo —le dijo Desmond a Johnny cuando fue tiempo de irse.

—Eso parece, piratita —respondió el capitán.

El Satán y El Espectro zarparon juntos. Quedarían algunas millas náuticas que navegar juntos en las aguas del Caribe antes de que sus rumbos tuvieran que separarse inevitablemente.

40

El capitán Blackdawn relevó a la guardia nocturna de cubierta. Deseaba estar a solas con su nave. A lo mucho le pidió a Espinoza —quien menos le juzgaba de toda su tripulación— que estuviese atento al timón para mantener el curso fijo y la estela impecable. Los hombres se habían retirado a sus coyes sin cuestionar nada, sabían lo que vendría; una larga noche de escuchar los alaridos de Jeremy Winchester. No fue así. Esa noche hubo silencio. Johnny descorchó una botella de ron y fue a sentarse ante el bauprés de su nave roja para beber. Sentía la fresca brisa acariciar la embarcación conforme iba alcanzando los doce nudos o más. Los faroles se columpiaban con suavidad iluminando la cubierta, pero no lo suficiente para delatarlo en aquel rincón oscuro donde había encontrado una especie de refugio. Acarició su nuevo collar, una cadena con la conchita que él alguna vez obsequió a Margaret cuando eran niños y jugaban en una playa, y que, desde entonces, ella jamás retiró de su cuello hasta el día en que murió. Cerró el ojo y suspiró. Escuchó música, las cuerdas de un violín que iban despertando con notas dulces que pretendían ser alegres. Se le unió la voz de un muchacho que cantaba.

Escuché que un viejo cantaba que es tiempo de partir,
si mi madre en la costa llorara, sabría que es tiempo de partir...

Al abrir el ojo el capitán vio a Jay Jeffreys sentado sobre un barril tocando el violín y a O'Connor a un lado cantando. Se les unieron Poe y Chuck cantando también.

Y si las olas hablaran vendrían por mí...
me dirían que es tiempo de partir.

El resto de sus hombres fueron apareciendo ante la luz de los faroles, cantando. Algunos acompañaban la música con sus palmas y zapateando sobre la madera. También cantaba Desmond, animado como el resto de sus compañeros, sonriente y lleno de esperanza, sentado en los hombros de Bones. El capitán Blackdawn fue cediendo a sonreír.

—Venga, capitán —dijo Poe en voz alta—, ¿no nos convida ron?

—¡Lo queremos acompañar! —decía Chuck.

—¡Aquí si es miserable uno somos miserables todos! —exclamó Silvestre.

¡Seh!

—¿Dónde está el imbécil de mi nuevo grumete? —preguntó Johnny.

Maxwell dio un paso al frente.

—Aquí, capitán.

—Ya oíste —le dijo Johnny—, reparte ron.

—¿Y algo de comida, capitán? —propuso el señor Lewis, que ya se ajustaba el delantal sobre la barriga con toda la disposición.

—¡Lo mejor que tengas! —le respondió Johnny.

Al violín de Jeffreys se le unió la gaita de Eddie y los tambores de Chuck, que no eran más que barriles. Las palmas se iban haciendo más sonoras. El canto más apasionado. Espinoza fue el primero en bailar; le siguió Silvestre, Bones, Desmond. A un precio altísimo, sí, pero habían ganado la guerra. El Canvass hundido. El Fénix hundido. El almirante Adley sometido por la capitana Aragón. Y los hermanos Winchester, uno agonizando en el calabozo de la nave y el otro trapeando la misma. El Satán cargado con riquezas del tesoro de Cortés y el mapa del conquistador de vuelta al bolsillo interior del saco del capitán Johnny Blackdawn. *A un precio altísimo, pero habían ganado la guerra.*

La celebración sobre cubierta crecía y George Tanner podía escucharla desde el calabozo. Se encontraba frente a lo que quedaba de Jeremy Winchester, un cuerpo colgante cubierto de sangre con tantos golpes y heridas que parecía más bien un cadáver. Estaba vivo, pero apenas y respondía al menor estímulo. Tanner negó con la cabeza. Conocía a Johnny desde toda la vida, quizá lo conocía mejor que nadie, y sabía que mientras Jeremy viviera jamás lograría desprenderse del pasado, de su dolor, de su sed de venganza, de *Margaret.* Pensó en matarlo allí mismo, nadie sabría que fue él porque todos sabían lo débil que se encontraba, aunque él también tuviera derecho a darle muerte en nombre de su hermana. Jeremy era esa única célula podrida en el cuerpo de El Satán que mantenía a su capitán infectado, y al no ser eliminada acabaría por enfermar a la embarcación entera y su tripulación. Tanner había acudido a María en aquella península en la que anclaron para reabastecerse, se vio con ella en la confidencia de una playa desierta.

—Lo estamos perdiendo —había dicho Tanner—. Johnny se transforma en un monstruo sin siquiera saberlo, ni le importa. Tiene que matar a Jeremy ya o tendré que hacerlo por él.

—Si das muerte a Jeremy, mi hijo perderá la cabeza completamente —le respondió María, que también lo había pensado—. Será como ahora, pero cien veces peor, y me temo que sin punto de retorno porque no podremos revivir a su enemigo para que se desquite dándole muerte él mismo. No puede hacerlo nadie más que él.

—Jeremy está muy malherido, pero no está cerca de morir según dice Bones. Johnny le ordena sanarlo después de cada tortura y no daña nada vital cuando lo hace. Carajo, si hasta lo obliga a alimentarse y a beber agua. María, lo que te digo es grave: Johnny se está convirtiendo en un animal y, si no hacemos algo con Jeremy pronto, no habrá vuelta atrás. Habremos deseado actuar antes por el resto de nuestras vidas.

—Y congenio —insistió María—, pero no podemos matar a Jeremy por mano propia porque eso será peor. Mi hijo sólo prolonga su venganza por temor a cerrar este doloroso ciclo e iniciar uno sin Margaret y sin sus hijos. Se engaña a sí mismo pensando que si tortura al asesino de su mujer lo suficiente, conseguirá el perdón de ella y hasta su reaparición. Si alguien más le arrebata eso de forma definitiva... entonces sí lo perderemos.

—¿Y de forma no definitiva? —cuestionó Tanner—. ¿Hay manera de detener a Johnny sin asesinar a Jeremy?

La capitana Aragón le dio la espalda a Tanner y respiró muy profundo.

—Sí. La hay.

La música y los zapateos del baile arrastraron a Tanner fuera de esa conversación con la capitana y que repetía ahora en su mente, mientras veía el maltrecho cuerpo de Jeremy columpiarse de las cadenas. Subió a cubierta y se encontró ante una auténtica fiesta. Se fijó en el capitán Blackdawn... en *Dawner*. Era la primera vez que lo miraba sonreír de esa manera en mucho tiempo; ahí, de pie ante el bauprés chocando botellas con Poe, la pipa en su boca y Dessy sobre sus hombros riendo. Tanner fue entrecerrando los ojos, frunció el ceño y desbarató todo pensamiento positivo que comenzaba a tener. Luces al frente. Giró la vista a un lado pensando que quizá se trataba de El Espectro que se había adelantado, pero los faroles de la nave negra permanecían intactos en el babor. Ésta era otra nave.

—Dawner —llamó Tanner, ni siquiera lo pensó, salió de su boca sin aliento como si fueran sus últimas palabras.

Blackdawn se volvió a su amigo, y al ver su rostro palidecido borró la sonrisa de su faz inmediatamente. Se giró detrás de sí para ver lo que Tanner miraba con tanto miedo. Las luces distantes iban transformándose en una flota de cuatro buques de guerra, el más grande al frente.

El capitán bajó a su hijo de sus hombros y le sostuvo los brazos con fuerza.

—Desmond Blackdawn —le dijo—, ve a mi camarote y coge del escritorio el mapa que tú dibujaste. Cambia los trazos, invéntate una nueva ruta, juega. Y tráemelo. Tienes cinco minutos.

—Sí, capitán —respondió el niño.

La música se detuvo. Cada pirata dejó de beber y comer. El canto cesó y el baile quedó desbaratado en una quietud insoportable.

—Tanner —llamó Blackdawn.

Pata de Palo se acercó más.

—Tú y yo sabemos que... —comenzó Johnny, de pronto le costaba hablar—, tú y yo sabemos que ahora no estoy... *bien*. Y necesito que seas tú quien lleve esto.

Entonces el capitán Blackdawn sacó del bolsillo de su saco rojo el mapa del conquistador original, perfectamente enrollado.

—John, yo...

—Tú siempre has sido más prudente que yo. Y ahora te necesito.

—Sí, capitán.

El capitán Blackdawn respiró muy hondo, le quedaba poca fuerza para continuar una lucha, pero pondría toda la que tuviera en ella.

—¡Puestos de batalla! —ordenó—, ¡señales a El Espectro!

¡Sí, capitán!

Desmond corría entre los hombres que se movilizaban sobre cubierta. Encontró a su padre en el castillo de proa.

—Aquí está, capitán —dijo el niño, entregando un mapa del conquistador tan convincente como el anterior, pero completamente alterado.

Blackdawn tomó el pergamino y lo enrolló para ponerlo nuevamente dentro del bolsillo de su abrigo.

—Ahora vas a ir con Poe al piso de artillería y te vas a fijar cómo se hacen las cosas —le dijo Johnny a su hijo—, pero sin intervenir un carajo, ¿me oíste, Desmond? Hoy estás para mirar, no para pelear.

—Sí, pap... digo, capitán.

Cuando el niño se dirigía al piso de artillería, el capitán hizo una señal a Poe que decía, sin palabra alguna, "cuídalo con tu vida", a la que Poe respondió asintiendo con la cabeza, quizá la promesa más importante que había hecho en mucho tiempo.

Las naves invasoras seguían aproximándose con calma y sin detonar armas. El capitán Arat miró por el catalejo y reconoció que era una flota contra la que apenas podrían librar batalla.

—¿Qué estás pensando? —le dijo María.

—Que me dejes a las niñas y vayas a El Satán cuanto antes —respondió Turco—. Yo puedo poner a las pequeñas a salvo, pero si John vuelve a perder el control estaremos en el fondo del mar.

La capitana Argón asintió.

—¡Melville, comanda batalla! —ordenó la mujer—, tomas mi lugar mientras no esté. ¡Y que oigan todos que nuestra máxima prioridad es mantener a las pequeñas a salvo a cualquier costo!

¡Sí, capitana!

¡Puestos, ya!

El buque de guerra invasor quedó a un costado de El Satán, sin haber comandado acción de batalla alguna, como si viniese en completa paz. Blackdawn se paró sobre la borda de estribor sostenido del obenque para mirar la cubierta enemiga. A la luz de los faroles apareció impoluto y en absoluta calma el gobernador Victor Cromwell. Sereno y con un aire noble que, a estas alturas, no convencía a ningún pirata, sino que infundada más dudas.

—Capitán Johnny Blackdawn —llamó el gobernador—. Mi nombre es Victor Cromwell, gobernador de Port Royal y servidor de su majestad el rey Jorge.

Blackdawn sintió la sangre bajar helada desde su cabeza hasta los brazos y caer a sus pies como un río de pinchazos que volvía a ponerlo ante el expectante cañón de un nuevo golpe. No esta vez, no con Desmond en el piso de artillería y sus hijas en la nave vecina. *No esta vez.*

—¿Qué desea? —preguntó Johnny, sorprendiendo a todos con su aire cooperativo.

—La paz, se lo aseguro —respondió Cromwell—. Veo que vuelven en dirección opuesta, sanos y salvos sin rastro de El Canvass, El Fénix o

El Rackham. Lo que me lleva a pensar que han ganado esta batalla y no es mi deseo someterlo a una nueva. Le invito a abordar mi nave. He de hacerle una proposición que nos librará de más sangre.

¡Nah!, rieron los hombres, que se sabían con artillería nueva.

¡Hijo de perra!

¡Vuelve a tu maldito agujero, escoria!

¡Perro del rey!

—Acepto —dijo Johnny, enmudeciendo a cada pirata a bordo de su nave. Cayó de pie en su propia cubierta y Tanner se le abalanzó al instante.

—¿Qué carajos estás haciendo? —susurró Tanner cogiéndolo del brazo.

—Confía en mí —murmuró Johnny.

En unos momentos el capitán Blackdawn ya se encontraba entrando en el camarote del gobernador Cromwell. Le cayó en gracia que esta nueva nave se llamara El Bartolomé II, considerando toda la historia que guardaba el primero. Se sentaron a la mesa del comedor, a la luz de un candelero colmado de velas. Cromwell ofreció una copa de brandy al capitán y éste la aceptó, dócil.

—La siguiente negociación se divide en tres partes —comenzó el gobernador—. Lo que quiere el rey. Lo que quiero yo. Y lo que quiera usted a cambio. Ni un alma más tiene que morir, se lo aseguro.

—Te escucho —respondió Johnny.

—Lo que quiere el rey es a usted. Desea el crédito de su captura por mero ego político, un juicio apropiado en la dársena de Londres, algo ostentoso y sin duda sanguinario. Yo personalmente sólo deseo acceso al tesoro de Cortés, es decir, el mapa que lleva a tal destino. Y me presento ante usted y su flota, capitán Blackdawn, para preguntarle qué desea a cambio de estas dos cosas.

Una sonrisa ladeada y picaresca se dibujó en el rostro del capitán Blackdawn, que intimidó al gobernador.

—¿Sabías que los Winchester mataron a mi mujer? —dijo Johnny, sirviéndose más brandy—. Le metieron una bala en el pulmón y dejaron sin madre a mis cinco hijos. Perdí a mi esposa. Mis piratas perdieron Tortuga porque ustedes la quemaron. Y se perdieron muchas vidas en batalla. ¿Crees que mis piratas van a dejar que les quites a su capitán y el mapa sin hacerte añicos? Vamos a ser honestos, con tus barquitos me puedes dar un rato difícil, pero yo a ti te puedo matar en minutos. Y te quedas sin tu prisionero estrella, sin tu tesoro y, por supuesto, sin pulso. Hoy te mueres, sí o sí. Mejor te tengo una contrapropuesta.

El gobernador Cromwell se movió hacia delante, al filo de la silla; él también se sirvió una segunda dosis de licor.

—Tiene toda mi atención —dijo, sosteniendo la copa finamente entre sus dedos.

—Mis hombres quieren reconstruir Tortuga más que cualquier otra cosa —siguió Johnny—. De hecho, llevo en mi nave algo de oro del tesoro para comenzar. No es mucho, pero puede devolvernos nuestro hogar. Yo te entrego el mapa del conquistador ahora mismo si tú les permites a mis naves largarse. Lo que llevamos a bordo no es ni el uno por ciento de la maldita riqueza que queda en esa isla todavía. Pero ningún tesoro vale más que nuestra Tortuga reconstruida. Ahí tienes tu mapa sin haber disparado un solo cañón. Y en cuanto a mí, los dos sabemos que no puedo irme contigo. Tu mente tan brillante reconoce que no es ni remotamente posible, porque te costaría la vida, y los dos sabemos que complacer un capricho del rey no vale tu vida.

—Pero si yo no entrego al infame Johnny Blackdawn a su majestad la guerra continúa —argumentó Cromwell.

—Entrega a Johnny Blackdawn —dijo el capitán—. Pero eso no significa que tengas que entregarme a mí.

El gobernador frunció el ceño; sus ojos se movían de un lado a otro dentro de las órbitas, intentando darle sentido a lo que escuchaba, pero era un acertijo sin lógica.

—Cómo preten… —iba a cuestionar el político.

—Dame unos diez minutos y tienes aquí a tu Johnny Blackdawn con un moño de regalo para su majestad —interrumpió Johnny—, ¿qué opinas?

El gobernador Cromwell se reclinó en el respaldo, intrigado por la resolución de esta negociación que comenzaba a parecerle más interesante a cada instante. Debería desconfiar, y lo sabía; temía por su vida en caso de caer en una posible artimaña de piratas que pondría a sus naves en jaque. Pero la calma con la que el capitán Blackdawn hablaba le inspiraba certeza, era una tranquilidad inhumana en momentos como aquéllos, en verdad el pirata estaba loco de atar.

El capitán Blackdawn volvió a El Satán con una perturbadora sonrisa que brindó esperanza a todos los piratas, ansiosos de conocer las implicaciones de la misteriosa negociación y si habían vuelto a ganar… o a perder.

Apenas ponía Johnny ambas piernas sobre la cubierta se topó con su madre de frente.

—¿Madre? —dijo desconcertado—, ¿qué haces aquí?

La capitana Aragón se tomó un momento para responder, lucía sospechosamente nerviosa cuando ella jamás perdía el habla y pocas veces la serenidad. La mujer española se veía como si acabase de hacer algo terrible.

—¿Qué ha ocurrido? —preguntó nerviosa—, ¿qué es lo que quieren?

—Tráiganme a Stain —ordenó el capitán.

Los bucaneros llevaron a Benjamin Stain esposado de rodillas ante el capitán. Chorreaba sangre de la boca y lágrimas de los ojos; pálido y sudoroso esperaba que al fin se le concediese la muerte. Johnny Blackdawn desfundó su navaja y la clavó sin piedad en el ojo izquierdo de Stain haciéndolo dar alaridos. María apartó la vista enseguida. El pequeño Desmond miraba con la boca abierta, pero fue Tanner quien, igual de confundido que todos, le cubrió los ojos. Iba a ser un pirata, sí, pero no por eso tenía que enterarse a sus siete años de la crudeza con la que podía actuar su padre. En segundos Blackdawn ya sostenía en su mano el ojo de Benjamin y jugueteaba con él como si fuera una simple canica. Se puso en cuclillas para quedar frente a frente con su prisionero.

—Tú y yo también tenemos unas cuentas que ajustar, *capitán* Stain —siguió Johnny, poniendo el ojo ante el rostro de Ben—. Desde hace muchos años quiero darte una paliza por tantas razones que no sé ni cuál escoger. Debería matarte. Pero tengo una idea mejor... ¿querías ser capitán? Serás el más grande de todos.

Blackdawn miró a sus piratas con una expresión traviesa, y *todos* comprendieron lo que estaba tramando. La salida perfecta. Bones se encargó de coser el agujero del ojo con la meticulosidad y el cuidado suficientes para que sanara y se viese impecable en poco tiempo. El señor Lewis cortó el pelo de Stain, que antes llegaba a su mentón, pero ahora imitaba perfectamente el largo y la forma del corte de Johnny. Stain gritaba maldiciones que nadie comprendía, nunca más podría articular injuria alguna sin su lengua. O'Connor vistió a la víctima con el emblemático abrigo rojo del capitán Blackdawn. Y, finalmente, el pequeño Desmond se encargó de colocar en su rostro un parche de cuero negro. Los hombres reían y festejaban mientras que María y Tanner se mantenían serios y apartados de la conmoción, intercambiando miradas como si supieran algo que el resto del mundo ignoraba completamente.

Benjamin Stain fue llevado hasta los pies del gobernador Cromwell, en la cubierta de El Bartolomé II. Le esperaba un largo viaje a Londres, y si alguna vez aspiró a demasiado, nunca imaginó que estaría frente al mismísimo rey de Inglaterra y que toda la ciudad atestiguaría su ejecución en la dársena, bajo el nombre del capitán Johnny Blackdawn. Una acusación de la que jamás podría defenderse sin esa lengua con la que habría salvado su pellejo innumerables veces en el pasado.

El gobernador Cromwell miró a Johnny y le sonrió, le pareció una solución absurda y, sin embargo, aceptable. Entonces Johnny, con la misma disposición, entregó a manos del gobernador el mapa del conquistador, cuyo artista era un niño de ocho años.

Los piratas zarparon victoriosos.

41

La celebración en El Satán continuó como si nada la hubiera interrumpido. Los piratas se sabían libres y victoriosos. La brisa salina sabía distinta, como una tregua entre la vida y la muerte. El color púrpura y rosado de un nuevo amanecer fue desvaneciendo la oscuridad de la noche. La maravillosa esfera dorada del sol se alzó en el horizonte conquistando el mar. La mayoría de los hombres yacían borrachos alrededor de la cubierta. El capitán Blackdawn respiró hondo y admiró el amanecer. Sabía que habían alcanzado suficientes leguas y que era momento de partir en caminos separados sin El Espectro. Por razones que no comprendía ni se atrevía a cuestionar, se sintió contento, en paz. Todo estaría en su lugar. Era tiempo de seguir adelante con la vida, y para concluir su victoria y saciar con ella su venganza, restaba solamente terminar de dar muerte a Jeremy Winchester. Éste sería el día.

La capitana Aragón se acercó a su hijo, se veía algo pálida y con ojeras pronunciadas.

—Te voy a extrañar —le dijo Johnny—. Sabe el diablo que soy un maldito pirata, pero no dejo de ser un hijo que sana sus dolores cuando su madre está cerca.

—Es lo que deseo con todo mi corazón —respondió María con dulzura—, que sanes.

La mujer fue forzando a su hijo, de la manera más suave y cuidadosa, a que cediese a un abrazo de aquellos intensos que llegan hasta el alma. Tenía la sensación de que bien podría ser la última vez que su hijo quisiera acercarse a ella. Se envolvieron el uno en el otro y se quedaron así un momento. Johnny quería repetirle una vez más que cuidara de sus hijas, pero se lo había dicho tantas veces que ya no tenía sentido, y sólo esperaba que, a dondequiera que llegaran, fueran felices. *Necesitaba* que fueran felices. María le acarició la nuca y le besó la frente como si fuera sólo un niño.

—John… —comenzó, se le quebraba la voz, pero se reponía enseguida—. He tomado una decisión de la que has de enterarte más adelante. No me arrepiento, pero temo que no la comprendas y te enfurezcas conmigo. Sólo pido que cuando…

Johnny sonrió y besó las manos de su madre, sabía a qué se refería, su relación con Turco era ahora un hecho y seguramente la mujer sentiría la necesidad equivocada de dar explicaciones como si Desmond Black siguiera con vida y estuviese siendo traicionado.

—Tu felicidad es mi felicidad —le dijo Johnny—. Arat es un gran hombre.

Los muchachos no paraban de hablar al respecto, los capitanes de El Espectro estaban *juntos*. Stanley había contado que los vio durante la guardia nocturna, paseándose tomados de la mano en la cubierta desierta, hablaban en voz baja. Algo atormentaba a la capitana y Arat la consolaba, aunque no estuviera de acuerdo con ella en la elección que la había llevado a quedarse despierta.

—No tienes derecho a decidir algo así —murmuró Arat, acomodando el cabello de la mujer detrás de su oreja—. Le pertenece a John, su dolor y la manera en que decida lidiar con él. Es peligroso interferir en algo así.

—Soy su madre —respondió ella—. Prefiero que no me perdone jamás a que pase el resto de sus días intentando perdonarse a sí mismo.

Arat acarició la mejilla de María, luego fue llevando la mano detrás de su cuello para acercarla contra él en un abrazo. Los brazos de Turco la hacían sentir protegida de absolutamente todo, como una impenetrable fortaleza en la que podía desbaratarse sin peligro, el hogar inamovible de su vulnerabilidad. Fueron a dormir juntos, en la misma cama. Arat se entregaba a María con fuerza y sin miedo, veneraba su cuerpo entre besos y caricias que escurrían por todo su ser. María se permitía dejarse ir en él, entre sus manos y sus besos. Cuando hacían el amor nada más importaba en el mundo, y el sueño que venía después era el más pleno de todos. Excepto esa noche en la que la capitana Aragón abandonó su barco para desafiarlo todo.

Ahora la española se despedía de su hijo de más maneras en las que Johnny podía siquiera imaginar. Vio a su madre abordar El Espectro, donde pertenecía, y hacerse a la mar con el destino de sus hijas. La nave negra iba haciéndose más pequeña hasta desaparecer en el horizonte de la mañana. Respiró muy hondo. Era tiempo finalizar su venganza, era tiempo de concluir la guerra. Desenvainó su espada de pronto. Todos los hombres que a esas horas ya laboraban en la nave lo contemplaron, lo vieron ir hacia el calabozo donde daría muerte a sus males.

Blackdawn iba bajando la escalerilla a la celda, decidido a matar a Jeremy Winchester clavándole la espada en el corazón. Echaría su cadáver al mar sin más, su peor grande enemigo sería reducido a alimento para tiburones. Llegó. Miró la celda. Estaba vacía. Dejó caer la espada. Iba sintiendo su respiración hacerse más pesada como si no llegara aire a los pulmones, sino rabia a su corazón. En ese momento sólo pudo recordar las palabras de su madre: "He tomado una decisión de la que has de enterarte más adelante. No me arrepiento, pero temo que no la comprendas y te enfurezcas conmigo". Apretó su ojo, cediendo a un llanto amargo y lleno de enojo. Y al menos por ese instante tan negro y despiadado, odió a su madre.

¡AHHH!, gritó desbordando ira.

¿Dónde? ¿Cómo? ¿Cuándo? Eran preguntas demasiado fáciles de responder. Dónde, bajo sus narices. Cómo, pidiendo las llaves al único que estaría de acuerdo, Tanner. Cuándo, mientras negociaba con el gobernador Cromwell. Se llevó las manos a la cabeza y tiró de su pelo castaño. Percibió a Tanner detrás de él sin necesidad de volverse, lo sentía.

—Por favor —jadeaba Johnny—, dime que mi peor enemigo y el asesino de mi esposa no fue liberado por mi propia madre y que tú lo sabías.

Tanner bajó la mirada, se le llenaron los ojos de lágrimas y el nudo más doloroso fue tensándose en su garganta.

—Te estábamos perdiendo —murmuró Tanner—. Estabas torturando a un hombre encadenado todas las noches por el maldito deleite de causar dolor. Tú no, Dawner… tú no.

—¿En dónde está, George? —preguntó Johnny.

El capitán Blackdawn se acercó a Tanner cara a cara, tan cerca que su aliento rozaba la barbilla del rubio. Lo pescó del cuello de la camisa, azotándolo contra los barrotes. La mirada de Tanner de alguna manera reveló el paradero de Jeremy sin que abriera la boca.

—¿Sabes lo que acabas de provocar? —decía Johnny con voz trémula—. Jeremy sabe cuál es el mapa real y cuál no. Sabe cuál es el Johnny Blackdawn real y cuál no. Sabe todo, George… *¡SABE TODO!* ¡Habíamos ganado! ¡El rey tenía su maldito Blackdawn! ¡Cromwell tenía su maldito mapa! ¡Mis hijos estaban colocados! ¡Éramos libres! Y gracias a ti y a mi madre… todo se acaba de ir al carajo…

Con delicadeza, Tanner puso sus manos sobre las de Johnny, que seguían aferradas al cuello de su camisa con saña y desesperación. Fue apartándolas con cuidado. La respiración de Blackdawn podía oírse como la de un toro bufando.

—Prefiero perder todas las guerras de nuestras vidas que volver a perderte a ti —le dijo Tanner.

Blackdawn negó con la cabeza, si de otro hombre se tratara lo habría matado sin pensarlo dos veces.

—Eres un traidor —dijo—. Primero te enamoras de mi madre y después conspiran juntos para liberar a mi enemigo. *Eras mi hermano, George.*

—John…

El capitán Blackdawn se marchó hacia cubierta; se topó con Maxwell ante la entrada de la escalera y no hizo más que empujarlo a un lado con rabia. Desconcertado, Max se atrevió a entrar al calabozo suponiendo que hallaría a su hermano sin vida y todavía colgando de las cadenas, pero lo único que encontró fue a Tanner sentado en el suelo, con las manos en la cabeza como si acabase de perder el sentido en la vida. Las cadenas yacían en el suelo sobre un charco de sangre que se había ido secando; sin embargo, la humedad en aquella celda hacía que oliera terriblemente. El martillo de Dash, quien descansaba en paz, también estaba allí, con la sangre igualmente seca y adherida al hierro con algunos cabellos y paja. Max sintió un escalofrío. Había escuchado los alaridos de su hermano todas las noches, pero la terrorífica escena frente a él superaba cualquier imaginación suya. Allí su hermano había sido torturado y aquella sangre era suya. Allí su hermano había sido liberado. Allí la venganza del capitán Johnny Blackdawn había quedado inconclusa, robada. Pata de Palo sentía su presencia, pero no se volvió. Entonces sintió a Maxwell retirarse y volver tan sólo momentos más tarde con una cubeta y el trapeador. Hizo a un lado las cadenas y comenzó a limpiar el suelo casi con cariño.

—Gracias —dijo Tanner de repente.

—La madera absorbió mucha sangre y no sé si logre limpiarla completamente —respondió Max.

—Me refiero a Margaret. Sé que la cuidaste cuando John no pudo.

Él se quedó quieto y tragó saliva amargamente.

—Jeremy volverá por ustedes —dijo—, por *nosotros*. Lo sabes, ¿verdad? Entiendo por qué lo has hecho, pero me temo que no mides lo que será capaz de hacer ahora. Ahora que tendrá tiempo de pensar. Ahora que tendrá tiempo de digerir su furia. De sanar. Planeará un contragolpe meticuloso, en frío, y dejará caer toda su insania luego de un respiro que no hará más que devolverle las fuerzas.

—Y yo acabo de darle a mi capitán la misma oportunidad —respondió Tanner—. Y si vuelven a encontrarse...

—*Cuando*. Cuando vuelvan a encontrarse.

—Cuando vuelvan a encontrarse...

—Sólo uno de los dos saldrá con vida —concluyó Maxwell.

42

Catherine sonreía oliendo las rosas una por una en su adorado invernadero. La luz del sol que se filtraba a través de los cristales hacía su rostro lucir más pálido y acentuaba cada uno de sus lunares y los labios rosados; sus hermosos ojos azules reflejaban el color del cielo. El cabello color chocolate caía hasta su cintura. Llevaba ese vestido color azul marino que fascinaba a Jeremy, se lo había comprado una tarde en París durante la luna de miel. Jeremy, que estaba de pie observándola fascinado desde la puerta del invernadero, sonrió. Catherine se percató de su presencia y fue a él ilusionada.

—Al fin has llegado, amor mío —le dijo, tomándolo de las manos y guiándolo entre los laberintos de rosas rojas.

—¿Qué es eso urgente que tienes que decirme? —preguntó él.

Catherine sonrió, luminosa como una estrella.

—Estoy encinta —respondió la mujer contenta.

Jeremy Winchester perdió el aliento. Alzó a su esposa en brazos y le dio una vuelta como si de una princesa en un baile se tratase. Le bañó el rostro de besos. Reían juntos. Catie pensaba cómo llamaría a su hijo mientras los ojos de Jeremy habían quedado sobre una rosa, la más bella de todas, y supo en ese momento cómo habría de llamarse la criatura si fuera niña. *Rose.*

Despertó. Dolor. Frío. *Demasiado frío*. Quería hablar, pero no salían de su boca más que sonidos guturales, sin posibilidad de articular palabra. Despertó con la misma rabia de un volcán cuyas humaredas van transformándose en ardiente lava y, entonces, estalla.

¡BLACKDAWN!

Ha despertado.

¡Avisen al gobernador!

El dolor le hacía sujetar las sábanas en sus puños. Quería llorar.

—Tranquilo, mi lord —dijo la sombra del doctor, a quien veía borrosamente—. Respire, tranquilo.

Blackdawn...

—Hay que administrar algo para el dolor inmediatamente —siguió el doctor, dirigiéndose a quienes lo asistían.

El frío iba calando más. El olor a trópico había dejado de existir y ahora olía a roca húmeda, a pescado, a humo. Conforme pestañeaba, Jeremy iba mirando a su alrededor, hallándose en la cabina de una nave. Escuchó campanas.

—¿En dónde estoy? —preguntó.

—Londres, señor —respondió el doctor—. Hemos llegado hace pocos minutos. Apenas comienza el desembarque.

La puerta de la cabina se abrió. El gobernador Cromwell apareció ante el umbral.

—Déjennos solos —ordenó.

El doctor y sus asistentes se retiraron de inmediato.

—Blackdawn... —insistió Jeremy—. Dime que está arrestado o muerto.

—Se encuentra bajo mi custodia —respondió Cromwell—. Lamento tener que privarle de su merecida venganza, lord Jeremy. Pero me temo que el rey desea el crédito político de su captura a cambio de haber facilitado la última flota que envió.

—¿Y el mapa?

—A salvo conmigo.

Dos marineros hubieron de ayudar a lord Jeremy a ponerse en pie. Necesitaría usar un par de muletas por aquello de su pierna rota, y el vendaje grueso que envolvía su tronco no debía retirárselo más que al bañarse para mantener las dos costillas fracturadas en su lugar. Los puntos de su rostro habían sido ya removidos. Era cuestión de tiempo para sanar. El doctor había sido claro en sus indicaciones, y muy a su pesar necesitaría la ayuda de una enfermera por un largo tiempo.

El trayecto de la cabina a cubierta fue desesperantemente lento, doloroso y humillante. Jeremy quería maldecir a los dos hombres que le auxiliaban, pero hasta hablar le dolía. Ansiaba mirar a Blackdawn encadenado, derrotado. Ansiaba escupirle en el rostro. Estaría presente en su ejecución, no había duda en ello, así tuviera que presentarse en una silla de ruedas. ¿Acaso el rey lo sometería a la horca? Disfrutaría verlo pender de esa cuerda sin vida. Quizá se le fusilaría como a un traidor, ¿lo dejarían disparar el arma? No haría blanco en la cabeza inmediatamente, dispararía sobre todo su cuerpo hasta verlo tendido y desagrado. Ansiaba. Salivaba.

Una vez en cubierta, el guardiamarina presentó a "Johnny Blackdawn" y lo hincó ante Jeremy: se trataba de Benjamin Stain, tuerto con un parche sobre el ojo izquierdo y la lengua arrancada de la boca sin poder hacer más que sonidos patéticos que delataban su creciente desesperación. Jeremy se volvió al gobernador, la mirada del lord era un cuarto oscuro sin salida. Cromwell tragó saliva, sabía que éste no era el auténtico capitán Johnny Blackdawn, pero esperaba que, al igual que él, Jeremy pudiese ver la ventaja en complacer al rey y pausar la batalla. De pronto lord Winchester estalló en carcajadas como un lunático. Los guardiamarinas y oficiales se apartaron de él disimuladamente, asustados.

—Enséñame el mapa —se reía Jeremy, sabía con lo que podría encontrarse.

Dudoso, Cromwell entregó el pergamino al lord, quien al abrirlo aprisa se encontró con el dibujo de un niño. La escalofriante carcajada creció a medida que el enloquecido Jeremy desbarataba el papel con sus manos. Nadie comprendía nada, excepto Cromwell, que poco a poco iba comprendiendo que había caído en la artimaña del pirata más buscado de todos los mares.

43

CONSEJO DE LA MARINA REAL BRITÁNICA

C. J. B.

Estarás orgulloso de saber que tu hijo es un verdadero prodigio como soldado, su desempeño crece día con día y se ha hecho de buenas amistades. Es particularmente cercano a un chico llamado Thomas Hamilton, rara vez se les mira separados y pocas cosas les hace más ilusión que reunirse. Conozco a los Hamilton y son una familia propia y recta. Sé que jamás deseaste mirar a tu muchacho vistiendo uniforme, pero has de saber que brilla en él, brilla en él.

A. Adley

CORTE REAL DE CASTILLA

John,

Sé que aún no me has perdonado y no espero palabra tuya en respuesta, sólo cumplo con transmitir las nuevas que Córdova me envía cuando puede hacerlo. Annabelle es una belleza sin igual, pero continúa indomable; "inmanejable" es la palabra que utilizaron y temo que la paciencia de sus tutoras se extinga pronto. Mary es toda una damita, tan refinada y pulcra que ha captado ya la atención de la Reina un par de veces y algunas familias han hecho preguntas. Sophie mejora de salud, pero los inviernos en España son crueles y recae a pesar de los esfuerzos de los médicos. Considero oportuno que visites a tus hijas pronto. Sabes que contamos con Córdova para hacerlo de forma segura.

Con todo mi amor, tu madre.

El capitán Blackdawn guardó las cartas en el mismo cajón de siempre. Comenzaba a ser difícil cerrarlo. Se recargó en el respaldo de la silla del escritorio y fumó de su pipa. Sonrió con ternura; porque James brillaba, vistiera lo que vistiera, y porque Mary resplandecía del mismo modo, sin importar ante quién. Se le escapó una risa, siempre supo que Belle no cabría entre las paredes de ningún palacio. Su sonrisa se desvaneció al pensar en Sophie y su extraña dolencia respiratoria, pero entonces reflexionó que quizá al fin tendría una excusa para devolverla al Caribe y a las bondades de su delicioso clima. Pensó en Tirzah, no recibía correspondencia suya porque la mujer no sabía escribir, pero se habían visto hacía poco en una pequeña isla conocida como Hog Island, en Nassau. Como cada tanto, pasó tiempo con Zuri y les dejó suficiente dinero. Era la primera vez que Johnny visitaba esa bahía en particular, y le pareció maravillosa, imaginó una Tortuga nueva, un reino pirata renacido. Una cosa era segura: era tiempo de escribir de regreso a su madre. Si bien habría de admitir que efectivamente perdonarla pesaba, también era cierto que no deseaba causarle más dolor con su silencio y anhelaba de todo corazón conocer su opinión y la de Arat sobre Hog Island. Acababa de mojar la pluma en el tintero cuando...

¿Capitán?, Poe venía entrando.

Blackdawn alzó la mirada serio.

—Tiene que ver esto —dijo Poe con una sonrisa.

Cuando el capitán Blackdawn salió a cubierta se encontró con una luna llena inmensa y blanca naciendo en el horizonte e iluminando el mar abierto con su luz plateada. La tripulación de bucaneros tenía la cabeza alzada, mirando algo en el cielo que el capitán no alcanzaba a distinguir. Entonces comprendió que no era el cielo lo que miraban, era la arboladura de la nave roja. Desmond Blackdawn rizaba las velas del palo mayor con la velocidad de un rayo y se deslizaba entre los cabos como un trapecista nacido para dar vuelo a un barco. Nunca, ningún hombre a bordo, había visto a un pirata moverse de aquella manera tan magnífica y precisa. Esa noche los hombres decidieron que habrían de apodarle el Rayo. El capitán Blackdawn sonrió orgulloso. La piratería acababa de tomar una segunda bocanada de aire y su destino se deslizaba entre los mástiles, libre y alegre.

¿Fin?

Esta obra se terminó de imprimir
en el mes de julio de 2024,
en los talleres de Impresora Tauro, S.A. de C.V.
Ciudad de México.